中國古典文學基本叢書

白居易詩集校注

第五册

〔唐〕白居易 著
謝思煒 校注

中華書局

白居易詩集校注卷第二十六①

律詩

五言　七言　凡一百首

大和戊申歲大有年詔賜百寮出城觀稼謹書盛事以俟采詩

清晨承詔命，豐歲閱田閭。膏雨抽苗足，涼風吐穗出。早禾黄錯落，晚稻綠扶疏。好入詩家詠，宜令史館書。散爲萬姓食，堆作九年儲。莫道如雲稼，今秋雲不如。（1813）

【校】

①〔卷第二十六〕那波本爲卷五十六。

【注】

陳《譜》、汪《譜》、朱《箋》：作於大和二年（八二八），長安。

〔大有年〕《春秋》宣公十六年：「冬，大有年。」

〔膏雨抽苗足，涼風吐穗出〕《左傳》襄公十九年：「小國之仰大國也，如百穀之仰膏雨焉。」

〔散爲萬姓食，堆作九年儲〕《禮記·王制》：「國無九年之儲，曰不足。」

〔莫道如雲稼，今秋雲不如〕李康《運命論》：「褰裳而涉汶陽之丘，則天下之稼如雲矣。」

贈悼懷太子挽歌辭二首 奉詔撰進。

竹馬書薨歲，銅龍表葬時。永言窀穸事，全用少陽儀。壽夭由天命，哀榮出聖慈。恭聞褒贈詔，軫念在與夷①。（1814）

【校】

①〔與夷〕那波本作「華夷」，誤。

【注】

汪《譜》、朱《箋》：作於大和二年（八二八），長安。

〔悼懷太子〕《舊唐書·敬宗五子傳》：「悼懷太子普，敬宗長子也。母曰郭妃。寶曆元年，封晉王。大和二年薨，年五歲。上撫念之甚厚，册贈悼懷太子。」

〔竹馬書薨歲，銅龍表葬時〕竹馬，見卷十《觀兒戲》（0460）注。《漢書·成帝紀》：「上嘗急召太子出龍樓門。」顔師古注：「張晏曰：門樓上有銅龍，若白鶴飛廉之爲名也。」李嶠《懿德太子哀册文》：「懟銀牓之留月，泣銅樓之送煙。」

〔永言窀穸事，全用少陽儀〕《左傳》襄公十三年：「唯是春秋窀穸之事。」杜預注：「窀，厚也。穸，夜也。厚夜，猶長夜。」《宋書・五行志一》：「世子居東宮，位少陽也。」王筠《昭明太子哀策文》：「式載明兩，實惟少陽。」

〔恭聞褒贈詔，軫念在與夷〕徐陵《檄周文》：「況復追惟在楚，無忘玉帛之言；軫念過曹，猶感盤飡之惠。」《左傳》隱公三年：「宋穆公疾，召大司馬孔父而屬殤公焉，曰：『先君舍與夷而立寡人，寡人弗敢忘。』」杜預注：「先君，穆公兄宣公也。與夷，宣公子，即所屬殤公。」按，敬宗爲文宗之兄，文宗之與太子普，猶宋穆公之與與夷。

剪葉藩封早，承華册命尊。笙歌辭洛苑，風雪蔽梁園。鹵簿凌霜宿，銘旌向月翻。宮寮不逮事，哭送出都門。（1815）

【注】

〔剪葉藩封早，承華册命尊〕剪葉，見卷二《答桐花》（0102）注。陸機《皇太子宴玄圃宣猷堂有令賦詩一首》：「弛厥負擔，振纓承華。」《文選》李善注：「《洛陽記》曰：太子宮在大宮東，中有承華門。」沈約《立太子詔》：「承華肇開崇基，克永無疆之慶。」

〔笙歌辭洛苑，風雪蔽梁園〕梁園，見卷二五《早春同劉郎中寄宣武令狐相公》（1756）注。

〔鹵簿凌霜宿，銘旌向月翻〕《後漢書・后妃紀》：「中謁者、僕射典護喪事，侍御史護大駕鹵簿。」李賢注引《漢官儀》：「天子車駕次第謂之鹵簿，有大駕、法駕、小駕。」

雨中招張司業宿

過夏衣香潤，迎秋簟色鮮。斜支花石枕，卧詠蘂珠篇。泥濘非遊日，陰沉好睡天。能來同宿否，聽雨對床眠？（1816）

【注】

汪《譜》、朱《箋》：作於大和二年（八二八），長安。

〔張司業〕朱《箋》：「張籍。」見卷一《讀張籍古樂府》（0002）注。張籍《贈主客劉郎中》：「憶昔君登南省日，老夫猶是褐衣身。誰知二十餘年後，來作客曹相替人。」劉禹錫爲主客郎中充集賢學士在大和二年春，爲張籍之後任，則張籍自主客郎中遷國子司業亦在大和二年。

〔斜支花石枕，卧詠蘂珠篇〕蘂珠篇，見卷二二《和送劉道士遊天台》（1455）注。

和集賢劉學士早朝作

吟君昨日早朝詩，金御爐前喚仗時。煙吐白龍頭宛轉，扇開青雉尾參差。暫留春殿多稱屈①，合入綸闈即可知。從此摩霄去非晚，鬢間未有一莖絲②。（1817）

【校】

①〔春殿〕「春」汪本校：「一作書。」

②〔鬢間〕《文苑英華》作「鬢邊」，校：「集作間。」

【注】

朱《箋》：作於大和二年（八二八），長安。

〔集賢劉學士〕朱《箋》：「劉禹錫。」見卷二二《酬集賢劉郎中對月見寄兼懷元浙東》（1485）注。朱《箋》：「觀居易此詩，可見當時物望固以禹錫宜掌綸誥，一二年間即可正拜中書舍人，繼入政地，而以集賢散秩爲可惜也。」

〔煙吐白龍頭宛轉，扇開青雉尾參差〕《新唐書·儀衛志上》：「朝日，殿上設黼扆、躡席、熏爐、香案。御史大夫領屬官至殿西廡，從官朱衣傳呼，促百官就班，文武列於兩觀。……侍中奏『外辦』，皇帝步出西序門，索扇，扇合。皇帝升御座，扇開。左右留扇各三。」《古今注》卷上：「雉尾扇起於殷世，高宗時有雊雉之祥，章服多用翟羽。周制以爲王后夫人之車服，輿車有翣，即緝雉羽爲扇。」《玉海》卷八十唐鹵簿：「儀物有曲直華蓋、六寶香蹬、大繖雉尾障扇、雉尾扇、方雉尾扇、花蓋小雉尾扇。」

〔暫留春殿多稱屈，合入綸闈即可知〕春殿，泛指宫殿。杜甫《宣政殿退朝晚出左掖》：「天門日射黄金榜，春殿晴曛赤羽旗。」賈島《送安南惟鑒法師》：「講經春殿裏，花繞御床飛。」綸闈，指中書省。見卷十一《曲江感秋二首》（0569）注。

送陝州王司馬建赴任①

建，善詩者。

陝州司馬去何如，養靜資貧兩有餘②。公事閑忙同少尹，料錢多少敵尚書。秖擕美酒爲

行伴，唯作新詩趁下車③。自有鐵牛無詠者④，料君投刃必應虚。（1818）

【校】

①〔題〕《文苑英華》無「建」字。「陝州」馬本作「陝西」，誤。

②〔養静〕《文苑英華》作「養病」。

③〔唯作〕《文苑英華》作「獨作」。

④〔自有〕《文苑英華》作「自得」。

【注】

朱《箋》：作於大和二年（八二八），長安。

〔王建〕《新唐書·藝文志四》：「《王建集》，大和陝州司馬。」《唐才子傳》卷四有王建傳，然多誤。王建生平之詳細考證，參傅璇琮等《唐才子傳校箋》。張籍有《贈别王侍御赴任陝州司馬》，劉禹錫有《送王司馬之陝州》。

〔公事閑忙同少尹，料錢多少敵尚書〕《舊唐書·職官志三》：「京兆、河南、太原等府，三府牧各一員，尹各一員，少尹各二員」；「大都督府，都督一人，長史一人，司馬二人。」少尹與大都督府司馬均爲從四品下。陝州爲大都督府。《新唐書·食貨志五》：「唐世百官俸錢，會昌後不復增減：……郎中，司天監，太子左右諭德，家令寺、僕寺、率更寺令，親王傅，别敕判官，觀察、團練判官掌書記，上州長史、司馬，五萬。」此詩所謂「敵尚書」，蓋指尚書省郎中。

〔自有鐵牛無詠者，料君投刃必應虚〕鐵牛，見卷二五《送陝府王大夫》（1775）注。

對琴待月

竹院新晴夜，松窗未卧時①。共琴爲老伴，與月有秋期。玉軫臨風久，金波出霧遲。幽音待清景，唯是我心知②。（1819）

【校】

①〔未卧〕《唐音統籤》作「小卧」。

②〔我心〕「我」《文苑英華》作「好」，校：「集作我。」

【注】

朱《箋》：作於大和二年（八二八），長安。

楊家南亭

小亭門向月斜開，滿地涼風滿地苔。此院好彈秋思處，終須一夜抱琴來。（1820）

【注】

朱《箋》：作於大和二年（八二八），長安。

〔楊家南亭〕楊虞卿宅南亭。參見卷十三《宿楊家》(0637)注。《續談助》卷三引劉軻《牛羊日曆》：「僧孺新昌里第，與虞卿夾街對門。虞卿别起高榭於僧孺之牆東，謂之南亭。列燭往來，里人謂之半夜客，亦號此亭爲『行中書』。」《南部新書》己：「大和中，人指楊虞卿宅南亭爲『行中書』，蓋朋黨聚議於此爾。」

〔此院好彈秋思處，終須一夜抱琴來〕《樂府詩集》卷六十琴曲歌辭《蔡氏五弄》：「《琴集》曰：五弄：《遊春》、《淥水》、《幽居》、《坐愁》、《秋思》，並宫調，蔡邕所作也。」

早寒

黄葉聚牆角，青苔圍柱根。被經霜後薄，鏡遇雨來昏①。半卷寒簷幕，斜開煖閣門。迎冬兼送老，只仰酒盈樽。(1821)

【校】

①〔雨來〕《唐音統籤》作「雨中」。

【注】

朱《箋》：作於大和二年(八二八)，長安。

齋月靜居

病來心靜一無思，老去身閑百不爲。忽忽眼塵猶愛睡，些些口業尚誇詩。葷腥每斷齋居

月，香火常親宴坐時。萬慮消停百神泰，唯應寂寞殺三尸①。（1822）

【校】

①〔殺三尸〕殘宋本作「煞三尸」。

【注】

朱《箋》：作於大和二年（八二八），長安。

〔忽忽眼塵猶愛睡，些些口業尚誇詩〕眼塵，見卷十八《感春》（1150）注。口業，身口意三業之一。佛教以妄語、離間語、惡語、綺語等爲口惡業。《中阿含經》卷三二：「世尊又復答曰：苦行，我施設三業，令不行惡業，不作惡業。云何爲三？身業、口業及意業也。」

〔葷腥每斷齋居月，香火常親宴坐時〕宴坐，靜坐。《維摩經·弟子品》：「舍利弗白佛言：世尊，我不堪任詣彼問疾。所以者何？憶念我昔曾於林中宴坐樹下時，維摩詰來謂我言：唯，舍利弗，不必是坐爲宴坐也。夫宴坐者，不於三界現身意，是爲宴坐；不起滅定而現諸威儀，是爲宴坐；……不斷煩惱而入涅槃，是爲宴坐。」

〔萬慮消停百神泰，唯應寂寞殺三尸〕三尸，見卷十九《不睡》（1300）注。

宿裴相公興化池亭　兼蒙借船舫遊汎。

林亭一出宿風塵，忘却平津是要津。松閣晴看山色近，石渠秋放水聲新。孫弘閣鬧無閑

客，傳説舟忙不借人。何似掄才濟川外，别開池館待交親。（1823）

【注】

汪《譜》、朱《箋》：作於大和二年（八二八），長安。

〔裴相公興化池亭〕裴相公，裴度。參見卷二五《酬裴相公題興化小池見招長句》（1739）。

〔松閣晴看山色近，石渠秋放水聲新〕《明一統志》卷二九河南府：「石渠，在府城舊銅駝坊西，入宋潞公文彦博宅。」

〔孫弘閤鬧無閑客，傳説舟忙不借人〕《漢書·公孫弘傳》：「弘自見爲舉首，起徒步，數年至宰相封侯。於是起客館，開東閤，以延賢人，與參謀議。」《書·説命》：「高宗夢得説，使百工求諸野，得諸傅巖，……爰立作相，王置其左右，命之曰：……若濟巨川，用汝作舟楫。」

〔何似掄才濟川外，别開池館待交親〕《周禮·地官·山虞》：「凡邦工入山林而掄材，不禁。」鄭玄注：「掄猶擇也。」權德輿《奉和許閣老酬淮南崔十七端公見寄》：「掄才超粉署，駁議在黄樞。」

和劉郎中望終南山秋雪①

遍覽古今集，都無秋雪詩。陽春先唱後，陰嶺未消時。草訝霜凝重，松疑鶴散遲。清光莫獨占②，亦對白雲司③。（1824）

【校】

①〔題〕《文苑英華》作「和劉夢得終南秋雪」。

②〔清光〕《文苑英華》作「清輝」。

③〔亦對〕「亦」《文苑英華》作「還」，校：「集作亦。」

【注】

朱《箋》：作於大和二年（八二八），長安。

〔劉郎中〕朱《箋》：「劉禹錫。」劉有《終南積雪》，爲原唱。

〔清光莫獨占，亦對白雲司〕朱《箋》：「指居易任刑部侍郎。」吳曾《能改齋漫錄》卷七白雲司賦：「按《左氏傳》：郯子曰：黄帝以雲紀，故爲雲師而雲名職。杜注云：黄帝受命有雲瑞，故以雲紀事。春官爲青雲，夏官爲縉雲，秋官爲白雲，冬官爲黑雲，中官爲黄雲。故《類要》刑部曰：白雲司職，人命是懸。而白樂天詩亦云：『清光莫獨佔，亦對白雲司。』乃秋雲（雪）詩也。劉禹錫《送鶴詩》：『昨日看成送鶴詩，高籠攜出白雲司。』李嘉祐詩：『漏長丹鳳闕，秋冷白雲司。』」

廣府胡尚書頻寄詩因答絶句

尚書清白臨南海，雖飲貪泉心不回。唯向詩中得珠玉，時時寄到帝鄉來。（1825）

【注】

朱《箋》：作於大和二年（828），長安。

〔廣府胡尚書〕朱《箋》：「嶺南節度使胡證。」證亦作証。《舊唐書·胡証傳》：「胡証字啓中，河東人。……敬宗即位之初，檢校户部尚書，守京兆尹。數月，遷左散騎常侍。寶曆初，拜户部尚書、判度支，上表乞免，願效藩服。二年，檢校兵部尚書、廣州刺史，充嶺南節度使。大和二年，以疾上表求還京師。是歲十月卒于嶺南。」

〔尚書清白臨南海，雖飲貪泉心不回〕貪泉，見卷十七《送客春遊嶺南二十韻》（1010）注。

送鶴與裴相臨别贈詩①

司空愛爾爾須知，不信聽吟送鶴詩。羽翮勢高寧惜别，稻粱恩厚莫愁飢②。夜棲少共雞爭樹③，曉浴先饒鳳占池④。穩上青雲勿迴顧⑤，的應勝在白家時。（1826）

【校】

①〔題〕「送」《文苑英華》校：「一作乞。」汪本作「乞鶴」。

②〔恩厚〕《文苑英華》、汪本作「恩重」。

③〔少共〕《文苑英華》作「莫共」。

④〔曉浴〕「曉」《文苑英華》校：「一作日。」

⑤〔青雲〕「雲」《文苑英華》校：「一作冥。」

【注】

朱《箋》：作於大和二年（八二八），長安。

〔裴相〕朱《箋》：「裴度。」見卷十九《和張十八秘書謝裴相公寄馬》（1203）注。

令狐相公拜尚書後有喜從鎮歸朝之作劉郎中先和因以繼之①

車騎從新梁苑迴②，履聲珮響入中臺。鳳池望在終重去，龍節功成且納來。金勒最宜乘雪出，玉觴何必待花開。尚書首唱郎中和，不計官資只計才。（1827）

【校】

①〔題〕「從」汪本校：「一作罷。」

②〔從新〕《唐音統籤》作「新從」。

【注】

朱《箋》：作於大和二年（八二八），長安。

〔令狐相公〕朱《箋》：「令狐楚。」見卷二四《奉和汴州令狐相公二十二韻》（1615）注。《舊唐書・文宗紀》：「（大和二年十月）癸酉，以尚書右僕射、同平章事竇易直檢校左僕射、同平章事、充山南東道節度使、臨漢監牧等使代李逢吉，以逢吉爲宣武軍節度使代令狐楚，以楚爲户部尚書。」

〔劉郎中〕劉禹錫。劉有《和令狐楚相公初歸京國賦詩言懷》。

〔車騎從新梁苑迴，履聲珮響入中臺〕中臺，尚書省。見卷二五《喜錢左丞再除華州以詩伸賀》（1773）注。《漢書·鄭崇傳》：「哀帝擢爲尚書僕射，數求見諫爭，上初納用之。每見，曳革履，上笑曰：『我識鄭尚書履聲。』」

〔鳳池望在終重去，龍節功成且納來〕鳳池，見卷八《宿藍橋對月》（0336）注。龍節，符節。《周禮·地官·掌節》：「凡邦國之使節，山國用虎節，土國用人節，澤國用龍節，皆金也。」盧思道《贈司馬幼之南聘》：「拂霧揚龍節，乘風遡鳥旌。」

送河南尹馮學士赴任

石渠金谷中間路，軒騎翩翩十日程。清洛飲冰添苦節，碧嵩看雪助高情。謾誇河北操旄鉞，莫羨江西擁旆旌①。時新除二鎮節度。何似府寮京令外，别教三十六峰迎。（1828）

【校】

①〔江西〕「西」《全唐詩》校：「一作南。」

【注】

朱《箋》：作於大和二年（八二八），長安。

〔河南尹馮學士〕朱《箋》：「馮宿。」見卷十九《馮閣老處見與嚴郎中酬和詩因戲贈絶句》(1224)注。《舊唐書·馮宿傳》：「敬宗即位，宿常導引乘輿，出爲華州刺史。……大和二年，拜河南尹。」

〔石渠金谷中間路，軒騎翩翩十日程〕石渠，見本卷《宿裴相公興化池亭》(1823)注。金谷，見卷十三《和友人洛中春感》(0620)注。

〔清洛飲冰添苦節，碧嵩看雪助高情〕飲冰，見卷八《三年爲刺史二首》之二(0371)注。

〔謾誇河北操旄鉞，莫羨江西擁斾旌〕《舊唐書·文宗紀》：「(大和二年冬十月癸酉)以右丞沈傳師爲江西觀察使」；「(十一月)乙酉，以右金吾李祐爲横海軍節度使。」

〔何似府寮京令外，別教三十六峰迎〕三十六峰，指少室山。《河南通志》卷七：「少室山，在登封縣西一十七里。……周圍方百里，上有三十六峰。」高適《別楊山人》：「不到嵩陽動十年，舊時心事已徒然。一二故人不復見，三十六峰猶眼前。」

讀鄂公傳

高卧深居不見人，功名斗藪似灰塵。唯留一部清商樂，月下風前伴老身。(1829)

【注】

朱《箋》：作於大和二年(八二八)，長安。

〔鄂公〕尉遲敬德。《舊唐書·尉遲敬德傳》：「(貞觀)十一年，封建功臣，爲代襲刺史，册拜敬德宣州刺史，改封鄂國公。……敬德末年篤信仙方，飛煉金石，服食雲母粉，穿築池臺，崇飾羅綺，嘗奏清商樂以自奉養，不與外人交通，凡十六年。」

賦得烏夜啼①

城上歸時晚，庭前宿處危。月明無葉樹，霜滑有風枝。啼澀飢喉咽，飛低凍翅垂。畫堂鸚鵡鳥，冷暖不相知。（1830）

【校】

①〔題〕汪本作「烏夜啼」。

【注】

朱《箋》：作於大和二年（八二八），長安。

〔烏夜啼〕《舊唐書·音樂志二》：「《烏夜啼》，宋臨川王義慶所作也。元嘉十七年，徙彭城王義康于豫章。義慶時爲江州，至鎮，相見而哭，爲帝所怪，徵還宅，大懼。妓妾夜聞烏啼聲，扣齋閣云：『明日應有赦。』其年更爲南兖州刺史，作此歌。」

鏡換杯

欲將珠匣青銅鏡①，換取金樽白玉巵。鏡裏老來無避處，樽前愁至有消時②。茶能散悶

爲功淺，萱縱忘憂得力遲。不似杜康神用速③，十分一盞便開眉。（1831）

【校】

①〔珠匣〕「珠」汪本校：「一作朱。」

②〔消時〕殘宋本作「銷時」。

③〔不似〕馬本、《唐音統籤》作「不是」。

【注】

朱《箋》：作於大和二年（八二八），長安。

〔茶能散悶爲功淺，萱縱忘憂得力遲〕《詩·衛風·伯兮》：「焉得諼草，言樹之背。」毛傳：「諼草令人善忘。」鄭箋：「憂以生疾，恐將危身，欲忘之。」嵇康《養生論》：「萱草忘憂，愚智所知也。」

〔不似杜康神用速，十分一盞便開眉〕曹操《短歌行》：「何以解憂，唯有杜康。」《文選》李善注：「《博物志》曰：杜康作酒。」

冬夜聞蟲

蟲聲冬思苦於秋，不解愁人聞亦愁。我是老翁聽不畏，少年莫聽白君頭。（1832）

【注】

朱《箋》：作於大和二年（八二八），長安。

雙鸚鵡

綠衣整頓雙棲起，紅觜分明對語時。始覺琵琶絃莽鹵，方知吉了舌參差。鄭牛識字吾常歎，諺云：鄭玄家牛，觸牆成八字。丁鶴能歌爾亦知。若稱白家鸚鵡鳥，籠中兼合解吟詩。

（1833）

【注】

朱《箋》：作於大和二年（八二八），長安。

〔始覺琵琶絃莽鹵，方知吉了舌參差〕莽鹵，見卷二二《和祝蒼華》（1457）注。吉了，秦吉了，見卷四《秦吉了》（0170）注。

〔鄭牛識字吾常歎，丁鶴能歌爾亦知〕鄭牛識字，別無出典。類書均引此詩及注。《世說新語·文學》：「鄭玄家奴皆讀書，嘗使一婢不稱旨，將撻之，方自陳說。玄怒，使人曳著泥中。須臾，復有一婢來問曰：『胡爲乎泥中？』答曰：『薄言往愬，逢彼之怒。』」鄭牛識字之諺類此。丁鶴，見卷十九《吳七郎中山人待制班中偶贈絶句》（1202）注。

贈朱道士

儀容白皙上仙郎，方寸清虚内道場。兩翼化生因服藥，三尸餓死爲休粮①。醮壇北向宵占斗，寢室東開早納陽。盡日窗間更無事，唯燒一炷降真香。（1834）

【校】

①〔餓死〕馬本、《唐音統籤》作「卧死」。

【注】

朱《箋》：作於大和二年（八二八），長安。

〔儀容白皙上仙郎，方寸清虚内道場〕《莊子·天地》：「千歲厭世，去而上仙。乘彼白雲，至于帝鄉。」《雲笈七籤》卷三《道教三洞宗元》：「其九仙者，第一上仙，二高仙，三大仙，四玄仙，五天仙，六真仙，七神仙，八靈仙，九至仙。」内道場，宮内祀佛、祀道均稱内道場。馮宿《大唐昇玄劉先生碑銘》：「翌日，下明詔，加先生之號，檢校光祿少卿，自内道場送歸於玄旨之觀居。」然此詩意似指以内心爲道場。

〔兩翼化生因服藥，三尸餓死爲休粮〕三尸，見卷十九《不睡》（1300）注。

〔醮壇北向宵占斗，寢室東開早納陽〕占斗，指齋醮中用步法導出星辰方位。參見《雲笈七籤》卷二十《太上飛行九神玉經》、《步天綱》等。

昨以拙詩十首寄西川杜相公相公亦以新作十首惠然報示首數雖等工拙不倫重以一章用伸答謝

詩家律手在成都，權與尋常將相殊。剪截五言兼用鉞，陶鈞六義別開爐。驚人卷軸須知有，隨事文章不道無。篇數雖同光價異，十魚目換十驪珠。（1835）

【注】

朱《箋》：作於大和二年（八二八），長安。

〔杜相公〕朱《箋》：「劍南西川節度使杜元穎。」見卷十六《東南行一百韻寄通州元九侍御澧州李十一舍人果州崔二十二使君開州韋大員外庾三十二補闕杜十四拾遺李二十助教員外竇七校書》（0902）注。《舊唐書·穆宗紀》：「（長慶三年十月）宰相杜元穎罷知政事，除成都尹、劍南西川節度使。」《文宗紀》：「（大和三年）十二月丁未朔，南蠻逼戎州。……壬子，貶劍南西川節度使杜元穎爲韶州刺史。……丁卯，貶杜元穎循州刺史。」

〔剪截五言兼用鉞，陶鈞六義別開爐〕六義，見卷二《讀張籍古樂府》（0002）注。

〔篇數雖同光價異，十魚目換十驪珠〕《莊子·列禦寇》：「夫千金之珠，必在九重之淵而驪龍頷下。」《初學記》卷二五引《尚書考靈曜》：「秦失金鏡，魚目入珠。」

和令狐相公新於郡内栽竹百竿坼壁開軒旦夕對玩偶題七言五韻①

梁園修竹舊傳名，久廢年深竹不生②。千畝荒凉尋未得③，百竿青翠種新成。牆開乍見重添興，窗靜時聞別有情。煙葉蒙籠侵夜色，風枝蕭颯欲秋聲④。更登樓望尤堪重，千萬人家無一莖。汴州人家並無竹。（1836）

【校】

①〔題〕「和」下《文苑英華》、汪本有「汴州」二字。

②〔久廢〕《文苑英華》、汪本作「園廢」。〔竹不生〕《文苑英華》作「已不生」。

③〔尋未〕《文苑英華》作「栽未」。

④〔蕭颯〕「颯」《文苑英華》作「索」，校：「集作颯。」

【注】

朱《箋》：作於大和二年（八二八），長安。

〔令狐相公〕朱《箋》：「宣武節度使令狐楚。」見卷二四《奉和汴州令狐相公二十二韻》（1615）注。

〔梁園修竹舊傳名，久廢年深竹不生〕梁園，見卷二五《早春同劉郎中寄宣武令狐相公》（1756）注。梁園又稱竹園。《水經注》睢水：「睢水又東南流，歷於竹圃。水次緑竹蔭渚，菁菁實望，世人言梁王竹園也。」《太平寰宇記》卷十二河南道宋州宋城縣：「修竹園，在縣東南十里。《西京記》：梁孝王好宮室園苑之樂，作睢華宮，築兔園。」

重答汝州李六使君見和憶吳中舊遊五首①

爲憶娃宮與虎丘，玩君新作不能休。蜀牋寫出篇篇好，吳調吟時句句愁②。洛下林園終共住，江南風月會重遊。先與李六有此二句之約。由來事過多堪惜，何況蘇州勝汝州。李前刺蘇③，故有是句。（1837）

【校】

①〔題〕「五首」那波本作「五韻」。

②〔吟時〕馬本作「吟詩」。

③〔（注）刺蘇〕馬本、《唐音統籤》、汪本作「刺蘇州」。

【注】

朱《箋》：作於大和二年（八二八），長安。

〔汝州李六使君〕朱《箋》：「汝州刺史李諒。……據此詩末句下自注云：『李前刺蘇，故有是句。』蓋寶曆初諒自蘇州移刺汝州。」又引葉奕苑《金石錄補》卷十九《唐李諒跋胡證詩》：「右汝州刺史李諒跋胡證少室詩云：『寶曆二年冬，公自户部尚書判度支，推轂受賑，出鎮交廣，麾旌過汝，言訪舊題。諒易公所濡翰之板，琢於石而志之。』」亦諒寶曆初刺汝之證。見卷十三《華陽觀桃花時招李六拾遺飲》（0619）及卷十九《寄李蘇州兼示楊瓊》（1297）注。

〔爲憶娃宮與虎丘，玩君新作不能休〕娃宮，館娃宮，見卷十八《長洲苑》（1195）注。虎丘，見卷十二《真娘墓》（0592）注。

〔蜀牋寫出篇篇好，吳調吟時句句愁〕蜀牋，見卷十九《新昌新居書事四十韻因寄元郎中張博士》（1252）注。

見殷堯藩侍御憶江南詩三十首詩中多叙蘇杭勝事余嘗典二郡因繼和之①

江南名郡數蘇杭，寫在殷家三十章②。君是旅人猶苦憶，我爲刺史更難忘。境牽吟詠真詩國，興入笙歌好醉鄉。爲念舊遊終一去，扁舟直擬到滄浪。（1838）

【校】

①〔題〕「余」《文苑英華》作「予」。

②〔寫在〕《文苑英華》作「題寫」。

【注】

朱《箋》：作於大和二年（八二八），長安。

〔殷堯藩〕見卷九《贈别楊穎士盧克柔殷堯藩》(0430)注。

〔爲念舊遊終一去，扁舟直擬到滄浪〕《史記·貨殖列傳》：「（范蠡）乃乘扁舟，浮於江湖。」滄浪，見卷五《答元八宗簡同遊曲江後明日見贈》(0174)注。

聞新蟬贈劉二十八

蟬發一聲時，梅花帶兩枝①。只應催我老，兼遣報君知。白髮生頭速，青雲入手遲。無過一杯酒，相勸數開眉。(1839)

【校】

①〔兩枝〕何校從黃校作「雨枝」。

【注】

朱《箋》：作於大和二年（八二八），長安。「據《舊紀》，居易大和二年二月自秘書監遷刑部侍郎，蓋由於裴度、韋處厚兩人之推薦。處厚即以是年之末暴卒於位，度亦行將出鎮，居易所以不得不於三年乞歸也。《聞新蟬》詩當作於二年之秋，是時禹錫已除主客郎中入京，其和詩亦作於是時。以官職論，居易正在最得意之時，而詩中有『催我老』、『入手遲』之語，疑居易求入相而未遂，致有此感慨耳。」

〔劉二十八〕朱《箋》：「劉禹錫。」見卷二五《醉贈劉二十八使君》(1724)、《和劉郎中傷鄂姬》(1754)等詩注。劉禹錫有《答白刑部新蟬》詩。

贈王山人

玉芝觀裏王居士，服氣餐霞善養身。夜後不聞龜喘息，秋來唯長鶴精神。容顏盡怪長如故，名姓多疑不是真。貴重榮華輕壽命，知君悶見世間人。（1840）

【注】

朱《箋》：作於大和二年（八二八），長安。

〔王山人〕朱《箋》：「疑爲傳授劉禹錫『甘露飲』之王旻山人。」引李時珍《本草綱目》卷十一《朴消附方》：「涼膈驅積。王旻山人甘露飲，治熱壅，涼胸膈，驅積滯。……劉禹錫《傳信方》。」按，劉禹錫記其方，未必與聞其人。《太平廣記》卷七二《王旻》（出《紀聞》）：「太和先生王旻，得道者也。……天寶初，有薦旻者，詔徵之，至則於内道場安置，學通内外，長於佛教。」當即劉禹錫所記之人，然生在玄宗時。

〔玉芝觀裏王居士，服氣餐霞善養身〕《舊唐書·禮儀志四》：「（天寶）八載六月，玉芝産於大同殿。……兩京及十道一大郡置真符玉芝觀。」《唐會要》卷五十：「玉芝觀，在延福坊。本越王貞宅，爲新都公主宅。公主捨宅爲新都寺，廢爲郯王府。天寶二年，立名爲玉芝觀。」此當指長安玉芝觀。

〔夜後不聞龜喘息，秋來唯長鶴精神〕《太平廣記》卷二二一袁天綱（出《定命錄》）：「袁登床穩睡，李獨不寢。至五更忽睡，袁適覺，視李嶠無喘息。以手候之，鼻下氣絕。初大驚怪，良久，偵候其出入，息乃在耳中。撫而告之曰：『得矣。』遂起，賀其母曰：『數候之皆不得，今方見之矣。郎君必大貴壽，是龜息也，貴壽而不富耳。』」李白《代壽山答孟少府移文書》：「乃蚪蟠龜息，遁乎此山。」

〔貴重榮華輕壽命，知君悶見世間人〕悶見，厭見，不情願見。元稹《江上行》：「悶見漢江流不息，悠悠漫漫竟何成。」徐凝《春雨》：「花時悶見聯綿雨，雲入人家水毁堤。」

和劉郎中學士題集賢閣

朱閣青山高庳齊，與君才子作詩題。傍聞大内笙歌近，下視諸司屋舍低。萬卷圖書天禄上，一條風景月華西。欲知丞相優賢意，百步新廊不蹋泥。（1841）

【注】

朱《箋》：作於大和二年（八二八），長安。

〔劉郎中〕朱《箋》：「劉禹錫。」見卷二五《和劉郎中傷鄂姬》（1754）等詩注。

〔集賢閣〕長安大明宫集賢院，内開書閣。《唐會要》卷六四集賢院：「西京在光順門大衢之西，命婦院北。本命婦院之地，開元十一年分置，北院全取命婦院舊屋。」《職官分紀》卷十五引韋述《集賢注記》：「院内東西八十步，南北六十九步。中院中廳三間六架，知院學士所居。堂東序開閣，曲入小院内廳，三間四架。廳西軒廊三間，接書閣。廳西四部書閣及紙筆雜庫，十間六架。東廊七間四架，諸學士等分居之。」

〔萬卷圖書天禄上，一條風景月華西〕《漢書·揚雄傳》：「時雄校書天禄閣上。」班固《兩都賦》：「又有天禄、石渠，典籍之府。」《文選》李善注：「《三輔故事》曰：天祿閣在大殿北，以閣秘書。」《唐兩京城坊考》卷一大明宮：「含元殿後曰宣政殿，天子常朝所也。殿門曰宣政門。門外兩廊爲齊德門、興禮門。其内兩廊爲日華門、月華門。……月華門外爲中書省。省南爲御史臺，省北爲殿中外院、殿中内院。院西爲命婦院，後改爲集賢殿書院。院西有南北街，北出光順門。」

〔欲知丞相優賢意，百步新廊不蹋泥〕朱《箋》：「丞相蓋指裴度，大和初以宰相充集賢殿大學士。禹錫直集賢院係裴度所薦。」

觀幻

有起皆因滅，無睽不暫同。從歡終作慼，轉苦又成空。次第花生眼，須臾燭過風①。更無尋覓處，鳥迹印空中。（1842）

【校】

①〔燭過風〕馬本、《唐音統籤》作「竹過風」。

【注】

朱《箋》：作於大和二年（八二八），長安。

〔有起皆因滅，無睽不暫同〕《圓覺經》：「善男子，譬如幻翳，妄見空華。幻翳若除，不可說言。……空本無華，非起滅故。生死涅槃，同於起滅。妙覺圓照，離於華翳。」《易·睽·彖》：「天地睽而其事同也，男女睽而其志通也，萬物睽而其事類也。睽之時用大矣哉。」

〔次第花生眼，須臾燭過風〕《楞嚴經》卷二：「譬如有人，以清淨目，觀晴明空，唯一晴虚，迥無所有。其人無故不動目睛，瞪以發勞，則於虚空別見狂華，復有一切狂亂非相。」《相和歌辭·怨詩行》古辭：「百年未幾時，奄若風吹燭。」

〔更無尋覓處，鳥迹印空中〕《維摩經·觀衆生品》：「譬如幻師見所幻人，菩薩觀衆生爲若此。如智者見水中月，如鏡中見其面像，……如空中鳥迹，如石女兒，如化人煩惱……。」

病假中龐少尹攜魚酒相過

宦情牢落年將暮，病假聯緜日漸深。被老相催雖白首，與春無分未甘心。閑停茶椀從容語，醉把花枝取次吟。勞動故人龐閣老，提魚攜酒遠相尋。(1843)

【注】

朱《箋》：作於大和二年（八二八），長安。

〔龐少尹〕朱《箋》：「龐嚴。《舊唐書》本傳、《新唐書》本傳均未載嚴歷少尹一職。考《新傳》云：『累遷駕部郎中、知制誥，坐累出，復入。稍遷太常少卿。大和五年權京兆尹。』《舊傳》云：『嚴入爲庫部郎中，大和二年二月上試制舉人，命嚴與左散騎常侍馮宿、太常少卿賈餗爲試官。……嚴再遷太常少卿。五年權知京兆尹。』《舊唐書・文宗紀》則謂嚴充制策考官在大和二年三月辛巳。與《舊傳》異。則知嚴自庫部郎中遷太常少卿之間，或歷京兆少尹一職。又賈島有《賀龐少尹除太常少卿》詩，即酬龐嚴之作，可證嚴係自京兆少尹除太常少卿。」

〔宦情牢落年將暮，病假聯緜日漸深〕牢落，見卷十三《感秋寄遠》（0614）注。

〔勞動故人龐閣老，提魚攜酒遠相尋〕閣老，見卷十九《待漏入閣書事奉贈元九學士閣老》（1217）注。

聽田順兒歌

戛玉敲冰聲未停，嫌雲不遏入青冥。爭得黄金滿衫袖，一時抛與斷年聽？（1844）

【注】

朱《箋》：作於大和二年（八二八），長安。

〔田順兒〕朱《箋》：「即田順郎。」《樂府雜録》：「唐貞元中有田順郎，曾爲宫中御史娘子。」劉禹錫《與歌童田順郎》：「天下能歌御史娘，花前月底奉君王。九重深處無人見，分付新聲與順郎。」《天中記》卷二十引《林花叢集》：「國樂婦人有永新婦、御史娘、柳青娘，皆一時之妙也。有與御史娘詩曰」，所引即劉詩。任半塘《教坊記箋訂》：「按，《樂府雜録》但曰：『貞元中田順郎，曾爲宫中御史娘子』，下接叙他事。『子』上必脱『弟』字。不然，田既爲郎，何以又爲娘子？於意顯忤。當以劉詩所述爲是。」胡震亨《唐音癸籤》卷十三以「宫中御史娘子」即田順，誤。御史娘乃歌者之名，田順郎是其弟子。任氏所考是。

〔戛玉敲冰聲未停，嫌雲不遏入青冥〕元稹《華原磬》：「鏗金戛瑟徒相雜，投玉敲冰杳然零。」《列子・湯問》：

「撫節悲歌，聲振林木，響遏行雲。」

聽曹剛琵琶兼示重蓮

撥撥絃絃意不同，胡啼番語兩玲瓏。誰能截得曹剛手，插向重蓮衣袖中。（1845）

【注】

朱《箋》：作於大和二年（八二八），長安。

〔曹剛〕亦作曹綱。《樂府雜録》琵琶：「貞元中有王芬、曹保保，其子善才，其孫曹綱，皆襲所藝。次有裴興奴，與綱同時。曹綱善運撥，若風雨，而不能扣絃。興奴長於攏撚，指撥稍軟。時人謂曹綱有右手，興奴有左手。」劉禹錫《曹剛》：「一聽曹剛彈薄媚，人生不合出京城。」薛逢亦有《聽曹剛彈琵琶》。

〔重蓮〕歌妓名。

〔撥撥絃絃意不同，胡啼番語兩玲瓏〕向達《唐代長安與西域文明》：「此所云胡啼番語，當非指琵琶之音調而言，大約以剛爲西域胡人，故如是云耳。」按，據詩意，「胡啼番語」仍形容音樂，因琵琶及演奏者來自域外，故有此形容。

酬令狐相公春日尋花見寄六韻

病卧帝王州，花時不得遊。老應隨日至，春肯爲人留？粉壞杏將謝，火繁桃尚稠①。白

飄僧院地，紅落酒家樓。空裏雪相似，晚來風不休。吟君悵望句，如到曲江頭。（1846）

【校】

①〔桃尚〕馬本、《唐音統籤》作「桃向」。

【注】

朱《箋》：作於大和三年（八二九），長安。

〔令狐相公〕朱《箋》：「令狐楚。」見本卷《令狐相公拜尚書後有喜從鎮歸朝之作劉郎中先和因以繼之》（1827）注。本年三月令狐楚復出爲東都留守，居易作此詩時楚尚在長安。

和劉郎中曲江春望見示

芳景多遊客，衰翁獨在家。肺傷妨飲酒，眼痛忌看花。寺路隨江曲，宮牆夾樹斜①。羨君猶壯健，不枉度年華。（1847）

【校】

①〔宮牆〕汪本作「官牆」。

【注】

朱《箋》：作於大和三年（八二九），長安。

〔劉郎中〕朱《箋》：「劉禹錫。」見卷二五《和劉郎中傷鄂姬》（1754）等詩注。

送東都留守令狐尚書赴任①

翠華黄屋未東巡，碧洛青嵩付大臣。地稱高情多水竹，山宜閑望少風塵。龍門即擬爲遊客，金谷先憑作主人。歌酒家家花處處，莫空管領上陽春。（1848）

【校】

①〔題〕《文苑英華》作「送令狐尚書赴東都留守」。

【注】

朱《箋》：作於大和三年（八二九），長安。

〔令狐尚書〕朱《箋》：「令狐楚。」《舊唐書·文宗紀》：「（大和三年）三月辛巳朔，以户部尚書令狐楚爲東都留守。」

〔翠華黄屋未東巡，碧洛青嵩付大臣〕翠華，見卷四《驪宫高》（0143）注。黄屋，見卷四《八駿圖》（0148）注。汪立名云：「寶曆二年，敬宗欲幸東都，諫者皆不聽。已使按修宫闕，賴裴度婉言而罷。明年，文宗大和元年。令狐楚以三年春留守東都，故公首句及此。蓋文宗方勵精圖治，盡反敬宗弊政，『未東巡』之語有微辭焉。」

〔龍門即擬爲遊客，金谷先憑作主人〕龍門，見卷八《贈蘇少府》（0377）注。金谷，見卷十三《和友人洛中春感》（0620）注。朱《箋》：「令狐楚除東都留守在是年三月，居易與禹錫置酒送之。……蓋回洛之意已決。」

〔歌酒家家花處處，莫空管領上陽春〕上陽宮，見卷三《上陽白髮人》（0129）注。

自題新昌居止因招楊郎中小飲

地偏坊遠巷仍斜，最近東頭是白家。宿雨長齊鄰舍柳，晴光照出夾城花。春風小榼三升酒，寒食深爐一椀茶。能到南園同醉否，笙歌隨分有些些。（1849）

【注】

朱《箋》：作於大和三年（八二九），長安。

〔新昌居止〕白居易長安新昌坊宅。見卷二《和答詩十首》（0100）序注。

〔楊郎中〕朱《箋》：「楊汝士。」見卷二五《新昌閑居招楊郎中兄弟》（1730）注。

南園試小樂

小園斑駁花初發，新樂錚摐教欲成①。紅蕚紫房皆手植，蒼頭碧玉盡家生。高調管色吹

銀字，慢拽歌詞唱渭城。不飲一杯聽一曲，將何安慰老心情？（1850）

【校】

①〔錚摐〕馬本、《唐音統籤》、汪本作「錚鏦」。

【注】

朱《箋》：作於大和三年（八二九），長安。

〔小園斑駁花初發，新樂錚摐教欲成〕錚摐，見卷十六《江樓宴別》（0907）注。

〔紅萼紫房皆手植，蒼頭碧玉盡家生〕蒼頭，見卷四《鹽商婦》（0160）注。《樂府詩集》卷四五《碧玉歌》：「《樂苑》曰：《碧玉歌》者，宋汝南王所作也。碧玉，汝南王妾名。以寵愛之甚，所以歌之。」

〔高調管色吹銀字，慢拽歌詞唱渭城〕《新唐書·禮樂志十二》：「復有銀字之名，中管之格，皆前代應律之器也。」《太平御覽》卷五八四引《樂府雜錄》：「篳篥者，本龜茲國樂也，亦名悲篥，有類於笳也。德宗朝有尉遲青，官至將軍。大曆中，有幽州王麻奴者，解吹觱篥，河北推爲第一手，頗倨傲自負。……不數月，到京訪尉遲所居，即常樂里也。……麻奴尚未分，因賂其門者，方得通見。即設席於地令坐，乃於高般涉調中吹一曲勒部羝，曲終流汗浹背。尉遲頷頤謂曰：『此曲何必於高般涉費許多氣力也耶？』因自出銀字管，於平般涉調中吹之。麻奴驚愧垂泣拜之。」杜牧《寄珉笛與宇文舍人》：「調高銀字聲還側，物比柯亭韻較奇。」《樂府詩集》卷八十：「《渭城》，一曰《陽關》，王維之所作也。本《送人使安西》詩，後遂被於歌。」

和微之春日投簡陽明洞天五十韻

青陽行已半，白日坐將徂。越國强仍大，稽城高且孤。利饒鹽煮海，名勝水澄湖①。牛斗天垂象，台明地展圖。天台、四明二山。瓌奇填市井，佳麗溢闉闍。勾踐遺風霸，西施舊俗殊。船頭龍夭矯，橋脚獸睢盱。鄉味珍彭越②，時鮮貴鷓鴣。語言諸夏異，衣服一方殊。搗練蛾眉婢③，鳴榔娃角奴④。江清敵伊洛，山翠勝荆巫。華表雙棲鶴，聯檣幾點烏⑤。煙波分渡口，雲樹接城隅。澗遠松如畫，洲平水似鋪。綠科秧早稻⑥，紫笋拆新蘆⑦。暖蹋泥中藕，香尋石上蒲。雨來萌盡達，雷後蟄全蘇。柳眼黄絲纇，花房絳蠟珠。林風新竹折⑧，野燒老桑枯。帶彈長枝蕙，錢穿短貫榆。暄和生野菜，卑濕長街蕪。女浣紗相伴，兒烹鯉一呼。山魈啼稚子，林狖掛山都。産業論蠶蟻，孳生計鴨鶵。泉巖雪飄灑，苔壁錦漫糊。堰限舟航路，堤通車馬途。耶溪岸迴合，禹廟徑盤紆。洞穴何因鑿，星槎誰與刳？石凹仙藥臼，峰峭佛香爐。去爲投金簡，來因挈玉壺。貴仍招客宿，健未要人扶。問望賢丞相⑨，儀形美大夫⑩。前驅駐旌旆，偏坐列笙竽。刺史旟翻隼，尚書履曳鳧。學禪超後有，觀妙造虚無。髻裹傳僧寶，環中得道樞。登樓詩八詠，置硯賦三都。捧擁羅將綺，趨蹌紫與朱。廟謀藏稷卨⑪，兵略貯孫吴。令下三軍整，風高四海趨。千家得慈母，六郡事嚴姑。重士過三哺，輕才抵一銖⑫。送觥歌宛轉，嘲妓笑盧胡。佐飲時炮鼈，蠲酲數鱠鱸。醉鄉雖咫尺，樂事亦須臾。若不中賢聖，何由外智愚？伊予一生志，我爾百年軀。江上三千里，城中十二衢。出多無伴侶，歸只對妻孥⑬。白首青山約，抽身去得無？（1851）

【校】

①〔水澄湖〕殘宋本作「鏡澄湖」。

②〔彭越〕馬本、《唐音統籤》、汪本作「蟛蚏」。

③〔蛾眉〕殘宋本作「娥眉」。

④〔娃角〕馬本、《唐音統籤》、汪本作「蛙角」。

⑤〔聯檣〕紹興本、那波本、馬本作「聯牆」，據《唐音統籤》、汪本改。

⑥〔科秧〕那波本作「秧科」，朱《箋》從之，誤。此「秧」作動詞用。

⑦〔拆新蘆〕紹興本、馬本、《唐音統籤》、汪本作「折新蘆」，據那波本、盧校改。

⑧〔新竹折〕馬本作「新竹拆」，誤。

⑨〔問望〕那波本、汪本作「聞望」。

⑩〔大夫〕那波本、馬本、《唐音統籤》、汪本作「丈夫」。

⑪〔廟謀〕馬本、《唐音統籤》作「廟謨」。

⑫〔輕才〕馬本、《唐音統籤》、汪本作「輕財」。

⑬〔對妻孥〕馬本、《唐音統籤》作「是妻孥」。

【注】

朱《箋》：作於大和三年（八二九），長安。

〔投簡陽明洞天〕投簡，投金簡，指投奠宛委山禹穴金簡，與投龍奠璧類同。《唐會要》卷五十：「開元二十四年五月十三日敕，每年春季，鎮金龍王殿功德事畢，合獻投山水龍璧，出日宜差散官給驛送，合投州縣，便取當處送出，准式報告。」《太平廣記》卷二六《葉法善》（出《集異記》及《仙傳拾遺》）：「則天徵至神都，請於諸名岳投奠龍璧。」《舊唐書・禮儀志四》：「玄宗御極多年，尚長生輕舉之術。……天下名山，令道士中官合煉醮祭，相繼於路，投龍奠玉。」陽明洞天，在越州宛委山。《嘉泰會稽志》卷九會稽縣：「宛委山在縣東南一十五里。《舊經》云：山上有石匱，壁立干雲，升者累梯而至。《十道志》：石匱山，一名宛委，一名玉笥，有懸崖之險，亦名天柱山。昔禹治水，歌功未成，乃齋於此，得金簡玉字，因知山河體勢。……山下有棲神館，唐改爲懷仙館，今爲龍瑞宮。道書云陽明洞天，一云極玄太女之天。山巔有飛來石，其下葛仙翁丹井。山南葉天師龍見壇。」《寶刻叢編》卷十三兩浙東路越州引《復齋碑錄》：「唐春分投簡陽明洞天並繼作。唐元威明、白居易撰，王璹分書，劉蔚篆額。太和三年正月十五日立在龍瑞宮。」又見《嘉泰會稽志》卷十六。按，此「元威明」別無見，當即元稹之異名。

〔青陽行已半，白日坐將徂〕《爾雅・釋天》：「春爲青陽。」郭璞注：「氣青而温陽。」

〔牛斗天垂象，台明地展圖〕《史記正義論例》列國分野：「吳地，斗牛之分野，今之會稽、九江、丹陽、豫章、廬江、廣陵、六安、臨淮郡。」《太平寰宇記》卷九八台州天台縣：「天台山在州西一百一十里，《臨海記》云：天台山超然秀出，有八重，視之如一帆。高一萬八千丈，週迴二百里。又有飛泉懸流千仞，似布。」卷九六越州餘姚縣：

「四明山在縣西南一百里。《會稽地記》云：縣南有四明山，高峰軼雲，連岫蔽日。」

〔船頭龍夭矯，橋脚獸睢盱〕張衡《思玄賦》：「偃蹇夭矯，娩以連卷兮。」《文選》李善注：「夭矯，自縱恣貌也。」睢盱，見卷十六《東南行一百韻寄通州元九侍御澧州李十一舍人果州崔二十二使君開州韋大員外庾三十二補闕杜十四拾遺李二十助教員外竇七校書》（0902）注。

〔鄉味珍彭越，時鮮貴鷓鴣〕《類篇》：「蟛蜞，彭蜎，水蟲，似蟹而小。或作蟛蜞。」《太平御覽》卷九四三引《嶺表錄異》：「彭蜎，吴呼爲越，蓋語訛也。足上無毛，堪食。吴越間多以鹽藏而貨於市。」

〔搗練蛾眉婢，鳴榔蛙角奴〕潘岳《西征賦》：「纖經連白，鳴榔厲響。」《文選》李善注：「《説文》曰：榔，高木也。以長木叩舷爲聲，言曳纖經於前，鳴長榔於後，所以驚魚令入網也。」蛙角，當即丫頭、鴉頭。元稹《春分投簡陽明洞天作》：「跣足沿流婦，丫頭避役奴。」參見卷十六《東南行一百韻寄通州元九侍御澧州李十一舍人果州崔二十二使君開州韋大員外庾三十二補闕杜十四拾遺李二十助教員外竇七校書》（0902）注。

〔華表雙棲鶴，聯檣幾點烏〕華表棲鶴，見卷十九《吴七郎中山人待制班中偶贈絶句》（1202）注。檣烏，見卷十六《東南行一百韻寄通州元九侍御澧州李十一舍人果州崔二十二使君開州韋大員外庾三十二補闕杜十四拾遺李二十助教員外竇七校書》（0902）注。

〔緑科秧早稻，紫笋拆新蘆〕科，同棵。見卷十五《渭村退居寄禮部崔侍郎翰林錢舍人詩一百韻》（0803）注。

〔柳眼黄絲纇，花房絳蠟珠〕黄絲纇，見卷十八《即事寄微之》（1122）注。

〔女浣紗相伴，兒烹鯉一呼〕《太平寰宇記》卷九六越州：「土城山，會稽縣東六里有土城山。……山邊有石，是西施浣紗石。」《相和歌辭・飲馬長城窟行》：「呼兒烹鯉魚，中有尺素書。」

〔山魈啼稚子，林狖掛山都〕山魈，見卷十五《送人貶信州判官》（0825）注。《爾雅・釋獸》：「狒狒如人，被髮迅走，食人。」郭璞注：「梟羊也。《山海經》曰：其狀如人，面長脣黑，身有毛，反踵，見人則笑。交廣及南康郡山中亦有此物，大者長丈許。俗呼之曰山都。」《太平廣記》卷三二四《山都》（出《南康記》）：「山都，形如崑崙人。通身生毛，見人輒閉眼張口如笑，好居深樹中，翻石覓蟹啗之。《述異記》曰：南康有神，名曰山都，形如人，長二尺餘，黑色赤目，髮黃披身，于深山樹中作窠，窠形如卵而堅，長三尺許，內甚澤，五色鮮明，二枚沓之，中央相連。土人云：上者雄舍，下者雌室。旁悉開口如規，體質虛輕，頗似木筒，中央以鳥毛爲褥。此神能變化隱形，猝睹其狀，蓋木客山㺑之類也。」

〔耶溪岸迴合，禹廟逕盤紆〕耶溪，若耶溪，見卷二三《和新樓北園偶集從孫公度周巡官韓秀才盧秀才范處士小飲鄭侍御判官周劉二從事皆先歸》（1464）注。《嘉泰會稽志》卷六會稽縣：「禹廟在縣東南一十二里。」

〔洞穴何因鑿，星槎誰與刳〕洞穴，指禹穴。見卷二三《酬微之誇鏡湖》（1524）注。《博物志》卷十：「舊説云天河與海通。近世有人居海渚者，年年八月有浮槎去來，不失期。人有奇志，立飛閣于查上，多賫糧，乘槎而去。十餘日中猶觀星月日辰，自後茫茫忽忽亦不覺晝夜。……後至蜀，問君平，曰：『某年月日有客星犯牽牛宿。』計年月，正是此人到天河時也。」此指禹廟石船。《太平寰宇記》卷九六：「禹廟側有石船，長一丈云，禹所乘也。孫皓刻其背，以述功焉。後人以皓無勳可紀，乃覆船刻字，其船中析。」

〔去爲投金簡，來因挈玉壺〕《吳越春秋》卷四：「禹傷父功不成，循江泝河，……乃案《黃帝中經》，蓋聖人所記曰：在於九山，東南天柱，號曰宛委，赤帝在闕。其巖之巔，承以文玉，覆以磐石。其書金簡青玉爲字，編以白銀，皆篆其文。禹乃東巡，登衡丘，血白馬以祭，不幸所求。禹乃登山仰天而嘯，因夢見赤繡衣男子，自稱玄夷蒼水使者，聞帝使大命於斯，故來候之。非厥歲月，將告以期，無爲戲吟。故倚歌覆釜之山，東顧謂禹曰：『欲得我山神書者，齋於黃帝巖嶽之下。三月庚子，登山發石，金簡之書存矣。』禹退又齋，三月庚子，登宛委山，發金簡之書。案金簡玉字，得通治水之理。」挈玉壺，蓋用壺公典。見卷六《酬吴七見寄》(0264)注。陳子昂《感遇詩》：「曷見玄真子，觀世玉壺中。」李白《對雪醉後贈王歷陽》：「君看昔日汝南市，白頭仙人隱玉壺。」又《擬古十二首》：「飲酒入玉壺，藏身以爲寶。」鮑溶《與峨眉山道士期盡日不至》：「玉壺貯天地，歲月亦已長。」

〔問望賢丞相，儀形美大夫〕問望，聲望。陸機《周處碑》：「早馳問望，晚懷耿節。」儀形，見卷七《題舊寫真圖》(0322)注。

〔刺史旟翻隼，尚書履曳舄〕《周禮·春官·車僕》：「鳥隼爲旟。……州里建旟。」後人用为刺史典故。陸倕《以詩代書别後寄贈》：「江派資賢牧，宗英出建旟。」尚書履，見本卷《令狐相公拜尚書後有喜從鎮歸朝之作劉郎中先和因以繼之》(1827)注。《後漢書·方術傳·王喬》：「顯宗世，爲葉令。喬有神術，每月朔望，常自縣詣臺朝。帝怪其來數，而不見其車騎，密令太史伺望之。言其臨至，輒有雙鳧從東南飛來。於是候鳧至，舉羅張之，但得一隻舄焉。乃詔尚方診視，則四年中所賜尚書官屬履也。」

〔學禪超後有，觀妙造虚無〕後有，來世所受果報。《楞嚴經》卷九：「謗阿羅漢，身遭後有，墮阿鼻獄。」《俱舍論》卷二六：「我生已盡，梵行已立，所作已辦，不受後有。」

〔髻裏傳僧寶，環中得道樞〕佛教以佛、法、僧爲三寶。《法苑珠林》卷二七敬僧篇：「金檀銅素，漆紵丹青，圖像聖容，名爲佛寶。紙絹竹帛，書寫玄言，名爲法寶。剃髮染衣，執持應器，名爲僧寶。」髻裏傳僧寶，用佛經中髻中珠之典故。《佛本行集經》卷十八：「爾時太子以手從其天冠頭髻解天無價摩尼之寶，付以車匿。」《龐居士語録》卷下：「不動干戈安萬姓，法王合掌髻中珠。」

〔登樓詩八詠，置硯賦三都〕《天中記》卷十四引《金華志》：「沈約齊隆昌元年以吏部郎出爲東陽太守，題《八詠詩》于玄暢樓，時號絶唱。後人因更玄暢爲八詠樓云。」《世説新語·文學》：「左太沖作三都賦初成，時人互有譏訾，思意不愜。後示張公，張曰：『此《二京》可三。然君文未重於世，宜以經高名之士。』思乃詢求於皇甫謐，謐見之嗟歎，遂爲作敘。於是先相非貳者，莫不斂衽贊述焉。」《文心雕龍·養氣》：「仲任置硯以綜述，敬通懷筆以專業。」

〔捧擁羅將綺，趨蹌紫與朱〕趨蹌，見卷十五《渭村退居寄禮部崔侍郎翰林錢舍人詩一百韻》（0803）注。

〔廟謀藏稷卨，兵略貯孫吳〕卨，契之本字。見卷十七《聞李尚書拜相因以長句寄賀微之》（1045）注。

〔千家得慈母，六郡事嚴姑〕《舊唐書·地理志三》江南東道：「越州中都督府，隋會稽郡。……貞觀元年，更督越、婺、泉、建、台、括六州。」慈母、嚴姑，喻治道。《韓非子·顯學》：「夫嚴家無悍虜，而慈母有敗子，吾以此知威勢之可以禁暴，而德厚之不足以止亂也。」姑，通家。

〔重士過三哺，輕才抵一銖〕《史記·魯周公世家》：「周公戒伯禽曰：『我文王之子，武王之弟，成王之叔父，我於天下亦不賤矣。然我一沐三捉髮，一飯三吐哺，起以待士，猶恐失天下之賢人。』」才，通財。一銖，言其輕。《漢書·食貨志》：「小錢徑六分，重一銖，文曰小錢直一。」

〔送觥歌宛轉，嘲妓笑盧胡〕《後漢書·應劭傳》：「掩口盧胡而笑。」方以智《通雅》卷四：「盧胡，笑在喉間聲也。……按，胡，喉也。《漢書》捽胡，捽其喉也。盧胡，正狀其掩口之聲。」

〔佐飲時炮鼈，蠲酲數鱠鱸〕《焦氏易林·賁·頤》：「甚獨勞苦，炮鼈膾鯉。」曹植《名都篇》：「膾鯉臇胎蝦，炮鼈炙熊蹯。」

〔若不中賢聖，何由外智愚〕中賢聖，見卷十七《江南謫居十韻》（1002）注。

〔江上三千里，城中十二衢〕十二衢，十二街。見卷一《登樂遊園望》（0026）注。

〔白首青山約，抽身去得無〕白首青山，見卷七《昔與微之在朝日同蓄休退之心迨今十年淪落老大追尋前約且結後期》（0313）注。

酬鄭侍御多雨春空過詩三十韻 次用本韻。

南雨來多滯，東風動即狂。月行離畢急，龍走召雲忙。鬼轉雷車響，蛇騰電策光。侵淫天似漏①，沮洳地成瘡。慘澹陰煙白，空濛宿霧黄。闇遮千里目，悶結九迴腸。寂寞羇臣館，深沈思婦房。鏡昏鸞滅影，衣潤麝消香。蘭濕難紉珮，花凋易落妝。沾黄鶯翅重，滋緑草心長。紫陌皆泥濘，黄污共淼茫。恐霖成怪沴，望霽劇禎祥。楚柳腰肢嚲，湘筠涕淚滂。晝昏疑是夜，陰盛勝於陽。居士巾皆墊，行人蓋盡張。踯蛙還屢出，移蟻欲深藏。端坐交遊廢，閑行去步妨。愁生垂白叟，惱殺蹋青娘。變海常須慮②，爲魚慎勿忘。此時方共懼，何處可相將？此已下述浙東政事。已望東溟禱，仍封北户禳。却思逢旱魃，誰喜見商羊？預怕爲蠶病，先憂作麥霜③。惠應施浹洽，政豈假歆揚。祀典修咸秩④，農書振滿床。丹誠期懇苦，白日會昭彰。賑廩賙飢户，苫城備壞牆。且當營歲事，寧暇惜年芳⑤。德勝令災弭，人安在吏良。尚書心若此，不枉繫金章。（1852）

【校】

①〔侵淫〕《唐音統籤》作「浸淫」。

②〔常須〕那波本作「傷須」。

③〔麥霜〕《唐音統籤》作「麥傷」。

④〔咸秩〕馬本、《唐音統籤》作「成秩」。

⑤〔寧暇〕殘宋本作「寧假」。

【注】

朱《箋》：作於大和三年（八二九），長安。

〔鄭侍御〕鄭魴。見卷二二《和酬鄭侍御東陽春悶放懷追越遊見寄》（1469）注。

〔月行離畢急，龍走召雲忙〕月離於畢，見卷一《夏旱》（0051）注。

〔侵淫天似漏，沮洳地成瘡〕杜甫《九日寄岑參》：「安得誅雲師，疇能補天漏。」九家集注趙云：「蜀有地名漏天也。」《太平寰宇記》卷七九戎州：「大黎山、小黎山，管開邊縣界，四時霖淫不絕，俗人呼爲大漏天、小漏天。」《詩·魏風·沮洳》：「彼汾沮洳，言采其莫。」傳：「沮洳，其漸洳者。」孔穎達疏：「沮洳，潤澤之處，故爲漸洳。」

〔恐霖成怪沴，望霽劇禎祥〕災沴，見卷一《賀雨》（0001）注。劇，甚，甚于。本卷《和春深二十首》之二（1854）：「途窮平路險，舉足劇褒斜。」

〔居士巾皆墊，行人蓋盡張〕《後漢書·郭太傳》：「嘗於陳梁間行遇雨，巾一角墊，時人乃故折巾一角，以爲林宗巾。」

〔變海常須慮，爲魚慎勿忘〕變海，見卷二《讀史五首》之三（0097）注。爲魚，見卷八《自蜀江至洞庭湖口有感而作》

(0351)注。

〔已望東溟禱，仍封北户禳〕《爾雅·釋地》：「觚竹、北户、西王母、日下，謂之四荒。」郭璞注：「北户在南。」《論衡·明雩》：「范蠡計然曰：『太歲在於水，毁；金，穰；木，饑；火，旱。』夫如是，水旱饑穰，有歲運也。」

〔却思逢旱魃，誰喜見商羊〕《詩·大雅·雲漢》：「旱魃爲虐，如惔如焚。」毛傳：「魃，旱神也。」《説苑·辨物》：「齊有飛鳥一足，來下止於殿前，舒翅而跳。齊侯大怪之，又使聘問孔子。孔子曰：『此名商羊，急告民，趣治溝渠，天將大雨。』於是如之，天果大雨，諸國皆水，齊獨以安。」

〔預怕爲蠶病，先憂作麥霜〕蠶病，見卷五《效陶潛體詩十六首》之四(0213)注。

〔惠應施浹洽，政豈假歈揚〕司馬相如《封禪文》：「休烈浹洽，符瑞衆變。」

〔祀典修咸秩，農書振滿床〕《書·洛誥》：「王肇稱殷禮，祀于新邑，咸秩無文。」傳：「言王當始舉殷家祭祀，以禮典祀於新邑，皆次秩不在禮文者而祀之。」

和春深二十首

何處春深好，春深富貴家。馬爲中路鳥，妓作後庭花。羅綺驅論隊，金銀用斷車①。眼前何所苦，唯苦日西斜。(1853)

【校】

①〔斷車〕馬本作「短車」，誤。

【注】

朱《箋》：作於大和三年（八二九），長安。

〔春深二十首〕本書卷二二《和微之詩二十三首》（1454）序：「微之又以近作四十三首寄來，命僕繼和。其間瘀絮四百字、車斜二十篇者流，皆韻劇辭殫，瓌奇怪譎。」「車斜二十篇」即此組詩。參見該詩注。元稹原詩佚。劉禹錫有《同樂天和微之春深二十首》，注：「同用家花車斜四韻。」

〔羅綺驅論隊，金銀用斷車〕論、斷，見卷十六《東南行一百韻寄通州元九侍御澧州李十一舍人果州崔二十二使君開州韋大員外庾三十二補闕杜十四拾遺李二十助教員外竇七校書》（0902）「夜船論鋪賃，春酒斷瓶沽」注。

何處春深好，春深貧賤家。荒涼三逕草，冷落四鄰花。奴困歸傭力，妻愁出賃車。途窮平路險，舉足劇褒斜。（1854）

【注】

〔途窮平路險，舉足劇褒斜〕班固《西都賦》：「右界褒斜、隴首之險，帶以洪河、涇渭之川。」《文選》李善注：「《梁州記》曰：萬石城泝漢上七里，有褒谷，南口曰褒，北口曰斜，長四百七十里。」劇，甚，甚于。

何處春深好，春深執政家。鳳池添硯水，雞樹落衣花。詔借當衢宅，恩容上殿車。延英

開對久，門與日西斜。（1855）

【注】

〔鳳池添硯水，雞樹落衣花〕鳳池，見卷八《宿藍橋對月》（0336）注。《初學記》卷十一引郭頒《魏晉世語》：「劉放、孫資，共典樞要，夏侯獻、曹肇，心内不平。殿中有雞棲樹，二人相謂：『此亦久矣，其能復幾？』指謂中書監劉放、中書令孫資。」韋承慶《直中書省》：「清切鳳凰池，扶疏雞棲樹。」

〔延英開對久，門與日西斜〕延英，見卷一《寄隱者》（0058）注。

何處春深好，春深方鎮家。通犀排帶胯，瑞鶻勘袍花①。飛絮衝毬馬，垂楊拂妓車。戎裝拜春設②，左握寶刀斜。（1856）

【校】

①〔瑞鶻〕馬本、《唐音統籤》、汪本作「瑞鶴」。

②〔春設〕那波本作「春殿」。

【注】

〔通犀排帶胯，瑞鶻勘袍花〕通犀帶，見卷一《雜興三首》之三（0020）注。瑞鶻，參見卷十七《初除官蒙裴常侍贈鶻銜瑞草緋袍魚袋因謝惠貺兼抒離情》(1084)注。

〔戎裝拜春設，左握寶刀斜〕設，宴設，唐人亦指宴會歌舞表演。《太平廣記》卷二二《羅公遠》（出《神仙感遇傳》及《仙傳拾遺》）：「羅公遠，本鄂州人也。刺史春設，觀者傾都。有一白衣人長丈餘，貌甚異，隨群衆而至，門衛者皆怪之。俄有小童傍過，叱曰：『汝何故離本處，驚怖官司耶？』其人遂攝衣而走，吏乃擒小童至宴所，具白于刺史。」又卷一八二《趙琮》（出《玉泉子》）：「一日，軍中高會，州郡謂之春設者，大將家相率列棚以觀之。」王建《宮詞》：「春設殿前多隊舞，朋頭各自請衣裳。」

何處春深好，春深刺史家。陰繁棠布葉①，歧秀麥分花②。五疋鳴珂馬，雙輪畫軾車③。

和風引行樂，葉葉隼旟斜。（1857）

【校】

①〔棠布〕殘宋本作「常布」。

②〔歧秀〕那波本、汪本作「岐秀」。

③〔畫軾〕那波本、汪本作「畫戟」。

【注】

〔陰繁棠布葉，歧秀麥分花〕蕭綱《罷丹陽郡與吏民別詩》：「柳栽今尚在，棠陰君詎憐。」《水經注》沽水：「漁陽太守張堪於縣開稻田，教民植種，百姓得以殷富。童謠歌曰：桑無附枝，麥秀兩歧。張君爲政，樂不可支。」

〔五疋鳴珂馬，雙輪畫軾車〕五馬，見卷八《馬上作》(0344)注。鳴珂，見卷二《續古詩十首》之六(0071)注。

〔和風引行樂，葉葉隼旟斜〕隼旟，見本卷《和微之春日投簡陽明洞天五十韻》(1851)注。

何處春深好，春深學士家。鳳書裁五色，馬鬣剪三花。蠟炬開明火，銀臺賜物車。相逢不敢揖，彼此帽低斜。(1858)

【注】

〔鳳書裁五色，馬鬣剪三花〕《藝文類聚》卷九九引《春秋元命苞》：「火離爲鳳凰，銜書遊文王之都，故武王受鳳書之紀。」張説《羽林恩召觀御書王太尉碑》：「誰家羽林將，文逐鳳書飛。」郭若虛《圖畫見聞志》卷五《三花馬》：「唐開元天寶之間，承平日久，世尚輕肥，三花飾馬。舊有家藏韓幹畫《貴戚閱馬圖》，中有三花馬。兼曾見蘇大參家有韓幹畫《三花御馬》。晏元獻家張萱畫《虢國出行圖》，中亦有三花馬。三花者，剪鬉爲三辮。白樂天詩云：『鳳牋書五色，馬鬣剪三花。』」

〔蠟炬開明火，銀臺賜物車〕銀臺，大明宮左右銀臺門。李白《相逢行》：「朝騎五花馬，謁帝出銀臺。」

何處春深好，春深女學家。慣看温室樹，飽識浴堂花。御印提隨仗，香牋把下車。宋家宮樣髻，一片綠雲斜。(1859)

【注】

〔何處春深好，春深女學家〕《舊唐書·后妃傳下》：「女學士尚宮宋氏者，名若昭，貝州清陽人。父庭芬，世爲儒學，至庭芬有詞藻。生五女，皆聰惠。庭芬始教以經義，既而課爲詩賦，年未及笄，皆能屬文。長曰若莘，次曰若昭、若倫、若憲、若荀。……貞元四年，昭義節度使李抱真表薦以聞。德宗俱召入内，試以詩賦，兼問經史大義，深加賞歎。德宗能詩，與侍臣唱和相屬，亦令若莘姊妹應制。每進御，無不稱善。嘉其節概不群，不以宮妾遇之，呼爲學士先生。……元和末，若莘卒，贈河内郡君。自貞元七年已後，宮中記注簿籍，若莘掌其事。穆宗復令若昭代司其職。……寶曆初卒。……敬宗復命若憲代司宮籍。文宗好文，以若憲善屬文，能議論奏對，尤重之。大和中，……訓、注惡宰相李宗閔、李德裕，構宗閔憸邪，爲吏部侍郎時，令駙馬都尉沈立義通賂於若憲，求爲宰相。文宗怒，貶宗閔爲潮州司户，羲端州司馬，幽若憲於外第，賜死。若憲弟侄女婿等連坐者十三人，皆流嶺表。」按，此組詩作于大和初，尚在李訓、鄭注弄權之前。

〔慣看温室樹，飽識浴堂花〕温室樹，見卷一《廬山桂》（0061）注。浴堂殿，見卷四《陵園妾》（0159）注。

何處春深好，春深御史家。絮縈驄馬尾，蝶繞繡衣花。破柱行持斧，埋輪立駐車。入班遥認得，魚貫一行斜。（1860）

【注】

〔絮縈驄馬尾，蝶繞繡衣花〕驄馬、繡衣，見卷五《見蕭侍御憶舊山草堂詩因以繼和》（0181）注。

〔破柱行持斧，埋輪立駐車〕《後漢書・黨錮列傳・李膺》：「張讓弟朔爲野王令，貪殘無道，至乃殺孕婦，聞膺厲威嚴，懼罪逃還京師，因匿兄讓第舍，藏於合柱中。膺知其狀，率將吏卒破柱取朔，付洛陽獄。」《漢書・雋不疑傳》：「暴勝之为直指使者，衣繡衣，持斧，逐捕資賊。」《後漢書・張綱傳》：「司徒辟高第爲侍御史。……選遣八使徇行風俗，餘人受命之部，而綱獨埋其車輪於洛陽都亭，曰：『豺狼當路，安問狐狸？』遂奏曰：大將軍冀、河南尹不疑，蒙外戚之援……。」

何處春深好，春深遷客家。一杯寒食酒，萬里故園花。炎瘴蒸如火，光陰走似車。爲憂鵩鳥至，只恐日光斜。（1861）

【注】

〔爲憂鵩鳥至，只恐日光斜〕《史記・屈原賈生列傳》：「賈生爲長沙王太傅，三年，有鴞飛入賈生舍，止於坐隅。楚人名鴞曰鵩。賈生既已謫居長沙，長沙卑濕，自以爲壽不得長，乃爲賦以自廣。」

何處春深好，春深經業家。唯求太常第，不管曲江花。折桂名慚郄，收螢志慕車。官場泥鋪處，最怕寸陰斜。（1862）

【注】

〔何處春深好，春深經業家〕《後漢書·鄭玄傳》：「遂隱修經業，杜門不出。」

〔唯求太常第，不管曲江花〕《史記·平津侯主父偃列傳》：「弘至太常，太常令所徵儒士各對策，百餘人，弘第居下。策奏，天子擢弘對爲第一。」

〔折桂名慚郄，收螢志慕車〕折桂，見卷十二《醉後走筆酬劉五主簿長句之贈兼簡張大賈二十四先輩昆季》（0581）注。任昉《爲蕭揚州薦士表》：「至乃集螢映雪，編蒲緝柳。」《文選》李善注：「檀道鸞《晉陽秋》曰：車胤字武子，學而不倦，貧不常得油，夏月則練囊盛數十螢火，以夜繼日焉。」

何處春深好，春深隱士家。野衣裁薜葉，山飯曬松花。蘭索紉幽珮，蒲輪駐軟車。林間箕踞坐，白眼向人斜。（1863）

【注】

〔野衣裁薜葉，山飯曬松花〕劉長卿《奉使新安自桐廬縣經嚴陵釣台宿七里灘下》：「何時故山裏，却醉松花釀。」王季友《酬李十六岐》：「朝飲杖懸沽酒錢，暮餐囊有松花飯。」

〔蘭索紉幽珮，蒲輪駐軟車〕蒲輪，見卷五《題贈鄭秘書徵君石溝溪隱居》（0207）注。

何處春深好，春深漁父家。松灣隨棹月，桃浦落船花。投餌移輕檝，牽輪轉小車。蕭蕭蘆葉裏，風起釣絲斜。（1864）

【注】

〔投餌移輕檝，牽輪轉小車〕車，釣車。元結《宿丹崖翁宅》：「兒孫棹船抱酒甕，醉裏長歌揮釣車。」張志和《漁父歌》：「釣車子，橛頭船，樂在風波不用仙。」

何處春深好，春深潮户家。濤翻三月雪，浪噴四時花。曳練馳千馬，驚雷走萬車。餘波落何處，江轉富陽斜。（1865）

【注】

〔曳練馳千馬，驚雷走萬車〕謝莊《舞馬賦應詔》：「寫秦坰之弭塵，狀吴門之曳練。」

〔餘波落何處，江轉富陽斜〕《舊唐書·地理志三》江南東道杭州：「富陽，漢富春縣，屬會稽郡。晉改爲富陽。隋舊縣。」

何處春深好，春深痛飲家。十分杯裏物，五色眼前花。餔歠眠糟甕，流涎見麴車。杜甫詩

云：「路見麴車口流涎。」中山一沉醉，千度日西斜。（1866）

【注】

〔鋪歠眠槽甕，流涎見麴車〕鋪，當作餔。《楚辭・漁父》：「衆人皆醉，何不餔其糟而歠其釃？」劉伶《酒德頌》：「先生于是方奉罌承槽，銜杯漱醪，奮髯箕踞，枕麴藉糟。」杜甫《飲中八仙歌》：「汝陽三斗始朝天，道逢麴車口流涎。」

〔中山一沉醉，千度日西斜〕《博物志》卷十：「昔劉玄石與中山酒家沽酒，酒家與『千日酒』，忘言其節度。歸至家當醉，而家人不知，以爲死也，權葬之。酒家計千日滿，乃憶玄石前來沽酒，醉向醒耳。往視之，云：『玄石亡來三年，已葬。』於是開棺，醉始醒。俗云：玄石飲酒，一醉千日。」

何處春深好，春深上巳家。蘭亭席上酒，曲洛岸邊花。弄水游童棹，湔裾小婦車。齊橈爭渡處，一匹錦標斜①。（1867）

【校】

①〔一匹〕殘宋本作「一疋」。

【注】

〔蘭亭席上酒，曲洛岸邊花〕蘭亭，見卷十四《上巳日恩賜曲江宴會即事》（0743）注。

〔弄水游童棹，湔裾小婦車〕蕭綱《和人渡水》：「婉婉新上頭，湔裾出樂遊。」《荆楚歲時記》注：「《玉燭寶典》曰：元日至月晦，人並酺食渡水，士悉湔裳酹酒于水湄，以爲度厄。今世人唯晦日臨河解除，婦人或湔裾。」

何處春深好，春深寒食家。玲瓏鏤雞子，宛轉綵毬花。碧草追游騎，紅塵拜掃車。鞦韆細腰女，摇曳逐風斜。（1868）

【注】

〔玲瓏鏤雞子，宛轉綵毬花〕《荆楚歲時記》：「去冬至一百五日，即有疾風甚雨，謂之寒食。禁火三日，造餳、大麥粥。鬥雞，鏤雞子，鬥雞子。打毬、秋千、施鈎之戲。」注：「《玉燭寶典》曰：此節，城市尤多鬥雞卵之戲。《左傳》有季郈鬥雞。其來遠矣。古之豪家，食稱畫卵，今代猶染藍茜雜色，仍如雕鏤，遞相餉遺，或置盤俎」；「按劉向《别錄》曰：蹴鞠，黄帝所造，本兵勢也。或云起于戰國。按，鞠與毬同。古人蹋蹴以爲戲也。」

何處春深好，春深博弈家。一先爭破眼，六聚鬭成花。鼓應投壺馬，兵衝象戲車。彈棋局上事，最妙是長斜。（1869）

【注】

〔一先爭破眼，六聚鬬成花〕此言圍棋。《酉陽雜俎》前集卷十二語資：「一行公本不解弈，因會燕公宅，觀王積薪棋一局，遂與之敵。笑謂燕公曰：『此但爭先耳。』」《説郛》卷一〇二張擬《棋經·合戰》：「寧輸數子，勿失一先。」梁武帝《圍棋賦》：「局有衆勢，多不可名。或方四聚五，花六持七。」張擬《棋經·雜説》：「花聚透點，多無生路。花六聚七，終非吉祥。」

〔鼓應投壺馬，兵衝象戲車〕投壺之戲本有立馬。《禮記·投壺》：「正爵既行，請爲勝者立馬，一馬從二馬，三馬既立，請慶多馬。」鄭玄注：「馬，勝算也。謂之馬者，若云技藝如此，任爲將帥乘馬也。」此借用，言唐人象戲之制，亦後世象棋之先。《説郛》卷一〇二《古局象棋圖序》：「王子曰：此古局象棋圖法，蓋司馬温公仿象戲而損益之者也。」胡應麟《少室山房筆叢》正集卷二四：「象戲稍爲後出，北周武帝有《象經》二十卷，……第其序見《御覽》者，絶不與今同。而唐以後殊無可考。惟《玄怪録》岑順一事，可據戲録之：寶應元年，汝南岑順夢一人被甲報曰：『金象將軍傳語與天那賊會戰。』順明燭以觀之。夜半後，東壁鼠穴化爲城門，有兩軍列陣相對，部伍既定，軍師進曰：『天馬斜飛度三止，上將横行擊四方。輜車直入無迴翔，六甲次第不乖行。』於是鼓之兩軍，俱有一馬斜去三尺止。又鼓之，各有一步卒横行一尺。又鼓之，車進。須臾，砲石亂下云云。後家人覺其顔色慘悴，因發掘東壁，乃古冢有象戲局，車馬具焉。按，此或文士寓談，然唐人象戲之制，賴此可考。馬斜行三路，卒横行一路，正與今同。獨車直進不迴，則類於今之卒，恐其他不盡合也。又不云有象。司馬温公《七國棋圖》亦無象云。象不可用於中國，故名有實無也。」按，出《玄怪録》之《岑順》，見《太平廣記》卷三六九。胡氏所引頗有删節。

〔彈棋局上事，最妙是長斜〕《世説新語·巧藝》劉孝標注引傅玄《彈棋賦序》：「漢成帝好蹴鞠，劉向以謂勞人體，竭人力，非至尊所宜御，乃因其體作彈棋。今觀其道，蹴鞠道也。」《酉陽雜俎》續集卷四貶誤：「今彈棋用棋二十四，以色別貴賤，棋絶後一豆。《座右方》云：白黑各六棋，依六博棋形，頗似枕狀。又魏戲法，先立一棋於局中，鬥餘者白黑圍繞之，十八籌成都。」沈括《夢溪筆談》卷十八：「彈棋今人罕爲之。有譜一卷，蓋唐人所爲。棋局方二尺，中心高如覆盂，其巔爲小壺，四角微隆起。李商隱詩云：『玉作彈棋局，中心最不平。』謂其中高也。樂天詩云：『彈棋局上事，最妙是長斜。』長斜謂抹角斜彈，一發過半局。今譜中具有此法。柳子厚叙棋用二十四棋者，即此戲也。」

何處春深好，春深嫁女家。紫排襦上雉，黄帖鬢邊花。轉燭初移障，鳴環欲上車。青衣傳去氈褥，錦繡一條斜。（1870）

【注】

〔紫排襦上雉，黄帖鬢邊花〕花黄，黄色花鈿。《木蘭詩》：「當窗理雲鬢，對鏡帖花黄。」成彦雄《柳枝詞》：「鵝黄剪出小花鈿，綴上芳枝色轉新。」

〔青衣傳氈褥，錦繡一條斜〕龔頤正《芥隱筆記》轉席：「今新婦轉席，唐人已爾。樂天《春深娶婦家》詩云：『青衣轉氈褥，錦繡一條斜。』」陶宗儀《南村輟耕録》卷十七傳席：「今人家娶婦，輿轎迎至大門，則傳席以入，弗令履地。然唐人已爾。樂天《春深娶婦家》詩云：『青衣轉氈褥，錦繡一條斜。』」二人所引白詩均作「轉氈褥」，白詩「傳」注去聲，義同。

何處春深好，春深娶婦家。兩行籠裏燭，一樹扇間花。賓拜登華席，親迎障幰車。催妝詩未了，星斗漸傾斜。（1871）

【注】

〔賓拜登華席，親迎障幰車〕《舊唐書·輿服志》：「太極元年，左司郎中唐紹上疏曰：……又士庶親迎之儀，……往者下俚庸鄙，時有障車，邀其酒食，以爲戲樂。近日此風轉盛，上及王公，乃廣奏音樂，多集徒侶，遮擁道路，留滯淹時，邀致財物，動踰萬計。遂使障車禮貺，過於聘財，歌舞喧嘩，殊非助感。」《酉陽雜俎》續集卷三支諾臯下：「中書舍人崔嘏弟崔暇娶李氏，爲曹州刺史，令兵馬使國邵南勾當障車。」

〔催妝詩未了，星斗漸傾斜〕《酉陽雜俎》續集卷四貶誤：「今士大夫家昏禮露施帳，謂之入帳，新婦乘鞍，悉北朝餘風也。《聘北道記》云：北方婚禮必用青布幔爲屋，謂之青廬。于此交拜，迎新婦。夫家百餘人挾車，俱呼曰：『新婦子催出來。』其聲不絶，登車乃止。今之催妝是也。以竹杖打婿爲戲，乃有大委頓者。江德藻記此爲異，明南朝無此禮也。」《雲溪友議》卷中吳門秀：「陸郎中暢……及登蘭省，遇雲陽公主下降劉都尉，百僚舉爲儐相，詩題之者，頃刻而成，其詩亦麗也。……詔作催妝五言詩一首，……內人以陸君吳音，才思敏捷，凡所調戲，應對如流，復以詩嘲之。陸亦酬和，六宮大咍。凡十餘篇，嬪娥皆諷誦之。」

何處春深好，春深妓女家。眉欺楊柳葉，裙妬石榴花。蘭麝熏行被，金銅釘坐車。揚州蘇小小①，人道最夭伊耶反斜。(1872)

【校】

①〔揚州〕馬本、《唐音統籤》、汪本作「杭州」。

【注】

〔揚州蘇小小，人道最夭斜〕蘇小小，見卷二十《杭州春望》(1357)注。周嬰《卮林》卷二：「蘇小實錢塘人。白樂天《楊柳枝詞》：『蘇州楊柳任君詩，更有錢塘勝館娃。若解多情尋小小，綠楊深處是蘇家。』則亦以爲武林人，知『揚』字爲『杭』字之誤。宋陳子兼《牕間紀聞》：嘉興縣西南六十步，《地記》云：晉歌妓蘇小小墓，今有片石在通判廳，曰蘇小小墓。徐凝《寒食》詩：『嘉興郭裏逢寒食，落日家家拜掃歸。只有縣前蘇小小，無人送與紙錢灰。』則小小墓又在嘉禾。豈麗媛妖姬兩地爭以爲重乎？劉禹錫《送裴處士》詩云：『憶得當年識君處，嘉禾驛後聯牆住。垂鈎釣得王餘魚，踏芳共登蘇小墓。』夢得詠已及此，《紀聞》又非誣耳。」沈濤《匏廬詩話》卷中：「唐人詩言錢唐蘇小小不一而足，古詩亦言『何處結同心，西陵松柏下』。西陵即今西興，六朝時爲錢唐地，嘉興蘇小或别是一人耳。白樂天詩：『揚州蘇小小，人道最夭斜。』是揚州有蘇小，古女子名不嫌相同，未可據以爲疑也。」王楙《野客叢書》卷十六：「今言不正者爲夭邪，夭讀爲么。而樂天詩曰：『莫言蘇小小，人道最夭邪。』夭，伊邪反。非夭字。東坡《梅詩》祖此。用夭邪語，今人多讀爲么邪，而不知爲非也。」楊慎《丹鉛餘錄總錄》卷二一：「唐詩：『錢唐蘇小小，人道最夭邪。』又：『長安女兒雙髻鴉，隨風趁蝶學夭邪。』夭音作歪。」

吳玉搢《別雅》卷一：「佤邪、夭邪，歪邪也。《周禮·夏官·形方氏》：『掌制邦國之地域，而正其封疆，無有華離之地。』注：『華讀爲佤哨之佤，正之使不佤邪離絶。』佤，苦蛙切。即今歪字。古無麻韻，正合今之歪音。《説文》：竵，不正也。古稱程邈四簡篆書，竵扁應勢。此正歪之本字。今人合不正二字爲歪字，不知其本作竵矣。唐詩：『隨風趁蝶學夭邪。』宋詞：『杏靨夭邪。』亦皆讀如歪。」按，白詩注「伊耶反」，影母麻韻，王、吳二氏之説可信。

詠家醖十韻

獨醒從古笑靈均，長醉如今效伯倫。舊法依稀傳自杜，杜康。新方要妙得於陳。陳郎中岵傳受此法。井泉王相資重九，麴糵精靈用上寅。水用九月九日，麴用七月上寅①。釀糯豈勞吹范黍②，撇篘何假漉陶巾。常嫌竹葉猶凡濁，始覺榴花不正真。甕揭聞時香酷烈，瓶封貯後味甘辛。捧疑明水從空化，飲似陽和滿腹春。色洞玉壺無表裏，光摇金盞有精神。能銷忙事成閑事，轉得憂人作樂人。應是世間賢聖物，與君還往擬終身。（1873）

【校】

①〔（注）七月〕紹興本作「七日」，誤，據馬本、《唐音統籤》、汪本改。

②〔吹范黍〕馬本、《唐音統籤》、汪本作「炊范黍」。

【注】

朱《箋》：作於大和三年（八二九），長安。

〔獨醒從古笑靈均，長醉如今效伯倫〕靈均，屈原。見卷二《讀史五首》之一（0095）注。伯倫，劉伶。見卷五《效陶潛體詩十六首》之十三（0222）注。

〔舊法依稀傳自杜，新方要妙得於陳〕杜康，見本卷《鏡換杯》（1831）注。白居易《偶吟》（卷二七1932）：「元氏詩三帙，陳家酒一瓶。」《池上篇序》（《白氏文集》卷六九）：「先是潁川陳孝山與釀酒法，味甚佳。」朱《箋》：「陳孝山即陳岵，元和元年登達於吏理可使從政科。見《登科記考》卷十六。……《登科記考》疑陳岵即貞元九年登第與劉禹錫同年之陳佑，與《劉集》外八《贈同年陳長史員外》詩中『推賢有愧韓安國』一語不合，顯非一人。」

〔井泉王相資重九，麴糵精靈用上寅〕《左傳》僖公十五年杜預注：「凡筮者用《周易》，則其象可推。非此而往，則臨時占者或取於象，或取於氣，或取於時日王相，以成其占。」孔穎達疏：「《陰陽書》以爲，春則爲木王、火相、土死、金囚、水休。時日王相謂此也。」《齊民要術》卷七神麴法：「以七月上寅日造，不得令雞狗見及食者。」

〔釀糯豈勞吹范黍，撇蒭何假漉陶巾〕《後漢書·獨行傳·范式》：「范式字巨卿，……少遊太學，爲諸生，與汝南張劭爲友。劭字元伯。二人並告歸鄉里。式謂元伯曰：『後二年當還，將過拜尊親，見孺子焉。』乃共剋期日。後期方至，元伯具以白母，請設饌以候之。母曰：『二年之別，千里結言，爾何相信之審邪？』對曰：『巨卿信士，必不乖違。』母曰：『若然，當爲爾醞酒。』至其日，巨卿果到，升堂拜飲，盡歡而别。」李瀚《蒙求》：「陳雷膠漆，范張雞黍。」蒭，同篘。見卷十七《潯陽秋懷贈許明府》（1065）注。陶巾，見卷五《效陶潛體詩十六首》之十二（0221）注。

〔常嫌竹葉猶凡濁，始覺榴花不正真〕竹葉酒，見卷十五《渭村退居寄禮部崔侍郎翰林錢舍人詩一百韻》(0803)注。榴花，酒名。梅堯臣《次韻和表臣惠符離去歲重醖酒》：「贈以榴花酒，沉清貴隔年。」

〔捧疑明水從空化，飲似陽和滿腹春〕《周禮·春官·大祝》：「凡大禋祀肆享祭示，則執明水火而號祝。」鄭玄注：「明水火，司烜氏所共，日月之氣，以給烝享。」

〔應是世間賢聖物，與君還往擬終身〕賢聖物，見卷十七《江南謫居十韻》(1002)注。

池鶴二首

高竹籠前無伴侣，亂雞羣裏有風標。低頭乍恐丹砂落，曬翅常疑白雪銷。轉覺鸕鷀毛色下，苦嫌鸚鵡語聲嬌。臨風一唳思何事，悵望青田雲水遥。(1874)

【注】

朱《箋》：作於大和三年(八二九)，長安。

〔臨風一唳思何事，悵望青田雲水遥〕青田，見卷二一《和微之聽妻彈别鶴操因爲解釋其義依韻加四句》(1419)注。

池中此鶴鶴中稀，恐是遼東老令威。帶雪松枝翹膝脛，放花菱片綴毛衣。低徊且向籠間宿①，奮迅終須天外飛。若問故巢知處在，主人相戀未能歸。(1875)

【校】

①〔籠間〕馬本、《唐音統籤》、汪本作「林間」。

【注】

〔池中此鶴鶴中稀，恐是遼東老令威〕令威，見卷十九《吳七郎中山人待制班中偶贈絶句》（1202）注。

對酒五首

巧拙賢愚相是非，何如一醉盡忘機。君知天地中寬窄，鵰鶚鸞凰各自飛。（1876）

【注】

朱《箋》：作於大和三年（八二九），長安。

蝸牛角上爭何事，石火光中寄此身。隨富隨貧且歡樂，不開口笑是癡人。（1877）

【注】

〔蝸牛角上爭何事，石火光中寄此身〕《莊子·則陽》：「有國於蝸之左角者曰觸氏，有國於蝸之右角者曰蠻氏，時相與爭地而戰，伏尸數萬，逐北旬有五日而後反。」石火，見卷二《寓意詩五首》之二（0091）注。

丹砂見火去無迹，白髮泥人來不休①。賴有酒仙相煖熱，松喬醉即到前頭。（1878）

【校】

①〔泥人〕那波本作「詆人」，誤。馬本、《唐音統籤》、汪本作「泥人」。

【注】

〔丹砂見火去無迹，白髮泥人來不休〕泥，同泥，糾纏。見卷十八《冬至夜》（1139）注。

〔賴有酒仙相煖熱，松喬醉即到前頭〕松喬，赤松子、王子喬。見卷五《題贈鄭秘書徵君石溝溪隱居》（0207）注。

百歲無多時壯健，一春能幾日晴明？相逢且莫推辭醉，聽唱陽關第四聲①。第四聲：「勸君更盡一杯酒，西出陽關無故人。」（1879）

【校】

①〔陽關〕紹興本、殘宋本作「楊關」，陽、楊唐人混用。

【注】

〔相逢且莫推辭醉，聽唱陽關第四聲〕陽關，見卷二一《醉題沈子明壁》（1442）注。《施注蘇詩》卷十二：「先生《詩話》：舊傳《陽關三疊》，然今歌者每句再疊而已。若通一首言之，又是四疊。皆非是。或每句三唱，以應三疊之説，則叢然無復節奏。余在密州，有文勛長官者，以事至密，自云得古本《陽關》。其聲婉轉淒斷，不類向之所聞。每句皆再唱，而第一句不疊。乃知古本三疊蓋如此。及在黄州，偶讀樂天《對酒》詩云：『相逢且莫推辭醉，聽唱陽關第四聲。』注云：『第四聲：勸君更進一杯酒。』以此驗之，則第一句不疊審矣。」亦見《仇池筆記》。

昨日低眉問疾來，今朝收淚弔人迴。眼前流例君看取，且遣琵琶送一杯。（1880）

【注】

〔眼前流例君看取，且遣琵琶送一杯〕流例，例子，事例。《法苑珠林》卷四十住持篇：「此之二人，生身陷入阿鼻地獄中，受無窮苦。如是流例，述難可盡。」又卷六八破邪篇：「比干正臣，一身屠戮。如此流例，胡可勝言。」

僧院花①

欲悟色空爲佛事，故栽芳樹在僧家。細看便是華嚴偈，方便風開智慧花。（1881）

【校】

①〔題〕《文苑英華》作「贈僧院花」。

【注】

朱《箋》：作於大和三年（八二九），長安。

〔細看便是華嚴偈，方便風開智慧花〕《華嚴經》卷六七：「以慧日破無明暗，以方便風開智慧華。」

老戒

我有白頭戒，聞於韓侍郎。老多憂活計，病更戀班行。矍鑠誇身健，周遮説話長。不知吾免否，兩鬢已成霜。（1882）

【注】

朱《箋》：作於大和三年（八二九），長安。

〔我有白頭戒，聞於韓侍郎〕韓侍郎，朱《箋》：「韓愈。」見卷十一《同韓侍郎遊鄭家池吟詩小飲》(0567)注。

〔矍鑠誇身健，周遮説話長〕周遮，周遍，引申爲反復重疊。元稹《感石榴二十韻》：「暗虹徒繳繞，濯錦莫周遮。」又《胡旋女》：「傾天側地用君力，抑塞周遮恐君見。」

洛橋寒食日作十韻①

上苑風煙好，中橋道路平。蹴毬塵不起，潑火雨新晴。宿醉頭仍重，晨遊眼乍明。老慵雖省事，春誘尚多情②。遇客踟躕立，尋花取次行。連錢嚼金勒，鑿落寫銀罌。府醞傷教送③，官娃豈要迎④？舞腰那及柳，歌舌不如鶯。鄉國真堪戀，光陰可合輕？三年遇寒食⑤，盡在洛陽城。（1883）

【校】

①〔題〕《文苑英華》作「洛橋寒食」。

②〔春誘〕「春」《文苑英華》作「眷」，校：「集作春。」

③〔傷教〕「傷」那波本作「常」，《全唐詩》校：「一作觴。」

④〔官娃〕「官」《文苑英華》作「宮」，校：「集作官。」〔豈要〕「豈」《文苑英華》作「氣」，校：「集作豈。」馬本、《唐音統籤》作「喜」。

⑤〔遇寒食〕《文苑英華》作「寒食節」，校：「集作遇寒食。」馬本、《唐音統籤》、汪本作「過寒食」。

【注】

朱《箋》：作於大和六年（八三二），洛陽。

〔洛橋〕即洛中橋。見卷十二《長相思》（0586）注。

〔蹴毬塵不起，潑火雨新晴〕徐應秋《玉芝堂談薈》卷十九潑火雨：「唐彦謙《上巳》詩：『微微潑火雨，草草踏青人。』白香山《洛橋寒食》詩：『蹴毬塵不起，潑火雨新晴。』毛并《滿江紅》詞：『潑火初收鞦韆外，輕煙漠漠春漸遠。綠楊芳草，燕飛池閣。』《遯齋閑覽》：『河朔謂清明桃花雨曰潑火雨。又杏花開時正值清明，謂之杏花雨。』」吴景旭《歷代詩話》卷五三：「吴旦生曰：《退齋雅聞》云：河朔人謂清明雨爲潑火雨，蓋以禁煙之後方舉火，而雨若潑之也。陸放翁詩：『霏霏潑火雨初晴。』」

〔連錢嚼金勒，鑿落寫銀罌〕《世説新語·術解》：「王武子善解馬性，嘗乘一馬，著連錢障泥，前有水，終日不肯渡。王云：『此必是惜障泥。』使人解去，便徑渡。」又指毛色。盧照鄰《長安古意》：「妖童寶馬鐵連錢，娼婦盤龍金屈膝。」岑參《走馬川行奉送西師出征》：「馬毛帶雪汗氣蒸，五花連錢旋作冰。」鑿落，見卷二三《酬周協律》(1546)注。

〔府醖傷教送，官娃豈要迎〕傷，傷酒。許渾《別韋處士》：「更傷今日酒，未换昔年衣。」

快活

可惜鶯啼花落處，一壺濁酒送殘春。可憐月好風凉夜，一部清商伴老身。飽食安眠銷日月，閑談冷笑接交親。誰知將相王侯外，别有優游快活人。(1884)

【注】

朱《箋》：作於大和六年(八三二)，洛陽。

〔可憐月好風凉夜，一部清商伴老身〕《舊唐書·音樂志二》：「清樂者，南朝舊樂也。永嘉之亂，五都淪覆，遺聲舊制，散落江左。宋、梁之間，南朝文物，號爲最盛。人謡國俗，亦世有新聲。後魏孝文、宣武，用師淮、漢，收其所獲南音，謂之清商樂。隋平陳，因置清商署，總謂之清樂。遭梁、陳亡亂，所有蓋鮮。隋室以來，日益淪缺。武太后之時，猶有六十三曲。」《樂府詩集》卷四四：「清商樂，一曰清樂。清樂者，九代之遺聲，其始即相和三調是也，並漢魏以來舊曲。其辭皆古調及魏三祖所作。自晉朝播遷，其音分散。苻堅滅涼得之，傳于前後二秦。及宋武定關中，因而入南，不復存於内地。自是以後，南朝文物號爲最盛。民謡國俗，亦世有新聲。……後魏孝文討淮漢，宣武定壽春，收其聲伎，得江左所傳中原舊曲，《明君》、《聖主》、《公莫》、《白鳩》之屬，及江南吴歌、荆楚西聲，總謂之清商樂。至於殿庭饗宴，則兼奏之。遭梁、陳亡亂，存者蓋寡。及隋平陳得之，文帝善其節奏，曰：『此華夏正聲也。』……因於太常置清商署以管之，謂之清樂。……唐貞觀中，用十部樂，清樂亦在焉。至武后時，猶有六十三曲。」另參見本卷《讀鄂公傳》(1829)注。

送令狐相公赴太原

六纛雙旌萬鐵衣，并汾舊路滿光輝。青衫書記何年去，紅旆將軍昨日歸。藩鎮例驅紅旆。詩作馬蹄隨筆走，獵酣鷹翅伴觥飛。北都莫作多時計，再爲蒼生入紫微。(1885)

【注】

朱《箋》：作於大和六年（八三二），洛陽。

〔令狐相公〕朱《箋》：「令狐楚。」見卷二四《奉和汴州令狐相公二十二韻》(1615)注。《舊唐書·文宗紀》：「（大和六年）二月甲子朔，以前義昌軍節度使殷侑檢校吏部尚書，充天平軍節度、鄆曹濮等州觀察使，代令狐楚。以楚檢校右僕射，兼太原尹、北都留守、河東節度使。」

〔六纛雙旌萬鐵衣，并汾舊路滿光輝〕《新唐書・百官志下》節度使：「辭日賜雙旌雙節，行則建節，樹六纛。」《文獻通考》卷一一五：「旌節，唐天寶中置，節度使受命日賜之，得以專制軍事，行即建節，府樹六纛。」并汾，并州、汾州。《舊唐書・地理志二》：「河東節度使。治太原府，管汾、遼、沁、嵐、石、忻、憲等州。」

〔青衫書記何年去，紅旆將軍昨日歸〕《舊唐書・令狐楚傳》：「貞元七年登第，桂管觀察使王拱愛其才，欲以禮辟召，懼楚不從，乃先聞奏而後致聘。楚以父掾太原，有庭闈之戀，又感拱厚意，登第後徑往桂林謝拱，不預宴遊，乞歸奉養，即還太原，人皆義之。李説、嚴綬、鄭儋相繼鎮太原，高其行義，皆辟爲從事。……（大和）六年二月，改太原尹、北都留守、河東節度等使。楚久在并州，練其風俗，因人所利而利之，雖屬歲旱，人無轉徙。楚始自書生，隨計成名，皆在太原，實如故里。及是秉旄作鎮，邑老歡迎。楚綏撫有方，軍民胥悦。」朱《箋》：「舊府僚來爲節帥，是楚平生得意事。」紅旆，參見卷十七《行次夏口先寄李大夫》(1094)注。

〔北都莫作多時計，再爲蒼生入紫微〕《世説新語・排調》：「謝公在東山，朝命屢降而不動，後出爲桓宣武司馬，將發新亭，朝士咸出瞻送。高靈時爲中丞，……戲曰：『卿屢違朝旨，高卧東山，諸人每相與言：安石不肯出，將如蒼生何？今亦蒼生將如卿何？』謝笑而不答。」

不出

簷前新葉覆殘花，席上餘杯對早茶。好是老身銷日處，誰能騎馬傍人家？（1886）

【注】

朱《箋》：作於大和六年（八三二），洛陽。

惜落花

夜來風雨急，無復舊花林。枝上三分落，園中一寸深①。日斜啼鳥思，春盡老人心。莫怪添杯飲，情多酒不禁。（1887）

【校】

①〔一寸〕馬本、《唐音統籤》作「二寸」。

【注】

朱《箋》：作於大和六年（八三二），洛陽。

老病

晝聽笙歌夜醉眠，若非月下即花前。如今老病須知分，不負春來二十年。（1888）

【注】

朱《箋》：作於大和六年（八三二），洛陽。

憶晦叔

游山弄水攜詩卷，看月尋花把酒杯。六事盡思君作伴，幾時歸到洛陽來？（1889）

【注】

朱《箋》：作於大和六年（八三二），洛陽。

〔晦叔〕朱《箋》：「崔玄亮。……大和六年以太子賓客分司東都。據此，詩當爲是年春後所作。」見卷二一《答崔賓客晦叔十二月四日見寄》（1451）注。

送徐州高僕射赴鎮

大紅旆引碧幢旌①，新拜將軍指點行。戰將易求何足貴，書生難得始堪榮。離筵歌舞花叢散，候騎刀槍雪隊迎。應笑蹉跎白頭尹，風塵唯管洛陽城。（1890）

【校】

①〔大紅〕「大」《文苑英華》作「伏」，校：「集作大。」〔碧幢〕「幢」《文苑英華》作「油」，校：「集作幢。」

【注】

朱《箋》：作於大和六年（八三二），洛陽。

〔徐州高僕射〕朱《箋》：「武寧軍節度使高瑀。」《舊唐書·文宗紀》：「（大和六年三月）辛酉，以前忠武軍節度使高瑀檢校右僕射，充武寧軍節度、徐泗濠觀察等使。」

〔大紅旆引碧幢旌，新拜將軍指點行〕紅旆，本卷《送令狐相公赴太原》（1885）注：「藩鎮例驅紅旆。」參見卷十七《行次夏口先寄李大夫》（1094）注。碧油幢，見卷十八《奉酬李相公見示絶句》（1156）注。

琴酒

耳根得所琴初暢①，心地忘機酒半酣。若使啓期兼解醉，應言四樂不言三。（1891）

【校】

①〔得所〕馬本作「得聽」。

【注】

朱《箋》：作於大和六年（八三二），洛陽。

〔若使啓期兼解醉，應言四樂不言三〕榮啓期，見卷一《丘中有一士》之二（0054）注。

聽幽蘭①

琴中古曲是幽蘭，爲我殷勤更弄看。欲得身心俱静好，自彈不及聽人彈。（1892）

【校】

①〔題〕何校從黄校作「幽蘭曲」。

【注】

朱《箋》：作於大和六年（八三二），洛陽。

〔幽蘭〕《樂府詩集》卷五八琴曲歌辭：「《猗蘭操》，一曰《幽蘭操》。《古今樂録》曰：孔子自衛反魯，見香蘭而作此歌。《琴操》曰：《猗蘭操》，孔子所作。孔子歷聘諸侯，諸侯莫能任。自衛反魯，隱谷之中見香蘭獨茂，喟然歎曰：『蘭當爲王者香，今乃獨茂，與衆草爲伍。』乃止車援琴鼓之，自傷不逢時，託辭於香蘭云。」

六年秋重題白蓮

素房含露玉冠鮮，紺葉摇風鈿扇圓。本是吴州供進藕，今爲伊水寄生蓮。移根到此三千里，結子經今六七年。不獨池中花故舊，兼乘舊日採花船。（1893）

【注】

汪《譜》、朱《箋》：作於大和六年（八三二），洛陽。

元相公挽歌詞三首

銘旌官重威儀盛，騎吹聲繁鹵簿長。後魏帝孫唐宰相，六年七月葬咸陽。（1894）

【注】

汪《譜》、朱《箋》：作於大和六年（八三二），洛陽。

〔元相公〕朱《箋》：「元稹。」長慶二年二月拜中書門下平章事。大和五年七月卒於武昌節度使任上。見新舊《唐書》本傳、白居易《河南元公墓誌銘》。

〔後魏帝孫唐宰相，六年七月葬咸陽〕白居易《河南元公墓誌銘》（《白氏文集》卷七十）：「考諱寬，比部郎中、舒王府長史，贈尚書右僕射。……公即僕射府君第四子，後魏昭成皇帝十五代孫也。……以六年七月十二日，祔葬於咸陽縣奉賢鄉洪瀆原，從先宅兆也。」

墓門已閉笳簫去①，唯有夫人哭不休②。蒼蒼露草咸陽壠，此是千秋第一秋。（1895）

【校】

①〔笳簫去〕「去」《文苑英華》明刊本作「遠」。

②〔不休〕《文苑英華》作「未休」。

送葬萬人皆慘澹，反虞駟馬亦悲鳴。琴書劍珮誰收拾，三歲遺孤新學行。（1896）

【注】

〔送葬萬人皆慘澹，反虞駟馬亦悲鳴〕《禮記・檀弓下》：「既反哭，主人與有司視虞牲。」孔穎達疏：「虞者，葬日還殯宫安神之祭名。」《禮記・雜記》：「士三虞，大夫五，諸侯七。」鄭玄注：「天子至士，葬即反虞。」

〔琴書劍珮誰收拾，三歲遺孤新學行〕白居易《河南元公墓誌銘》：「一子曰道護，三歲。」

吴喬《圍爐詩話》卷二：「樂天挽微之詩云：『銘旌官重威儀盛，騎吹聲繁鹵簿長。後魏帝孫唐宰相，六年七月葬咸陽。』極其鋪張而無哀惜之意。白傅自作《墓誌》，但言與劉夢得爲詩友，不及于元，則二人之隙末，故詩如是也。」朱《箋》：「考居易晚年所作如《感舊》、《哭劉尚書夢得二首》等詩，均念及微之，情感彌篤，吴氏隙末之説殊不可信。」

卧聽法曲霓裳①

金磬玉笙和已久②，牙床角枕睡常遲。朦朧閑夢初成後，宛轉柔聲入破時。樂可理心應不謬，酒能陶性信無疑③。起嘗殘酌聽餘曲，斜背銀釭半下帷。（1897）

【校】

①〔題〕《文苑英華》作「臨卧聽法曲霓裳」。

②〔和已久〕「和」，《文苑英華》作「調」。

③〔信無〕殘宋本作「定無」。

【注】

朱《箋》：作於大和六年（八三二），洛陽。

〔法曲霓裳〕見卷三《法曲歌》（0124）及卷二一《霓裳羽衣歌》（1406）注。

〔朦朧閑夢初成後，宛轉柔聲入破時〕《大唐傳載》：「天寶中，樂章名以邊地爲名，若《涼州》、《甘州》、《伊州》之類是焉。其曲遍繁聲，名入破。」陳暘《樂書》卷一六四：「凡樂以聲徐者爲本，聲疾者爲解。自古奏樂，曲終更無他變。隋煬帝以清曲雅淡，每曲終多有解曲。如《元亨》以《來樂》解、《火鳳》以《移都師》解之類是也。及太宗朝有入破，意在曲終更使其終繁促。然解曲乃龜兹、疏勒夷人之制，非中國之音，削之可也。」

結之

歡愛今何在，悲啼亦是空。同爲一夜夢，共過十年中。（1898）

【注】

朱《箋》：作於大和六年（八三二），洛陽。

〔結之〕陳結之。居易之姬妾。本書卷三五《感舊石上字》（2575）：「閑撥船行尋舊池，幽情往事復誰知。太湖石上鐫三字，十五年前陳結之。」

五鳳樓晚望 六年八月十日作。

晴陽晚照濕煙銷，五鳳樓高天泬寥。野綠全經朝雨洗，林紅半被暮雲燒。龍門翠黛眉相對，伊水黄金線一條。自入秋來風景好，就中最好是今朝。（1899）

【注】

汪《譜》、朱《箋》：作於大和六年（八三二），洛陽。

〔五鳳樓〕在洛陽。《資治通鑑》開元二十三年：「上御五鳳樓酺宴。」《新唐書·卓行傳·元德秀》：「玄宗在東都醻五鳳樓下，命三百里縣令刺史各以聲樂集。」李白《古風》：「隱隱五鳳樓，峨峨横三川。」

〔龍門翠黛眉相對，伊水黄金線一條〕龍門，見卷八《贈蘇少府》（0377）注。

寄劉蘇州

去年八月哭微之，今年八月哭敦詩。何堪老淚交流日，多是秋風摇落時。泣罷幾迴深自念，情來一倍苦相思。同年同病同心事，除却蘇州更是誰①？（1900）

【校】

①〔是誰〕《文苑英華》作「有誰」。

【注】

汪《譜》、朱《箋》：作於大和六年（八三二），洛陽。

〔劉蘇州〕朱《箋》：「蘇州刺史劉禹錫。大和五年十月自禮部郎中、集賢殿學士除蘇州刺史。」白居易《與劉蘇州書》（《白氏文集》卷六八）：「去年冬，夢得由禮部郎中、集賢殿學士遷蘇州刺史。……自大和六年冬送夢得之任之作始。」汪立名校：「《姑蘇志》：禹錫以大和五年冬除蘇州刺史，六年二月至任。此云六年，蓋傳寫之誤。」

〔去年八月哭微之，今年八月哭敦詩〕白居易《河南元公墓誌銘》：「大和五年七月二十二日遇暴疾，一日薨於位，春秋五十三。」敦詩，崔羣。《舊唐書·文宗紀》：「（大和六年）八月辛酉朔，吏部尚書崔羣卒。」

送客

病上籃輿相送來，衰容秋思兩悠哉。涼風嫋嫋吹槐子，却請行人勸一杯。（1901）

【注】

朱《箋》：作於大和六年（八三二），洛陽。

秋思

夕照紅於燒，晴空碧勝藍。獸形雲不一，弓勢月初三。雁思來天北，砧愁滿水南。蕭條秋氣味，未老已深諳。（1902）

【注】

朱《箋》：作於大和六年（八三二），洛陽。

酬夢得秋夕不寐見寄①

碧簟絳紗帳，夜凉風景清。病聞和藥氣，渴聽碾茶聲。露竹偷燈影，煙松護月明。何言千里隔②，秋思一時生。（1903）

【校】

①〔題〕《文苑英華》「見寄」後有「四韻」二字，注：「次用本韻。」

②〔千里〕馬本作「十里」。

【注】

朱《箋》：作於大和六年（八三二），洛陽。

題周家歌者

清緊如敲玉，深圓似轉簧。一聲腸一斷，能有幾多腸？（1904）

【注】

朱《箋》：作於大和六年（八三二），洛陽。

憶夢得　夢得能唱《竹枝》，聽者愁絶。

齒髮各蹉跎，疏慵與病和。愛花心在否，見酒興如何？年長風情少，官高俗慮多。幾時紅燭下，聞唱竹枝歌？（1905）

【注】

朱《箋》：作於大和六年（八三二），洛陽。

〔竹枝〕見卷八《題小橋前新竹招客》（0362）注。

贈同座

春黛雙蛾嫩①，秋蓬兩鬢侵。謀歡身太晚，恨老意彌深。薄解燈前舞，尤能酒後吟。花叢便不入，猶自未甘心。（1906）

【校】

①〔蛾嫩〕汪本作「蛾斂」。

【注】

朱《箋》漏繫年，亦當爲大和中作。

失婢

宅院小牆庳，坊門帖牓遲。舊恩慚自薄，前事悔難追。籠鳥無常主，風花不戀枝。今宵在何處，唯有月明知。（1907）

【注】

朱《箋》：作於大和六年（八三二），洛陽。

〔失婢〕劉禹錫有《和樂天誚失婢牓者》。朱《箋》：「此詩與劉詩俱爲逃婢而作，含有爲無告女子鳴不平之意，不可以遊戲筆墨視之。」

夜招晦叔

庭草留霜池結冰，黄昏鐘絶凍雲凝。碧氈帳上正飄雪，紅火爐前初炷燈。高調秦箏一兩弄，小花蠻榼二三升。爲君更奏湘神曲，夜就儂來能不能①？（1908）

【校】

①〔儂來〕汪本作「儂家」。

【注】

朱《箋》：作於大和六年（八三二），洛陽。

〔晦叔〕朱《箋》：「崔玄亮。」見本卷《憶晦叔》（1889）注。

〔爲君更奏湘神曲，夜就儂來能不能〕劉禹錫有《瀟湘神二首》，爲荆楚祀神之曲。其《浪淘沙》云：「令人忽憶瀟湘渚，回唱迎神三兩聲。」《尊前集》收入。《樂府詩集》卷八二收入《近代曲辭》，題爲《瀟湘神二曲》。

戲答皇甫監　時皇甫監初喪偶。

寒宵勸酒君須飲，君是孤眠七十身。莫道非人身不煖，十分一盞煖於人。（1909）

【注】

朱《箋》：作於大和六年（八三二），洛陽。

〔皇甫監〕朱《箋》：「皇甫鏞。」白居易《安定皇甫公墓誌銘》（《白氏文集》卷七十）：「改太子賓客，轉秘書監分司。又就拜檢校左散騎常侍、兼太子賓客，轉秘書監分司。……又遷太子少保分司。……公先娶博陵崔氏，後娶范陽盧氏。二夫人皆有淑德，先公而殁。……以開成元年七月十日寢疾，薨于東都宣教里第，享年七十七。」《舊唐書·皇甫鏞傳》：「開成初除太子少保分司，卒年四十九。」誤。

和楊師皐傷小姬英英

自從嬌騃一相依，共見楊花七度飛。玳瑁床空收枕席，琵琶絃斷倚屏幃。人間有夢何曾入，泉下無家豈是歸？墳上少啼留取淚，明年寒食更沾衣。（1910）

【注】

朱《箋》：作於大和六年（八三二），洛陽。

〔楊師皐〕朱《箋》：「楊虞卿。」見卷十八《棣華驛見楊八題夢兄弟詩》（1173）注。楊虞卿《過小妓英英墓》、劉禹錫《和楊師皐傷小姬英英》，均見《唐詩紀事》卷四六。

池邊即事

氈帳胡琴出塞曲，蘭塘越棹弄潮聲。何言此處同風月，薊北江南萬里情。（1911）

【注】

朱《箋》：作於大和六年（八三二），洛陽。

〔氈帳胡琴出塞曲，蘭塘越棹弄潮聲〕氈帳，參見本書卷三一《青氈帳二十韻》（2242）。

聞樂感鄰

老去親朋零落盡，秋來絃管感傷多。尚書宅畔悲鄰笛，廷尉門前歎雀羅①。東鄰王大理去冬云亡。南鄰崔尚書今秋薨逝。綠綺窗空分妓女，絳紗帳掩罷笙歌。歡娛未足身先去，爭奈書生薄命何。（1912）

【校】

①〔廷尉〕紹興本作「庭尉」，據他本改。

【注】

朱《箋》：作於大和六年（八三二），洛陽。

〔尚書宅畔悲鄰笛，廷尉門前歎雀羅〕朱《箋》：「王大理當即白氏《贈東鄰王十三》詩（本書卷二五1755）中之王十三。崔尚書即崔羣。」見本卷《寄劉蘇州》（1900）注。向秀《思舊賦》：「余與嵇康、呂安居止接近，其人並有不羈之才，然嵇志遠而疏，呂心曠而放，其後各以事見法。……余逝將西邁，經其舊盧。于時日薄虞淵，寒冰淒然，鄰人有吹笛者，發聲寥亮。追思曩昔遊宴之好，感音而歎。」雀羅，見卷十五《放言五首》之四（0890）注。

白居易詩集校注卷第二十七①

律詩　五言　七言　凡九十首

戊申歲暮詠懷三首

窮冬月末兩三日，半百年過六七時。龍尾趁朝無氣力，牛頭參道有心期。榮華外物終須悟，老病傍人豈得知。猶被妻兒教漸退，莫求致仕且分司。（1913）

【校】

①〔卷第二十七〕那波本爲卷五十七。

【注】

汪《譜》、朱《箋》：作於大和二年（八二八），長安。

〔龍尾趁朝無氣力，牛頭參道有心期〕龍尾道，見卷十一《早祭風伯因懷李十一舍人》（0539）注。牛頭，指法融一系牛頭宗。傳禪宗四祖道信付法於法融，爲牛頭宗初祖，以下法系爲智巖、慧方、法持、智威、慧忠。又智威傳鶴林玄素，玄素傳徑山道欽。李華《潤州鶴林寺故徑山大師碑銘》：「初達摩祖師傳法三世，至信大師。信門人達者，曰融大師，居牛頭山，得自然智慧。……融授巖大師，巖授方大師，方授持大師，持授威大師，凡七世矣。」按，《祖堂集》卷三、《景德傳燈録》卷四載白居易出守杭州訪秦望山鳥窠道林問答事。道林爲徑山道欽法嗣，屬牛頭宗。又白居易在杭州於招賢寺作《紫陽花》（本書卷二十1397）。《咸淳臨安志》卷七九：「禪宗院，唐德宗朝郡人吳元卿爲六宮使，棄官，參鳥窠禪師，建菴修道，即會通禪師也。開運三年錢氏建院。元額招賢。」據此，招賢寺爲道林門下會通所居。可知白居易確曾與牛頭宗人物有接觸。

唯生一女才十二，秖欠三年未六旬。婚嫁累輕何怕老，飢寒心慣不憂貧。紫泥丹筆皆經手，赤紱金章盡到身。更擬踟躕覓何事，不歸嵩洛作閑人？（1914）

【注】

〔紫泥丹筆皆經手，赤紱金章盡到身〕葛立方《韻語陽秋》卷五：「樂天……《戊申詠懷》云：『紫泥丹筆皆經手，赤紱金章盡到身。』以今觀之，金帶不應用銀魚，而金章不應用赤紱。人皆以爲疑，而不知唐制與今不同也。按唐制，紫爲三品之服，緋爲四品之服，淺緋爲五品之服，各服金帶。又制，衣紫者魚袋以金飾，衣緋者魚袋以銀飾。樂天時爲五品，淺緋金帶，佩銀魚，宜矣。」朱《箋》：「葛氏所考仍有未諦，唐制服色不視職事官，而視階官（即散官）之品。居易大和元年徵爲秘書監時，職事爲從三品，而散階爲中大夫，乃從四品下，不得服紫，但得以賜金紫，故其《初授秘監並賜金紫閑吟小酌偶寫所懷》詩（本書卷二五1729）云：『紫袍新秘監，白首舊書生。』

至次年遷刑部侍郎，散階未變，賜服金紫如舊。《戊申歲暮詠懷三首》詩中所云『赤紱金章盡到身』乃泛指過去之事，不可以謂居易官刑部時仍服緋紅也。」

七年囚閉作籠禽，但願開籠便入林。幸得展張今日翅，不能辜負昔時心。人間禍福愚難料，世上風波老不禁。萬一差池似前事，又應追悔不抽簪。（1915）

【注】

〔萬一差池似前事，又應追悔不抽簪〕抽簪，見卷二四《題東武丘寺六韻》（1682）注。

贈夢得

心中萬事不思量，坐倚屏風卧向陽。漸覺詠詩猶老醜，豈宜憑酒更粗狂。頭垂白髮我思退，脚蹋青雲君欲忙。只有今春相伴在，花前賸醉兩三場。（1916）

【注】

朱《箋》：作於大和三年（八二九），長安。

〔夢得〕劉禹錫。劉禹錫有《答樂天戲贈》。朱《箋》：「白氏此詩作於長告病假中。」白居易《劉白唱和集解》（《白氏文集》卷六九)：「彭城劉夢得，詩豪者也。其鋒森然，少敢當者。予不量力，往往犯之。夫合應者聲同，交爭者力敵，一往一復，欲罷不能。由是每製一篇，先相視草，視竟則興作，興作則文成。一二年來，日尋筆硯，同和贈答，不覺滋多。至大和三年春已前，紙墨所存者，凡一百三十八首。其餘乘興扶醉，率然口號者，不在此數。因命小侄龜兒編錄，勒成兩卷，仍寫二本。一付龜兒，一授夢得小兒崙郎，各令收藏，附兩家集。」此詩作於同時。

想東遊五十韻 并序

大和三年春，予病免官後，憶遊浙右數郡，兼思到越，一訪微之。故兩浙之間，一物已上，想皆在目，吟且成篇，不能自休，盈五百字，亦猶孫興公想天台山而賦之也。

海内時無事，江南歲有秋。生民皆樂業，地主盡賢侯。郊靜銷戎馬，城高逼斗牛。平河七百里，沃壤二三州。自常及杭，凡三百里。坐有湖山趣，行無風浪憂。食寧妨解纜，寢不廢乘流。泉石諳天竺，煙霞識虎丘。天竺、虎丘寺，皆領郡時舊遊最熟處。餘芳認蘭澤，遺詠思蘋洲。古詩云：「蘭澤多芳草。」又柳惲詩云：「汀洲採白蘋。」菡萏紅塗粉，菰蒲綠潑油。鱗差漁户舍，綺錯稻田溝。紫洞藏仙窟，玄泉貯怪湫。精神昂老鶴，姿彩媚潛虯。大謝詩云：「潛虯媚幽姿。」靜閲天工妙，閑窺物狀幽。投竿出比目，擲果下獼猴。味苦蓮心小，漿甜蔗節稠。橘苞從自結，藕孔是誰鎪？逐日移潮信，隨風變棹謳。遞夫交烈火，候吏次鳴騶。梵塔形疑踊，重玄閣。閶門勢欲浮。吳閶門。客迎攜酒榼，僧待置茶甌。小宴閑談笑，初筵雅獻酬。稍催朱蠟炬，徐動碧牙籌。圓盞飛蓮子，長裾曳石榴。柘枝隨畫鼓，調笑從香毬。幕颺雲飄檻，簾褰月露鈎。舞繁紅袖凝去①，歌切翠眉愁。絃管寧容歇，杯盤未許收。良辰宜酩酊，卒歲好優遊。鱠縷鮮仍細②，蓴絲滑且柔。飽餐爲日計，穩睡是身謀。名愧空虛得，官知止足休。自嫌猶屑屑，衆笑大悠悠③。物表疏形役，人寰足悔尤。蛾須遠燈燭，兔勿近罝罘。幻世春來夢，浮生水上漚。百憂中莫入，一醉外何求。未死癡王湛，無兒老鄧攸。蜀琴安膝上，周易在床頭。去去無程客，行行不繫舟。勞君頻問訊，勸我少淹留。自此後並屬微之。雲雨多分散，關山苦阻修。一吟江月別，七見日星周。昔在杭州別微之，微之留詩云：「明朝又向江頭別，月落潮平是去時。」珠玉傳新什，鵷鸞念故儔。懸旌心宛轉，束楚意綢繆。驛舫妝青雀，官槽秣紫騮。鏡湖期遠汎，禹穴約冥搜。預掃題詩壁，先開望海樓。飲思親履舄，宿憶並衾裯。志氣吾衰也，風情子在不？應須相見後，別作一家遊。吾衰、子在，並出《家語》。（1917）

【校】

①〔紅袖凝〕馬本、《唐音統籤》脱「凝」字，以注音「去」入正文。

②〔鱠縷〕馬本、《唐音統籤》作「鱖縷」。

③〔大悠悠〕汪本作「太悠悠」。

【注】

汪《譜》、朱《箋》：作於大和三年（八二九），長安。

〔孫興公想天台山而賦之〕孫綽《遊天台山賦》：「天台山者，蓋山嶽之神秀也。涉海則有方丈、蓬萊，登陸則有四明、天台，皆玄聖之所遊化，靈仙之所窟宅。……然圖像之興，豈虛也哉。非夫遺世玩道、絶粒茹芝者，烏能輕舉而宅之；非夫遠寄冥搜、篤信通神者，何肯遥想而存之。余所以馳神運思，晝詠宵興，俛仰之間，若已再升者也。」

〔郊靜銷戎馬，城高逼斗牛〕《老子》四十六章：「天下無道，戎馬生於郊。」斗牛爲吴越分野。見卷二六《和微之春日投簡陽明洞天五十韻》（1851）注。

〔泉石諳天竺，煙霞識虎丘〕天竺寺，見卷十二《畫竹歌》（0591）注。虎丘寺，見卷二四《題東武丘寺六韻》（1682）注。

〔餘芳認蘭澤，遺詠思蘋洲〕《古詩十九首》：「涉江采芙蓉，蘭澤多芳草。」柳惲《江南曲》：「汀洲采白蘋，日落江南曲。」

〔精神昂老鶴，姿彩媚潛虬〕謝靈運《登池上樓》：「潛虬媚幽姿，飛鴻響遠音。」

〔靜閲天工妙，閑窺物狀幽〕《書・皐陶謨》：「天工人其代之。」

〔投竿出比目，擲果下獮猴〕《爾雅・釋地》：「東方有比目魚焉，不比不行，其名謂之鰈。」潘尼《三月三日洛水作》：「沉鈎出比目，舉弋落雙飛。」

〔逐日移潮信，隨風變棹謳〕潮信，參見卷二三《潮》(1549)注。左思《蜀都賦》：「下高鵠，出潛虯。吹洞簫，發棹謳。」

〔遞夫交烈火，候吏次鳴騶〕韓愈《孔公墓誌銘》：「明州歲貢海蟲、淡菜、蛤蚶之屬，自海抵京師，道路水陸，遞夫積功，歲爲四十三萬六千人，奏疏罷之。」《册府元龜》卷一四〇：「大和二年九月詔曰：……仍許歸葬上都，令所在路次州縣供熟食兼遞夫等。」《隆平集》卷二革弊：「五代以來，天下郵傳皆役平民。建隆二年，始命以軍人代之。五代時使臣往來及輦運官司，皆役僑居人户，謂之遞夫。建隆三年，詔禁止之。」按，其制唐代已然。鳴騶，見卷二五《過敷水》(1726)注。

〔梵塔形疑踊，閶門勢欲浮〕塔踊，用《法華經》意。《法華經·見寶塔品》：「爾時，佛前有七寶塔高五百由旬，縱廣二百五十由旬，從地湧出。」《吳地記》：「重玄寺，梁衛尉卿陸僧瓚天監二年旦暮見住宅有瑞雲覆之，遂奏請舍宅爲重雲寺。臺省誤寫爲『重玄』，時賜大梁廣德重玄寺。」《唐國史補》卷中：「蘇州重玄寺閣，一角忽墊，計其扶薦之功，當用錢數千貫。有遊僧曰：『不足勞人，請一夫斫木爲楔，可以正也。』寺主從之。僧每食畢，執柯登閣，敲椓其間。未逾月，閣柱悉正。」閶門，見卷二一《憶舊遊》(1450)注。

〔稍催朱蠟炬，徐動碧牙籌〕籌，酒令籌。見卷十三《代書詩一百韻寄微之》(0604)注。

〔圓盞飛蓮子，長裾曳石榴〕蓮子杯，參見卷十八《房家夜宴喜雪戲贈主人》(1165)注。石榴裙，參見卷十五《盧侍御小妓乞詩座上留贈》(0901)注。

〔柘枝隨畫鼓，調笑從香毬〕柘枝舞，見卷十八《房家夜宴喜雪戲贈主人》(1165)注。調笑令，見卷十三《代書詩一百韻寄微之》(0604)注。

〔舞繁紅袖凝，歌切翠眉愁〕《類篇》卷三三：「凝，魚陵切，水堅。又牛孕切，止水也。」《廣韻》去聲四十七證：「凝，牛餕切，又牛凌切。」

〔名愧空虚得，官知止足休〕止足，見卷六《贈杓直》（0267）注。

〔自嫌猶屑屑，衆笑大悠悠〕大悠悠，見卷二九《老熱》（2144）注。

〔物表疏形役，人寰足悔尤〕陶淵明《歸去來兮辭》：「既自以心爲形役，奚惆悵而獨悲。」悔尤，同尤悔。見卷一《丘中有一士》（0053）注。

〔蛾須遠燈燭，兔勿近罝罘〕《佛本行集經》卷十六：「此處損害，愚痴之人，爭競投入，猶如飛蛾，奔赴燈燭。」《詩·周南·兔罝》：「肅肅兔罝，椓之丁丁。」毛傳：「兔罝，兔罟也。」孔穎達疏引李巡云：「兔自作徑路，張罝捕之也。」

〔幻世春來夢，浮生水上漚〕《佛本行集經》卷十四：「境界諸塵悉空誑，怖畏不能得自在。譬如陽炎無實有，亦如水上聚浮漚。」

〔未死癡王湛，無兒老鄧攸〕《晉書·王湛傳》：「武帝亦以湛爲癡，每見濟，輒調之曰：『卿家癡叔死未？』濟常無以答。及是，帝又問如初，濟曰：『臣叔殊不癡。』因稱其美。」鄧攸無兒，見十六《酬贈李煉師見招》（0991）注。

〔一吟江月別，七見日星周〕元稹《重贈（樂天）》：「休遣玲瓏唱我詩，我詩多是別君詞。明朝又向江頭別，月落潮平是去時。」

〔懸旌心宛轉，束楚意綢繆〕《戰國策·楚策一》：「寡人卧不安席，食不甘味，心摇摇如懸旌。」《詩·鄭風·揚之水》：「揚之水，不流束楚。終鮮兄弟，維予與女。」

〔鏡湖期遠汎，禹穴約冥搜〕鏡湖，見卷二三《元微之除浙東觀察使喜得杭越鄰州先贈長句》（1514）注。禹穴，見卷二三《酬微之誇鏡湖》（1524）。

〔預掃題詩壁，先開望海樓〕望海樓，見卷二十《杭州春望》（1357）注。

〔飲思親履舄，宿憶並衾裯〕《史記·滑稽列傳》：「日暮酒闌，合尊促坐，男女同席，履舄交錯。」稠同裯。《詩·召南·小星》：「肅肅宵征，抱衾與裯。」鄭箋：「裯，牀帳也。」

〔志氣吾衰也，風情子在不〕《論語·述而》：「子曰：甚矣吾衰也久矣。」《論語·先進》：「子畏於匡，顏淵後。子曰：『吾以女爲死矣。』曰：『子在，回何敢死。』」詩注謂「並出《家語》」，當爲「《論語》」之誤。

病免後喜除賓客

卧在漳濱滿十旬，起爲商皓伴三人。從今且莫嫌身病，不病何由索得身。（1918）

【注】

汪《譜》、朱《箋》：作於大和三年（八二九），長安。

〔卧在漳濱滿十旬，起爲商皓伴三人〕劉楨《贈五官中郎將詩四首》：「余嬰沉痼疾，竄身清漳濱。自夏涉玄冬，彌曠十餘旬。常恐遊岱宗，不復見故人。」商山四皓，見卷二《讀史五首》之二（0096）、《答四皓廟》（0104）注。

長樂亭留别

灞滻風煙函谷路，曾經幾度别長安。昔時蹙促爲遷客，今日從容自去官。優詔幸分四皓秩，祖筵慚繼二疏歡。塵纓世網重重縛，迴顧方知出得難。（1919）

【注】

朱《箋》：作於大和三年（八二九），長安至洛陽途中。

〔長樂亭〕《長安志》卷十一萬年縣：「長樂坡在縣東北十一里，即滻水之西岸。《十道志》曰：舊名滻坂，隋文帝惡之，改曰長樂坡。蓋漢長樂宫在其西北。」長樂亭當在其地。

〔灞滻風煙函谷路，曾經幾度别長安〕《史記·封禪書》：「霸、産、長水、灃、澇、涇、渭，皆非大川，以近咸陽，盡得比山川祠，而無諸加。」正義：「《括地志》云：灞水，古滋水也。亦名藍谷水，即秦嶺水之下流，在雍州藍田縣。滻水即荆溪狗枷之下流也，在雍州萬年縣。」函谷，見卷九《出關路》（0407）注。

〔優詔幸分四皓秩，祖筵慚繼二疏歡〕四皓，見卷二《讀史五首》之二（0096）注。二疏，見卷一《高僕射》（0030）注。

陝府王大夫相迎偶贈

紫微閣老自多情，白首園公豈要迎。伴我綠槐陰下歇，向君紅旆影前行。綸巾髮少渾欹

仄，籃輿肩齊甚穩平。但問主人留幾日，分司賓客去無程。（1920）

【注】

朱《箋》：作於大和三年（八二九），長安至洛陽途中。

〔陝府王大夫〕朱《箋》：「陝虢觀察使王起。」見卷二五《送陝府王大夫》（1775）注。

〔紫微閣老自多情，白首園公豈要迎〕紫微，中書省。見卷十九《紫薇花》（1219）注。閣老，見卷十九《待漏入閣書事奉贈元九學士閣老》（1217）注。園公，四皓之一東園公。見卷二《答四皓廟》（0104）注。

〔伴我綠槐陰下歇，向君紅旆影前行〕紅旆，見卷十七《行次夏口先寄李大夫》（1094）、卷二六《送令狐相公赴太原》（1885）注。

〔綸巾髮少渾攲仄，籃輿肩齊甚穩平〕攲仄，傾斜。柳宗元《永州萬石亭記》：「伐竹披奧，攲仄以入。」皮日休《酒樽》：「猨窺曾撲瀉，鳥蹋經攲仄。」

別陝州王司馬

笙歌惆悵欲爲別，風景闌珊初過春。爭得遺君詩不苦，黃河岸上白頭人。（1921）

【注】

朱《箋》：作於大和三年（八二九），長安至洛陽途中。

〔陝州王司馬〕朱《箋》：「陝州司馬王建。」見卷二六《送陝州王司馬建赴任》(1818)注。

將至東都先寄令狐留守

黄鳥無聲葉滿枝，閑吟想到洛城時。惜逢金谷三春盡，恨拜銅樓一月遲。詩境忽來還自得，醉鄉潛去與誰期？東都添箇狂賓客，先報壺觴風月知。(1922)

【注】

陳《譜》、汪《譜》、朱《箋》：作於大和三年（八二九），長安至洛陽途中。

〔令狐留守〕朱《箋》：「東都留守令狐楚。」見卷二六《送東都留守令狐尚書赴任》(1848)注。

〔惜逢金谷三春盡，恨拜銅樓一月遲〕金谷，見卷十三《和友人洛中春感》(0620)注。銅樓，指太子屬官。《漢書·成帝紀》：「上嘗急召太子出龍樓門。」顏師古注：「張晏曰：門樓上有銅龍，若白鶴飛廉之爲名也。」李嶠《懿德太子哀册文》：「懟銀牓之留月，泣銅樓之送煙。」朱《箋》：一楚三月間抵洛，居易則在四月，故此詩有『恨拜銅樓一月遲』之句。」

答崔十八見寄

明朝欲見琴樽伴，洗拭金杯拂玉徽。君乞曹州刺史替，我抛刑部侍郎歸。倚瘡老馬收蹄

立①，避箭高鴻盡翅飛。豈料洛陽風月夜，故人垂老得相依。（1923）

【校】

①〔倚瘡〕那波本作「倚槽」。

【注】

朱《箋》：作於大和三年（八二九），洛陽。

〔崔十八〕朱《箋》：「崔玄亮。」白居易《唐故虢州刺史贈禮部尚書崔公墓誌銘》（《白氏文集》卷七十）：「入爲秘書少監，改曹州刺史、兼御史中丞，謝病不就，拜太常少卿，遷諫議大夫。」《新唐書》本傳同。朱《箋》：「據此詩則玄亮辭曹歸東都在居易除洛之後。」見卷二一《寄崔少監》（1441）、卷二二《知足吟》（1484）等篇注。

贈皇甫賓客

輕衣穩馬槐陰路，漸近東來漸少塵。耳鬧久憎聞俗事，眼明初喜見閑人。昔曾對作承華相，今復連爲博望賓。始信淡交宜久遠，與君轉老轉相親。（1924）

【注】

朱《箋》：作於大和三年（八二九），洛陽。

〔皇甫賓客〕朱《箋》：「皇甫鏞。」見卷二一《寄皇甫賓客》(1439)注。

〔昔曾對作承華相，今復連爲博望賓〕承華，見卷二六《贈悼懷太子挽歌辭二首》之二(1815)注。博望苑，見卷十六《東南行一百韻寄通州元九侍御澧州李十一舍人果州崔二十二使君開州韋大員外庾三十二補闕杜十四拾遺李二十助教員外竇七校書》(0902)注。

歸履道宅

驛吏引藤輿，家僮開竹扉。往時多暫住，今日是長歸。眼下有衣食，耳邊無是非。不論貧與富，飲水亦應肥。(1925)

【注】

陳《譜》、汪《譜》、朱《箋》：作於大和三年(八二九)，洛陽。

〔履道宅〕白居易東都履道坊宅。見卷二三《履道新居二十韻》(1582)注。

〔不論貧與富，飲水亦應肥〕見卷七《對酒示行簡》(0324)注。

問江南物

歸來未及問生涯，先問江南物在耶？引手摩挲青石笋，迴頭點撿白蓮花。蘇州舫故龍

頭暗，王尹橋傾雁齒斜。別有夜深惆悵事，月明雙鶴在裴家。（1926）

【注】

朱《箋》：作於大和三年（八二九），洛陽。

〔引手摩挲青石笋，迴頭點撿白蓮花〕本書卷八《洛下卜居》（0375）：「三年典郡歸，所得非金帛。天竺石兩片，華亭鶴一隻。」又《池上篇序》（《白氏文集》卷七十）：「樂天罷杭州刺史時，得天竺石一、華亭鶴二以歸，始作西平橋，開環池路。罷蘇州刺史時，得太湖石、白蓮、折腰菱、青板舫以歸，又作中高橋通三島逕。」石笋、蓮花指此。

〔蘇州舫故龍頭暗，王尹橋傾雁齒斜〕王尹橋，朱《箋》：「指王起所造之橋。」白居易《題新居呈王尹兼簡府中三掾》（卷二三1602）：「橋憑川守造，樹倩府寮栽。」雁齒，見卷八《題小橋前新竹招客》（0362）注。

〔別有夜深惆悵事，月明雙鶴在裴家〕見卷二六《送鶴與裴相臨別贈詩》（1826）注。

蕭庶子相過

半日停車馬，何人在白家？慇懃蕭庶子，愛酒不嫌茶。（1927）

【注】

朱《箋》：作於大和三年（八二九），洛陽。

〔蕭庶子〕朱《箋》：「蕭籍。白氏《開成二年三月三日祓禊洛濱》（本書卷三三2458）詩序中有『太子賓客蕭籍』，當即其人。」

答尉遲少尹問所須

乍到頻勞問所須，所須非玉亦非珠。愛君水閣宜閑詠，每有詩成許去無？（1928）

【注】

朱《箋》：作於大和三年（八二九），洛陽。

〔尉遲少尹〕朱《箋》：「尉遲汾。」見卷二三《城東閑行因題尉遲司業水閣》（1611）注。朱《箋》：「尉遲少尹、尉遲司業、尉遲少監同爲一人。」

詠閑

但有閑銷日，都無事繫懷。朝眠因客起，午飯伴僧齋。樹合陰交户，池分水夾階。就中今夜好，風月似江淮。（1929）

【注】

朱《箋》：作於大和三年（八二九），洛陽。

同崔十八寄元浙東王陝州

未能同隱雲林下，且復相招祿仕間。隨月有錢勝賣藥，終年無事抵歸山。鏡湖水遠何由汎，棠樹枝高不易攀。惆悵八科殘四在，兩人榮鬧兩人閑。（1930）

【注】

朱《箋》：作於大和三年（八二九），洛陽。

〔崔十八〕朱《箋》：「崔玄亮。」見本卷《答崔十八見寄》（1923）注。

〔元浙東〕朱《箋》：「元稹。」見卷二二《酬集賢劉郎中對月見寄兼懷元浙東》（1485）注。

〔王陝州〕朱《箋》：「王起。」見本卷《陝府王大夫相迎偶贈》（1920）注。

〔鏡湖水遠何由汎，棠樹枝高不易攀〕鏡湖，見卷二三《元微之除浙東觀察使喜得杭越鄰州先贈長句》（1514）注。

〔惆悵八科殘四在，兩人榮鬧兩人閑〕八科，指貞元十九年白居易等八人同登吏部科第。見卷五《常樂里閑居偶題十六韻兼寄劉十五公輿王十一起呂二炅呂四潁崔十八玄亮元九稹劉三十二敦質張十五仲方時爲校書郎》（0173）、卷十三《酬哥舒大見贈》（0612）注。朱《箋》：「八人中惟存白、元、崔、王四人，而居易、玄亮則退居東都散秩也。」

答蘇庶子月夜聞家僮奏樂見贈

牆西明月水東亭，一曲霓裳按小伶。不敢邀君無別境①，絃生管澀未堪聽。（1931）

【校】

①〔別境〕馬本、《唐音統籤》、汪本作「別意」。

【注】

朱《箋》：作於大和三年（八二九），洛陽。

〔蘇庶子〕朱《箋》：「蘇弘。」見卷二五《答蘇庶子》（1752）注。

偶吟

里巷多通水，林園盡不扃。松身爲外户，池面是中庭。元氏詩三帙，陳家酒一瓶。醉來狂發詠①，鄰女映籬聽。（1932）

【校】

①〔狂發詠〕殘宋本作「狂詠發」。

【注】

朱《箋》：作於大和三年（八二九），洛陽。

〔元氏詩三帙，陳家酒一瓶〕陳家，指陳岵。見卷二六《詠家醖十韻》（1873）注。

白蓮池汎舟

白藕新花照水開，紅窗小舫信風迴。誰教一片江南興，逐我慇懃萬里來。（1933）

【校】

那波本此詩後有《酬令狐留守尚書見贈十韻》一首。

【注】

朱《箋》：作於大和三年（八二九），洛陽。

〔白蓮池〕在居易履道坊宅。白居易《池上篇序》（《白氏文集》卷七十）：「罷蘇州刺史時，得太湖石、白蓮、折腰菱、青板舫以歸，又作中高橋通三島逕。」程大昌《演繁露》卷九：「洛陽無白蓮花，白樂天自吳中帶種歸，乃始有之。集五有《白蓮池汎舟》：『白藕新花照水開，紅窗小舫信風迴。誰教一片江南興，逐我慇懃萬里來。』又《種白蓮詩》曰：『吳中白藕洛中栽，莫戀江南花懶開。萬里攜歸爾知否，紅蕉朱槿不將來。』」參見卷一《東林寺白蓮》（0063）注。

池上即事

行尋甃石引新泉，坐看修橋補釣船。緑竹掛衣凉處歇，清風展簟困時眠。身閑當貴真天爵，官散無憂即地仙。林下水邊無厭日，便堪終老豈論年。（1934）

【注】

汪《譜》、朱《箋》：作於大和三年（八二九），洛陽。

〔身閑當貴真天爵，官散無憂即地仙〕《孟子·告子上》：「有天爵者，有人爵者。仁義忠信，樂善不倦，此天爵也。公卿大夫，此人爵也。古之人修其天爵，而人爵從之。今之人修其天爵，而要人爵。既得人爵，而棄其天爵，則惑之甚者也，終亦必亡而已矣。」

酬裴相公見寄二絶

習静心方泰，勞生事漸稀。可憐安穩地，捨此欲何歸？（1935）

【注】

朱《箋》：作於大和三年（八二九），洛陽。

〔裴相公〕朱《箋》：「裴度。」見卷十九《和張十八秘書謝裴相公寄馬》(1203)注。

一雙垂翅鶴，數首解嘲文。總是迂閑物，爭堪伴相君？(1936)

答夢得聞蟬見寄①

開緘思浩然，獨詠晚風前②。人貌非前日③，蟬聲似去年。槐花新雨後④，柳影欲秋天。聽罷無他計，相思又一篇。(1937)

【校】

那波本此詩後有《得夢得新詩》一首。

①〔題〕《文苑英華》作「新蟬酬劉夢得見寄」。

②〔獨詠〕《文苑英華》作「閑詠」。

③〔前日〕《文苑英華》作「昨日」。

④〔雨後〕《文苑英華》作「雨地」。

【注】

朱《箋》：作於大和三年(八二九)，洛陽。

令狐尚書許過弊居先贈長句

不矜軒冕愛林泉，許到池頭一醉眠。已遣平治行藥逕，兼教掃拂釣魚船。應將筆硯隨詩主，定有笙歌伴酒仙。祗候高情無別物，蒼苔石笋白花蓮。（1938）

【注】

朱《箋》：作於大和三年（八二九），洛陽。

〔令狐尚書〕朱《箋》：「令狐楚。」見卷二六《送東都留守令狐尚書赴任》（1848）注。

〔已遣平治行藥逕〕平治，見卷十八《郡齋暇日憶廬山草堂兼寄二林僧社三十韻多叙貶官已來出處之意》（1104）注。

〔祗候高情無別物，蒼苔石笋白花蓮〕祗候，恭候，伺候。《魏書·楊津傳》：「至於宗族姻表，罕相祗候。」石笋、白蓮，見本卷《問江南物》（1926）注。

自題

老宜官冷静，貧賴俸優饒。熱月無堆案，寒天不趁朝。傍看應寂寞，自覺甚逍遥。徒對盈樽酒，兼無愁可銷。（1939）

【注】

朱《箋》：作於大和三年（八二九），洛陽。

答崔十八

勞將白叟比黃公，今古由來事不同。我有商山君未見，清泉白石在胸中。（1940）

【注】

朱《箋》：作於大和三年（八二九），洛陽。

〔崔十八〕朱《箋》：「崔玄亮。」見本卷《答崔十八見寄》（1923）注。

〔勞將白叟比黃公，今古由來事不同〕黃公，指商山四皓之夏黃公。

偶詠

禦熱蕉衣健，扶羸竹杖輕①。誦經凭檻立，散藥遶廊行。暝槿無風落，秋蟲欲雨鳴。身閑當將息，病亦有心情。（1941）

【校】

①〔扶羸竹杖〕殘宋本作「杖羸竹枝」。

【注】

朱《箋》：作於大和三年（八二九），洛陽。

〔禦熱蕉衣健，扶羸竹杖輕〕蕉衣，見卷六《秋遊原上》（0244）注。

〔誦經凭檻立，散藥遶廊行〕散藥，見卷二十《衰病》（1329）注。

〔暝槿無風落，秋蟲欲雨鳴〕暝槿，見卷五《贈王山人》（0203）注。

答蘇六

但喜暑隨三伏去，不知秋送二毛來。更無別計相寬慰，故遣楊關勸一杯①。（1942）

【校】

①〔楊關〕馬本、《唐音統籤》、汪本作「陽關」。

【注】

朱《箋》：作於大和三年（八二九），洛陽。

〔蘇六〕朱《箋》：「蘇弘。」見卷二五《答蘇庶子》（1752）注。

〔但喜暑隨三伏去，不知秋送二毛來〕三伏，見卷十一《竹窗》（0566）注。

〔更無别計相寬慰，故遣楊闗勸一杯〕楊闗，即陽關。見卷二一《醉題沈子明壁》（1442）注。

秋遊

下馬閑行伊水頭，凉風清景勝春遊。何事古今詩句裏，不多説著洛陽秋？（1943）

【注】

朱《箋》：作於大和三年（八二九），洛陽。

偶作

張翰一杯酒，榮期三樂歌。聰明傷混沌，煩惱污頭陀。簟冷秋生早，階閑日上多。近來門更靜，無雀可張羅。（1944）

【校】

那波本此詩後有《同崔十八宿龍門兼寄令狐尚書馮常侍》一首。

【注】

朱《箋》：作於大和三年（八二九），洛陽。

〔張翰一杯酒，榮期三樂歌〕《世説新語・任誕》：「張季鷹縱任不拘……曰：『使我有身後名，不如即時一杯酒。』」榮啓期，見卷一《丘中有一士》之二（0054）注。又卷二三《好聽琴》（1572）：「尤宜聽三樂，安慰白頭翁。」參見該詩注。

〔聰明傷混沌，煩惱污頭陀〕頭陀，見卷十《夜雨》（0448）注。

遊平泉贈晦叔

照水容雖老，登山力未衰。欲眠先命酒，暫歇亦吟詩。且喜身無縛，終慚鬢有絲。迴頭語閑伴，閑校十年遲。（1945）

【注】

朱《箋》：作於大和三年（八二九），洛陽。

〔平泉〕見卷二二《秋遊平泉贈韋處士閑禪師》（1504）注。

〔晦叔〕朱《箋》：「崔玄亮。」見本卷《答崔十八見寄》（1923）注。

不出門

不出門來又數旬，將何銷日與誰親？鶴籠開處見君子，書卷展時逢古人。自静其心延

壽命，無求於物長精神。能行便是真修道，何必降魔調伏身。（1946）

【注】

朱《箋》：作於大和三年（八二九），洛陽。

〔能行便是真修道，何必降魔調伏身〕《祖堂集》卷三載白居易與鳥窠道林問答：「白舍人問：『一日十二時中如何修行，便得與道相應？』師云：『諸惡莫作，諸善奉行。』舍人曰：『三歲孩兒也解道得。』師曰：『三歲孩兒也解道得，百歲老人略行不得。』舍人因此禮拜爲師。」又見《景德傳燈錄》卷四。按，二人問答之語與《酉陽雜俎》續集卷三載劉晏與徑山道欽問答全同。又其語實本于《高僧傳》卷九《耆域傳》耆域答竺法行：「八歲雖誦，百歲不行。」「諸惡莫作，諸善奉行」偈則爲《增壹阿含經》卷一所譯釋迦牟尼禁戒偈。白居易與鳥窠問答事未必實有，然據此詩，白居易又似意中有此説。《華嚴經》卷五九：「觀十種義，示現降魔。……心調伏故，示現降魔。」

勸病鶴①

右翅低垂左脛傷，可憐風貌甚昂藏。亦知白日青天好，未要高飛且養瘡。（1947）

【校】

①〔題〕馬本、《唐音統籤》作「歎病鶴」。

【注】

朱《箋》：作於大和三年（八二九），洛陽。

〔右翅低垂左脛傷，可憐風貌甚昂藏〕本書卷二十《病中對病鶴》（1330）：「但作悲吟和嘹唳，難將俗貌對昂藏。」參見該詩注。

臨都驛送崔十八

勿言臨都五六里，扶病出城相送來。莫道長安一步地，馬頭西去幾時迴？與君後會知何處，爲我今朝盡一杯。（1948）

【校】

那波本此詩後有《送滕庶子致仕歸婺州》、《雨中訪崔十八》、《拜表早出贈皇甫賓客》三首。

【注】

朱《箋》：作於大和三年（八二九），洛陽。

〔臨都驛〕見卷二五《臨都驛答夢得六言二首》（1771）注。

〔崔十八〕朱《箋》：「崔玄亮。」見本卷《答崔十八見寄》（1923）注。朱《箋》：「據白氏諸詩，知玄亮大和三年春後辭曹不拜歸洛，而年終復赴長安爲太常少卿也。」

對鏡

三分鬢髮二分絲，曉鏡秋容相對時。去作忙官應太老，退爲閑叟未全遲。静中得味何須道，穩處安身更莫疑。若使至今黄綺在，聞吾此語亦分司。（1949）

【注】

朱《箋》：作於大和三年（八二九），洛陽。

〔若使至今黄綺在，聞吾此語亦分司〕黄綺，綺里季、夏黄公，見卷二《答四皓廟》（0104）注。

勸酒十四首 并序

予分秩東都，居多暇日。閑來輒飲，醉後輒吟。若無詞章①，不成謡詠。每發一意，則成一篇。凡十四篇，皆主於酒，聊以自勸。故以《何處難忘酒》、《不如來飲酒》命篇。

何處難忘酒七首

何處難忘酒，長安喜氣新。初登高第後②，乍作好官人。省壁明張牓，朝衣穩稱身。此時無一盞，爭奈帝城春③？（1950）

【校】

①〔若無〕馬本、《唐音統籤》、汪本作「苦無」，誤。

②〔高第後〕殘宋本、那波本作「高第客」，汪本作「高第日」。

③〔爭奈〕殘宋本作「爭那」。

【注】

汪《譜》、朱《箋》：作於大和四年（八三〇），洛陽。

〔分秩〕此指分司。《舊唐書·白居易傳》：「大和三年夏，樂天始得請爲太子賓客，分秩於洛下。」《唐闕史》卷下盧相國指揮鎮州事：「朝廷兩解之，偕授賓翼儲闈，分秩洛汭。」

〔省壁明張牓，朝衣穩稱身〕《册府元龜》卷六四二貢舉部：「（後唐長興）四年二月知貢舉和凝奏：……放牓後，及第人看牓訖，便綴行於五鳳樓前，謝恩後赴國學謝先師。舊例，侵星張牓訖，貢舉考試官便出院，蓋恐人牓下諠訴。」《唐摭言》卷十五：「進士舊例于都省考試南院放榜。南院乃禮部主事受領文書于此。凡板樣及諸色條流多於此列之。張榜牆乃南院東牆也。别築起一堵，高丈餘，外有壖垣。未辨色，即自北院將榜就南院張掛之。元和六年，爲監生郭東里決破棘籬，坼裂文榜。因之後來多以虚榜自省門而出，正榜張亦稍晚。」

何處難忘酒，天涯話舊情。青雲俱不達，白髮遞相驚。二十年前别，三千里外行。此時無一盞，何以叙平生？（1951）

何處難忘酒，朱門美少年①。春分花發後，寒食月明前。小院迴羅綺，深房理管絃。此時無一盞，爭過豔陽天？（1952）

【校】

①〔美少年〕馬本、《唐音統籤》、汪本作「羨少年」。

【注】

〔此時無一盞，爭過豔陽天〕鮑照《學劉公幹詩五首》：「兹晨自爲美，當避豔陽天。」

何處難忘酒，霜庭老病翁。暗聲啼蟋蟀，乾葉落梧桐。鬢爲愁先白，顔因醉暫紅。此時無一盞，何計奈秋風？（1953）

何處難忘酒，軍功第一高。還鄉隨露布，半路授旌旄。玉柱剥葱手，金章爛椹袍。此時無一盞，何以騁雄豪？（1954）

【注】

〔還鄉隨露布，半路授旌旄〕《魏書・彭城王勰傳》：「高祖令勰爲露布，勰辭曰：『臣聞露布者，布于四海，露之耳目，必須宣揚威略以示天下。臣小才，豈足大用？』」

〔玉柱剥葱手，金章爛椹袍〕顧況《李供奉彈箜篌歌》：「指剥葱，腕削玉，饒鹽饒醬五味足。弄調人間不識名，彈盡天下崛奇曲。」方干《贈美人四首》：「剥葱十指轉籌疾，舞柳細腰隨拍輕。」爛椹，紫色。椹通葚。《杜陽雜編》卷中：「敬宗皇帝寶曆元年，南昌國獻玳瑁盆、浮光裘、夜明犀。其國有酒山紫海。……紫海水色如爛椹，可以染衣，其魚龍龜鼈、沙石草木，無不紫焉。」《太平廣記》卷二三七《芸輝堂》（出《杜陽雜編》）：「載龍髯拂，紫色如爛椹。」

何處難忘酒，青門送別多。斂襟收涕淚，簇馬聽笙歌①。煙樹灞陵岸，風塵長樂坡。此時無一盞，爭奈去留何？（1955）

【校】

①〔簇馬〕殘宋本作「蔟馬」，字通。

【注】

〔何處難忘酒，青門送別多〕青門，見卷一《寄隱者》（0058）注。

〔斂襟收涕淚，簇馬聽笙歌〕簇馬，見卷二四《武丘寺路宴留別諸妓》（1700）注。

〔煙樹灞陵岸，風塵長樂坡〕灞陵，見卷四《草茫茫》（0166）注。長樂坡，見卷十八《長樂坡送人賦得愁字》（1191）注。

何處難忘酒，逐臣歸故園。赦書逢驛騎，賀客出都門。半面瘴煙色，滿衫鄉淚痕。此時無一盞，何物可招魂？（1956）

不如來飲酒七首

莫隱深山去，君應到自嫌。齒傷朝水冷，貌苦夜霜嚴。漁去風生浦，樵歸雪滿巖。不如來飲酒，相對醉厭厭。（1957）

莫作農夫去，君應見自愁。迎春犂瘦地，趁晚餧羸牛。數被官加税，稀逢歲有秋。不如來飲酒，相伴醉悠悠①。（1958）

【校】

①〔相伴〕那波本作「相對」。

莫作商人去，恓惶君未諳。雪霜行塞北，風水宿江南。藏鏹百千萬，沉舟十二三。不如來飲酒，仰面醉酣酣。（1959）

【注】

〔藏鏹百千萬，沉舟十二三〕左思《蜀都賦》：「公擅山川，貨殖私庭。藏鏹巨萬，鈲摫兼呈。」

莫事長征去，辛勤難具論。何曾畫麟閣，秖是老轅門。蟣虱衣中物，刀槍面上痕。不如來飲酒，合眼醉昏昏。（1960）

【注】

〔何曾畫麟閣，秖是老轅門〕畫麟閣，見卷十七《贈寫真者》（1033）注。

莫學長生去，仙方誤殺君。那將薤上露，擬待鶴邊雲。矻矻皆燒藥，纍纍盡作墳。不如

來飲酒，閑坐醉醺醺。（1961）

【注】

〔那將薤上露，擬待鶴邊雲〕《相和歌辭·薤露》：「薤上露，何易晞。露晞明朝更復落，人死一去何時歸。」

莫上青雲去，青雲足愛憎。自賢誇智慧，相糾鬬功能①。魚爛緣吞餌，蛾燋爲撲燈。不如來飲酒，任性醉騰騰。（1962）

【校】

①〔相糾〕那波本、汪本作「相軋」。

【注】

〔自賢誇智慧，相糾鬬功能〕《管子·君臣》：「布法出憲，而賢人列士盡功能於上矣。」

〔魚爛緣吞餌，蛾燋爲撲燈〕《説苑·敬慎》：「魚鱉以淵爲淺，而穿穴其中，然所以得者餌也。」《佛本行集經》卷十六：「此處損害，愚痴之人，爭競投入，猶如飛蛾，奔赴燈燭。」

莫入紅塵去，令人心力勞。相爭兩蝸角，所得一牛毛。且滅嗔中火，休磨笑裏刀。不如

來飲酒，穩卧醉陶陶。（1963）

【注】

〔相爭兩蝸角，所得一牛毛〕蝸角，見卷二六《對酒五首》之二（1877）注。《漢書·段會宗傳》：「今圍守殺我，取漢牛一毛耳。」

〔且滅嗔中火，休磨笑裏刀〕笑裏刀，見卷四《天可度》（0169）注。

和令狐相公寄劉郎中兼見示長句

日月天衢仰面看，尚淹池鳳滯臺鸞。碧幢千里空移鎮，赤筆三年未轉官。别後縱吟終少興，病來雖飲不多歡。酒軍詩敵如相遇，臨老猶能一據鞍。（1964）

【注】

朱《箋》：作於大和五年（八三一），洛陽。

〔令狐相公〕朱《箋》：「令狐楚。」見卷二六《送東都留守令狐尚書赴任》（1848）注。令狐楚《寄禮部劉郎中詩》：「羣玉山頭住四年，每聞笙鶴看諸仙。何時得把浮丘袂，白日將昇第九天。」朱《箋》：「時楚在天平節度使任上，禹錫「一别三年在上京，仙垣終日選羣英。除書每下皆先看，唯有劉郎無姓名。」劉禹錫《酬令狐相公見寄》：「羣玉則爲禮部郎中，集賢學士，視詩意，楚以不能提挈禹錫踐歷樞要爲恨，禹錫仍以其再入秉政相期。白氏此詩所和，蓋即令狐楚寄禹錫之詩。」

〔日月天衢仰面看，尚淹池鳳滯臺鸞〕池鳳，鳳池，見卷八《宿藍橋對月》（0336）注。臺鸞，鸞臺。《唐會要》卷五四門下省：「光宅元年九月，改爲鸞臺。」

〔碧幢千里空移鎮，赤筆三年未轉官〕碧油幢，見卷十八《奉酬李相公見示絶句》（1156）注。朱《箋》：「指令狐楚自東都留守改天平軍節度使。」《舊唐書·令狐楚傳》：「（大和三年）十一月，進位檢校右僕射，鄆州刺史、天平軍節度、鄆曹濮觀察等使。」《藝文類聚》卷五八引《漢官儀》：「尚書令僕丞郎，月給赤管大筆一雙。篆題曰北宮工作，楷於頭上。象牙寸半，著筆下。」岑參《送顔平原》：「赤筆仍在篋，爐香惹衣裘。」

即事

見月連宵坐，聞風盡日眠。室香羅藥氣，籠煖焙茶煙。鶴啄新晴地，雞棲薄暮天。自看淘酒米，倚杖小池前。（1965）

【注】

朱《箋》：作於大和四年（八三〇），洛陽。

期宿客不至

風飄雨灑簾帷故，竹映松遮燈火深。宿客不來嫌冷落，一樽酒對一張琴。（1966）

【注】

朱《箋》：作於大和四年（八三〇），洛陽。

〔宿客〕朱《箋》：「指徐凝。徐凝有《和侍郎邀宿不至》、《和夜題玉泉寺》、《和秋遊洛陽》、《侍郎宅泛池》、《自鄂渚至河南將歸江外留辭侍郎》等詩，俱爲大和間徐凝至洛陽與居易交遊之證。」

問移竹

問君移竹意如何，慎勿排行但間窠①。多種少栽皆有意，大都少校不如多。（1967）

【校】

①〔間窠〕《唐音統籤》作「見窠」。

【注】

朱《箋》：作於大和四年（八三〇），洛陽。

〔問君移竹意如何，慎勿排行但間窠〕間，間除。《齊民要術》卷四園籬：「秋上酸棗熟時，收於壟中，概種之。至明年秋生，高三尺許，間斸去惡者。」

重陽席上賦白菊

滿園花菊鬱金黄，中有孤叢色似霜。還似今朝歌酒席，白頭翁入少年場。（1968）

【注】

朱《箋》：作於大和四年（八三〇），洛陽。

〔滿園花菊鬱金黄，中有孤叢色似霜〕《梁鼓角横吹曲·幽州馬客吟》：「鬱金黄花色，緑蛇銜珠丹。」

〔還似今朝歌酒席，白頭翁入少年場〕本書卷二二《雙石》（1410）：「漸恐少年場，不容垂白叟。」見該詩注。

偶吟二首

眼下有衣兼有食，心中無喜亦無憂。匹如身後有何事①，應向人間無所求。靜念道經深閉目，閑迎禪客小低頭。猶殘少許雲泉興，一歲龍門數度遊。（1969）

【校】

此二首後殘宋本、那波本有《夜題玉泉寺》一首。

①〔匹如〕馬本、《唐音統籤》、汪本作「正如」。

【注】

朱《箋》：作於大和四年（八三〇），洛陽。

〔匹如身後有何事，應向人間無所求〕匹如，就如，即如。見卷十七《九江春望》（1007）注。

〔猶殘少許雲泉興，一歲龍門數度遊〕龍門山，即伊闕山。見卷八《贈蘇少府》（0377）注。

晴教曬藥泥茶竈，閑看科松洗竹林。活計縱貧長淨潔，池亭雖小頗幽深。厨香炊黍調和酒，窗暖安絃拂拭琴。老去生涯秖如此，更無餘事可勞心。（1970）

【注】

〔晴教曬藥泥茶竈，閑看科松洗竹林〕科松，植松或護養。杜牧《川守大夫劉公早歲寓居敦行里肆有題壁十韻》：「散科松有節，深薙草無根。」洗竹，見卷八《春葺新居》（0386）注。

何處春先到①

何處春先到，橋東水北亭②。凍花開未得，冷酒著難醒③。就日移輕榻，遮風展小屏。不勞人勸醉④，鶯語漸丁寧。（1971）

【校】

①〔題〕《文苑英華》作「春日偶題」。

②〔北亭〕馬本作「北頭」，誤。

③〔著難醒〕《文苑英華》、汪本作「酌難醒」。

④〔不勞人勸醉〕《文苑英華》作「更無人勸飲」。

【注】

朱《箋》： 作於大和四年（八三〇），洛陽。

勉閑遊

天時人事常多故，一歲春能幾處遊①？ 不是塵埃便風雨，若非疾病即悲憂②。 貧窮心苦多無興，富貴身忙不自由。 唯有分司官恰好，閑遊雖老未能休。（1972）

【校】

①〔幾處〕那波本作「幾度」。

②〔悲憂〕馬本、《唐音統籤》作「悲愁」。

【注】

朱《箋》： 作於大和四年（八三〇），洛陽。

〔唯有分司官恰好，閑遊雖老未能休〕《敦煌變文集·維摩經講經文》：「深河恰好騁威儀，驀地維摩染病羸。」又《角座文匯抄》：「但知穩自用身心，衣食自然長恰好。」《祖堂集》卷十一保福和尚：「有僧問：『十二時中如何據驗？』師云：『恰好據驗。』」恰好義同今，爲其時口語。

寄兩銀榼與裴侍郎因題兩絶①

貧無好物堪爲信，雙榼雖輕意不輕。願奉謝公池上酌，丹心緑酒一時傾。（1973）

【校】

①〔題〕「兩絶」汪本作「兩絶句」。

【注】

朱《箋》：作於大和五年（八三一），洛陽。

〔裴侍郎〕朱《箋》：「裴度。」《舊唐書·文宗紀》：「（大和四年九月壬午），以守司徒、平章軍國重事、晉國公裴度守司徒、兼侍中、充山南東道節度使。」朱《箋》：「至大和八年三月，裴度始自山南東道節度使除東都留守。白氏大和五年作此詩時，度仍在襄州任。……則此『裴侍郎』必爲『裴侍中』之訛文。各本俱誤。」

慣和麯糵堪盛否，重用鹽梅試洗看。小器不知容幾許，襄陽米賤酒升寬。銀匠洗銀，多以鹽花梅漿也。（1974）

【注】

〔慣和麴蘖堪盛否，重用鹽梅試洗看〕《書·説命下》：「若作酒醴，爾惟麴蘖。若作和羹，爾惟鹽梅。」此用其字面。

小橋柳

細水涓涓似淚流，日西惆悵小橋頭。衰楊葉盡空枝在，猶被霜風吹不休。（1975）

【注】

朱《箋》：作於大和五年（八三一），洛陽。

哭微之二首

八月涼風吹白幕，寢門廊下哭微之。妻孥朋友來相弔，唯道皇天無所知。（1976）

【注】

朱《箋》：作於大和五年（八三一），洛陽。「考白氏《祭微之文》（《白氏文集》卷六九）作於大和五年十月，其中已録此詩，則必作於五年八月。元稹遺櫬已抵洛，猶未下葬。詩云：『哭送咸陽北原上』，蓋先言將祔葬於祖塋也。」

〔哭微之二首〕朱《箋》：「《哭微之》（外集）詩云：『從此三篇收淚後，終身無復更吟詩。』蓋合此《哭微之二首》

爲三篇也。」

〔八月凉風吹白幕，寢門廊下哭微之〕《禮記・檀弓上》：「伯高死於衛，赴於孔子。孔子曰：『吾惡乎哭諸？兄弟，吾哭諸廟。父之友，吾哭諸廟門之外。師，吾哭諸寢。朋友，吾哭諸寢門之外。所知，吾哭諸野。……』」

文章卓犖生無敵，風骨英靈殁有神。哭送咸陽北原上，可能隨例作灰塵？（1977）

【注】

〔哭送咸陽北原上，可能隨例作灰塵〕參見卷二六《元相公挽歌詞三首》(1894)注。

馬上晚吟

人少街荒已寂寥，風多塵起重蕭條。上陽落葉飄宮樹，中渡流澌擁渭橋。出早冒寒衣校薄，歸遲侵黑酒全消。如今不是閑行日，日短天陰坊曲遥。（1978）

【校】

那波本此詩後有《初見劉二十八郎中有感》、《送劉郎中赴任蘇州》、《福先寺雪中餞劉蘇州》三首。

【注】

朱《箋》：作於大和五年（八三一），洛陽。

〔上陽落葉飄宮樹，中渡流澌擁渭橋〕上陽宮，見卷三《上陽白髮人》（0129）注。《初學記》卷七引《風俗通》：「冰流曰澌，冰解曰泮。」按，渭橋在關中，疑爲「洛橋」之誤。

醉中重留夢得

劉郎劉郎莫先起，蘇臺蘇臺隔雲水。酒盞來從一百分，馬頭去便三千里。（1979）

【注】

朱《箋》：作於大和五年（八三一），洛陽。

〔重留夢得〕朱《箋》：「劉禹錫大和五年十月自禮部郎中、集賢殿學士除蘇州刺史。」見卷二六《寄劉蘇州》（1900）注。

〔劉郎劉郎莫先起，蘇臺蘇臺隔雲水〕劉禹錫《醉答樂天》：「洛城洛城何日歸，故人故人今轉稀。莫嗟雪裏暫時別，終擬雲間相逐飛。」朱《箋》：「即用白氏此詩之體，此唐人法也。」

〔酒盞來從一百分，馬頭去便三千里〕酒滿盞爲十分，一百分即十杯。參見卷二四《九日寄微之》（1687）注。

雪夜喜李郎中見訪兼酬所贈

可憐今夜鵝毛雪，引得高情鶴氅人。紅蠟燭前明似畫，青氈帳裏暖如春。十分滿盞黄金液，一尺中庭白玉塵。對此欲留君便宿，詩情酒分合相親。（1980）

【注】

朱《箋》：作於大和五年（八三一），洛陽。

〔李郎中〕名不詳。

〔可憐今夜鵝毛雪，引得高情鶴氅人〕《世説新語·企羨》：「孟昶未達時，家在京口，嘗見王恭乘高輿，被鶴氅裘。于時微雪，昶於籬間窺之，歎曰：『此真神仙中人！』」

〔紅蠟燭前明似畫，青氈帳裏暖如春〕青氈帳，參見本書卷三一《青氈帳二十韻》（2242）注。

任老

不愁陌上春光盡，亦任庭前日影斜。面黑眼昏頭雪白，老應無可更增加。（1981）

【注】

朱《箋》：作於大和六年（八三二），洛陽。

勸歡

火急歡娱慎勿遲①，眼看老病悔難追。樽前花下歌筵裏，會有求來不得時。（1982）

【校】

①〔慎勿〕「慎」《全唐詩》校：「一作切。」

【注】

朱《箋》：作於大和六年（八三二），洛陽。

答王尚書問履道池舊橋

虹梁雁齒隨年换，素板朱欄逐日修。但恨尚書能久别，莫愁川守不頻遊①。重移舊柱開中眼，亂種新花擁兩頭。李郭小船何足問，待君乘過濟川舟。（1983）

【校】

①〔川守〕馬本、《唐音統籤》、汪本作「州守」，誤。

【注】

朱《箋》：作於大和六年（八三二），洛陽。

〔王尚書〕朱《箋》：「王起。」《舊唐書·文宗紀》：「（大和四年四月）庚申，以尚書左丞王起爲户部尚書、判度支代崔元略」；「（大和六年七月己未），以户部尚書、判度支王起檢校吏部尚書、充河中晉慈隰節度使。」

〔履道池舊橋〕參見本卷《問江南物》（1926）注。

〔虹梁雁齒隨年換，素板朱欄逐日修〕雁齒，見卷八《題小橋前新竹招客》（0362）注。

〔但恨尚書能久别，莫愁川守不頻遊〕朱《箋》：「河南尹，古之三川守也。」參見卷十《憶洛下故園》（0498）注。

〔李郭小船何足問，待君乘過濟川舟〕李郭，李膺、郭太。《後漢書·郭太傳》：「郭太字林宗，……始見河南尹李膺，膺大奇之，遂相友善，於是名震京師。後歸鄉里，衣冠諸儒送至河上，車數千兩。林宗唯與李膺同舟而濟，衆賓望之，以爲神仙焉。」《書·説命》：「若濟巨川，用汝作舟楫。」

晚歸府

晚從履道來歸府，街路雖長尹不嫌。馬上涼於床上坐，緑槐風透紫蕉衫。（1984）

【注】

朱《箋》：作於大和六年（八三二），洛陽。

〔馬上涼於床上坐，綠槐風透紫蕉衫〕蕉衫，見卷六《秋遊原上》（0244）注。

從龍潭寺至少林寺題贈同遊者

山屐田衣六七賢，搴芳蹋翠弄潺湲。九龍潭月落杯酒，三品松風飄管絃。强健且宜遊勝地，清涼不覺過炎天。始知駕鶴乘雲外，别有逍遥地上仙。（1985）

【注】

朱《箋》：作於大和六年（八三二），嵩山。

〔龍潭寺〕《清一統志》卷一六三河南府：「龍潭寺，在登封縣東北二十五里，據太室左陲。相傳唐武后時曾建行宫於此。」

〔少林寺〕《魏書·釋老志》：「又有西域沙門名跋陀，有道業，深爲高祖所敬信。詔於少室山陰立少林寺而居之。」《明一統志》卷二九河南府：「少林寺，在登封縣西少室山北麓，後魏時建。梁時達磨居此，面壁九年。」

〔九龍潭月落杯酒，三品松風飄管絃〕《清一統志》卷一六二河南府：「九龍潭，在登封縣太室山東巖之半，古名龍淵水。山巔諸水咸匯於此，蓋一大峽也。峽作九疊，每疊結爲一潭，遞相灌輸，深不可測。《水經注》：龍淵水導源龍淵，東南流逕陽城北，又東南入潁。」《史記·秦本紀》：「乃遂上泰山，立石，封，祠祀。下，風雨暴至，休於樹下，因封其樹爲五大夫。」《藝文類聚》卷八八引《泰山記》：「岱宗小天門，有秦時五大夫松在。」三品松者仿此。

夜從法王寺下歸嶽寺

雙刹夾虚空，緣雲一徑通。似從忉利下，如過劍門中。燈火光初合，笙歌曲未終。可憐師子座，舁出淨名翁①。（1986）

【校】

①〔舁出〕汪本作「昇出」。

【注】

朱《箋》：作於大和六年（八三二）嵩山。

〔法王寺〕《清一统志》卷一六三河南府：「法王寺，在登封縣城北嵩山南麓，漢永平十四年創建。唐貞觀中，太宗敕增佛像。開元中改名功德。宋慶曆中復改今名。寺北負嵩岳，左右高峰如張兩翼，俯瞰二熊，諸山排列如拱。」

〔嶽寺〕嵩嶽寺。《清一統志》卷一六三河南府：「嵩嶽寺，在登封縣北法王寺西。後漢永平二年建。初名閒居寺。隋開皇五年改今名。唐武后幸嵩山，以此爲行宫，送鎮國金佛貯焉。」

〔似從忉利下，如過劍門中〕忉利天，又稱三十三天，帝釋天所居，位於須彌山頂。《維摩經·見阿閦佛品》：「閻浮提人，亦登其階，上升忉利，見彼諸天。」劍門，見卷十《别行簡》（0459）注。

〔可憐師子座，舁出淨名翁〕《維摩經·不思議品》：「文殊師利言：……彼佛身長八萬四千由旬，其師子座高八萬四千由旬，嚴飾第一。於是長者維摩詰現神通力，即時彼佛遣三萬二千師子座，高廣嚴淨，來入維摩室。諸菩薩、大弟子、釋梵四天王等，昔所未見，其室廣博，悉皆包容三萬二千師子座，無所妨礙。」淨名翁，即維摩詰。見卷二十《東院》（1325）注。

宿龍潭寺①

夜上九潭誰是伴，雲隨飛蓋月隨杯。明年尚作三川守，此地兼將歌舞來。（1987）

【校】

①〔題〕汪本作「宿龍潭月」。

【注】

朱《箋》：作於大和六年（八三二）嵩山。

〔龍潭寺〕見本卷《從龍潭寺至少林寺題贈同遊者》（1985）注。

嵩陽觀夜奏霓裳

開元遺曲自淒涼，况近秋天調是商。愛者誰人唯白尹，奏時何處在嵩陽。迥臨山月聲彌怨，散入松風韻更長。子晉少姨聞定怪，人間亦便有霓裳。（1988）

【注】

朱《箋》：作於大和六年（八三二），嵩山。

〔嵩陽觀〕即奉天宮。《唐會要》卷三十：「永淳元年，造奉天宮於嵩山之南，仍置嵩陽縣。……弘道元年十二月，遺詔廢之。文明元年二月，改嵩陽觀。」

〔開元遺曲自淒凉，况近秋天調是商〕參見卷二一《霓裳羽衣歌》（1406）注。

〔子晉少姨聞定怪，人間亦便有霓裳〕王子晉，見卷二二《和送劉道士遊天台》（1455）注。楊炯《少室山少姨廟碑》：「少姨廟者，則《漢書·地理志》嵩高少室之廟也。其神爲婦人像者，則故老相傳云啓母塗山之妹也。」《太平寰宇記》卷五河南道偃師縣：「啓母少姨行廟，在縣西南二十五里。」《明一統志》卷二九河南府：「少姨廟，在府城東南。又偃師、鞏、登封縣俱有。世傳神啓母之妹，故名少姨。」

過元家履信宅

雞犬喪家分散後，林園失主寂寥時。落花不語空辭樹，流水無情自入池。風蕩醼船初破

漏，雨淋歌閣欲傾欹。前庭後院傷心事，唯是春風秋月知。（1989）

【注】

朱《箋》：作於大和六年（八三二），洛陽。

〔元家履信宅〕元稹履信坊宅。見卷十四《和夢遊春詩一百韻》（0800）注。

和杜錄事題紅葉

寒山十月旦，霜葉一時新。似燒非因火，如花不待春。連行排絳帳①，亂落剪紅巾。解駐籃輿看②，風前唯兩人。（1990）

【校】

①〔絳帳〕汪本作「絳葉」。

②〔籃輿〕《文苑英華》作「籃舁」。

【注】

朱《箋》：作於大和六年（八三二），洛陽。

〔杜錄事〕名不詳。劉禹錫《洛中春來送杜錄事赴蘄州》：「尊前花下長相見，明日忽爲千里人。君過午橋回首處，洛城猶自有殘春。」朱《箋》：「當即此人。據詩則杜必赴蘄州李播幕者。」

題崔常侍濟上别墅

時常侍以長告罷歸，今故先報泉石。

求榮爭寵任紛紛，脱棄金貂秪有君。散員疏去未爲貴，小邑陶休何足云。山色好當晴後見，泉聲宜向醉中聞。主人憶爾爾知否，抛却青雲歸白雲。（1991）

【注】

朱《箋》：作於大和六年（八三二），濟源。

〔崔常侍〕朱《箋》：「崔玄亮。」見卷二五《題崔常侍濟源莊》（1807）注。白居易《唐故虢州刺史贈禮部尚書崔公墓誌銘》（《白氏文集》卷七十）：「决就長告，徑遵歸路。朝廷不得已，在途拜太子賓客分司東都。公濟源有田，洛下有宅。……無何，又除虢州刺史。」朱《箋》：「據白氏此詩自注……，則玄亮分司在大和六年，與《墓誌》及《新傳》語正合。」

〔散員疏去未爲貴，小邑陶休何足云〕疏，二疏，見卷一《高僕射》（0030）注。陶，陶淵明。

過温尚書舊莊

白石清泉抛濟口，碧幢紅旆照河陽。村人都不知時事，猶自呼爲處士莊。（1992）

【注】

朱《箋》： 作於大和六年（八三二），濟源。

〔温尚書〕朱《箋》：「温造。……白氏作此詩時，造方節度河陽。」《舊唐書・温造傳》：「温造字簡輿，河内人。……自負節概，少所降志，隱居王屋，以漁釣消遥爲事。……德宗愛其才，召至京師。……長慶元年，授京兆府司録參軍。……（大和）五年四月，入爲兵部侍郎，以耳疾求退。七月，檢校户部尚書、東都留守，判東都尚書省事、東畿汝防禦使。造至洛中，九月，制改授河陽懷節度觀察等使。」

〔白石清泉抛濟口，碧幢紅旆照河陽〕碧幢，見卷十八《奉酬李相公見示絶句》（1156）注。紅旆，見卷十七《行次夏口先寄李大夫》（1094）、卷二六《送令狐相公赴太原》（1885）注。《舊唐書・地理志一》：「河陽三城節度使，治孟州，領孟、懷二州。」

〔村人都不知時事，猶自呼爲處士莊〕《新唐書・温造傳》：「隱王屋山，人號其處曰處士墅。」

天壇峰下贈杜録事

年顔氣力漸衰殘，王屋中峰欲上難。頂上將探小有洞，小有洞，在天壇頂上。喉中須嚥大還丹。時杜方煉伏火砂次。河車九轉宜精煉，火候三年在好看。他日藥成分一粒，與君先去掃天壇。（1993）

【注】

朱《箋》：作於大和六年（八三二），王屋山。

〔天壇峰〕見卷二三《早冬遊王屋自靈都抵陽臺上方望天壇偶吟成章寄温谷周尊師中書李相公》（1512）注。

〔杜錄事〕見前《和杜錄事題紅葉》（1990）注。

〔頂上將探小有洞，喉中須嚥大還丹〕杜甫《憶昔行》：「憶昔北尋小有洞，洪河怒濤過輕舸。」《九家集注》：「《茅君内傳》：大天之内有玄中之洞三十六所，第一王屋山之洞，周圍萬里，名曰小有清虛之天。」胡渭《禹貢錐指》卷十一：「天壇在縣西北百二十里王屋山之北，山峰突兀，其東曰日精，西曰月精。絶頂有石壇，名清虛小有洞天。李濂《遊王屋山記》云：天壇，世人謂之西頂。上有黑龍洞，洞前有太乙池，即濟水發源處也。」大還丹，見卷十六《尋王道士藥堂因有題贈》（0949）注。伏火砂，見卷十七《尋郭道士不遇》（1013）注。

〔河車九轉宜精煉，火候三年在好看〕河車，見卷十七《對酒》（1050）注。

贈僧五首

鉢塔院如大師

師年八十三，登壇秉律凡六十年。每歲於師處授八關戒者九度。

百千萬劫菩提種，八十三年功德林。若不秉持僧行苦，將何報答佛恩深？慈悲不瞬諸天眼，清淨無塵幾地心？每歲八關蒙九授，慇懃一戒重千金。（1994）

【注】

朱《箋》： 作於大和五年（八三一），洛陽。

〔如大師〕聖善寺僧智如。 見卷二五《與僧智如夜話》（1742）注。 按，居易與聖善寺諸僧關係至爲密切，先後從法凝、如信、智如等受教，後又將所編《文集》六十五卷送往聖善寺。

〔百千萬劫菩提種，八十三年功德林〕《華嚴經》卷五三： 「於一切善根，生菩提種子想。 於一切衆生，生菩提器想。」又卷十九： 「爾時功德林菩薩承佛神力，入菩薩善思惟三昧，入是三昧已，十方各過萬佛刹，微塵數世界外有萬佛刹，微塵數諸佛，皆號功德林，而現其前。」

〔慈悲不瞬諸天眼，清淨無塵幾地心〕眼瞬，眨眼。 《佛本行集經》卷八： 「當是童子初欲出時，仰觀母脅，而説是言： ……從是已去，我當作佛。 即立於地，無人扶持，即行七步，足所履處，皆生蓮華。 一切四方，正眼觀視，目不暫瞬。」《撰集百緣經》卷九： 「諸天眼瞬極遲，世人速疾。」幾地，謂修行自初地至十地。 《華嚴經》卷三四： 「何等爲十？ 一者歡喜地，二者離垢地，三者發光地，四者焰慧地，五者難勝地，六者現前地，七者遠行地，八者不動地，九者善慧地，十者法雲地。 佛子，此菩薩十地，三世諸佛已説，當説，今説。」

〔每歲八關蒙九授，慇懃一戒重千金〕《增壹阿含經》卷三八： 「爾時諸比丘從佛受教，世尊告曰： 彼云何名爲八關齋法？ 一者不殺生，二者不與不取，三者不淫，四者不妄語，五者不飲酒，六者不過時食，七者不處高廣之床，八者遠離作倡伎樂、香華塗身。 是謂比丘，名爲賢聖八關齋法。 是時彼優波離白佛言： 云何修行八關齋法？ 世尊告曰： 於是優波離，若善男子、善女人，於八日、十四日、十五日往詣沙門若長老比丘所，自稱名字，從朝至暮如羅漢，持心不移不動，刀杖不加群生，普慈於一切。 我今受齋法，一無所犯。」

神照上人　照以説壇爲佛事。

心如定水隨形應，口似懸河逐病治。曾向衆中先禮拜，西方去日莫相遺。（1995）

【注】

〔神照〕禪宗荷澤宗傳人。白居易《唐東都奉國寺禪德大師照公塔銘》（《白氏文集》卷七一）：「大師號神照，姓張氏，蜀州青城人也。始出家於智凝法師，受具戒於惠萼律師，學心法於惟忠禪師。忠一名南印，即第六祖之法曾孫也。大師祖達摩、宗神會而父事印。其教之大旨，以如然不動爲體，以妙然不空爲用，示真寂而不説斷滅，破計著而不壞假名。師即得之，揭以行化，出蜀入洛，與洛人有緣，月開六壇，僅三十載，隨根説法，言下多悟。……開成三年冬十二月，示滅於奉國寺禪院，以是月遷葬於龍門山，報年六十三，僧夏四十四。」《景德傳燈録》卷十三曹溪別出第四世：「荆南惟忠禪師法嗣：道圓禪師，益州如一禪師，奉國神照禪師，廬山東林雅禪師。已上四人無機緣語句，不録。」

〔照以説壇爲佛事〕此爲神會荷澤禪傳法方式。《歷代法寶記》：「神會和上每月作壇場，爲人説法，破清淨禪，立如來禪。」神會《壇語》：「我於此門，都不如是。多人少人，並皆普説。……過去諸佛説法，皆對八部衆説，不私説，不偷説。……上中下乘，各自領解。」

〔心如定水隨形應，口似懸河逐病治〕《維摩經・佛道品》：「八解之浴池，定水湛然滿。」《世説新語・賞譽》：「王太尉云：『郭子玄語議如懸河泄水，注而不竭。』」

自遠禪師　遠以無事爲佛事。

自出家來長自在，緣身一衲一繩床。令人見即心無事①，每一相逢是道場。（1996）

【校】

①〔心無事〕汪本作「思無事」。

【注】

〔自遠〕未詳。

〔令人見即心無事，每一相逢是道場〕無事爲馬祖道一門下洪州禪話頭。《祖堂集》卷三懶瓚《樂道歌》：「心是無事心，面是娘生面。劫石可移動，個中難改變。無事本無事，何須讀文字。」《景德傳燈録》卷二八大珠慧海：「越州大珠慧海和尚上堂曰：諸人幸自好個無事人，苦死造作，要擔枷落獄作麽？每日至夜奔波，道我參禪學道解會佛法，如此轉無交涉也。」又卷七盤山寶積：「心若無事，萬象不生。意絶玄機，纖塵何立。……故導師云：法本不相礙，三際亦復然。無爲無事人，猶是金鎖難。」又卷十四丹霞天然：「元和三年，師于天津橋橫卧，會留守鄭公出，呵之不起。吏問其故，師徐而對曰：『無事僧。』」

宗實上人　實即樊司空之子，捨官位妻子出家。

榮華恩愛棄成唾，戒定真如和作香。今古雖殊同一法，瞿曇抛却轉輪王。（1997）

【注】

〔宗實〕神照弟子。白居易《唐東都奉國寺禪德大師照公塔銘》(《白氏文集》卷七一)：「其諸升堂入室得心要口訣者，有宗實在襄。」朱《箋》：「此詩自注云：『實即樊司空之子』，樊司空即樊澤。……據白氏此詩，知宗實必爲紹述(樊宗師)之昆仲行。」

〔榮華恩愛棄成唾，戒定真如和作香〕《佛説未曾有正法經》卷一：「諸菩薩曼陀羅華妙香遠聞滿百由旬，菩薩摩訶薩，具戒定慧亦復如是。戒香定香慧香，遍於世間，普聞一切。」

〔今古雖殊同一法，瞿曇抛却轉輪王〕瞿曇，釋迦牟尼之本姓。轉輪王，即轉輪聖王，釋迦牟尼時代盛行轉輪聖王出現、當統一四大部洲之説。《長阿含經》卷十五：「沙門瞿曇舍轉輪王位，出家爲道，若其在家，當居四天下，統領民物。」

清閑上人　自蜀入洛，於長壽寺説法度人。

梓潼眷屬何年别，長壽壇場近日開。應是蜀人皆度了，法輪移向洛中來。(1998)

【注】

〔清閑〕神照弟子。白居易《唐東都奉國寺禪德大師照公塔銘》(《白氏文集》卷七一)：「明年，傳教主院上首弟子沙門清閑，糾門徒，合財施，與服勤弟子志行等營度襄事。」後又代居易主持布施修香山寺。白居易《修香山寺記》(《白氏文集》卷六八)：「因請悲智僧清閑主張之。」

〔長壽寺〕《唐會要》卷四八：「長壽寺，在嘉善坊。長壽元年武后稱齒生髮變，大赦改元，仍置長壽寺。」白居易《畫彌勒上生幀贊》（《白氏文集》卷七十）：「南贍部州大唐國東都城長壽寺大苾芻道嵩、存一、惠恭等六十人，與優婆塞士良、惟儉等八十人，以大和八年夏，受八戒，修十善，設法供，捨淨財，畫兜率陀天宮彌勒上生内衆一鋪，……有彌勒弟子樂天同是願，遇是緣。」

〔梓潼眷屬何年别，長壽壇場近日開〕《舊唐書·地理志四》劍南道：「梓潼，漢縣。蜀先分廣漢置梓潼，西魏改爲潼川郡，隋爲梓潼縣。」

彈秋思

信意閑彈秋思時，調清聲直韻疏遲。近來漸喜無人聽，琴格高低心自知。（1999）

【注】

朱《箋》：作於大和六年（八三二），洛陽。

〔秋思〕《樂府詩集》卷五九琴曲歌辭《蔡氏五弄》：「《琴集》曰：五弄：《遊春》、《渌水》、《幽居》、《坐愁》、《秋思》，並宫調，蔡邕所作也。」見卷二二《和嘗新酒》（1495）注。

自詠

隨宜飲食聊充腹，取次衣裘亦煖身。未必得年非瘦薄，無妨長福是單貧。老龜豈羨犧牲

飽，蟠木寧爭桃李春。隨分自安心自斷，是非何用問閑人。（2000）

【注】

朱《箋》：作於大和六年（八三二），洛陽。

〔老龜豈羡犧牲飽，蟠木寧爭桃李春〕《莊子·秋水》：「莊子釣於濮水，楚王使大夫二人往先焉，曰：『願以境内累矣。』莊子持竿不顧，曰：『吾聞楚有神龜，死已三千歲矣，王以巾笥而藏之廟堂之上。此龜者，寧其死爲留骨而貴乎？寧其生而曳尾於塗中乎？』二大夫曰：『寧生而曳尾塗中。』莊子曰：『往矣！吾將曳尾於塗中。』」《莊子·列禦寇》：「或聘於莊子。莊子應其使曰：『子見夫犧牛乎？衣以文繡，食以芻菽。及其牽而入於大廟，雖欲爲孤犢，其可得乎？』」

分司初到洛中偶題六韻兼戲呈馮尹①

相府念多病，春宫容不才。官銜依口得②，俸禄逐身來③。白首林園在，紅塵車馬迴。招呼新客旅④，掃掠舊池臺。小舫宜攜樂，新荷好蓋杯。不知金谷主，早晚賀筵開？（2001）

【校】

①〔題〕「呈」《文苑英華》抄本作「河南」，校：「二字集作呈。」

②〔依口〕「依」《文苑英華》作「隨」，校：「集作依。」
③〔俸祿〕《文苑英華》、汪本作「俸料」。
④〔客旅〕殘宋本、《文苑英華》作「客侶」。

【注】

朱《箋》：作於大和三年（八二九），洛陽。

〔馮尹〕朱《箋》：「河南尹馮宿。」《舊唐書·文宗紀》：「（大和二年十月己卯），以左散騎常侍馮宿爲河南尹」；「（大和四年十二月）丙寅，以前河南尹馮宿爲工部侍郎。」

〔相府念多病，春宮容不才〕春宮，見卷八《洛中偶作》（0376）注。

春風

春風先發苑中梅，櫻杏桃梨次第開。薺花榆莢深村裏，亦道春風爲我來。（2002）

【注】

朱《箋》：作於大和五年（八三一），洛陽。

白居易詩集校注卷第二十八①

律詩　五言　七言　凡一百首

洛陽春

洛陽陌上春長在，昔别今來二十年②。唯覓少年心不得，其餘萬事盡依然。（2003）

【校】

①〔卷第二十八〕那波本爲卷五十八。

②〔昔别〕《全唐詩》作「惜别」。

【注】

朱《箋》：作於大和四年（八三〇），洛陽。

恨去年

老去猶耽酒①，春來不著家。去年來校晚，不見洛陽花。（2004）

【校】

①〔猶耽酒〕《全唐詩》作「唯耽酒」。

【注】

朱《箋》：作於大和四年（八三〇），洛陽。

〔去年來校晚，不見洛陽花〕朱《箋》：「居易大和三年四月至洛陽時已過暮春。」參見卷二七《將至東都先寄令狐留守》（1922）注。

早出晚歸

早起或因攜酒出，晚歸多是看花迴。若拋風景長閑坐，自問東京作底來？（2005）

【注】

朱《箋》：作於大和四年（八三〇），洛陽。

〔若拋風景長閑坐，自問東京作底來〕底，何。王維《哭祖六自虚》：「何辜鎩鸞翮，底事碎龍泉。」杜甫《解悶》：「陶冶性靈在底物，新詩改罷自長吟。」

魏王堤

花寒懶發鳥慵啼，信馬閑行到日西。何處未春先有思，柳條無力魏王堤。（2006）

【注】

朱《箋》：作於大和四年（八三〇），洛陽。

〔魏王堤〕見卷二五《魏堤有懷》（1809）注。

嘗黄醅新酎憶微之

世間好物黄醅酒，天下閑人白侍郎。愛向卯時謀洽樂，亦曾酉日放粗狂。醉來枕麴貧如富，詩云：「一醉日富①。」身後堆金有若亡。元九計程殊未到，甕頭一盞共誰嘗？（2007）

【校】

①〔日富〕顧校、朱《箋》均誤「曰富」，朱《箋》：「注中曰字各本俱誤作日，今改正」，各本不誤。

【注】

朱《箋》：作於大和三年（八二九），洛陽。

〔世間好物黄醅酒，天下閑人白侍郎〕《苕溪漁隱叢話》前集卷四：「張文潛云：……白樂天亦嗜酒，其家釀黄醅者，蓋善酒也。又每飲酒必有絲竹僮妓之奉。」李長民《廣汴賦》：「亦有蜀中清醥，洛下黄醅，蒲萄汎觴，竹葉傾罍。」

〔愛向卯時謀洽樂，亦曾酉日放粗狂〕卯時酒，參見卷十七《薔薇正開春酒初熟因招劉十九張大崔二十四同飲》（1048）注。

〔醉來枕麴貧如富，身後堆金有若亡〕《詩·小雅·小宛》：「人之齊聖，飲酒温克。彼昏不知，壹醉日富。」鄭箋：「童昏無知之人，飲酒一醉，自謂日益富。」

〔元九計程殊未到，甕頭一盞共誰嘗〕甕頭酒，見卷十七《薔薇正開春酒初熟因招劉十九張大崔二十四同飲》（1048）注。

勸行樂

少年信美何曾久，春日雖遲不再中①。歡笑勝愁歌勝哭，請君莫道等頭空。（2008）

【校】

①〔春日〕馬本、《唐音統籤》作「春到」。〔再中〕馬本、《唐音統籤》作「再逢」。

【注】

朱《箋》：約作於大和三年（八二九）至大和四年（八三〇），洛陽。

〔歡笑勝愁歌勝哭，請君莫道等頭空〕等頭，齊等、一樣。元稹《送東川馬逢侍御使迴十韻》：「流年等頭過，人世各勞勞。」《放言五首》：「總被天公霑雨露，等頭成長盡生涯。」白居易《喜夢得自馮翊歸洛兼呈令公》（卷三三2428）：「甲子等頭憐共老，文章敵手莫相猜。」

老慵

豈是交親向我疏，老慵自愛閉門居。近來漸喜知聞斷，免惱嵇康索報書。（2009）

【注】

朱《箋》：約作於大和三年（八二九）至大和四年（八三〇），洛陽。

〔近來漸喜知聞斷，免惱嵇康索報書〕洪邁《容齋五筆》卷九：「士大夫得交朋書問，有懶傲不肯即答者。記白樂天《老慵》一絶句曰：『……免惱嵇康索報書。』按嵇康《與山濤絶交書》云：『素不便書，又不喜作書，而人間多事，堆案盈几。不相酬答，則犯教傷義。欲自勉强，則不能久。』樂天所云正此也。乃知畏於答書，其來久矣。」

酬別微之 臨都驛醉後作。

灃頭峽口錢唐岸①，三別都經二十年。且喜筋骸俱健在，勿嫌鬚鬢各皤然。君歸北闕朝天帝，我住東京作地仙。博望自來非棄置，承明重入莫拘牽。醉收杯杓停燈語，寒展衾裯對枕眠。猶被分司官繫絆，送君不得過甘泉。（2010）

【校】

①〔澧頭〕那波本、汪本作「灃頭」，誤。

【注】

汪《譜》、朱《箋》：作於大和三年（八二九），洛陽。

〔臨都驛〕見卷二五《臨都驛答夢得六言二首》（1771）注。

〔澧頭峽口錢唐岸，三別都經二十年〕澧水，見卷十五《醉後却寄元九》（0832）注。峽口，參見卷十七《十年三月三日別微之於澧上十四年三月十一日夜遇微之於峽中停舟夷陵三宿而別言不盡者以詩終之因賦七言十七韻以贈且欲寄所遇之地與相見之時爲他年會話張本也》（1100）注。錢唐岸，參見卷二三《重寄別微之》（1559）等注。

〔博望自來非棄置，承明重入莫拘牽〕博望苑，見卷十六《東南行一百韻寄通州元九侍御澧州李十一舍人果州崔二十二使君開州韋大員外庾三十二補闕杜十四拾遺李二十助教員外竇七校書》（0902）注。承明，見卷七《聞早鶯》（0292）注。

〔醉收杯杓停燈語，寒展衾裯對枕眠〕停燈，見卷二十《衰病》（1329）注。

予與微之老而無子發於言歎著在詩篇今年冬各有一子戲作二什一以相賀一以自嘲①

常憂到老都無子，何况新生又是兒。陰德自然宜有慶，于公陰德，其後蕃昌②。皇天可得道無知？皇天無知，伯道無兒。一園水竹今爲主，微之履信新居多水竹也。百卷文章更付誰？微之文集凡一百卷。莫慮鵷鶵無浴處，即應重入鳳凰池。（2011）

【校】

①〔題〕「於言」二字紹興本壞，顧校作「爲詠」。又「冬」字馬本脱。「詩篇」下《唐音統籤》有「屢矣」二字。

②〔（注）蕃昌〕紹興本脱「昌」字，據殘宋本、馬本補。

【注】

陳《譜》、汪《譜》、朱《箋》：作於大和三年（八二九），洛陽。

〔陰德自然宜有慶，皇天可得道無知〕于公陰德，見卷十三《叙德書情四十韻上宣歙崔中丞》（0608）注。伯道無兒，見卷十六《酬贈李煉師見招》（0991）注。

〔莫慮鵷鶵無浴處，即應重入鳳凰池〕《莊子·秋水》：「北方有鳥，其名鵷鶵。子知之乎？夫鵷鶵發於南海而飛於北海，非梧桐不止，非練實不食，非醴泉不飲。」郭象注：「鵷鶵，鸞鳳之屬。」此指幼子。參見卷二三《崔侍御以孩子三日示其所生詩見示因以二絶和之》(1606)注。

自嘲①

五十八翁方有後，靜思堪喜亦堪嗟。一珠甚小還慚蚌②，八子雖多不羨鴉③。秋月晚生丹桂實，春風新長紫蘭芽。持杯祝願無他語，慎勿頑愚似汝耶④。（2012）

【校】

①〔題〕馬本、汪本無此題，爲前題之第二首。

②〔甚小〕馬本、《唐音統籤》作「甚少」。

③〔八子〕汪本作「九子」。

④〔汝耶〕那波本、馬本、《唐音統籤》、汪本作「汝爺」，字通。

【注】

〔一珠甚小還慚蚌，八子雖多不羨鴉〕蚌生珠，見卷二十《見李蘇州示男阿武詩自感成詠》(1384)注。《相和歌辭·烏生》：「烏生八九子，端坐秦氏桂樹間。」

〔秋月晚生丹桂實，春風新長紫蘭芽〕《封氏聞見記》卷七：「垂拱四年三月，桂子降於台州臨海縣界，十餘日乃止。司馬蓋詵、安撫使狄仁傑以聞，編之史策。月中云有蟾蜍、玉兔並桂樹，相傳如此。自昔未有親見之者。曆家之説，月行者南北道。假令此月上當台州之分，則他年月桂豈獨無子，何至此日方始降也？」韓愈《唐故殿中少監馬君墓誌》：「幼子娟好靜秀，瑶環瑜珥，蘭茁其牙，稱其家兒也。」

自問

年來私自問，何故不歸京？佩玉腰無力，看花眼不明。老慵難發遣，春病易滋生。賴有彈琴女，時時聽一聲。（2013）

【注】

朱《箋》：作於大和三年（八二九），長安。

晚桃花

一樹紅桃亞拂池，竹遮松蔭晚開時。非因斜日無由見，不是閑人豈得知。寒地生材遺校易，貧家養女嫁常遲。春深欲落誰憐惜①，白侍郎來折一枝。（2014）

【校】

①〔春深〕「深」《文苑英華》作「風」，校：「集作深。」

【注】

朱《箋》：作於大和三年（八二九），長安。

〔一樹紅桃亞拂池，竹遮松蔭晚開時〕亞，使低。見卷二《和松樹》（0106）注。

查慎行《白香山詩評》：「『寒地生材遺較易』二句爲『晚』字生波，寄慨絶遠。」

《唐宋詩醇》卷二五：「比意深婉，總從一『晚』字生情。『寒地生材』句自是主意，以『貧家養女』句更切桃花，故仍以上句作陪，律法極細。」

黄培芳《香石詩話》卷一：「白太傅《晚桃花》……手腕柔和，極層折吞吐之妙，與王右丞《酌酒與裴迪》皆七律中進一格者。」

夜調琴憶崔少卿

今夜調琴忽有情，欲彈惆悵憶崔卿。何人解愛中徽上，秋思頭邊八九聲。（2015）

【注】

朱《箋》：作於大和三年（八二九），洛陽。

〔崔少卿〕朱《箋》：「崔玄亮。據白氏是年在洛陽與玄亮酬答諸詩，知玄亮授太常少卿赴長安在大和三年秋冬之際。」《新唐書·崔玄亮傳》：「大和四年，由太常少卿改諫議大夫。」

〔今夜調琴忽有情，欲彈惆悵憶崔卿〕朱《箋》：「崔玄亮擅琴，嘗贈琴於居易。後玄亮歿於大和七年，卒前，以玉磬琴留别居易，請爲墓誌。」白居易《池上篇序》（《白氏文集》卷六九）：「博陵崔晦叔與琴，韻甚清。蜀客姜發授《秋思》，聲甚淡。」參見本書卷二一《崔湖州贈紅石琴薦煥如錦文無以答之以詩酬謝》（1403），白居易《崔公墓誌銘》（《白氏文集》卷七十）。

〔何人解愛中徽上，秋思頭邊八九聲〕秋思，見卷二二《和嘗新酒》（1495）、卷二七《彈秋思》（1999）注。

阿崔

謝病臥東都，羸然一老夫。孤單同伯道，遲暮過商瞿。豈料鬢成雪，方看掌弄珠。已衰寧望有，雖晚亦勝無。蘭入前春夢，桑懸昨日弧。里閭多慶賀，親戚共歡娱。膩剃新胎髮，香綳小繡襦。玉芽開手爪，蘇顆點肌膚①。弓冶將傳汝，琴書勿墜吾。未能知壽夭，何暇慮賢愚。乳氣初離殼，啼聲漸變雛。何時能反哺，供養白頭烏？（2016）

【校】

①〔蘇顆〕馬本、《唐音統籤》、汪本作「酥顆」。

【注】

陳《譜》、汪《譜》、朱《箋》：作於大和三年（八二九），洛陽。

〔孤單同伯道，遲暮過商瞿〕伯道，見卷十六《酬贈李煉師見招》(0991)注。《孔子家語》卷十：「梁鱣……年三十未有子，欲出其妻，商瞿謂曰：『子未也。昔吾年三十八無子，吾母爲吾更取室，夫子使吾之齊，母欲請留吾。孔子曰：「無憂也。瞿過四十，當有五丈夫。」今果然。吾恐子自晚生耳，未必妻之過。』從之，二年而有子。」

〔蘭入前春夢，桑懸昨日弧〕《左傳》宣公三年：「鄭文公有賤妾曰燕姞，夢天使與己蘭，曰：『余爲伯鯈。余，而祖也。以是爲而子。以蘭有國香，人服媚之如是。』既而文公見之，與之蘭而御之。辭曰：『妾不才，幸而有子。將不信，敢徵蘭乎？』公曰：『諾。』生穆公，名之曰蘭。」桑弧，見卷二三《崔侍御以孩子三日示其所生詩見示因以二絶和之》(1606)注。

〔膩剃新胎髮，香繃小繡襦〕髮膩，髮細密油亮。陳鴻《長恨歌傳》：「既笄矣，鬢髮膩理，纖濃中度。」牛嶠《女冠子》：「額黄侵膩髮，臂釧透紅紗。」《廣韻》：「繃，束兒衣。」方以智《通雅》卷三六：「繃，繈緥也。一作强葆、襁褓、繦保。《説文》：繃，束也。《墨子》曰：禹葬會稽，桐棺三寸，葛以繃之。公紹曰：孟康曰：襁褓，今小兒繃，一作綳。《史・魯世家》：成王少在强葆之中。注：即襁褓，用布約小兒於背也。」張謂《三日岐王宅》：「金盆浴未了，繃子繡初成。」嚴維《詠孩子》：「繡被花堪摘，羅繃色欲妍。」

〔玉芽開手爪，蘇顆點肌膚〕蘇同酥。本卷《晚起》(2055)：「融雪煎香茗，調蘇煮乳糜。」

〔弓冶將傳汝，琴書勿墜吾〕《禮記・學記》：「良冶之子必學爲裘，良弓之子必學爲箕。」《舊唐書・趙道興傳》：「卿今克傳弓冶，可謂不墜家聲。」

〔何時能反哺，供養白頭烏〕見卷一《慈烏夜啼》（0040）注。

贈鄰里往還

問予何故獨安然，免被飢寒婚嫁牽。骨肉都盧無十口①，糧儲依約有三年。但能斗藪人間事，便是逍遥地上仙。唯恐往還相厭賤，南家飲酒北家眠。（2017）

【校】

①〔都盧〕那波本作「都來」。

【注】

朱《箋》：作於大和三年（八二九），洛陽。

〔骨肉都盧無十口，糧儲依約有三年〕都盧，全部、全都。按，都，《廣韻》當孤切，《集韻》東徒切，均無又讀。都盧二音，蓋即今語「都」（全都）之緩讀。王績《遊北山賦》：「豈如我家身事都盧棄置，不念當歸，寧圖遠志。」盧仝《守歲二首》：「不及兒童日，都盧不解愁。」

王子晉廟

子晉廟前山月明，人聞往往夜吹笙①。鸞吟鳳唱聽無拍，多似霓裳散序聲。（2018）

【校】

①〔人聞〕汪本作「人間」。

【注】

朱《箋》：作於大和三年（八二九），洛陽。

〔王子晉廟〕又名昇仙太子廟。《明一統志》卷二九河南府：「王子晉廟，在偃師縣東南，晉，周靈王太子也。」《河朔訪古記》卷下：「昇仙太子廟，在偃師縣南，古緱氏縣東南二十里曰府店，店南緱氏之上有昇仙太子廟，古曰王仙君廟。漢武建西王母祠於其右。王母姓緱氏，故以名其山云。唐武后萬歲通天元年，改賜今額。又曰賓天觀。觀有二碑，一通乃左相陳希烈撰文，徐浩書。一通則武后自書撰也。二碑今皆不存。」

〔鸞吟鳳唱聽無拍，多似霓裳散序聲〕參見卷二一《霓裳羽衣歌》（1406）注。

晚起

起晚憐春暖，歸遲愛月明。放慵長飽睡，聞健且閑行。北闕停朝簿，西方入社名。唯吟一句偈，無念是無生。（2019）

【注】

朱《箋》：作於大和四年（八三〇），洛陽。

〔放慵長飽睡，閒健且閑行〕閒健，趁健，見卷二十《歲假内命酒贈周判官蕭協律》（1380）注。

〔北闕停朝簿，西方入社名〕西方社，見卷十六《臨水坐》（0976）注。

〔唯吟一句偈，無念是無生〕此爲南宗禪法門。敦煌本《壇經》：「悟此法者，即是無念、無憶、無著，莫起誑妄，即自是真如性。」神會《頓悟無生般若頌》：「夫真如無念，非念想能知。實相無生，豈生心能見。無念念者，則念總持。無生生者，則生實相。」

酬皇甫賓客

玄晏家風黄綺身，深居高卧養精神。性慵無病常稱病，心足雖貧不道貧。竹院君閑銷永日，花亭我醉送殘春。自嫌詩酒猶多興，若比先生是俗人。（2020）

【注】

朱《箋》：作於大和四年（八三〇），洛陽。

〔皇甫賓客〕朱《箋》：「皇甫鏞。」見卷二一《寄皇甫賓客》（1439）注。

〔玄晏家風黄綺身，深居高卧養精神〕晉皇甫謐號玄晏先生，見卷二一《寄皇甫賓客》（1439）注。黄綺，綺里季、夏黄公，見卷二《答四皓廟》（0104）注。

池上贈韋山人①

新竹夾平流，新荷拂小舟。衆皆嫌好拙②，誰肯伴閑遊？客爲忙多去，僧因飯暫留。獨憐韋處士③，盡日共悠悠。（2021）

【校】

①〔題〕《文苑英華》明刊本作「池上贈山人韋君」。

②〔好拙〕《文苑英華》作「拙好」。

③〔獨憐〕《文苑英華》作「猶憐」。

【注】

朱《箋》：作於大和四年（八三〇），洛陽。

〔韋山人〕朱《箋》：「韋楚。」見卷二一《贈韋處士六年夏大熱旱》（1453）注。

無夢

老眼花前暗，春衣雨後寒。舊詩多忘却，新酒且嘗看。拙定於身穩，慵應趁伴難。漸蠲名利想，無夢到長安。（2022）

【注】

朱《箋》：作於大和四年（八三〇），洛陽。

對小潭寄遠上人

小潭澄見底，閑客坐開襟①。借問不流水，何如無念心？彼惟清且淺②，此乃寂而深。是義誰能答③，明朝問道林④。（2023）

【校】

①〔開襟〕「襟」《文苑英華》作「衿」，校：「一作襟。」

②〔彼惟〕《文苑英華》明刊本作「惟彼」。

③〔能答〕紹興本作「能書」，據那波本、殘宋本等改。

④〔問道林〕《文苑英華》作「向道林」。

【注】

朱《箋》：作於大和四年（八三〇），洛陽。

〔遠上人〕朱《箋》：「東林寺僧。」見卷二三《遠師》（1576）注。

〔借問不流水，何如無念心〕見本卷《晚起》（2019）注。

〔是義誰能答，明朝問道林〕支遁字道林，見卷十五《廣宣上人以應制詩見示因以贈之詔許上人居安國寺紅樓院以詩供奉》（0810）注。

閑吟二首

留司老賓客，春盡興如何？官寺行香少，僧房寄宿多。閑傾一盞酒，醉聽兩聲歌。憶得陶潛語，羲皇無以過。（2024）

【注】

朱《箋》：作於大和四年（八三〇），洛陽。

〔憶得陶潛語，羲皇無以過〕陶淵明《與子儼等疏》：「五六月中，北窗下卧，遇涼風暫至，自謂是羲皇上人。」

閑遊來早晚，已得一周年。嵩洛供雲水，朝庭乞去俸錢。長歌時獨酌，飽食後安眠。聞道山榴發，明朝向玉泉。（2025）

【注】

〔嵩洛供雲水，朝庭乞俸錢〕《漢書·朱買臣傳》：「糧用乏，上計，吏卒更乞匄之。」顔師古注：「乞音氣。」賈昌朝

《群經音辨》卷六：「取於人曰乞，去訖切。與之曰乞，去既切。」

獨遊玉泉寺　三月三十日。

雲樹玉泉寺，肩舁半日程。更無人作伴，秖共酒同行。新葉千萬影，殘鶯三兩聲。閑遊竟未足，春盡有餘情。（2026）

【注】

朱《箋》：作於大和四年（八三〇），洛陽。

〔玉泉寺〕《太平寰宇記》卷三河南府河南縣：「玉泉山在縣東南四十里，山内有玉泉寺。」《太平廣記》卷三九五《申文緯》（出《玉堂閒話》）：「尉氏尉申文緯嘗話，頃以事至洛城南玉泉寺。時盛夏，寺左有池，大旱，村人祈禱，未嘗不應。池之陽有龍廟。」

晚出尋人不遇①

籃輿不乘乘晚涼，相尋不遇亦無妨。輕衣穩馬槐陰下，自要閑行一兩坊。（2027）

【校】

①〔題〕「遇」馬本、《唐音統籤》作「見」。

【注】

朱《箋》：作於大和四年（八三〇），洛陽。

苦熱

頭痛汗盈巾，連宵復達晨。不堪逢苦熱，猶賴是閑人。朝客應煩倦，農夫更苦辛。始慚當此日，得作自由身。（2028）

【注】

朱《箋》：作於大和四年（八三〇），洛陽。

銷暑

何以銷煩暑，端居一院中。眼前無長去物，窗下有清風。熱散由心静，凉生爲室空。此時身自得，難更與人同。（2029）

【注】

朱《箋》：作於大和四年（八三〇），洛陽。

〔眼前無長物，窗下有清風〕長物，見卷六《寄張十八》（0268）注。

行香歸

出作行香客，歸如坐夏僧。牀前雙草屨，簷下一紗燈。珮委腰無力，冠欹髮不勝。鸞臺龍尾道，合盡上少年登。（2030）

【注】

朱《箋》：作於大和四年（八三〇），洛陽。

〔出作行香客，歸如坐夏僧〕行香，見卷二三《分司》（1585）注。坐夏，佛教指安居修行。《佛本行集經》卷三九：「爾時世尊還在於彼波羅奈城鹿苑坐夏。」

〔鸞臺龍尾道，合盡少年登〕鸞臺，門下省。《唐會要》卷五四門下省：「光宅元年九月，改爲鸞臺。」龍尾道，見卷十一《早祭風伯因懷李十一舍人》（0539）注。盡，任，任從。見卷十五《病中答招飲者》（0854）注。

同王十七庶子李六員外鄭二侍御同年四人遊龍門有感而作

一曲悲歌酒一樽，同年零落幾人存？世如閱水應堪歎，名似浮雲豈足論①。各從祿仕

休明代，共感平生知己恩。今日與君重上處，龍門不是舊龍門（2031）

【校】

①〔名似〕殘宋本作「石似」，誤。

【注】

朱《箋》：作於大和四年（八三〇），洛陽。

〔王十七庶子〕朱《箋》：「王鑑。王鑑與居易同在貞元十六年陳權榜下進士及第。」見《登科記考》卷十二。

〔李六員外〕名未詳。朱《箋》：「疑即《早春雪後贈洛陽李長官長水鄭明府二同年》詩（本卷2085）中之『李長官』及《酬鄭二司録與李六郎中寒食相遇同宴見贈》詩（本書卷三三2405）中之『李郎中』。」

〔鄭二侍御〕朱《箋》：「鄭俞。」白居易《吟四雖》（本書卷二九2135）注：「予爲河南尹時，見同年鄭俞，始受長水縣令。」亦即《早春雪後贈洛陽李長官長水鄭明府二同年》（本卷2085）中之「鄭明府」及《酬鄭二司録與李六郎中寒食相遇同宴見贈》（本書卷三三2405）中之「鄭司録」。

〔龍門〕龍門山，即伊闕山。見卷八《贈蘇少府》（0377）注。

〔世如閲水應堪歎，名似浮雲豈足論〕陸機《歎逝賦》：「川閲水以成川，水滔滔而日度。世閲人而爲世，人冉冉而行暮。」

池上小宴問程秀才

洛下林園好自知，江南境物暗相隨①。淨淘紅粒罯香飯②，薄切紫鱗烹水葵。雨滴蓬聲

青雀舫③，浪摇花影白蓮池。停杯一問蘇州客，何似吳松江上時？（2032）

【校】

①〔境物〕馬本、《唐音統籤》、汪本作「景物」。

②〔窨香飯〕那波本作「炊香飯」。

③〔蓬聲〕盧校、《全唐詩》作「篷聲」，朱《箋》據改。

【注】

朱《箋》：作於大和四年（八三〇），洛陽。

〔淨淘紅粒窨香飯，薄切紫鱗烹水葵〕窨，窖藏。此指密閉。《清異錄》卷下：「取三家酒，攬合澄窨飲之。」

〔雨滴蓬聲青雀舫，浪摇花影白蓮池〕本書卷二七《想東遊五十韻》（1917）：「驛舫妝青雀，官槽秣紫騮。」又白居易《池上篇序》（《白氏文集》卷七十）：「罷蘇州刺史時，得太湖石、白蓮、折腰菱、青板舫以歸，又作中高橋通三島逕。」《方言》卷九郭璞注：「鷁，鳥名也。今江東貴人船前作者雀，是其像也。」白蓮池，見卷二七《白蓮池汎舟》（1933）注。

〔停杯一問蘇州客，何似吳松江上時〕松江，見卷二一《郡齋旬假命宴呈座客示郡寮》（1398）注。

橋亭卯飲

卯時偶飲齋時卧，林下高橋橋上亭。松影過窗眠始覺，竹風吹面醉初醒。就荷葉上苞魚

鮓，當石渠中浸酒瓶。生計悠悠身兀兀，甘從妻喚作劉伶①。（2033）

【校】

①〔劉伶〕紹興本、殘宋本作「劉靈」。盧校：「案，伶本亦名靈。」

【注】

朱《箋》：作於大和四年（八三〇），洛陽。

〔就荷葉上苞魚鮓，當石渠中浸酒瓶〕《新唐書·地理志三》孟州：「土貢：黃魚鮓。」《太平寰宇記》卷五二作「黃魚鮓」，又卷一三〇高郵軍土産：「荷包白魚鮓。」《姑蘇志》卷十四：「魚鮓，出吳江，以荷葉裹而熟之，味勝罌缶，名荷包鮓。或有就池中荷葉包之。白樂天詩：『就荷葉上包魚鮓。』」《苕溪漁隱詩話》後集卷十三引《蔡寬夫詩話》：「吳中魚鮓，多用龍溪池中蓮葉包爲之。後數日取食，比瓶中氣味特妙。樂天詩：『就荷葉上包魚鮓，當石渠中浸酒尊。』蓋昔人已有此法也。」《雲仙雜記》卷七注引《窮幽記》：「白氏履道里宅有池，水可泛舟。樂天每命賓客，繞舡以百十油囊懸酒炙，沉水中，隨船而行。一物盡，則左右又進之。藏盤筵於水底也。」

〔生計悠悠身兀兀，甘從妻喚作劉伶〕《世説新語·容止》：「劉伶身長六尺，貌甚醜悴，而悠悠忽忽，土木形骸。」又《任誕》：「劉伶病酒，渴甚，從婦求酒。婦捐酒毁器，涕泣諫曰：『君飲太過，非攝生之道，必宜斷之。』伶曰：『甚善。我不能自禁，唯當祝鬼神自誓斷之耳。便可具酒肉。』婦曰：『敬聞命。』供酒肉於神前，請伶祝誓。伶跪而祝曰：『天生劉伶，以酒爲名。一飲一斛，五斗解酲。婦人之言，慎不可聽。』」

舟中夜坐

潭邊霽後多清景，橋下凉來足好風。秋鶴一雙船一隻，夜深相伴月明中。（2034）

【注】

朱《箋》：作於大和四年（八三〇），洛陽。

戲和微之答竇七行軍之作 依本韻。

旌鉞從櫜鞬①，賓僚禮數全。夔龍來要地，鵷鷺下遼天。赭汗騎驕馬，青蛾舞醉仙。合成江上作，散到洛中傳。陋巷能無酒，貧池亦有船。春裝秋未寄，漫道有閑錢。（2035）

【校】

①〔櫜鞬〕「櫜」顧校、朱《箋》均誤「槖」。

【注】

朱《箋》：作於大和四年（八三〇），洛陽。

〔竇七行軍〕朱《箋》：「竇鞏。元稹觀察浙東，奏爲副使、檢校秘書少監、兼御史中丞。稹移武昌在大和四年正月，此詩當爲是年所作，鞏或爲副使兼行軍司馬也。」參見卷十六《東南行一百韻寄通州元九侍御澧州李十一舍人果州崔二十二使君開州韋大員外庾三十二補闕杜十四拾遺李二十助教員外竇七校書》（0902）注。

〔旌鉞從櫜鞬，賓僚禮數全〕櫜鞬，指戎裝。《左傳》僖公二十三年：「其左執鞭弭，右屬櫜鞬，以與君周旋。」杜預注：「櫜以受箭，鞬以受弓屬著也。」《舊唐書·温造傳》：「造初至范陽，劉總具櫜鞬郊迎。」韓愈《晚秋郾城夜會李正封聯句上王中丞盧院長》：「拜迎羅櫜鞬，問遺結囊橐。」

〔夔龍來要地，鵷鷺下遼天〕夔龍，見卷五《題贈鄭秘書徵君石溝溪隱居》（0207）注。

〔赭汗騎驕馬，青蛾舞醉仙〕赭白馬，見卷二五《有小白馬乘馭多時奉使東行至稠桑驛溘然而斃足可驚傷不能忘情題二十韻》（1748）注。

閑忙

奔走朝行内，棲遲林墅間①。多因病後退，少及健時還。斑白霜侵鬢，蒼黄日下山。閑忙俱過日，忙校不如閑。（2036）

【校】

①〔林墅〕《唐音統籤》作「野寺」。

【注】

朱《箋》：作於大和四年（八三〇），洛陽。

西風

西風來幾日，一葉已先飛。新霽乘輕屐，初涼換熟衣。淺渠銷慢水①，疏竹漏斜暉。薄暮青苔巷，家僮引鶴歸。（2037）

【校】

①〔銷慢水〕「銷」《文苑英華》作「鋪」，校：「集作銷。」

【注】

朱《箋》：作於大和四年（八三〇），洛陽。

〔新霽乘輕屐，初涼換熟衣〕熟衣，見卷二五《小院酒醒》（1578）注。

題西亭

多見朱門富貴人，林園未畢即無身。我今幸作西亭主，已見池塘五度春。（2038）

【注】

朱《箋》：作於大和五年（八三一），洛陽。

觀游魚

遶池閑步看魚遊，正值兒童弄釣舟。一種愛魚心各異，我來施食爾垂鉤。（2039）

【注】

朱《箋》：作於大和四年（八三〇），洛陽。

看採蓮

小桃閑上小蓮船，半採紅蓮半白蓮。不似江南惡風浪，芙蓉池在卧牀前。（2040）

【注】

朱《箋》：作於大和四年（八三〇），洛陽。

看採菱

菱池如鏡淨無波，白點花稀青角多。時唱一聲新水調，謾人道是採菱歌。（2041）

【注】

朱《箋》：作於大和四年（八三〇），洛陽。

〔時唱一聲新水調，謾人道是採菱歌〕《樂府詩集》卷七九《水調歌》：「《樂苑》曰：《水調》，商曲也。舊説《水調》、《河傳》，隋煬帝幸江都時所製，曲成奏之，聲韻怨切。王令言聞而謂其弟子曰：『但有去聲而無迴韻，帝不返矣。』後竟如其言。按唐曲凡十一疊，前五疊爲歌，後六疊爲入破。其歌第五疊五言調聲最爲怨切。故白居易詩云：『五言一遍最殷勤，調少情多似有因。不會當時翻曲意，此聲腸斷爲何人。』唐又有《新水調》，亦商調曲也。」

夭老

早世身如風裏燭，暮年髮似鏡中絲。誰人斷得人間事，少夭堪傷老又悲。（2042）

【注】

朱《箋》：作於大和四年（八三〇），洛陽。

秋池

洗浪清風透水霜，水邊閑坐一繩牀。眼塵心垢見皆盡，不是秋池是道場。（2043）

【注】

朱《箋》：作於大和四年（八三〇），洛陽。

〔眼塵心垢見皆盡，不是秋池是道場〕眼塵，見卷十八《感春》（1150）注。《圓覺經》：「生死垢心，未曾清淨。」《楞嚴經》卷十：「心垢洗除，不落邪見。」

登天宮閣

午時乘興出，薄暮未能還。高上烟中閣，平看雪後山。委形羣動裏，任性一生間。洛下多閑客，其中我最閑。（2044）

【注】

朱《箋》：作於大和四年（八三〇），洛陽。

〔天宮閣〕《唐會要》卷四八：「天宮寺，在觀善坊。高祖龍潛舊宅。貞觀六年立爲寺。」《太平廣記》卷九四《華嚴和尚》（出《原化記》）：「華嚴和尚，學於神秀禪師，謂之北祖，常在洛都天宮寺。」

新雪二首①

不思北省烟霄地，不憶南宮風月天。唯憶靜恭楊閣老，小園新雪煖爐前。寄楊舍人。（2045）

【校】

①〔題〕馬本、《唐音統籤》、汪本題下注：「寄楊舍人。」紹興本、殘宋本注均在第一首末。

【注】

朱《箋》：作於大和四年（八三〇），洛陽。

〔不思北省烟霄地，不憶南宮風月天〕北省，中書、門下省。見卷十七《閑意》（1036）注。南宮，尚書省。見卷八《思竹窗》（0343）注。

〔唯憶靜恭楊閣老，小園新雪煖爐前〕靜恭楊閣老，朱《箋》：「楊汝士。汝士大和三年七月，以職方郎中知制誥，故得稱爲舍人。」參見卷二六《楊家南亭》（1820）注。

不思朱雀街東鼓，不憶青龍寺後鐘。唯憶夜深新雪後，新昌臺上七株松。（2046）

【注】

〔不思朱雀街東鼓，不憶青龍寺後鐘〕青龍寺，見卷九《青龍寺早夏》（0411）注。

〔唯憶夜深新雪後，新昌臺上七株松〕新昌臺，蓋指新昌坊高岡。見卷十九《題新居寄元八》（1222）注。

日高卧

怕寒放懶日高卧，臨老誰言牽率身？夾幕繞房深似洞，重裀襯枕暖於春。小青水動桃

根起①，嫩綠醅浮竹葉新。未裹頭前傾一盞，何如衝雪趁朝人？（2047）

【校】

①〔水動〕殘宋本、《唐音統籤》作「衣動」。

【注】

朱《箋》：作於大和四年（八三〇），洛陽。

〔怕寒放懶日高卧，臨老誰言牽率身〕牽率，見卷六《遊悟真寺詩一百三十韻》（0261）注。

〔小青水動桃根起，嫩綠醅浮竹葉新〕桃根，指歌妓。《吴聲曲辭·桃葉歌》：「桃葉復桃葉，桃樹連桃根。相憐兩樂事，獨使我殷勤。」費昶《行路難》：「君不見長安客舍門，倡家少女名桃根。」

和微之任校書郎日過三鄉

三鄉過日君年幾，今日君年五十餘。不獨年催身亦變，校書郎變作尚書。（2048）

【注】

朱《箋》：作於大和四年（八三〇），洛陽。

〔三鄉〕朱《箋》：「三鄉驛。」《太平廣記》卷十七《薛肇》（出《仙傳拾遺》）：「崔宇既及第，尋授東畿尉，赴任過三鄉驛。」劉禹錫有《三鄉驛樓伏睹玄宗望女几山詩小臣斐然有感》。《元和郡縣志》卷五河南府福昌縣：「女几山在西南三十四里。」朱《箋》：「據此，則三鄉驛當在洛陽附近。」

和微之十七與君別及朧月花枝之詠

別時十七今頭白，惱亂君心三十年。垂老休吟花月句，恐君更結後身緣。（2049）

【注】

朱《箋》：作於大和四年（八三〇），洛陽。

〔垂老休吟花月句，恐君更結後身緣〕吳曾《能改齋漫錄》卷十一：「白樂天有答元微之詩云：『垂老休吟花月句，恐君更結身後緣。』初未悟其説。元微之集《李著作園醉後寄李十》云：『朦朧春月照花枝，花下音聲是管兒。却笑西京李員外，五更騎馬趁朝時。』」

和微之歎槿花

朝榮殊可惜，暮落實堪嗟。若向花中比，猶應勝眼花。（2050）

【注】

朱《箋》：作於大和四年（八三〇），洛陽。

〔槿花〕見卷五《贈王山人》（0203）注。

思往喜今

憶除司馬向江州，及此凡經十五秋。雖在簪裾從俗累，半尋山水是閑遊。謫居終帶鄉關思，領郡猶分邦國憂。爭似如今作賓客，都無一念到心頭。（2051）

【注】

朱《箋》：作於大和四年（八三〇），洛陽。

題平泉薛家雪堆莊

怪石千年應自結，靈泉一帶是誰開？蹙爲宛轉青蛇項，噴作玲瓏白雪堆。赤日旱天長看雨，玄陰臘月亦聞雷。所嗟地去都門遠，不得肩舁每日來。（2052）

【注】

朱《箋》：作於大和四年（八三〇），洛陽。

〔平泉〕見卷二一《贈韋處士六年夏大熱旱》（1453）注。

〔薛家雪堆莊〕本卷《齋居》（2074）：「明年官滿後，擬買雪堆莊。」

和微之道保生三日

相看鬢似絲，始作弄璋詩。且有承家望，誰論得力時。莫興三日歎，猶勝七年遲。予老微之七歲。我未能忘喜，君應不合悲。嘉名稱道保，乞姓號崔兒。但恐持相並，蒹葭瓊樹枝。（2053）

【注】

朱《箋》：作於大和四年（八三〇），洛陽。

〔道保〕朱《箋》：「即道護。元稹繼娶裴柔之所生。」白居易《河南元公墓誌銘》（《白氏文集》卷七十）：「今夫人河東裴氏，……生三女，……一子，曰道護，三歲。」文作於大和六年，知道保生於大和三年。葛立方《韻語陽秋》卷十：「白樂天、元微之皆老而無子，屢見於詩章。樂天五十八歲始得阿崔，微之五十一歲始得道保。……微之五十三而亡。按《墓誌》，有子道護，年三歲而卒。以歲月考之，即道保也。」《墓誌》未言道護三歲而卒，葛氏蓋誤記。

〔相看鬢似絲，始作弄璋詩〕弄璋，見卷二三《崔侍御以孩子三日示其所生詩見示因以二絶和之》之二（1607）注。

〔嘉名稱道保，乞姓號崔兒〕崔兒，居易子阿崔。見本卷《阿崔》（2016）注。按，《苕溪漁隱叢話》前集卷十六引《蔡寬夫詩話》：「白樂天晚年極喜李義山詩文，嘗謂我死得爲爾子足矣。義山生子，遂以白老字之。」此説雖近無稽，然可見唐人有以他人姓爲幼兒取字之例。本卷《初喪崔兒報微之晦叔》（2072）：「書報微之晦叔知，欲題崔字淚先垂。」阿崔之號蓋從晦叔之姓而得，此或即「乞姓號崔兒」之義。

哭皇甫七郎中 湜。

志業過玄晏，詞華似禰衡。多才非福禄，薄命是聰明。不得人間壽，還留身後名。涉江文一首，便可敵公卿。持正奇文甚多，《涉江》一章尤出。（2054）

【注】

朱《箋》：作於大和四年（八三〇），洛陽。

〔皇甫七郎中〕朱《箋》：「皇甫湜。」見卷二三《寄皇甫七》（1612）注。

〔志業過玄晏，詞華似禰衡〕玄晏，見卷二一《寄皇甫賓客》（1439）注。《後漢書・文苑傳・禰衡》：「（黄）射時大會賓客，人有獻鸚鵡者，射舉卮於衡曰：『願先生賦之，以娛嘉賓。』衡攬筆而作，文無加點，辭采甚麗。」

〔涉江文一首，便可敵公卿〕皇甫湜《涉江》文今不存。

晚起

爛熳朝眠後，頻伸晚起時。煖爐生火早，寒鏡裹頭遲。融雪煎香茗，調蘇煮乳糜。慵饞

還自哂，快活亦誰知。酒性温無毒，琴聲淡不悲。榮公三樂外，仍弄小男兒。（2055）

【注】

朱《箋》：作於大和四年（八三〇），洛陽。

〔融雪煎香茗，調蘇煮乳糜〕乳糜，乳粥，以米粟等和牛羊乳煮成。《佛所行讚》卷三：「敬奉香乳糜，惟垂哀愍受。菩薩受而食，彼得現法果。」《大日經疏》卷七：「乳糜者，西方粥有多種，或以烏麻汁，或以諸豆並諸藥味，……然最以乳糜爲上。」

〔榮公三樂外，仍弄小男兒〕榮公三樂，見卷二三《好聽琴》（1572）注。

疑夢二首

莫驚寵辱虚憂喜，莫計恩讎浪苦辛。黄帝孔丘無處問，安知不是夢中身？（2056）

【注】

朱《箋》：作於大和四年（八三〇），洛陽。

〔黄帝孔丘無處問，安知不是夢中身〕見下詩注。

鹿疑鄭相終難辨，蝶化莊生詎可知？假使如今不是夢，能長於夢幾多時？（2057）

【注】

〔鹿疑鄭相終難辨，蝶化莊生詎可知〕《列子·周穆王》：「鄭人有薪於野者，遇駭鹿，御而擊之，斃之。恐人見之也，遽而藏諸隍中，覆之以蕉，不勝其喜。俄而遺其所藏之處，遂以爲夢焉，順塗而詠其事。傍人有聞者，用其言而取之。既歸，告其室人曰：『向薪者夢得鹿而不知其處，吾今得之，彼直真夢者矣。』室人曰：『若將是夢見薪者之得鹿邪？詎有薪者邪？今真得鹿，是若之夢真邪？』夫曰：『吾據得鹿，何用知彼夢我夢邪？』薪者之歸，不厭失鹿。其夜真夢藏之之處，又夢得之之主。爽旦，案所夢而尋得之，遂訟而爭之，歸之士師。士師曰：『若初真得鹿，妄謂之夢。真夢得鹿，妄謂之實。彼真取若鹿，而與若爭鹿。室人又謂夢認人鹿，無人得鹿。今據有此鹿，請二分之。』以聞鄭君，鄭君曰：『嘻，士師將復夢分人鹿乎？』訪之國相，國相曰：『夢與不夢，臣所不能辨也。欲辨覺夢，唯黄帝孔丘。今亡黄帝孔丘，孰辨之哉。且恂士師之言可也。』」《莊子·齊物論》：「昔者莊周夢爲蝴蝶，栩栩然蝴蝶也，自喻適志與，不知周也。俄然覺，則蘧蘧然周也。不知周之夢爲蝴蝶與，蝴蝶之夢爲周與？」

夜宴惜别

笙歌旖旎曲終頭，轉作離聲滿坐愁。筝怨朱絃從此斷，燭啼紅淚爲誰流？夜長似歲歡

宜盡，醉未如泥飲莫休。何况雞鳴即須别，門前風雨冷修修。（2058）

【注】

朱《箋》：作於大和四年（八三〇），洛陽。

歸來二周歲

歸來二周歲，二歲似須臾。池藕重生葉，林鴉再引雛。時豐實倉廩，春暖葺庖廚。更作三年計，三年身健無？（2059）

【注】

朱《箋》：作於大和五年（八三一），洛陽。

吾土

身心安處爲吾土，豈限長安與洛陽。水竹花前謀活計，琴詩酒裏到家鄉。榮先生老何妨樂，楚接輿歌未必狂。不用將金買莊宅，城東無主是春光。（2060）

【注】

朱《箋》：作於大和五年（八三一），洛陽。

〔榮先生老何妨樂，楚接輿歌未必狂〕榮啓期，見卷一《丘中有一士》之二（0054）注。《論語·微子》：「楚狂接輿歌而過孔子，曰：『鳳兮鳳兮，何德之衰。往者不可諫，來者猶可追。已而已而，今之從政者殆而。』孔子下，欲與之言，趨而辟之，不得與之言。」

題岐王舊山池石壁

樹深藤老竹迴環，石壁重重錦翠斑。俗客看來猶解愛①，忙人到此亦須閑。況當霽景涼風後，如在千巖萬壑間。黃綺更歸何處去，洛陽城内有商山。（2061）

【校】

①〔俗客〕《唐音統籤》作「俗士」。

【注】

朱《箋》：作於大和五年（八三一），洛陽。

〔岐王舊山池〕《唐兩京城坊考》卷六東京定鼎門街東第三街惠訓坊：「岐王山亭院。」

〔黃綺更歸何處去，洛陽城内有商山〕黃綺，綺里季、夏黃公，見卷二《答四皓廟》（0104）注。

病眼花

頭風目眩乘衰老，秖有增加豈有瘳。傳云：「有加而無瘳。」花發眼中猶足怪，柳生肘上亦須休。大窠羅綺看纔辨，小字文書見便愁。必若不能分黑白，却應無悔復無尤。（2062）

【注】

朱《箋》：作於大和五年（八三一），洛陽。

〔頭風目眩乘衰老，秖有增加豈有瘳〕《左傳》昭公七年：「寡君寢疾，於今三月矣。並走羣望，有加而無瘳。」

〔花發眼中猶足怪，柳生肘上亦須休〕《莊子·至樂》：「支離叔與滑介叔觀於冥伯之丘，崑崙之虛，黃帝之所休，俄而柳生其左肘。」柳，借爲瘤。

〔大窠羅綺看纔辨，小字文書見便愁〕窠，繡窠，團狀繡品。岑參《玉門關蓋將軍歌》：「野草繡窠紫羅襦，紅牙縷馬對樗蒲。」《教坊記》：「聖壽樂舞，衣襟皆各繡一大窠，皆隨其衣本色製純縵衫，下纔及帶，若短汗衫者以籠之，所以藏繡窠也。」《說郛》卷九八費著《蜀錦譜》有「大窠獅子錦」、「大窠馬大毬錦」。

早飲醉中除河南尹敕到①

雪擁衡門水滿池，温爐卯後煖寒時。綠醅新酎嘗初醉，黃紙除書到不知。厚俸自來誠忝

濫，老身欲起尚遲疑。應須了却丘中計，女嫁男婚三逕資。（2063）

【校】

①〔題〕「尹」紹興本誤「君」，據他本改。「早飲」汪本作「早秋」，誤。

【注】

朱《箋》：作於大和四年（八三〇），洛陽。《舊唐書·文宗紀》：「（大和四年十二月）戊辰，以太子賓客分司白居易爲河南尹，以代韋弘景。」

〔應須了却丘中計，女嫁男婚三逕資〕三逕，見卷十五《渭村退居寄禮部崔侍郎翰林錢舍人詩一百韻》（0803）注。

除夜

病眼少眠非守歲，老心多感又臨春。火銷燈盡天明後，便是平頭六十人。（2064）

【注】

陳《譜》、朱《箋》：作於大和四年（八三〇），洛陽。

〔火銷燈盡天明後，便是平頭六十人〕平頭，見卷十九《登龍尾道南望憶廬山舊隱》（1223）注。

府西池

柳無氣力枝先動，池有波文冰盡開。今日不知誰計會，春風春水一時來。（2065）

【注】

汪《譜》、朱《箋》：作於大和五年（八三一），洛陽。

天津橋

津橋東北斗亭西，到此令人詩思迷。眉月晚生神女浦，臉波春傍窈娘堤。柳絲嫋嫋風繰出，草縷茸茸雨剪齊。報道前驅少呼喝，恐驚黄鳥不成啼。（2066）

【注】

朱《箋》：作於大和五年（八三一），洛陽。

〔天津橋〕見卷十二《和友人洛中春感》（0620）注。

〔津橋東北斗亭西，到此令人詩思迷〕斗亭，斗門亭。《唐兩京城坊考》卷七東京外郭城洛渠：「洛水西自苑内上陽宫之南，流入外郭城。……又東北流，經惠訓坊之西，分爲漕渠。分流處置斗門，上有橋，橋上有屋，水勢峻急，激流百餘步。」穆員《新修漕河石斗門記》：「分洛爲漕，斗門在都城東南，中橋之右。」又《新修漕河石斗門亭記》：「斗門卒事之月，安平公罷尹，杜公實來，……乃授中制，創爲此亭。」

〔眉月晚生神女浦，臉波春傍窈娘堤〕神女浦，洛浦。張衡《思玄賦》：「載太華之玉女兮，召洛浦之宓妃。」曹植《洛神賦》：「黄初三年，余朝京師，還濟洛川。古人有言，斯水之神，名曰宓妃。感宋玉對楚王神女之事，遂作斯賦。」窈娘堤，在洛水上。《太平廣記》卷三六一《素娥》（出《甘澤謡》）：「素娥者，武三思之妓人也。三思初得喬氏青衣窈娘，能歌舞，三思曉知音律，以窈娘歌舞天下至藝也。未幾，沉於洛水，遂族喬氏之家。」同書卷二七四《武延嗣》（出《本事詩》）謂窈娘「赴井而死」。元稹《送友封》：「心斷洛陽三兩處，窈娘堤抱古天津。」羅虬《比紅兒詩》：「花落塵中玉墮泥，香魂應上窈娘堤。」

不准擬二首

籃輿騰騰一老夫，褐裘烏帽白髭鬚。早衰饒病多蔬食，筋力消磨合有無。不准擬身年六十，上山仍未要人扶。（2067）

【注】

朱《箋》：作於大和五年（八三一），洛陽。

〔不准擬〕蔣禮鴻《敦煌變文字義通釋》：「准擬，有兩類意義，一類是打算、希望、料想，一類是準備、安排。」《敦煌變文集·三身押座文》：「若不是□死王押頭著，准擬千年餘萬年。」杜甫《十二月一日三首》：「春來准擬開懷久，老去親知見面稀。」

〔籃輿騰騰一老夫，褐裘烏帽白髭鬚〕褐裘，見卷一《村居苦寒》（0046）注。烏帽，烏紗帽。見卷二五《偶眠》（1745）注。

憶昔謫居炎瘴地，巴猿引哭虎隨行。多於賈誼長沙苦，予自左遷江峽，凡經七年。小校潘安白髮生。不准擬身年六十，遊春猶自有心情。（2068）

【注】

〔多於賈誼長沙苦，小校潘安白髮生〕賈誼，見卷二《讀史五首》（0095）注。潘岳字安仁，見卷六《寄同病者》（0246）注。

府中夜賞

櫻桃廳院春偏好，石井欄堂夜更幽。白粉牆頭花半出，緋紗燭下水平流。閑留賓客嘗新酒，醉領笙歌上小舟。舞袖飄飄棹容與，忽疑身是夢中遊。（2069）

【注】

朱《箋》：作於大和五年（八三一），洛陽。

府西池北新葺水齋即事招賓偶題十六韻

繚繞府西面，潺湲池北頭。鑿開明月峽，決破白蘋洲。清淺漪瀾急，寅緣浦嶼幽。直衝行徑斷，平入卧齋流。石疊青稜玉，波翻白片鷗。噴時千點雨①，澄處一泓油②。絶境應難別悲列反，同心豈易求？少逢人愛玩，多是我淹留③。夾岸鋪長覽④，當軒泊小舟。枕前看鶴浴，床下見魚游。洞户斜開扇，疏簾半上鈎。紫浮萍泛泛，碧亞竹修修。讀罷書仍展⑤，棋終局未收⑥。午茶能散睡，卯酒善銷愁。簷雨晚初霽，窗風涼欲休。誰能伴老尹，時復一閑遊？（2070）

【校】

①〔千點雨〕紹興本誤「千點兩」，據他本改。

②〔澄處〕紹興本誤「燈處」，據他本改。

③〔淹留〕紹興本作「淹流」，據他本改。

④〔長覽〕那波本、殘宋本、馬本、《唐音統籤》、汪本作「長簟」。

⑤〔讀罷〕紹興本誤「讀羅」，據他本改。

⑥〔棋終局未收〕紹興本作「募終局求收」，據他本改。

【注】

朱《箋》：作於大和五年（八三一），洛陽。

〔鑿開明月峽，決破白蘋洲〕明月峽，見卷十八《酬嚴中丞晚眺黔江見寄》（1144）注。白蘋洲，見卷二三《履道新居二十韻》（1582）注。

〔清淺漪瀾急，寅緣浦嶼幽〕寅緣，即夤緣。左思《吳都賦》：「夤緣山嶽之岊，冪歷江海之流。」《文選》劉逵注：「夤緣，布藤上貌。」宋之問《宿雲門寺》：「夤緣綠篠岸，遂得青蓮宮。」

哭崔兒

掌珠一顆兒三歲，髮雪千莖父六旬①。豈料汝先爲異物，常憂吾不見成人②。悲腸自斷非因劍，啼眼加昏不是塵③。懷抱又空天默默，依前重作鄧攸身。（2071）

【校】

①〔髮雪〕那波本、殘宋本、馬本、《唐音統籤》、汪本作「鬢雪」。

②〔常憂〕《文苑英華》校：「集作早知。」

③〔啼眼〕紹興本作「喧眼」，據他本改。

【注】

陳《譜》、朱《箋》：作於大和五年（八三一），洛陽。

〔崔兒〕即阿崔。見本卷《阿崔》（2016）注。

〔掌珠一顆兒三歲，髪雪千莖父六旬〕王鳴盛《蛾術編》卷七六：「《説文》勹部：十日爲旬。此以十年爲旬，沿俗誤也。」又：「以旬爲年，蓋始以唐代，漢魏六朝無之也。樂天又有《偶吟自慰兼呈夢得》詩云：『且喜同年滿七旬。』自注云：『予與夢得甲子同辰，俱得七十。』」按，以年爲旬，僅白詩中屢見。

〔懷抱又空天默默，依前重作鄧攸身〕鄧攸，見卷十六《酬贈李煉師見招》（0991）注。

查慎行《白香山詩評》：「『掌珠一顆兒三歲』四句，字字沉痛。」載華附識：「中晃盟先生評老杜《奉濟驛送嚴公》詩三四一聯，最得詩中三昧。……香山此詩三四兩句亦是倒裝文法，其意甚平，而語則甚痛，便覺含味無窮。學者於此細參，即眼前語意，可免庸俗之病。」

俞樾《湖樓筆談》卷六：「《墨客揮犀》云：樂天每作詩，令一老嫗解之，嫗曰解，則録之，不解則不復録。康熙間歙人汪立名刻《香山詩集》，深以此語爲不然，云：『試舉公晚年長律，其根底之博，立格煉句之妙，果百老嫗所能解否？』余謂汪説是矣。然老嫗解詩正不足爲白公病。蓋詩人用意之妙，在乎深入而顯出。入之不深則有淺易之病，出之不顯則有艱澀之患。公力矯此弊，故他人所百思不到者，無不脱口而出。如《偶吟》云：『老自退閑非世棄，貧豪强健是天憐。』高曠極矣。《哭崔兒》云：『誰料汝先爲異物，常憂吾不見成人。』沉痛極矣。然此等句老嫗安必不能解乎？公當吟髭拈斷之時，偶就老嫗一決，或亦事所嘗有。若其不解，必深入而猶未顯出，宜更改定。此正可見其千辟萬灌之功，伐毛洗髓之力，非率爾作也。」

初喪崔兒報微之晦叔

書報微之晦叔知，欲題崔字淚先垂。世間此恨偏敦我，敦音堆，見《詩》注。天下何人不哭兒？蟬老悲鳴抛蜕後，龍眠驚覺失珠時。文章十帙官三品①，身後傳誰庇廕誰？

（2072）

【校】

①〔十帙〕馬本、《唐音統籤》、汪本作「千帙」，誤。

【注】

朱《箋》：作於大和五年（八三一），洛陽。

〔晦叔〕朱《箋》：「崔玄亮。」見本卷《夜調琴憶崔少卿》（2015）注。

〔世間此恨偏敦我，天下何人不哭兒〕《詩·豳風·東山》：「敦彼獨宿，亦在車下。」集傳：「敦，音堆。」

府齋感懷酬夢得

時初喪崔兒，夢得以詩相安云：「從此期君比瓊樹，一枝吹折一枝生。」故有此落句以報之。

府伶呼喚爭先到，家醖提攜動輒隨。合是人生開眼日，自當年老斂眉時。丹砂煉作三銖土，玄髮看成一把絲。勞寄新詩遠安慰，不聞枯樹更生枝。（2073）

【注】

朱《箋》：作於大和五年（八三一），洛陽。

齋居

香火多相對，葷腥久不嘗。黄耆數匙粥①，赤箭一甌湯。厚俸將何用，閑居不可忘。明年官滿後，擬買雪堆莊。（2074）

【校】

①〔黄耆〕馬本、《唐音統籤》、汪本作「黄蓍」，字混。

【注】

朱《箋》：作於大和五年（八三一），洛陽。

〔黄耆數匙粥，赤箭一甌湯〕黄耆，見卷三《城鹽州》（0136）注。《重修政和證類本草》卷六：「赤箭，味辛温，主殺鬼精物蠱毒惡氣，消癰腫，下支滿疝。下血，久服益氣力，長陰肥健，輕身增年。一名離母，一名鬼督郵。生陳倉川谷、雍州及太山少室。」

〔明年官滿後，擬買雪堆莊〕見本卷《題平泉薛家雪堆莊》（2052）注。

與諸道者同遊二室至九龍潭作

喜逢二室遊仙子，厭作三川守土臣。舉手摩挲潭上石，開襟抖擻府中塵。他日終爲獨往客，今朝未是自由身。若言尹是嵩山主，三十六峰應笑人。（2075）

【注】

朱《箋》：作於大和五年（八三一），洛陽。

〔二室〕少室山、太室山。《初學記》卷五引戴延之《西征紀》：「嵩山東謂太室，西謂少室，相去十七里，嵩其總名也。謂之室者，以其下各有石室焉。」

〔九龍潭〕見卷二七《從龍潭寺至少林寺題贈同遊者》（1985）注。

〔若言尹是嵩山主，三十六峰應笑人〕三十六峰，見卷二六《送河南尹馮學士赴任》（1828）注。

履道池上作

家池動作經旬别，松竹禽魚好在無？樹暗小巢藏巧婦，渠荒新葉長慈姑。不因車馬時時到，豈覺林園日日蕪。猶喜春深公事少，每來花下得踟躕。（2076）

【注】

朱《箋》：作於大和五年（八三一），洛陽。

〔樹暗小巢藏巧婦，渠荒新葉長慈姑〕《爾雅·釋鳥》：「桃蟲鷦，其雌鴱。」郭璞注：「鷦鷯，桃雀也。俗呼爲巧婦。」《禽經》：「鷦鷯，雀也，狀類黄雀而小，燕人謂之巧婦，亦謂之女鴎。江東人呼爲蘆虎，喙尖，取茅秀爲巢，剌以縑麻，若紡績爲巢。或一房或二房，懸于蒲葦之上。枝折巢敗，巧而不知所託。」《本草綱目》卷三三：「時珍曰：慈姑，一根歲生十二子，如慈姑之乳諸子，故以名之，作茨菰者非矣。」

六十拜河南尹

六十河南尹，前途足可知。老應無處避，病不與人期。幸遇芳菲日，猶當强健時。萬金何假藉，一盞莫推辭。流水光陰急，浮雲富貴遲。人間若無酒，盡合鬢成絲。（2077）

【注】

陳《譜》、汪《譜》、朱《箋》：作於大和五年（八三一），洛陽。

重修府西水亭院

因下疏爲沼，隨高築作臺。龍門分水入，金谷取花栽。遶岸行初匝，憑軒立未迴。園西有池位，留與後人開。（2078）

【注】

朱《箋》：作於大和五年（八三一），洛陽。

〔龍門分水入，金谷取花栽〕龍門，見卷八《贈蘇少府》（0377）注。金谷，見卷十三《和友人洛中春感》（0620）注。

與諸公同出城觀稼

老尹醉醺醺，來隨年少羣。不憂頭似雪，但喜稼如雲。歲望千箱積，秋憐五穀分。何人知帝力，堯舜正爲君。（2079）

【注】

朱《箋》：作於大和五年（八三一），洛陽。

〔歲望千箱積，秋憐五穀分〕《詩·小雅·甫田》：「乃求千斯倉，乃求萬斯箱。」唐太宗《秋暮言志》：「已獲千箱慶，何以繼熏風。」

〔何人知帝力，堯舜正爲君〕《太平御覽》卷八十引《帝王世紀》：「帝堯陶唐氏……命伯夔訪山川谿谷之音，作樂大章，天下大和，百姓無事。有八十老人擊壤歌於道，觀者歎曰：『大哉帝之德也。』老人曰：『吾日出而作，日入而息，鑿井而飲，耕田而食，帝力何有於我哉。』」

水堂醉卧問杜三十一

聞君洛下住多年，何處春流最可憐？爲問魏王堤岸下，何如同德寺門前？無妨水色堪閑玩，不得泉聲伴醉眠。那似此堂簾幕底，連明連夜碧潺湲。（2080）

【注】

朱《箋》：作於大和五年（八三一），洛陽。

〔水堂〕朱《箋》：「在洛陽河南尹治所内。」本書卷三六有《宴後題府中水堂贈盧尹中丞》（2697）。

〔杜三十一〕朱《箋》：「疑即白氏《和杜録事題紅葉》（卷二七1990）、《天壇峰下贈杜録事》（1993）詩中之杜録事。」

〔爲問魏王堤岸下，何如同德寺門前〕魏王堤，見卷二五《魏堤有懷》（1809）注。《唐會要》卷四八：「華嚴寺，在景行坊。景雲三年立爲寺，開元二十一年改爲同德寺。」《宋高僧傳》卷十七《唐洛陽同德寺無名傳》：「釋無名，姓高氏，……投師習學，依隨隸同德寺。」韋應物《同德精舍養疾寄河南兵曹東廳掾》：「逍遥東城隅，雙樹寒葱倩。」

歲暮言懷

職與才相背，心將口自言。磨鉛教切玉，驅雁遣乘軒①。只合居巖窟，何因入府門。年終若無替，轉恐負君恩。（2081）

【校】

①〔驅雁〕那波本、汪本作「驅鶴」。

【注】

朱《箋》：作於大和五年（八三一），洛陽。

〔磨鉛教切玉，驅雁遣乘軒〕鉛刀，見卷九《權攝昭應早秋書事寄元拾遺兼呈李司録》（0391）注。鶴乘軒，見卷一《感鶴》（0028）注。此謂雁更不足充鶴。

座中戲呈諸少年

衰容禁得無多酒，秋鬢新添幾許霜。縱有風情應淡薄，假如老健莫誇張。興來吟詠從成癖，飲後酣歌少放狂。不爲倚官兼挾勢，因何入得少年場？（2082）

【注】

朱《箋》：作於大和五年（八三一），洛陽。

〔不爲倚官兼挾勢，因何入得少年場〕本書卷二一《雙石》（1410）：「漸恐少年場，不容垂白叟。」參見該詩注。

雪後早過天津橋偶呈諸客

官橋晴雪曉峨峨，老尹行吟獨一過。紫綬相輝應不惡，白鬚同色復如何。悠揚短景凋年急，牢落衰情感事多。猶賴洛中饒醉客，時時昵我喚笙歌。（2083）

【注】

朱《箋》：作於大和五年（八三一），洛陽。

〔天津橋〕見卷十二《和友人洛中春感》（0620）注。

〔猶賴洛中饒醉客，時時泥我喚笙歌〕泥，同泥，糾纏。見卷十八《冬至夜》（1139）注。

新製綾襖成感而有詠

水波文襖造新成，綾軟緜匀温復輕。晨興好擁向陽坐，晚出宜披蹋雪行。鶴氅毳疏無實事，木綿花冷得虚名。宴安往往歡侵夜，卧穩昏昏睡到明。百姓多寒無可救，一身獨煖亦何情。心中爲念農桑苦，耳裏如聞飢凍聲。爭得大裘長萬丈，與君都蓋洛陽城。（2084）

【注】

朱《箋》：作於大和五年（八三一），洛陽。

〔水波文襖造新成，綾軟緜匀温復輕〕王建《搗衣曲》：「迴編易裂看生熟，鴛鴦紋成水波曲。」

〔鶴氅毳疏無實事，木綿花冷得虚名〕鶴氅，見卷二七《雪夜喜李郎中見訪兼酬所贈》（1980）注。木綿，見卷一《新製布裘》（0055）「桂布」注。

早春雪後贈洛陽李長官長水鄭明府二同年①

獻歲晴和風景新，銅駝街郭暖無塵。府庭共賀三川雪②，縣道分行百里春。朱紱洛陽官

位屈，青袍長水俸錢貧。有何功德紆金紫，若比同年是幸人。（2085）

【校】

①〔題〕馬本、《唐音統籤》脱「長水」二字。

②〔府庭〕馬本、《唐音統籤》作「府亭」。

【注】

朱《箋》：作於大和六年（八三二），洛陽。

〔洛陽李長官〕朱《箋》：「居易之同年洛陽令李某。」參見本卷《同王十七庶子李六員外鄭二侍御同年四人遊龍門有感而作》（2031）注。

〔長水鄭明府〕朱《箋》：「居易之同年長水令鄭俞。」參見本卷《同王十七庶子李六員外鄭二侍御同年四人遊龍門有感而作》（2031）注。《舊唐書・地理志一》河南道河南府：「長水，隋長澤縣。……顯慶二年，隸洛州。」

〔獻歲晴和風景新，銅駝街郭暖無塵〕《楚辭・招魂》：「獻歲發春兮，汨吾南征些。」王逸注：「獻，進也。」《水經注》穀水：「渠水又支分，夾路南出，逕太尉司徒兩坊間，謂之銅駝街。舊魏明帝置銅駝諸獸于閶闔南街。陸機云：駝高九尺，脊出太尉坊者也。」《太平寰宇記》卷三河南府：「銅駝街，陸機《洛陽記》云：漢鑄銅駝二枚，在宮南四會道頭，夾路相對。俗語曰：金馬門外聚羣賢，銅駝陌上集少年。言人物之盛也。」《唐兩京城坊考》卷七洛水之北承福門之東五坊：「從西第一曰承福坊，次東玉雞坊，次東銅駝坊。」注：「按此坊蓋取銅駝爲名，而非即魏晉之銅駝街也。」

醉吟

醉來忘渴復忘飢，冠帶形骸杳若遺。耳底齋鍾初過後，心頭卯酒未消時。臨風朗詠從人聽，看雪閑行任馬遲。應被衆疑公事慢，承前府尹不吟詩。（2086）

【注】

朱《箋》：作於大和六年（八三二），洛陽。

府酒五絶

變法

自慚到府來周歲，惠愛威稜一事無。唯是改張官酒法，漸從濁水作醍醐。（2087）

【注】

陳《譜》、朱《箋》：作於大和六年（八三二），洛陽。

〔自慚到府來周歲，惠愛威稜一事無〕《漢書・李廣傳》：「是以名聲暴於夷貉，威稜憺乎鄰國。」注引李奇曰：「神靈之威曰稜。」

招客

日午微風且暮寒，春風冷峭雪乾殘。碧氈帳下紅爐畔，試爲來嘗一盞看。（2088）

辨味

甘露太甜非正味，醴泉雖潔不芳馨。杯中此物何人別，柔旨之中有典刑。（2089）

自勸

憶昔羈貧應舉年，脱衣典酒曲江邊。十千一斗猶賒飲，何况官供不著錢。（2090）

【注】

〔十千一斗猶賒飲，何况官供不著錢〕龔頤正《芥隱筆記》唐朝酒價：「丁晉公對真廟：唐酒價以三百。亦出於一時耳。若李白『金樽清酒斗十千』，白樂天『共把十千酤一斗』，又『軟美仇家酒，十千方得斗』，又『十千一斗猶賒飲，何况官供不著錢』，又崔輔國『與酤一斗酒，恰用十千錢』。曹子建樂府：『歸來宴平樂，美酒斗十千。』十千，恐未必酒價，言酒美而價貴耳。」另參見王楙《野客叢書》卷三漢唐酒價、趙與旹《賓退録》卷三等。

諭妓

燭淚夜粘桃葉袖，酒痕春污石榴裙。莫辭辛苦供歡宴，老後思量悔煞君。（2091）

【注】

〔燭淚夜粘桃葉袖，酒痕春污石榴裙〕桃葉，見卷二三《柘枝妓》（1551）注。朱《箋》：「疑爲另一府妓，非居易之姬人陳結之。……開成四年結之已離去十五年，則大和六年作《諭妓》詩中之『桃葉』決非結之也。」按，「桃葉」熟典，白詩中屢用，非確指某人也。

晚歸早出

筋力年年減，風光日日新。退衙歸逼夜，拜表出侵晨。何處臺無月，誰家池不春？莫言無勝地，自是少閑人。坐厭推囚案，行嫌引馬塵。幾時辭府印，却作自由身？（2092）

【注】

朱《箋》：作於大和六年（八三二），洛陽。

南龍興寺殘雪

南龍興寺春晴後，緩步徐吟遶四廊①。老趁風花應不稱，閑尋松雪正相當。吏人引從多乘輿，賓客逢迎少下堂。不擬人間更求事，些些疏懶亦何妨。（2093）

【校】

①〔遶四廊〕「遶」，《全唐詩》校：「一作到。」

【注】

朱《箋》：作於大和六年（八三二），洛陽。

〔南龍興寺〕即龍興寺。《唐會要》卷四八：「龍興寺，在寧仁坊。貞觀七年立爲衆香寺，至神龍元年二月，改爲中興寺。右補闕張景佚上言：……直以臣愚見，所置大唐中興寺，龍興爲名。……上納之。」

天宫閣早春

天宫高閣上何頻，每上令人耳目新。前日晚登緣看雪，今朝晴望爲迎春。林鶯何處吟箏柱，牆柳誰家曬麴塵？可惜三川虛作主，風光不屬白頭人。（2094）

【注】

朱《箋》：作於大和六年（八三二），洛陽。

〔天宮閣〕見本卷《登天宮閣》（2044）注。

履道居三首

莫嫌地窄林亭小，莫厭貧家活計微。大有高門鎖寬宅，主人到老不曾歸。（2095）

【注】

朱《箋》：作於大和六年（八三二），洛陽。

東里素帷猶未徹，南鄰丹旐又新懸。衡門蝸舍自慚愧，收得身來已五年。（2096）

【注】

〔東里素帷猶未徹，南鄰丹旐又新懸〕丹旐，見卷十二《挽歌詞》（0585）注。朱《箋》：「白氏《聞樂感鄰》詩（卷二六〔1912〕）原注云：『東鄰王大理去冬云亡，南鄰崔尚書今秋薨逝。』」參見該詩注。

世事平分衆所知，何嘗苦樂不相隨。唯餘耽酒狂歌客，只有樂時無苦時。（2097）

和夢得冬日晨興

漏傳初五點，雞報第三聲。帳下從容起，窗間曨㫚明①。照書燈未滅，煖酒火重生。理曲絃歌動，先聞唱渭城。（2098）

【校】

〔曨㫚〕「㫚」紹興本作「𣊩」，那波本作「聰」。朱《箋》：「㫚，尚冥也。乃曶之或字。」按，曶亦昒之通假。從改。

【注】

朱《箋》：作於大和六年（八三二），洛陽。

〔帳下從容起，窗間曨㫚明〕《玉篇》日部：「昒，亡屈切，旦明也。」《廣韻》入聲八物文弗切：「昒，尚冥也。又音忽。」班固《幽通賦》：「昒昕寤而仰思兮，心矇矇猶未察。」《文選》李善注：「曹大家曰：昒昕，晨旦明也。」

〔理曲絃歌動，先聞唱渭城〕唱渭城，見卷二六《南園試小樂》（1850）注。

雪夜對酒招客

帳小青氊暖，杯香醁醼新①。醉憐今夜月②，歡憶去年人。暗落燈花燼，閑生草座塵。慇懃報絃管，明日有嘉賓。（2099）

【校】

①〔醁醼〕那波本、殘宋本、馬本、《唐音統籤》、汪本作「綠蟻」。

②〔今夜月〕《文苑英華》作「今夜雪」。

【注】

朱《箋》：作於大和六年（八三二），洛陽。

〔帳小青氊暖，杯香醁醼新〕《類篇》酉部：「醁，盧谷切。又龍玉切。醽醁，酒名。」按，此醁醼即綠蟻。醼爲蟻之變體。

贈晦叔憶夢得

自別崔公四五秋，因何臨老轉風流？歸來不説秦中事，歇定唯謀洛下遊。酒面浮花應是喜，歌眉斂黛不關愁。得君更有無厭意，猶恨樽前欠老劉。（2100）

【注】

朱《箋》：作於大和六年（八三二），洛陽。

〔晦叔〕朱《箋》：「崔玄亮。玄亮，大和六年拜太子賓客分司東都。七年，授虢州刺史，是時在洛陽。」見本卷《夜調琴憶崔少卿》（2015）注。

醉後重贈晦叔

老伴知君少，歡情向我偏。無論疏與數，相見輒欣然。各以詩成癖，俱因酒得仙。笑迴青眼語，醉並白頭眠。豈是今投分，多疑宿結緣。人間更何事，攜手送衰年。（2101）

【注】

朱《箋》：作於大和六年（八三二），洛陽。

睡覺

星河耿耿漏緜緜，月暗燈微欲曙天。轉枕頻伸書帳下，披裘箕踞火爐前。老眠早覺常殘夜，病力先衰不待年。五欲已銷諸念息，世間無境可勾牽。（2102）

【注】

朱《箋》：作於大和六年（八三二），洛陽。

〔五欲已銷諸念息，世間無境可勾牽〕《大集法門經》卷下：「復次五欲，是佛所説，謂眼見於色，心喜樂欲，以樂欲心取著色塵；耳聞於聲，鼻嗅於香，舌了於味，身覺於觸，亦復如是。」《童蒙止觀·訶欲第二》：「五欲者，是世間色、聲、香、味、觸，常能誑惑一切凡夫，令生愛著。」

白居易詩集校注卷第二十九①

格詩歌行雜體② 凡四十七首③

詠興五首 并序

七年四月，予罷河南府，歸履道第。廬舍自給④，衣儲自充，無欲無營，或歌或舞⑤，頽然自適，蓋河洛間一幸人也。遇興發詠，偶成五章。各以首句，命爲題目。

解印出公府

解印出公府，斗擻塵土衣。百吏放爾散，雙鶴隨我歸。歸來履道宅，下馬入柴扉。馬嘶返舊櫪，鶴舞還故池。雞犬何忻忻，鄰里亦依依。年顔老去日，生計勝前時。有帛禦冬寒，有穀防歲饑。飽於東方朔，樂於榮啓期。人生且如此，此外吾不知。（2103）

【校】

①〔卷第二十九〕那波本、金澤本爲卷六十二。

②〔格詩歌行雜體〕紹興本、那波本、殘宋本、馬本作「律詩」，據金澤本改。

③〔凡四十七首〕本卷實爲五十首，其中《秋涼閑卧》（2108）、《酬思黯相公見過弊居戲贈》（2109）二首應移入卷三十。金澤本另行署「太子賓客分司東都白居易」。

④〔自給〕金澤本作「自結」，所校摺本「結」作「給」。

⑤〔或舞〕金澤本作「或醉」，所校本「醉」作「舞」。

【注】

陳《譜》、汪《譜》、朱《箋》：作於大和七年（八三三），洛陽。

〔格詩〕見卷二一卷題注。

〔七年四月予罷河南府〕《舊唐書·文宗紀》：「（大和七年四月）壬午，以河南尹白居易爲太子賓客分司東都。」

〔履道第〕白居易履道坊宅。見卷二三《履道新居二十韻》（1582）注。

〔飽於東方朔，樂於榮啓期〕東方朔，見卷十五《得微之到官後書備知通州之事悵然有感因成四章》之三（0852）注。榮啓期，見卷一《丘中有一士》之二（0054）注。

出府歸吾廬

出府歸吾廬，靜然安且逸。更無客干謁，時有僧問疾。家僮十餘人，櫪馬三四匹。慵發經旬臥，興來連日出。出遊愛何處，嵩碧伊瑟瑟。況有清和天①，正當疏散日。身閑自爲貴，何必居榮秩。心足即非貧，豈唯金滿室。吾觀權勢者，苦以身徇物。炙手外炎炎，履冰中慄慄②。朝飢口忘味，夕惕心憂失。但有富貴名，而無富貴實。（2104）

【校】

①〔況有〕金澤本作「況是」。

②〔慄慄〕金澤本所校本作「悚悚」。

【注】

〔更無客干謁，時有僧問疾〕《魏書·酈道約傳》：「性多造請，好以榮利干謁，乞丐不已，多爲人所笑。」《舊唐書·元載傳》：「李少良者，以吏用早從使幕，因職遷殿中侍御史，罷遊京師，干謁權貴。」杜甫《自京赴奉先縣詠懷五百字》：「以兹誤生理，獨耻事干謁。」

〔出遊愛何處，嵩碧伊瑟瑟〕瑟瑟，見卷十九《暮江吟》（1284）注。

〔炙手外炎炎，履冰中慄慄〕崔顥《長安道》：「莫言炙手手可熱，須臾火盡灰亦滅。」揚雄《解嘲》：「且吾聞之，炎炎者滅，隆隆者絶。」《詩·小雅·小旻》：「如臨深淵，如履薄冰。」《書·湯誥》：「慄慄危懼，若將隕于深淵。」傳：「慄慄危心，若墜深淵，危懼之甚。」

池上有小舟

池上有小舟，舟中有胡床。床前有新酒，獨酌還獨嘗。薰若春日氣，皎如秋水光。可洗機巧心，可蕩塵垢腸。岸曲舟行遲，一曲進一觴。未知幾曲醉①，醉入無何鄉。寅緣潭島間②，水竹深青蒼。身閑心無事，白日爲我長。我若未忘世，雖閑心亦忙。世若未忘我，雖退身難藏。我今異於是，身世交相忘。（2105）

【校】

①〔幾曲醉〕金澤本作「行幾曲」。

②〔寅緣〕《唐音統籤》、汪本作「夤緣」，字通。

【注】

〔池上有小舟，舟中有胡床〕《晉書·五行志》：「泰始之後，中國相尚用胡床、貊盤，及爲羌煮貊炙。貴人富室，必畜其器。」程大昌《演繁露》卷十四：「今之交床，制出塞外，其始名胡床。桓伊下馬據胡床，取笛三弄是也。隋以讖有胡，改名交床，胡瓜亦改黄瓜。唐柴紹擊西戎，據胡床，使兩女子舞，則唐史臣追本語以書也。唐穆宗長慶二年十二月，見群臣於紫宸殿，御大繩床，則又名繩床矣。」

〔床前有新酒，獨酌還獨嘗〕趙翼《甌北詩話》卷四：「今人愛陳酒，古人則愛新酒，亦見《香山集》。有《家釀新熟每當輒醉答妻侄等》詩，《對新家醖》詩，《和微之嘗新酒》詩，《雪中酒熟攜訪吴秘監》詩。又……《池上小舟》云：『床前有新酒，獨酌還獨嘗。』〕

〔寅緣潭島間，水竹深青蒼〕寅緣，見卷二八《府西池北新葺水齋即事招賓偶題十六韻》(2070）注。

〔我今異於是，身世交相忘〕本書卷六《適意二首》之二（0234）：「悠悠身與世，從此兩相棄。」參見該詩注。

四月池水滿

四月池水滿，龜游魚躍出。吾亦愛吾池，池邊開一室。人魚雖異族，其樂歸於一。且與爾爲徒，逍遥同過日。爾無羨滄海，蒲藻可委質。吾亦忘青雲，衡茅足容膝。况吾與爾輩，本非蛟龍疋。假如雲雨來，秖是池中物。（2106）

【注】

〔人魚雖異族，其樂歸於一〕《莊子·秋水》：「莊子與惠子遊於濠梁之上，莊子曰：『儵魚出遊從容，是魚之樂也。』惠子曰：『子非魚，安知魚之樂？』莊子曰：『子非我，安知我不知魚之樂？』」

小庭亦有月

小庭亦有月，小院亦有花。可憐好風景①，不解嫌貧家。菱角執笙簧②，谷兒抹琵琶。紅綃信手舞，紫綃隨意歌。菱、谷、紫、紅，皆小臧獲名也。村歌與社舞，客哂主人誇。但問樂不樂，豈在鐘鼓多。客告暮將歸，主稱日未斜。請客稍深酌，願見朱顏酡。客知主意厚，分數隨口加③。堂上燭未秉，座中冠已峨。左顧短紅袖，右命小青娥。長跪謝貴客，蓬門勞見過。客散有餘興，醉卧獨吟哦。幕天而席地，誰奈劉伶何。（2107）

【校】

①〔好風景〕金澤本作「小風景」，所校本「小」作「好」。

②〔執笙簧〕金澤本作「炙笙簧」，所校本「炙」作「執」，「簧」作「篁」。

③〔分數〕金澤本作「分散」，所校本作「分數」。〔隨口〕馬本、《唐音統籤》、汪本作「隨後」。

【注】

〔紅綃信手舞，紫綃隨意歌〕洪邁《容齋隨筆》卷一：「世言白樂天侍兒唯小蠻、樊素二人。予讀集中《小庭亦有月》一篇云……自注曰：『菱、谷、紫、紅皆小臧獲名。』若然，則紅、紫二綃亦女奴也。」《史記·魯仲連鄒陽列傳》：「臧獲且羞與之同名矣。」集解：「《方言》曰：荆淮海岱燕齊之間，罵奴曰臧，罵婢曰獲。」

〔客知主意厚，分數隨口加〕分數，指酒量。見卷二四《九日寄微之》（1687）注。

〔幕天而席地，誰奈劉伶何〕見卷八《自詠》（0381）注。

秋凉閑卧

殘暑晝猶長，早凉秋尚嫩。露荷散清香，風竹含疏韻。幽閑竟日卧，衰病無人問。薄暮宅門前，槐花深一寸。（2108）

【校】

那波本、殘宋本、金澤本此首及下首在卷三十（那波本、金澤本卷六三）《狂言示諸侄》（2196）後，盧校宋本同。

【注】

朱《箋》：作於開成二年（八三七），洛陽。

〔殘暑晝猶長，早凉秋尚嫩〕《唐宋詩醇》卷二五：「嫩字奇，當是從秋老想出，却從未經人道。」

酬思黯相公見過弊居戲贈

軒蓋光照地，行人爲徘徊。呼傳君子出①，乃是故人來。訪我入窮巷，引君登小臺。臺前多竹樹，池上無塵埃。貧家何所有，新酒三兩杯。欵曲語上馬，從容復遲迴②。留守不外宿，日斜宫漏催。但留金刀贈，未接玉山頽。家醖不敢惜，待君來即開。村妓不辭

出，恐君輾然咍。（2109）

【校】

①〔君子〕金澤本、《唐音統籤》作「相君」。

②〔欸曲語上馬從容復遲迴〕金澤本、那波本作「停杯欸曲語上馬從容迴」，殘宋本、何校、盧校作「停杯欸曲語上馬復遲迴」。

【注】

朱《箋》：作於開成二年（八三七），洛陽。

〔思黯相公〕朱《箋》：「牛僧孺。」見卷二三《求分司東都寄牛相公十韻》（1580）注。《舊唐書·牛僧孺傳》：「開成二年五月，加檢校司空、食邑二千户，判東都尚書省事、東都留守、東畿汝都防禦使。僧孺識量弘遠，心居事外，不以細故介懷。洛都築第於歸仁里，任淮南時嘉木怪石，置之階廷，館宇清華，竹木幽邃。常與詩人白居易吟詠其間，無復進取之懷。」

〔但留金刀贈，未接玉山頹〕張衡《四愁詩》：「美人贈我金錯刀，何以報之英瓊瑤。」《世説新語·容止》：「時人目夏侯太初朗朗如日月之入懷，李安國頹唐如玉山之將崩。」

〔村妓不辭出，恐君輾然咍〕《莊子·達生》：「桓公輾然而笑。」左思《吴都賦》：「東吴王孫，輾然而咍。」

再授賓客分司

優穩四皓官，清崇三品列。伊予再塵忝，内愧非才哲。俸錢七八萬，給受無虚月。分命在東司，又不勞朝謁。既資閑養疾，亦賴慵藏拙。賓友得從容，琴觴恣怡悦。乘籃城外去，繫馬花前歇。六遊金谷春，五看龍門雪。吾若默無語①，安知吾快活？吾欲更盡言，復恐人豪奪。應爲時所笑，占惜分司闕②。但問適意無，豈論官冷熱。（2110）

【校】

①〔無語〕金澤本作「無説」，所校本作「無語」。

②〔占惜〕紹興本、馬本、汪本作「古惜」，那波本、《全唐詩》作「苦惜」，《唐音統籤》作「吾惜」。據殘宋本、金澤本改。

【注】

汪《譜》、朱《箋》：作於大和七年（八三三），洛陽。

〔優穩四皓官，清崇三品列〕四皓，見卷二《答四皓廟》（0104）注。四皓官，指太子屬官。《舊唐書·職官志一》：「正第三品，……太子賓客。」

〔六遊金谷春，五看龍門雪〕金谷，見卷十三《和友人洛中春感》（0620）注。龍門，見卷八《贈蘇少府》（0377）注。

把酒

把酒仰問天，古今誰不死？所貴未死間，少憂多歡喜。窮通諒在天，憂喜即由己。是故達道人，去彼而取此。勿言未富貴，久忝居祿仕。借問宗族間，幾人拖金紫？勿憂漸衰老，且喜加年紀。試數班行中，幾人及暮齒？朝餐不過飽，五鼎徒爲爾。夕寢止求安①，一衾而已矣。此外皆長去聲物，於我雲相似。有子不留金，何況兼無子。（2111）

【校】

①〔止求〕金澤本作「止於」，所校本作「止求」。

【注】

朱《箋》：作於大和七年（八三三），洛陽。

〔窮通諒在天，憂喜即由己〕《莊子·讓王》：「古之得道者，窮亦樂，通亦樂。所樂非窮通也，道德於此，則窮通爲寒暑風雨之序矣。」劉峻《辨命論》：「余謂士之窮通，無非命也。」

〔朝餐不過飽，五鼎徒爲爾〕《漢書·主父偃傳》：「丈夫生不五鼎食，死則五鼎亨耳。」張晏注：「五鼎食，牛、羊、豕、魚、麋也。諸侯五，卿大夫三。」

〔此外皆長物，於我雲相似〕長物，見卷六《寄張十八》（0268）注。

〔有子不留金，何況兼無子〕《漢書·韋賢傳》：「鄒魯諺曰：遺子黃金滿籯，不如一經。」

首夏

林靜蚊未生，池靜蛙未鳴。景長天氣好，竟日和且清。春禽餘哢在，夏木新陰成①。兀爾水邊坐，翛然橋上行。自問一何適，身閑官不輕。料錢隨月用，生計逐日營。食飽慚伯夷，酒足愧淵明②。陶潛詩云：「飲酒常不足。」壽倍顔氏子，富百黔婁生。有一即爲樂，况吾四者并③。所以私自慰，雖老有心情。（2112）

【校】

①〔夏木〕金澤本作「夏樹」，所校本作「夏木」。

②〔淵明〕金澤本作「泉明」，從唐諱。所校本作「淵明」。

③〔况吾〕金澤本作「况我」，所校本作「况吾」。〔四者〕《唐音統籤》作「四子」。

【注】

朱《箋》：作於大和七年（八三三），洛陽。

〔食飽慚伯夷，酒足愧淵明〕伯夷，見卷一《送王處士》（0045）注。陶淵明《擬挽歌辭》：「但恨在世時，飲酒不得足。」

〔壽倍顔氏子，富百黔婁生〕顔氏子，顔回。見卷五《效陶潛體詩十六首》之十六（0225）注。黔婁，見卷一《贈内》（0032）注。

代鶴

我本海上鶴，偶逢江南客。感君一顧恩，同來洛陽陌。洛陽寡族類，皎皎唯兩翼。貌是天與高，色非日浴白。主人誠可戀①，其奈軒庭窄。飲啄雜雞羣②，年深損標格。故鄉渺何處，雲水重重隔。誰念深籠中，七換摩天翮。（2113）

【校】

①〔主人〕金澤本所校本作「求人」。

②〔飲啄〕金澤本作「啄飲」，所校本乙倒。

【注】

朱《箋》：作於大和七年（八三三），洛陽。

〔飲啄雜雞羣，年深損標格〕雜雞羣，見卷十三《寄陸補闕》（0622）注。

立秋夕有懷夢得

露簟荻竹清①，風扇蒲葵輕。一與故人別，再見新蟬鳴。是夕凉飇起，閑境入幽情。迴燈見棲鶴，隔竹聞吹笙。夜茶一兩杓②，秋吟三數聲。所思渺千里，雲外長洲城③。（2114）

【校】

①〔荻竹〕金澤本作「笛竹」。

②〔一兩杓〕金澤本作「一兩酌」，所校本作「一兩杓」。

③〔雲外〕馬本、《唐音統籤》、汪本作「雲水」。

【注】

朱《箋》：作於大和七年（八三三），洛陽。「此詩有『再見新蟬鳴』之句，則必作於七年秋，蓋禹錫以大和五年冬與居易別，至是凡兩度逢秋也。」劉禹錫有《酬樂天七月一日即事見寄》，爲此詩和作。

〔露簟荻竹清，風扇蒲葵輕〕《藝文類聚》卷八二引《漢書》：「顧成廟遠，無宿宮，又有狄竹籍田。」按，作「笛竹」者更常見。謝靈運《山居賦》注：「崑山之竹任爲笛。」韓愈《鄭群贈簟》：「蘄州笛竹天下知，鄭君所寶尤瓌奇。」

《吴聲歌曲·團扇郎歌》：「團扇薄不摇，窈窕摇蒲葵。」

〔所思渺千里，雲外長洲城〕長洲城，指蘇州。見卷二二《别蘇州》（1426）注。

哭崔常侍晦叔

頑賤一拳石，精珍百煉金。名價既相遠，交分何其深。中誠一以合，外物不能侵。逶迤二十年，與世同浮沉。晚有退閑約①，白首歸雲林。垂老忽相失，悲哉口語心。春日嵩高陽②，秋夜清洛陰。丘園共誰卜，山水共誰尋？風月共誰賞，詩篇共誰吟？花開共誰看，酒熟共誰斟？惠死莊杜口，鍾殁師廢琴③。道理使之然，從古非獨今。吾道自此孤，我情安可任？唯將病眼淚，一灑秋風襟。（2115）

【校】

①〔退閑〕《文苑英華》明刊本作「退寒」。

②〔嵩高〕金澤本作「嵩山」，所校本作「嵩高」。

③〔師廢琴〕金澤本作「牙廢琴」，所校本作「師廢琴」。

【注】

陳《譜》、汪《譜》、朱《箋》：作於大和七年（八三三），洛陽。

〔崔常侍晦叔〕朱《箋》：「崔玄亮。」見卷二八《夜調琴憶崔少卿》（2015）注。《舊唐書·崔玄亮傳》：「（大和）七年，以疾求外任，宰相以弘農便其所請，乃授檢校左散騎常侍、虢州刺史。是歲七月卒於任所。」白居易《唐故虢州刺史贈禮部尚書崔公墓誌銘》（《白氏文集》卷七十）：「大和七年七月十一日，遇疾薨於虢州廨舍。」

〔惠死莊杜口，鍾歿師廢琴〕《莊子·徐无鬼》：「莊子送葬，過惠子之墓，顧謂從者曰：『郢人堊漫其鼻端，若蠅翼，使匠石斲之。匠石運斤成風，聽而斲之，盡堊而鼻不傷，郢人立不失容。宋元君聞之，召匠石曰：「嘗試爲寡人爲之。」匠石曰：「臣則嘗能斲之，雖然，臣之質死久矣。」自夫子之死也，吾无以爲質矣，吾无與言之矣。』」《呂氏春秋·本味》：「伯牙鼓琴，鍾子期聽之。……鍾子期死，伯牙破琴絶絃，終身不復鼓琴，以爲世無足復爲鼓琴者。」作「師」者，蓋混言師曠事。

新秋曉興①

濁暑忽已退，清宵未全長。晨釭耿殘焰，宿閤凝微香②。喔喔雞下樹，輝輝日上梁。枕低茵席軟，卧穩身入牀。睡足景猶早，起初風乍凉。展張小屏障，收拾生衣裳。還有惆悵事，遲遲未能忘。拂鏡梳白髮，可憐冰照霜。(2116)

【校】

①〔題〕紹興本、那波本作「新秋晚興」，據金澤本、馬本、《唐音統籤》、汪本改。

②〔凝微香〕《唐音統籤》作「吟微香」。

【注】

朱《箋》：作於大和七年（八三三），洛陽。

〔喔喔雞下樹，輝輝日上梁〕劉禹錫《平蔡州三首》：「汝南晨雞喔喔鳴，城頭鼓角音和平。」張籍《羈旅行》：「主人春米爲夜食，晨雞喔喔茆屋傍。」方以智《通雅》卷十：「朱朱猶咒咒也。角角猶喔喔也。《伽藍記》曰：沙門寶公曰：把粟與雞呼朱朱，猶咒咒。程大昌曰：紹興中有詩曰：『呼雞作朱朱，呼犬作盧盧。』古人尤與虞有相借者，咒又音祝，故喔喔爲雞聲。王建詩：『城頭山雞鳴角角。』讀如喔喔。退之詩：『角角雄雉鳴。』轉注略云：角音谷。劉夢得詩：『城中晨雞喔喔鳴。』」

〔展張小屏障，收拾生衣裳〕生衣，見卷十五《寄生衣與微之因題封上》(0843)注。

秋日與張賓客舒著作同遊龍門醉中狂歌凡二百三十八字①

秋天高高秋光清，秋風嫋嫋秋蟲鳴。嵩峰餘霞錦綺卷，伊水細浪鱗甲生。洛陽閑客知無數②，少出遊山多在城。商嶺老人自追逐，蓬丘逸士相逢迎。南出鼎門十八里，莊店邐迤橋道平。不寒不熱好時節，鞍馬穩快衣衫輕。並轡踟躕下西岸，扣舷容與遶中汀。開懷曠達無所繫，觸目勝絶不可名。荷衰欲黄荇猶緑，魚樂自躍鷗不驚。翠藻蔓長孔雀尾，彩船櫓急寒雁聲。家醖一壺白玉液，野花數把黄金英。晝遊四看西日暮，夜話三及東方明。暫停杯觴輟吟詠③，我有狂言君試聽。丈夫一生有二志，兼濟獨善難得并。不能救療生民病，即須先濯塵土纓。况吾頭白眼已暗，終日戚促何所成？不如展眉開口笑，龍門醉卧香山行。（2117）

【校】

①〔題〕紹興本、那波本脱「二」字，據金澤本、馬本、《唐音統籤》、汪本補。

②〔知無數〕金澤本作「雖無數」，所校本作「知無數」。

③〔吟詠〕金澤本作「歌詠」，所校本作「吟詠」。

【注】

朱《箋》：作於大和七年（八三三），洛陽。

〔張賓客〕朱《箋》：「張仲方。」見卷五《常樂里閑居偶題十六韻兼寄劉十五公輿王十一起吕二炅吕四潁崔十八玄亮元九積劉三十二敦質張十五仲方時爲校書郎》（0173）注。《舊唐書·張仲方傳》：「（大和）七年，李德裕輔政，出爲太子賓客分司。八年，德裕罷相，李宗閔復召仲方爲常侍。」

〔舒著作〕朱《箋》：「舒元輿。」見卷二一《九日代羅樊二妓招舒著作》（1449）注。

〔商嶺老人自追逐，蓬丘逸士相逢迎〕商嶺，商山，用商山四皓事。《太平寰宇記》卷一四一：「傳四皓皆河内軹人，或在汲。……乃共入商嶺上雒隱居地胏山，以待天下安定。」《十洲記》：「蓬萊山一名蓬丘。」李白《越中秋懷》：「何必探禹穴，逝將歸蓬丘。」

〔南出鼎門十八里，莊店邐迤橋道平〕《太平御覽》卷一八三引韋述《西京新記》：「東京俗曰洛陽城，城高一丈八尺。南面三門，正南曰定鼎門，東建春門，南永通門。」程大昌《演繁露》卷七：「武王伐商，遷九鼎於洛邑，故洛陽南面有定鼎門，及郟鄏陌。」

〔丈夫一生有二志，兼濟獨善難得并〕兼濟獨善，見卷一《新製布裘》（0055）注。

〔不如展眉開口笑，龍門醉卧香山行〕香山，見卷二二《香山寺石樓潭夜浴》（1499）注。

履信池櫻桃島上醉後走筆送别舒員外兼寄宗正李卿考功崔郎中

櫻桃島前春，去春花萬枝①。忽憶與宗卿閑飲日，又憶與考功狂醉時。歲晚無花空有葉，風吹滿地乾重疊。踏葉悲秋復憶春，池邊樹下重殷勤。今朝一酌臨寒水，此地三迴别故人。櫻桃花，來春千萬朵，來春共誰花下坐？不論崔李上青雲，明日舒三亦抛我。

（2118）

【校】

①〔萬枝〕金澤本所校本作「百枝」。

【注】

朱《箋》：作於大和七年（八三三），洛陽。

〔履信池〕朱《箋》：「在洛陽履信坊太子賓客李仍叔宅。」《元河南志》卷一：「宅有櫻桃池，仍淑嘗與白居易、劉禹錫會其上。」「仍淑」即仍叔。

〔舒員外〕朱《箋》：「舒元輿。」見卷二二《苦熱中寄舒員外》（1508）注。

〔宗正李卿〕朱《箋》：「宗正卿李仍叔。」《新唐書·宗室世系表》蜀王房：「宗正卿仍叔，字周美。初名章甫。」《舊唐書·文宗紀》：「（大和八年七月）辛酉，定陵臺大雨，震東廊，廊下地裂一百三十尺。詔宗正卿李仍叔啓告修塞。……（十二月）己亥，以宗正卿李仍叔爲湖南觀察使。」

〔考功崔郎中〕朱《箋》：「崔龜從。」《舊唐書·崔龜從傳》：「大和二年，改太常博士。……累轉考功郎中、史館修撰。九年，轉司勳郎中、知制誥。」朱《箋》：「白氏此詩作於大和七年秋末，與龜從爲考功郎中時間正合。」

〔不論崔李上青雲，明日舒三亦抛我〕舒三，舒元輿。岑仲勉《唐人行第録》：「據《舊傳》，大和五年八月，由刑外改授著作郎分司東都。李訓爲文宗寵遇，復召爲尚書郎。其仕歷恰與白詩無異，故知舒三即元輿矣。白氏自己編集，毫不爲諱，是固不怵於宦官之勢力者。」俞文豹《吹劍三録》：「舒元輿阿附李訓得爲相，訓欲收人心，由散地起裴度、鄭覃等，元輿作《牡丹賦》，末云：『美乎后土之産物也，使其華如此之偉。何前代寂寞而無聞，今則昌然而大來。』蓋侈其事以阿訓也。及死於甘露之禍，文宗因觀牡丹，讀其賦泣下。」

秋池獨汎

蕭疏秋竹籬，清淺秋風池。一隻短舴艇①，一張斑鹿皮。皮上有野叟，手中持酒巵。半酣箕踞坐，自問身爲誰？嚴子垂釣日，蘇門長嘯時。悠然意自得，意外何人知？

（2119）

【校】

①〔一隻〕金澤本作「半隻」，所校本作「一隻」。〔舴艇〕金澤本作「游艇」，馬本、《唐音統籤》、汪本作「舫艇」。

【注】

朱《箋》：作於大和七年（八三三），洛陽。

〔一隻短舴艇，一張斑鹿皮〕舴即艕。《玉篇》舟部：「艕，以周切。」舴艇，即游艇。本書卷十六《重題》之二（0971）：「長松樹下小谿頭，斑鹿胎巾白布裘。」參見該詩注。

〔嚴子垂釣日，蘇門長嘯時〕《後漢書·逸民傳·嚴光》：「嚴光字子陵，一名遵，會稽餘姚人也。少有高名，與光武同遊學。及光武即位，乃變名姓，隱身不見。帝思其賢，乃令以物色訪之。……除爲諫議大夫，不屈。乃耕於富春山，後人名其釣處爲嚴陵瀨焉。」《三國志·魏書·王粲傳》裴注引《魏氏春秋》：「（阮）籍少時嘗遊蘇門山，蘇門山有隱者，莫知名姓，有竹實數斛、臼杵而已。籍從之，與談太古無爲之道，及論五帝三王之義，蘇門生蕭然曾不經聽。籍乃對之長嘯，清韻響亮。蘇門生逌爾而笑。籍既降，蘇門生亦嘯，若鸞鳳之音焉。」

冬日早起閑詠

冰塘耀初旭，風竹飄餘霰。幽境雖目前，不因閑不見。晨起對爐香，道經尋兩卷。晚坐拂琴塵，秋思彈一遍。此外更無事，開樽時自勸。何必東風來，一杯春上面。（2120）

【注】

朱《箋》：作於大和七年（八三三），洛陽。

〔晚坐拂琴塵，秋思彈一遍〕秋思，見卷二二《和嘗新酒》（1475）注。

歲暮

慘澹歲云暮，窮陰動經旬。霜風裂人面，冰雪摧車輪。而我當是時，獨不知苦辛。晨炊廩有米，夕爨厨有薪。夾帽長覆耳，重裘寬裹身。加之一杯酒，煦嫗如陽春。洛城士與庶，比屋多飢貧。何處爐有火，誰家甑無塵？如我飽煖者，百人無一人。安得不慚愧，放歌聊自陳。（2121）

【注】

朱《箋》：作於大和七年（八三三），洛陽。

〔加之一杯酒，煦嫗如陽春〕《禮記・樂記》：「天地訢合，陰陽相得，煦嫗覆育萬物。」

〔何處爐有火，誰家甑無塵〕《後漢書・獨行傳・范冉》：「所止單陋，有時糧粒盡，窮居自若，言貌無改，閭里歌之曰：甑中生塵范史雲，釜中生魚范萊蕪。」

南池早春有懷

朝遊北橋上，晚憩南塘畔。西日雪全銷，東風冰盡泮。簁簁魚尾掉，瞥瞥鶵毛換。泥暖草芽生，沙虛泉脈散。晴芳冒苔島，宿潤侵蒲岸。洛下日初長，江南春欲半。時光共拋擲，人事堪嗟歎。倚棹忽尋思，去年池上伴。（2122）

【注】

朱《箋》：作於大和八年（八三四），洛陽。

〔簁簁魚尾掉，瞥瞥鶵毛換〕簁簁同蓰蓰。古詩《皚如山上雪》：「竹竿何嫋嫋，魚尾何蓰蓰。」瞥瞥，一下一下。《傷寒論》卷一：「脉瞥瞥如羹上肥者，陽氣微也。」沈佺期《入少密溪》：「澗水周流宅前後，游魚瞥瞥雙釣童。」顧況《李供奉彈箜篌歌》：「往往從空入户來，瞥瞥隨風落春草。」

古意

脈脈復脈脈，美人千里隔。不見來幾時，瑶草三四碧。玉琴聲悄悄①，鸞鏡塵冪冪。昔爲連理枝，今作分飛翮。寄書多不達，加飯終無益。心腸不自寬，衣帶何由窄。(2123)

【校】

①〔玉琴〕金澤本所校本作「鳳琴」。

【注】

朱《箋》：作於大和八年(八三四)，洛陽。

〔脈脈復脈脈，美人千里隔〕《古詩十九首》：「盈盈一水間，脉脉不得語。」王僧孺《爲人傷近而不見詩》：「同鄉更脉脉，脉脉如牛女。」

〔玉琴聲悄悄，鸞鏡塵冪冪〕本書卷十五《題盧秘書夏日新栽竹二十韻》(0805)：「碧籠煙冪冪，珠灑雨珊珊。」參見該詩注。

〔昔爲連理枝，今作分飛翮〕連理枝，見卷十二《長相思》(0586)注。

〔寄書多不達，加飯終無益〕《相和歌辭·飲馬長城窟行》：「長跪讀素書，書中竟何如？上言加餐飯，下言長相憶。」

〔心腸不自寬，衣帶何由窄〕《古樂府歌》：「離家日趨遠，衣帶日趨緩。心思不能言，腸中車輪轉。」

山遊示小妓①

雙鬟垂未合，三十纔過半。本是綺羅人，今爲山水伴。春泉共揮弄，好樹同攀玩。笑容花底迷，酒思風前亂。紅凝舞袖急，黛慘歌聲緩。莫唱楊柳枝，無腸與君斷。（2124）

【校】

①〔題〕「山遊」金澤本作「遊山」，所校本乙倒。

【注】

朱《箋》：作於大和八年（八三四），洛陽。

〔莫唱楊柳枝，無腸與君斷〕見本書卷三一《楊柳枝詞八首》（2283）注。

神照禪師同宿

八年二月晦①，山梨花滿枝。龍門水西寺，夜與遠公期②。晏坐自相對③，密語誰得知？前後際斷處，一念不生時。（2125）

【校】

①〔二月〕馬本、汪本作「三月」。

②〔遠公〕金澤本作「照公」，所校本作「遠公」。

③〔晏坐〕那波本、金澤本作「宴坐」。

【注】

朱《箋》：作於大和八年（八三四），洛陽。

〔神照〕見卷二七《神照上人》(1995)注。

〔龍門水西寺，夜與遠公期〕遠公，慧遠。代指神照。

〔前後際斷處，一念不生時〕前後際斷，截斷前際、後際。前後際，指過去、未來。《維摩經·弟子品》：「法無有人，前後際斷故。」《釋氏稽古略》卷三華嚴清涼國師：「若一念不生，則前後際斷，照體獨立，物我皆如。」

張常侍相訪

西亭晚寂寞，鶯散柳陰繁。水户簾不卷，風牀席自翻。忽聞車馬客，來訪蓬蒿門。况是張常侍，安得不開樽。（2126）

【注】

朱《箋》：作於大和八年（八三四），洛陽。

〔張常侍〕朱《箋》：「張仲方。」見本卷《秋日與張賓客舒著作同遊龍門醉中狂歌凡二百三十八字》（2117）注。

早夏遊宴

雖慵興猶在，雖老心猶健。昨日山水遊，今朝花酒宴①。山榴豔似火，玉蘂飄如霰。榮落逐瞬遷，炎涼隨刻變。未收木綿褥，已動蒲葵扇。且喜物與人，年年得相見。（2127）

【校】

①〔今朝〕馬本、《唐音統籤》作「今日」。

【注】

朱《箋》：作於大和八年（八三四），洛陽。

〔未收木綿褥，已動蒲葵扇〕木綿，見卷二八《新製綾襖成感而有詠》（2084）注。

感白蓮花

白白芙蓉花，本生吳江濆。不與紅者雜，色類自區分。誰移爾至此，姑蘇白使君。初來苦顦顇，久乃芳氛氳。月月葉換葉，年年根生根①。陳根與故葉，銷化成泥塵。化者日已遠，來者日復新。一爲池中物，永別江南春。忽想西凉州②，中有天寶民。埋殁漢父祖，孳生胡子孫。已忘鄉土戀，豈念君親恩。生人尚復爾，草木何足云。（2128）

【校】

①〔根生根〕金澤本作「根代根」，所校本作「根生根」。

②〔西凉〕金澤本作「西梁」。

【注】

朱《箋》：作於大和八年（八三四），洛陽。

〔白蓮花〕參見卷一《東林寺白蓮》（0063）、卷二七《問江南物》（1926）注。

〔忽想西凉州，中有天寶民〕參見卷三《縛戎人》（0142）、卷四《西凉伎》（0147）注。

詠所樂

獸樂在山谷，魚樂在陂池。蟲樂在深草，鳥樂在高枝。所樂雖不同，同歸適其宜。不以彼易此，况論是與非。而我何所樂，所樂在分司。分司有何樂，樂哉人不知。官優有禄料，職散無羈縻。懶與道相近，鈍將閑自隨。昨朝拜表迴，今晚行香歸。歸來北窗下，解巾脱塵衣。冷泉灌我頂，暖水濯四支。體中幸無疾，卧任清風吹。心中又無事，坐任白日移。或開書一篇①，或引酒一巵。但得如今日，終身無厭時。（2129）

【校】

①〔一篇〕金澤本作「一編」。

【注】

朱《箋》：作於大和八年（八三四），洛陽。

〔昨朝拜表迴，今晚行香歸〕拜表，見卷二一《六年春贈分司東都諸公》（1448）注。行香，見卷二三《分司》（1585）注。

思舊

閑日一思舊，舊遊如目前。再思今何在，零落歸下泉。退之服流黄，一病訖不痊。微之煉秋石，未老身溘然。杜子得丹訣，終日斷腥羶。崔君誇藥力，經冬不衣綿。或疾或暴夭①，悉不過中年。唯予不服食，老命反遲延。况在少壯時，亦爲嗜欲牽。但耽葷與血，不識汞與鉛②。飢來吞熱物③，渴來飲寒泉。詩役五藏神，酒汩三丹田。隨日合破壞，至今粗完全④。齒牙未缺落，支體尚輕便。已開第七秩，飽食仍安眠。且進杯中物，其餘

皆付天。（2130）

【校】

①〔或疾〕金澤本作「或病」。

②〔不識〕金澤本所校本作「不知」。

③〔熱物〕那波本、金澤本作「熱麵」，金澤本所校本作「熱物」。

④〔完全〕金澤本作「皃全」，所校本作「完全」。

【注】

朱《箋》：作於大和八年（八三四），洛陽。

〔退之服流黃，一病訖不痊〕退之，或謂即韓愈。陶穀《清異録》卷上：「昌黎公晚年頗親脂粉。故事，服食用硫黃末攪粥飯啖雞男，不使交，千日烹庖，名火靈庫。公間日進一隻焉。始亦見功，終致絶命。」有辨之以爲非韓愈者。汪師韓《韓門綴學》卷五：「孔毅夫《雜説》稱退之晚年有聲妓而服金石藥，引張文昌詩云：『爲出二侍女，合彈琵琶箏。』白香山詩云：『退之服硫黃，一病訖不痊。』謂退之嘗譏人不解文字飲，而自敗於女妓，作《李博士墓誌》戒人服金石藥，而自餌硫黃。陳後山《詩話》亦同。俗人故援此爲口實也。嘗考韓公二妾號絳桃、柳枝者，僅見王讜《語林》及《邵氏聞見録》。其引韓集詩云：『不見園花並巷柳，馬頭惟有月團團。』以爲寄意二姝之作。又云：『別來楊柳街頭樹，擺亂春風只欲飛。』並疑柳枝有踰垣追獲之事。竊謂絳桃、柳枝之名，亦由詩中有園花巷柳桃李之字，設爲之名，因詩云：『惟有小園桃李在』，遂以桃爲絳桃，而文昌所指二侍女者，侍女而已矣，何必傳其名哉！文昌承韓公指教，相知最深，是以文酒之會得見其侍女，於其没也，叙交契之踰等至乎此，而豈攻詰其短歟？不然，博塞之戲，無實之談，文昌猶致書悻悻焉，何獨於聲妓隱而不言？至白傅《思舊》一詩，則吕汲公嘗明之云：衛中立，字退之，餌奇藥求不死而卒死。樂天所指服硫黄而一病不痊者，乃中立也。《唐語林》又言：韓愈病卒，召羣僚曰：吾不藥，今將死矣。汝詳視吾手足肢體，無誑人云。夫韓公之行事，則新舊《唐書》載之矣，其言則本集傳之矣。文人樂聞邪説，以誣謗前賢。」錢大昕《十駕齋養新録》卷十六：「白樂天詩：『退之服硫黄，一病訖不痊。』後人因以爲昌黎晚年惑金石藥之證。頃閲洪慶善《韓子年譜》，有方崧卿《辯證》一條云：《衛府君墓誌》，今本作衛之元，其實中立也。衛晏三子，長之元，字造微；次中立，字退之；次中行，字大受。誌首云兄弟三人，後只云與弟中行别，則其爲中立誌無疑。中立餌奇藥，求不死，而卒死。樂天詩謂『退之服硫黄』者，乃中立也。近世李季可謂公長慶三年作《李干墓誌》，力詆六七公皆以藥敗，明年則公卒，豈咫尺之間身試其禍哉。」陳寅恪《元白詩箋證稿》附論《白樂天之思想行爲與佛道關係》：「樂天之舊友至交，而見於此詩之諸人，如元稹、杜元穎、崔羣，皆當時宰相藩鎮大臣，且爲文學詞科之高選，所謂第一流人物也。若衛中立則既非由進士出身，位止邊帥幕寮之末職，復非當日文壇之健者，斷無與微之諸人並述之理。然則此詩中之退之，固舍昌黎莫屬矣。方崧卿、李季可、錢大昕諸人雖意在爲賢者辯護，然其説實不能成立也。考陶穀《清異録》貳載昌黎以硫黄飼雞男食之，號曰火靈庫。陶爲五代時人，距元和、長慶時代不甚遠，其説當有所據。至昌黎何以如此言行相矛盾，則疑當時士大夫爲聲色所累，即自號超脱，亦終不能免。」朱《箋》：「此爲昌黎辯護，均韓門衛道者腐論。」

〔微之煉秋石，未老身溘然〕微之，元稹。《雲笈七籤》卷六六《丹論訣旨心照五篇·明辨章》：「《金碧經》云：煉銀於鉛，神物自生，灰池炎鑠，鉛沉銀浮，潔白見寶，可造黄金牙。又隱言名黄輕，又曰黄牙，又名秋石。」

〔杜子得丹訣，終日斷腥羶〕何焯云：「杜疑杜元穎。」朱《箋》説同。見卷二六《昨以拙詩十首寄西川杜相公相公亦以新作十首惠然報示首數雖等工拙不倫重以一章用伸答謝》(1835)注。《舊唐書·杜元穎傳》：「(大和三年)坐貶循州司馬，……六年，卒於貶所。」

〔崔君誇藥力，經冬不衣綿〕崔君，陳寅恪以爲崔羣，誤。朱《箋》謂爲崔玄亮。白居易《唐故虢州刺史贈禮部尚書崔公墓誌銘》(《白氏文集》卷七十)：「公夙慕黄老之術，齋心受籙，伏氣煉形，暑不流汗，冬不挾纊。」與此句所言「經冬不衣綿」合。又本書卷三三《感事》(2462)：「服氣崔常侍，燒丹鄭舍人。」

〔詩役五藏神，酒汩三丹田〕三丹田，見卷八《仲夏齋戒月》(0368)注。

〔隨日合破壞，至今粗完全〕《雲笈七籤》卷六十《中山玉櫃服氣經》聖正規法第四：「故吾有大患，爲吾有身，故有其患，患在毀形傷體，莫若寄寓神情。譬於器中安物，物假器而居之，畏器之破壞，物乃不得安居。」

〔已開第七秩，飽食仍安眠〕龔頤正《芥隱筆記》：「《禮》：年八十日有秩。故以八十爲八秩。又道家流用此語。白樂天屢用之，自注：『行開第八秩，可謂盡天年。』時俗謂七十以上爲開第八秩。又云：『已開第七秩，屈指幾多人。』」《禮記·王制》：「九十，日有秩。」鄭玄注：「秩，常也，有常膳。」

寄盧少卿①

老誨心不亂，莊誡形太勞。生命既能保，死籍亦可逃。嘉肴與旨酒，信是腐腸膏。艷聲與麗色，真爲伐性刀。補養在積功，如裘集衆毛。將欲致千里，可得差一毫？心不亂、形太勞至差一毫，皆出老莊及諸道書仙方禁誡。顔回何爲者，簞瓢纔自給。肥醲不到口，年不登三十。

張蒼何爲者②，染愛浩無際。妾媵填後房，竟壽百餘歲。蒼壽有何德，回夭有何辜？誰謂具聖體，不如肥瓠軀？遂使世俗心，多疑仙道書。寄問盧先生，此理當何如？

（2131）

【校】

①〔題〕「少卿」汪本作「少尹」。

②〔張蒼〕那波本、殘宋本、汪本、金澤本所校本作「張倉」，下「蒼壽」同。

【注】

朱《箋》：作於大和八年（八三四），洛陽。

〔盧少卿〕朱《箋》：「白居易與盧貞有唱和，或即其人。」《舊唐書·文宗紀》：「（開成四年正月）丙午，以大理卿盧貞爲福建觀察使。」朱《箋》：「盧貞任大理卿前之官職，史無明文，或即大理少卿之類。白氏此詩作於大和末，與盧貞『少卿』身份正合。貞會昌初爲河南尹，即白詩中之『盧尹中丞』是也。」

〔老誨心不亂，莊誡形太勞〕《老子》三章：「不見可欲，使心不亂。」《莊子·在宥》：「心靜必清，无勞女形，无搖女精，乃可以長生。」

〔嘉肴與旨酒，信是腐腸膏〕枚乘《七發》：「皓齒娥眉，命曰伐性之斧；甘脆肥膿，命曰腐腸之藥。」

〔補養在積功，如裘集衆毛〕《雲笈七籤》卷六四《王屋真人口授陰丹秘訣靈篇》：「玄牝之門通且和，此補之道也。所謂陰陽相合，更相補養。」《史記·劉敬叔孫通列傳》：「語曰：千金之裘，非一狐之腋也。」

〔將欲致千里，可得差一毫〕《太平經》卷四二：「天道失之若毫釐，其失千里。」

〔顔回何爲者，簞瓢纔自給〕顔回，見卷五《效陶潛體詩十六首》之十六（0225）注。

〔張蒼何爲者，染愛浩無際〕《史記·張丞相列傳》：「張丞相蒼者，陽武人也。……身長大，肥白如瓠。……蒼之免相後，老，口中無齒，食乳，女子爲乳母。妻妾以百數，嘗孕者不復幸。蒼年百有餘歲而卒。」

〔誰謂具聖體，不如肥瓠軀〕《孟子·公孫丑上》：「子夏、子游、子張皆有聖人之一體，冉牛、閔子、顔淵則具體而微。」

池上清晨候皇甫郎中

曉景麗未熱，晨飆鮮且凉。池幽緑蘋合，霜潔白蓮香①。深掃竹間逕，静拂松下牀。玉柄鶴翎扇，銀罌雲母漿。屏除無俗物，瞻望唯清光。何人擬相訪，嬴女從蕭郎。（2132）

【校】

①〔霜潔〕金澤本作「露潔」。

【注】

朱《箋》：作於大和八年（八三四），洛陽。

〔皇甫郎中〕朱《箋》：「皇甫曙。字朗之，居易之親家翁。歷河南少尹、絳州刺史、澤州刺史等官。」參見卷三四

《閑吟贈皇甫郎中親家翁》（2483）等詩。

〔何人擬相訪，嬴女從蕭郎〕嬴女，弄玉。《列仙傳》卷上：「蕭史者，秦穆公時人也。善吹簫，能致孔雀白鶴於庭。穆公有女字弄玉，好之。公遂以女妻焉。日教弄玉作鳳鳴，居數年，吹似鳳聲，鳳凰來止其屋。公爲作鳳臺，夫婦止其上，不下數年，一旦皆偕隨鳳凰飛去。」

詠懷①

我知世如幻②，了無干世意。世知我無堪，亦無責我事。由茲兩相忘，因得長自遂。自遂意何如③，閑官在閑地。閑地唯東都，東都少名利。閑官是賓客，賓客無牽累。嵇康日日懶，畢卓時時醉。酒肆夜深歸，僧房日高睡。形安不勞苦，神泰無憂畏。從官三十年④，無如今氣味。鴻雖脱羅弋，鶴尚居祿位。唯此未忘懷，有時猶内愧。（2133）

【校】

①〔題〕汪本作「詠雪」。

②〔如幻〕紹興本等作「無幻」，據金澤本改。金澤本所校本作「無幻」。

③〔何如〕金澤本作「如何」，所校本乙倒。

④〔從官〕殘宋本、盧校作「從宦」。

【注】

朱《箋》：作於大和八年（八三四），洛陽。

〔嵇康日日懶，畢卓時時醉〕嵇康《與山巨源絶交書》：「簡與禮相悖，懶與慢相成。」畢卓，見卷二二《和新樓北園偶集從孫公度周巡官韓秀才盧秀才范處士小飲鄭侍御判官周劉二從事皆先歸》（1464）注。

北窗三友

今日北窗下，自問何所爲？欣然得三友，三友者爲誰？琴罷輒舉酒，酒罷輒吟詩。三友遞相引，循環無已時。一彈愜中心，一詠暢四支。猶恐中有間①，以醉彌縫之。豈獨吾拙好，古人多若斯。嗜詩有淵明②，嗜琴有啓期。嗜酒有伯倫，三人皆我師③。或乏儋石儲④，或穿帶索衣。絃歌復觴詠，樂道知所歸。三師去已遠，高風不可追。三友游甚熟，無日不相隨。左擲白玉卮，右拂黄金徽。興酣不疊紙，走筆操狂詞。誰能持此詞，爲我謝親知？縱未以爲是，豈以我爲非？（2134）

【校】

①〔有間〕金澤本所校本作「有隙」。

②〔淵明〕金澤本作「泉明」，校作「淵明」。

③〔我師〕馬本、《唐音統籤》、汪本作「吾師」。

④〔儋石〕那波本、金澤本所校本作「擔石」，字通。紹興本作「檐石」。據馬本、汪本改。

【注】

朱《箋》：作於大和八年（八三四），洛陽。

〔嗜詩有淵明，嗜琴有啓期〕榮啓期，見卷一《丘中有一士》之二（0054）注。

〔嗜酒有伯倫，三人皆我師〕伯倫，劉伶。見卷五《效陶潛體詩十六首》之十三（0222）注。

〔興酣不疊紙，走筆操狂詞〕疊紙爲界格，便於書寫。盧仝《寄崔柳州》：「使者立取書，疊紙生百憂。」李商隱《李賀小傳》：「長吉從婢取書，研墨疊紙足成之，投他囊中。」

吟四雖

雜言。

酒酣後，歌歇時，請君添一酌，聽我吟四雖。年雖老，猶少於韋長史。命雖薄，猶勝於鄭長水①。眼雖病，猶明於徐侍郎②。家雖貧，猶富於郭庶子。省躬審分何僥倖，值酒逢歌且歡喜。忘榮知足委天和，亦應得盡生生理。分司同官中，韋長史績③，年七十餘。郭庶子求，貧苦最甚。徐侍郎晦，因疾喪明④。予爲河南尹時，見同年鄭俞⑤，始受長水縣令⑥。因歎四子而成此篇也。（2135）

【校】

①〔勝於〕金澤本作「厚於」。

②〔徐侍郎〕紹興本等作「徐郎中」，注文同。據金澤本、《舊唐書》本傳改。

③〔（注）韋長史績〕金澤本作「韋長史填」。

④〔（注）因疾〕金澤本作「因病」。

⑤〔（注）見同年〕金澤本作「及第同年」。

⑥〔（注）始受〕金澤本、汪本作「始授」。

【注】

朱《箋》：作於大和八年（八三四），洛陽。

〔韋長史〕居易詩原注作「韋績」或「韋填」。疑爲韋績。《新唐書·宰相世系表四上》韋氏彭城公房友信子：「績，試金吾衛長史。」

〔鄭長水〕鄭俞。見卷二八《同王十七庶子李六員外鄭二侍御同年四人遊龍門有感而作》（2031）注。

〔徐侍郎〕朱《箋》：「徐晦。」《舊唐書·徐晦傳》：「大和四年，徵拜兵部侍郎。五年，爲太子賓客，分司東都。晦性强直，不隨世態，當官守正，唯嗜酒太過，晚年喪明，乃至沉廢。以禮部尚書致仕。開成三年三月卒，贈兵部尚書。」

〔郭庶子〕《元和姓纂》：「司農郎中懷州刺史郭齊宗曾孫求，校書郎，京兆人。」《唐摭言》卷二府元落：「郭求（元和元年）。」《重修承旨學士壁記》：「郭求，元和十一年十一月六日，自藍田尉、史部修撰充。八月，遷左拾遺。十一月八日，出守本官。」岑仲勉《翰林學士壁記注補》：「蓋《壁記》係依入院先後爲序列，今下文張仲素、段文昌二人均於十一年八月十五日入院，使求是同年十一月入，何爲居張、段之前？……下文之『八月遷左拾遺』，當不是同年事，再下之『十一月八日出守本官』，更不應是同年事，否則求入院祇一日耳。……此處之『十一年』，殆『九年』之誤，而下文『八月』之上，殆奪『十年』二字。」《新唐書·韋貫之傳》：「故罷爲吏部侍郎，於是翰林學士、左拾遺郭求上疏申理，詔免求學士，出貫之爲湖南觀察使。」朱《箋》：「據《舊唐書·憲宗紀》，貫之元和十一年八月壬寅罷爲吏部侍郎，九月丙子，再貶湖南，則郭求罷學士必在是年八九月間。」又《舊唐書·文宗紀》：「（大和五年）九月丙申朔，甲辰，貶太子左庶子郭求爲婺王府司馬，以其心疾與同寮仇競也。」

〔忘榮知足委天和，亦應得盡生生理〕本書卷一《杏園中棗樹》(0056)：「眼看欲合抱，得盡生生理。」參見該詩注。

裴侍中晉公以集賢林亭即事詩二十六韻見贈猥蒙徵和才拙詞繁輒廣爲五百言以伸酬獻①

三江路萬里②，五湖天一涯。何如集賢第③，中有平津池。池勝主先覺④，景新人未知⑤。竹森翠琅玕，水深洞琉璃⑥。水竹以爲質，質立而文隨。文之者何人，公來親指麾。疏鑿出人意，結構得地宜。靈襟一搜索⑦，勝概無遁遺。因下張沼沚⑧，依高築階基。嵩峰見數片，伊水分一枝⑨。南溪修且直，長波碧逶迤。北館壯復麗，倒影紅參差。東島號晨光，杲曜迎朝曦⑩。西嶺名夕陽，杳曖留落暉。前有水心亭，動蕩架漣漪。後有開闔堂，寒温變天時⑪。幽泉鏡泓澄，怪石山敧危。已上八所，各具本名。春葩雪漠漠，謂杏花島。夏果珠離離。謂櫻桃島。主人命方舟，宛在水中坻。親賓次第至，酒樂前後施。解纜始登汎，山遊仍水嬉。沿洄無滯礙，向背窮幽奇。瞥過遠橋下，飄旋深澗陲。管絃去縹緲，羅綺來霏微。棹風逐舞迴，梁塵隨歌飛。宴餘日云暮，醉客未放歸。高聲索彩牋，大笑催金卮。唱和筆走疾，問答杯行遲。一詠清兩耳，一酣暢四支。主客忘貴賤，不知俱是誰。客有詩魔者，吟哦不知疲⑫。乞公殘紙墨，一掃狂歌詞⑬。維公社稷臣⑭，赫赫文武姿。十授丞相印，五建大將旗。四朝致勛華，一身冠皐夔。去年才七十，决赴懸車期。公志不可奪⑮，君恩亦難違⑯。從容就中道，俛僶來保釐⑰。貂蟬雖未脱，鸞凰已不羈。歷徵今與古，獨步無等夷。陸賈功業少，二疏官秩卑。乘舟范蠡懼，辟穀留侯飢。豈若公今日⑱，身安家國肥。羊祜在漢南，空留峴首碑。柳惲在江南，祇賦汀洲詩。謝安入東山，但説攜蛾眉。山簡醉高陽，唯聞倒接羅。豈如公今日，餘力兼有之。願公壽如山，安樂長在兹。願我比蒲稗，永得相因依。謝靈運詩云：「蒲稗相因依。」（2136）

【校】

①〔題〕「五百言」金澤本作「五百字」，校改爲「五百言」。

②〔萬里〕馬本、《唐音統籤》、汪本作「千里」。

③〔集賢第〕馬本、《唐音統籤》作「集賢地」。

④〔先覺〕紹興本、馬本、《唐音統籤》、汪本作「見覺」，據那波本、殘宋本、金澤本改。

⑤〔景新〕金澤本作「境新」。

⑥〔水深洞〕金澤本作「水洞青」。

⑦〔搜索〕金澤本作「搜覽」，所校本作「搜索」。

⑧〔張沼沚〕金澤本、《唐音統籤》作「漲沼沚」。

⑨〔一枝〕馬本、《唐音統籤》、汪本作「一支」。

⑩〔杲曜〕紹興本、馬本、《唐音統籤》作「泉曜」；金澤本作「果曜」，校作「景曜」。據那波本、殘宋本、汪本改。

⑪〔寒温〕金澤本所校本作「寒過」。

⑫〔吟哦〕金澤本作「吟詠」，所校本作「吟哦」。

⑬〔歌詞〕金澤本校作「歌詩」。

⑭〔維公〕紹興本等作「維云」，據金澤本改。

⑮〔不可奪〕金澤本作「不易奪」，所校本作「不可奪」。

⑯〔難違〕馬本、《唐音統籤》作「難希」。

⑰〔俛僶〕金澤本作「僶俛」。

⑱〔豈若〕馬本、《唐音統籤》、汪本作「豈如」。

【注】

朱《箋》：作於大和九年（八三五），洛陽。

〔裴侍中晉公〕朱《箋》：「裴度。」見卷十九《和張十八秘書謝裴相公寄馬》（1203）注。《舊唐書・裴度傳》：「（大和四年）九月，加守司徒、兼侍中、襄州刺史，充山南東道節度觀察、臨漢監牧等使。……八年三月，以本官判東都尚書省事，充東都留守。九年十月，進位中書令。」

〔集賢林亭〕裴度東都集賢坊宅第。《舊唐書・裴度傳》：「東都立第於集賢里，築山穿池，竹木叢萃，有風亭水榭，梯橋架閣，島嶼迴環，極都城之勝概。」

〔三江路萬里，五湖天一涯〕《史記・河渠書》：「於吳，則通渠三江、五湖。」

〔何如集賢第，中有平津池〕平津池，蓋水通平津。平津，富平津。《太平寰宇記》卷五河南道偃師縣：「盟津，在縣西北三十一里。河東經小平縣，俗謂之小平津。河南岸有鉤陳壘，河於斯有盟津之目。昔武王伐紂，諸侯不期而會者八百，故曰盟津。亦曰富平津。」

〔主人命方舟，宛在水中坻〕《詩・大雅・大明》：「造舟爲梁，不顯其光。」毛傳：「天子造舟，諸侯維舟，大夫方舟，士特舟。」《詩・秦風・蒹葭》：「溯洄從之，道阻且躋。溯游從之，宛在水中坻。」

〔棹風逐舞迴，梁塵隨歌飛〕陸機《擬東城一何高》：「一唱萬夫歎，再唱梁塵飛。」《文選》李善注：「《七略》曰：漢興，魯人虞公善雅歌，發聲盡動梁上塵。」

〔四朝致勛華，一身冠皐夔〕勛華，堯名放勛，舜名重華。劉峻《辨命論》：「于叟種德，不逮勛華之高。」《文選》李周翰注：「勛，堯也。華，舜也。」皐夔，皐陶、夔，舜臣。

〔去年才七十，決赴懸車期〕見卷一《高僕射》(0030)注。

〔從容就中道，俛僶來保釐〕《書·畢命》：「以成周之衆，命畢公保釐東郊。」傳：「用成周之衆，命畢公使安理治正。」

〔貂蟬雖未脱，鸞凰已不羈〕貂蟬，見卷二《寓意詩五首》之二(0091)注。

〔陸賈功業少，二疏官秩卑〕《史記·酈生陸賈列傳》：「尉他平南越，因王之。高祖使陸賈賜尉他印爲南越王。陸生至，尉他魋結箕倨見陸生。陸生因進説他曰……乃大悦陸生，留與飲數月，曰：『越中無足與語，至生來，令我日聞所不聞。』賜陸生橐中裝直千金。」二疏，見卷一《高僕射》(0030)注。

〔乘舟范蠡懼，辟穀留侯飢〕《史記·貨殖列傳》：「(范蠡)乃乘扁舟，浮於江湖。」《史記·留侯世家》：「留侯性多病，即道引不食穀。」

〔羊祜在漢南，空留峴首碑〕《晉書·羊祜傳》：「祜樂山水，每風景，必造峴山，置酒言詠，終日不倦。嘗慨然歎息，顧謂從事中郎鄒湛等曰：『自有宇宙，便有此山，由來賢達勝士登此遠望，如我與卿者多矣。皆湮滅無聞，使人悲傷。如百歲後有知，魂魄猶應登此也。』……襄陽百姓於峴山祜平生游憩之所建碑立廟，歲時饗祭焉。望其碑者莫不流涕，杜預因名爲墮淚碑。」

〔柳惲在江南，祇賦汀洲詩〕見卷十三《叙德書情四十韻上宣歙崔中丞》(0608)注。

〔謝安入東山，但説攜蛾眉〕見卷八《馬上作》(0344)、卷二十《候仙亭同諸客醉坐》(1345)注。

〔山簡醉高陽，唯聞倒接羅〕《世説新語·任誕》：「山季倫爲荊州，時出酣暢，人爲之歌曰：『山公時一醉，徑造高陽池。日莫倒載歸，茗艼無所知。復能乘駿馬，倒著白接羅。舉手問葛彊，何如并州兒。』高陽池在襄陽。彊是其愛將，并州人也。」

〔願我比蒲稗，永得相因依〕謝靈運《石壁精舍還湖中作》：「芰荷疊映蔚，蒲稗相因依。」

晚歸香山寺因詠所懷

我年日已老，我身日已閑。閑出都門望①，但見水與山。闕塞碧巖巖②，伊流清潺潺。中有古精舍，軒户無扃關。岸草歇可籍，逕蘿行可攀。朝隨浮雲出，夕與飛鳥還。吾道本迂拙，世途多險艱。嘗聞嵇呂輩，尤悔生疏頑。巢悟入箕潁，皓知返商顔③。豈唯樂肥遁，聊復袪憂患。吾亦從此去，終老伊嵩間。（2137）

【校】

①〔閑出都門望〕金澤本作「出都門南望」。

②〔闕塞〕紹興本等作「關塞」，朱《箋》據何校改。今從金澤本、《唐音統籤》改。

③〔商顔〕馬本作「商顛」，《唐音統籤》作「商巔」。

【注】

朱《箋》：作於大和九年（八三一），洛陽。

〔香山寺〕見卷二二《香山寺石樓潭夜浴》(1499)注。

〔闕塞碧巖巖，伊流清潺潺〕闕塞，即伊闕山。《史記·秦本紀》：「左更白起攻韓、魏於伊闕。」正義：「《括地志》

云：伊闕在洛州南十九里。《注水經》云：昔大禹鑿龍門以通水，兩山相對，望之若闕，伊水歷其間，故謂之伊闕。」

〔嘗聞嵇吕輩，尤悔生疏頑〕見卷二《讀史五首》之二（0096）注。

〔巢悟入箕潁，皓知返商顔〕巢父，見卷二《讀史五首》之二（0096）注。四皓，見卷二《答四皓廟》（0104）注。《漢書·溝洫志》：「穿渠自徵引洛水至商顔下。」顔師古注：「商顔，商山之顔也。謂之顔者，譬人之顔額也，亦猶山嶺象人之頸領。」

〔豈唯樂肥遁，聊復袪憂患〕《易·遯》：「上九，肥遯，無不利。」《象》：「肥遯無不利，無所疑也。」

張常侍池凉夜閑讌贈諸公

竹橋新月上，水岸凉風至。對月五六人①，管絃三兩事。留連池上酌，欵曲城外意。或嘯或謳吟，誰知此閑味？迴看市朝客，矻矻趨名利。朝忙少遊宴，夕困多眠睡②。清凉屬吾徒③，相逢勿辭醉。（2138）

【校】

①〔對月〕金澤本作「風月」，所校本作「對月」。

②〔眠睡〕金澤本作「昏睡」，所校本作「眠睡」。

③〔清涼〕金澤本作「清夜」，所校本作「清涼」。

【注】

朱《箋》：作於大和九年（八三五），洛陽。

〔張常侍〕見本卷《張常侍相訪》（2126）注。

和皇甫郎中秋曉同登天宮閣言懷六韻

碧天忽已高，白日猶未短。玲瓏曉樓閣，清脆秋絲管。張翰一杯酣，嵇康終日懶①。塵中足憂累，雲外多疏散。病木斧斤遺，冥鴻羈緤斷②。逍遥二三子③，永願爲閑伴。

（2139）

【校】

①〔終日〕金澤本作「百事」，所校本作「終日」。

②〔羈緤〕那波本、殘宋本作「羈絆」。

③〔逍遥〕金澤本作「超遥」，所校本作「逍遥」。

【注】

朱《箋》：作於大和九年（八三五），洛陽。

〔皇甫郎中〕朱《箋》：「皇甫曙。」見本卷《池上清晨候皇甫郎中》(2132)注。

〔天宮閣〕見卷二八《登天宮閣》(2044)注。

〔張翰一杯酣，嵇康終日懶〕張翰，見卷二七《偶作》(1944)注。嵇康，見本卷《詠懷》(2133)注。

〔病木斧斤遺，冥鴻羈緤斷〕《莊子・人間世》：「匠石之齊，至於曲轅，見櫟社樹。其大蔽數千牛，絜之百圍，其高臨山，十仞而後有枝，其可以爲舟者旁十數。觀者如市，匠伯不顧，遂行不輟。弟子厭觀之，走及匠石，曰：『自吾執斧斤以隨夫子，未嘗見材如此其美也。先生不肯視，行不輟，何邪？』曰：『已矣，勿言之矣。散木也。以爲舟則沈，以爲棺槨則速腐，以爲器則速毁，以爲門户則液樠，以爲柱則蠹。是不材之木也，無所可用，故能若是之壽。』」本書卷五《見蕭侍御憶舊山草堂詩因以繼和》(0181)：「玉架絆野鶴，珠籠鎖冥鴻。」參見該詩注。

送呂漳州

今朝一壺酒，言送漳州牧。半自要閑遊，愛花憐草緑。花前下鞍馬，草上攜絲竹。行客飲數杯，主人歌一曲。端居惜風景，屢出勞僮僕。獨醉似無名，借君作題目。(2140)

【注】

朱《箋》：作於大和九年(八三五)，洛陽。

〔呂漳州〕名不詳。朱《箋》：「此呂漳州絶非呂炅或呂潁，蓋二人大和三年前已逝。」《舊唐書・地理志三》江南東道：「漳州，垂拱二年十二月九日置。天寶元年，改爲漳浦郡。舊屬嶺南道，天寶割屬江南東道。乾元元年，復爲漳州。」

短歌行①

世人求富貴，多爲身嗜欲②。盛衰不自由，得失常相逐。聞君少年日③，苦學將干禄。負笈塵中遊，抱書雪前宿④。布衾不周體，藜茹纔充腹。三十登宦途⑤，五十被朝服。奴温已挾纊⑥，馬肥初食粟。未敢議歡遊，尚爲名撿束。耳目聾暗後，堂上調絲竹。牙齒缺落時，盤中堆酒肉。彼來此已去，外餘中不足。少壯與榮華，相避如寒燠。青雲去地遠，白日終天速⑦。從古無奈何，短歌聽一曲⑧。（2141）

【校】

①〔題〕《文苑英華》作「短歌二首」，另一首爲「曈曈太陽如火色」，即本書卷十二《短歌行》（0575）。

②〔身嗜欲〕金澤本、《文苑英華》、汪本作「奉嗜欲」。

③〔聞君〕紹興本等作「問君」，據金澤本、《文苑英華》改。

④〔雪前宿〕《文苑英華》、汪本作「雪前讀」。

⑤〔三十〕金澤本、《文苑英華》作「四十」。

⑥〔已挾〕金澤本作「新挾」，所校本作「已挾」。

⑦〔終天〕金澤本作「經天」，所校本作「終天」。

⑧〔聽一曲〕金澤本、《文苑英華》作「空一曲」。

【注】

朱《箋》：作於大和九年（八三五），洛陽。

〔負笈塵中遊，抱書雪前宿〕任昉《爲蕭揚州薦士表》：「至乃集螢映雪，編蒲緝柳。」《文選》李善注：「孫康家貧，常映雪讀書。」

〔奴温已挾纊，馬肥初食粟〕《左傳》宣公十二年：「三軍之士，皆如挾纊。」杜預注：「纊，綿也。言説以忘寒。」

詠懷

高人樂丘園，中人慕官職。一事尚難成，兩途安可得？遑遑干世者，多苦時命塞。亦有愛閑人，又爲窮餓逼。我今幸雙遂，禄仕兼游息。未嘗羨榮華，不省勞心力。妻孥與婢僕，亦免愁衣食。所以吾一家，面無憂喜色。（2142）

【注】

朱《箋》：作於大和九年（八三五），洛陽。

府西亭納凉歸

避暑府西亭，晚歸有閑思。夏淺蟬未多，緑槐陰滿地。帶寬衫解領，馬穩人攏轡。面上有凉風，眼前無俗事。路經府門過，落日照官次。牽聯縲絏囚，奔走塵埃吏。低眉悄不語，誰復知兹意。憶得五年前，晚衙時氣味。（2143）

【注】

朱《箋》：作於開成元年（八三六），洛陽。

老熱

一飽百情足，一酣萬事休。何人不衰老，我老心無憂。仕者拘職役，農者勞田疇。何人不苦熱，我熱身自由。卧風北窗下，坐月南池頭。腦凉脱烏帽，足熱濯清流①。慵發晝高枕，興來夜汎舟。何乃有餘適，秖緣無過求。或問諸親友，樂天是與不。亦無別言語，多道大悠悠②。悠悠君不知，此味深且幽。但恐君知後，亦來從我遊。（2144）

【校】

①〔足熱〕金澤本作「足醒」。

②〔大悠悠〕馬本、《唐音統籤》、汪本作「天悠悠」。「大」金澤本注：「音拖。」

【注】

朱《箋》：作於開成元年（八三六），洛陽。

〔亦無別言語，多道大悠悠〕大，金澤本注：「音拖。」《禮記·曲禮上》：「童子不衣裘裳。」鄭玄注：「裘大温。」《釋文》：「大音泰。徐他佐反。」《集韻》去聲三十九過他佐切：「大，太也。何休曰：約誓大甚。」敦煌文書P.3125闕題詩（《敦煌掇瑣》、《敦煌詩集殘卷輯考》收録）：「春來分付與日頭，冬天没衣總獨卧。連竹色淒三個婦，數内最他阿林大。」大亦讀去聲過韻。按，此字後亦寫作忒、特。《西廂記》第三本第一折：「忒聰明，忒敬思，忒風流，忒浪子。」《西遊記》第三回：「忒粗忒長些，再短些細些方可用。」

新秋喜涼因寄兵部楊侍郎①

外强火未退，中鋭金方戰。一夕風雨來，炎涼隨數變。徐徐炎景度，稍稍涼飈扇②。枕簟忽淒清，巾裳亦輕健。老夫納秋候，心體殊安便。睡足一屈伸③，搔首摩挲面。褰簾對池竹，幽寂如僧院。俯觀游魚羣，仰數浮雲片。閑忙各有趣，彼此寧相見。昨日聞慕巢，召對延英殿。（2145）

【校】

①〔題〕金澤本後有「慕巢」二字。

②〔涼飆〕金澤本作「風飆」。

③〔屈伸〕金澤本作「頻伸」，所校本作「屈伸」。

【注】

朱《箋》：作於開成元年（八三六），洛陽。

〔兵部楊侍郎〕朱《箋》：「楊汝士。」見卷二五《新昌閑居招楊郎中兄弟》（1730）注。《舊唐書・楊汝士傳》：「（大和）九年九月，入爲户部侍郎。開成元年七月，轉兵部侍郎。其年十二月，檢校禮部尚書、梓州刺史、劍南東川節度使。」《舊唐書・文宗紀》：「（開成元年十二月）癸丑，以兵部侍郎楊汝士檢校禮部尚書，充劍南東川節度使。」

〔外强火未退，中鋭金方戰〕見卷十《秋霽》（0449）注。

〔昨日聞慕巢，召對延英殿〕慕巢，楊汝士字。延英殿，見卷一《寄隱者》（0058）注。

懶放二首呈劉夢得吴方之

青衣報平旦，呼我起盥櫛。今早天氣寒①，郎君應不出。又無賓客至，何以銷閑日？已向微陽前②，暖酒開詩袟③。（2146）

【校】

①〔今早〕金澤本作「今旦」。

②〔微陽〕金澤本作「日陽」，所校本作「微陽」。

③〔詩袟〕金澤本、馬本、《唐音統籤》、汪本作「詩帙」，字通。

【注】

朱《箋》：作於開成元年（八三六），洛陽。

〔吴方之〕朱《箋》：「開成元年爲秘書監。白氏《吴秘監每有美酒獨酌獨醉但蒙詩報不以飲招輒此戲酬兼呈夢得》（本書卷三三2436）、《雪中酒熟欲攜訪吴監先寄此詩》（本書卷三三2439）兩詩中之吴秘監、吴監均指方之。方之即吴士矩。」劉禹錫有《吴方之見示獨酌小醉首篇樂天續有酬答皆含戲謔極至風流兩篇之中並蒙見屬輒呈濫吹益美來章》及《秋齋獨坐寄樂天兼呈吴方之大夫》。《舊唐書・文宗紀》：「（大和七年四月）癸酉，以同州刺史吴士矩爲江西觀察使。」《册府元龜》卷五二〇下：「開成二年，貶前秘書監吴士矩爲蔡州别駕。士矩前爲江西觀察使，在任日應軍中諸色加給創給錢八萬八千貫文、米一萬六千三百石，故貶之。」《新唐書・吴士矩傳》：「開成初，爲江西觀察使，饗宴侈縱，一日費凡十數萬。初至，庫錢二十七萬緡，晚年纔九萬，軍用單匱，無所仰。事聞，中外共申解，得以親講，文宗弗窮治也。貶蔡州别駕。」朱《箋》：「故知士矩自江西觀察使還秘書監在開成元年，居東都爲時甚暫，二年，即貶官。」参見卷十八《京使迴累得南省諸公書因以長句詩寄謝蕭五劉二元八吴十一韋大陸郎中崔二十二牛二李七庾三十三李六李十楊三樊大楊十二員外》（1107）注。

朝憐一牀日，暮愛一爐火。牀暖日高眠，爐温夜深坐。雀羅門懶出，鶴髪頭慵裹。除却

劉與吴，何人來問我？（2147）

六十六

病知心力減，老覺光陰速。五十八歸來，今年六十六。鬢絲千萬白，池草八九緑。童稚盡成人，園林半喬木。看山倚高石，引水穿深竹。唯有潺湲聲①，至今聽未足。（2148）

【校】

①〔唯有〕紹興本等作「雖有」，金澤本作「唯有」，《唐音統籤》作「惟有」，據改。

【注】

陳《譜》、朱《箋》：作於開成二年（八三七），洛陽。

三適贈道友

褐綾袍厚暖，卧蓋行坐披。紫氊履寬穩，蹇步頗相宜。足適已忘屨①，身適已忘衣②。況我心又適，兼忘是與非。三適合爲一③，怡怡復熙熙④。禪那不動處，混沌未鑿時。此固不可説，爲君强言之。（2149）

【校】

①〔忘屨〕金澤本、馬本、《唐音統籤》、汪本作「忘履」。

②〔已忘衣〕金澤本作「亦忘衣」，所校本作「已忘衣」。

③〔合爲〕馬本、《唐音統籤》作「今爲」。

④〔怡怡〕金澤本作「如如」。

【注】

朱《箋》：作於開成二年（八三七），洛陽。

〔禪那不動處，混沌未鑿時〕禪那，即禪、禪定。《圓覺經》：「若諸菩薩唯滅諸幻，不取作用，獨斷煩惱，煩惱斷盡，便證實相。此菩薩者，名單修禪那。」《莊子·應帝王》：「南海之帝爲儵，北海之帝爲忽，中央之帝爲渾沌。儵與忽時相與遇於渾沌之地，渾沌待之甚善。儵與忽謀報渾沌之德，曰：『人皆有七竅，以視聽食息，此獨无有，嘗試鑿之。』日鑿一竅，七日而渾沌死。」

洛陽春贈劉李二賓客

齊梁格①。

水南冠蓋地，城東桃李園。雪銷洛陽堰，春入永通門。淑景方靄靄，遊人稍喧喧。年豐酒漿賤，日晏歌吹繁。中有老朝客②，華髮映朱軒。從容三兩人，籍草開一樽。樽前春可惜，身外事勿論。明日期何處，杏花遊趙村。洛陽城東有趙村，杏花千餘樹③。（2150）

【校】

①〔題〕「洛陽」金澤本作「洛城」，所校本作「洛陽」。題注「齊梁格」作「齊梁體」。

②〔中有〕金澤本作「別有」，所校本作「中有」。

③〔（注）〕金澤本作「洛城東遊趙村，有杏花千餘株」。

【注】

朱《箋》：作於開成二年（八三七），洛陽。

〔劉賓客〕朱《箋》：「劉禹錫。」《舊唐書・劉禹錫傳》：「開成初，復爲太子賓客分司。俄授同州刺史。秩滿，檢校禮部尚書、太子賓客分司。」劉禹錫《彭陽唱和集後引》：「開成元年，公鎮南梁，予以太子賓客分司東都。」又《汝洛集引》：「大和八年，予自姑蘇轉臨汝，樂天罷三川守，復以賓客分司東都。未幾有詔領馮翊，辭不拜職，授太子少傅分務，以遂其高，時予代居左馮。明年，予罷郡，以賓客入洛。」《舊唐書・文宗紀》：「（大和九年十月）乙未，以新授同州刺史白居易爲太子少傅分司，以汝州刺史劉禹錫爲同州刺史。」朱《箋》：「則知禹錫爲太子賓客分司在開成元年。《舊傳》謂授同州刺史在開成時，蓋誤。」

〔李賓客〕朱《箋》：「李仍叔。」白居易《開成二年三月三日河南尹李待價以人和歲稔將禊於洛濱》（本書卷三三2458）詩題中有「太子賓客蕭籍、李仍叔」。《舊唐書・文宗紀》：「（大和八年十二月己亥），以宗正卿李仍叔爲湖南觀察使代李翺。」又：「（大和九年八月壬寅），以蘇州刺史盧周仁爲湖南（朱《箋》：原誤作河南，據《舊紀》開成元年閏五月改正）觀察使。」朱《箋》：「則仍叔罷湖南觀察使爲太子賓客在大和末。」參見本卷《履信池櫻桃島上醉後走筆送別舒員外兼寄宗正李卿考功崔郎中》（2118）注。

〔齊梁格〕見卷二一《九日代羅樊二妓招舒著作》（1449）注。

〔雪銷洛陽堰，春入永通門〕《隋書·地理志中》：「河南郡，舊置洛州。大業元年移都，改曰豫州。東面三門，北曰上春，中曰建陽，南曰永通。」《唐兩京城坊考》卷五：「東面三門，北曰上東門，中曰建春門，南曰永通門。」

寒食

人老何所樂，樂在歸鄉國。我歸故園來，九度逢寒食。故園在何處，池館東城側。四鄰梨花時，二月伊水色。豈獨好風土①，仍多舊親戚②。出去恣歡遊，歸來聊燕息。有官供祿俸，無事勞心力。但恐優穩多，微躬銷不得。（2151）

【校】

①〔風土〕馬本、《唐音統籤》作「風生」。

②〔親戚〕金澤本作「親識」，所校本作「親戚」。

【注】

朱《箋》：作於開成二年（八三七），洛陽。

和裴令公一日日一年年雜言見贈

一日日作老翁，一年年過春風。公心不以貴隔我，我散唯將閑伴公①。我無才能忝高秩②，合是人間閑散物。公有功德在生民，何因得作自由身？前日魏王潭上宴連夜，今日午橋池頭遊拂晨。山客硯前吟待月，野人樽前醉送春。不敢與公閑中爭第一，亦應占得第二第三人。（2152）

【校】

①〔我散唯將〕金澤本作「我願長將」，所校本作「我散唯將」。

②〔高秩〕紹興本、那波本作「高袟」，金澤本作「高帙」，字混。

【注】

朱《箋》：作於開成二年（八三七），洛陽。

〔裴令公〕朱《箋》：「裴度。」見本卷《裴侍中晉公以集賢林亭即事詩二十六韻見贈猥蒙徵和才拙詞繁輒廣爲五百言以伸酬獻》（2136）注。《舊唐書·裴度傳》：「（大和）九年十月，進位中書令。……開成二年五月，復以本官兼太原尹、北都留守、河東節度使。」朱《箋》：「則是年春度仍在東都。」

〔前日魏王潭上宴連夜，今日午橋池頭遊拂晨〕魏王潭，即魏王池。見卷二五《魏堤有懷》（1809）注。《舊唐書·裴度傳》：「又於午橋創別墅，花木萬株，中起凉臺暑館，名曰緑野堂。」《清一統志》卷一六三河南府：「午橋莊，在洛陽縣南十里，即唐裴度所居緑野堂也。築山濬池，有風亭水榭、燰閣凉臺之勝。」

白居易詩集校注卷第三十①

格詩　凡四十七首②

裴侍中晉公出討淮西時過女几山下刻石題詩末句云待平賊壘報天子莫指仙山示武夫果如所言剋期平賊由是淮蔡迄今底寧殆二十年人安生業夫嗟歎不足則詠歌之故居易作詩二百言繼題公之篇末欲使採詩者修史者後之往來觀者知公之功德本末前後也③

何處畫功業，何處題詩篇？　麒麟高閣上，女几小山前。　爾後多少時④，四朝二十年。　賊骨化爲土，賊壘犁爲田。　一從賊壘平，陳蔡民晏然。　騾軍成牛户⑤，蔡寇驍鋭者號騾子軍，陳蔡間農人畜牛者呼爲牛户⑥。　鬼火變人煙。　生子已嫁娶，種桑亦絲緜。　皆云公之德，欲報無由緣。公今在何處，守都鎮三川。舊宅留永樂，新居開集賢。公今作何官⑦，被衮珥貂蟬。戰袍破猶在，髀肉生欲圓。襟懷轉蕭灑，氣力彌精堅。登山不拄杖，上馬能掉鞭。利澤浸入地，福禄降自天⑧。昔號天下將，今稱地上仙。勿追赤松遊，勿拍洪崖肩。商山有遺老，可以奉周旋。（2153）

【校】

①〔卷第三十〕那波本、金澤本爲卷六十三。

②〔凡四十七首〕紹興本等本卷實爲四十五首，當從那波本、金澤本移入《秋凉閑卧》（2108）、《酬思黯相公見過弊居戲贈》（2109）二首。金澤本卷題與次行間補署「太子賓客晉陽縣開國男贈紫金魚袋白居易」。

③〔題〕馬本、《唐音統籤》、汪本作「題裴晉公女几山刻石詩後」，以紹興本題爲序。「示」金澤本作「似」，所校摺本作「示」。「修史者」三字金澤本無，校補。

④〔爾後〕金澤本作「爾來」，所校摺本作「爾後」。

⑤〔成牛户〕金澤本作「作牛户」，所校摺本作「成牛户」。

⑥〔（注）〕紹興本等作「蔡寇號騾子軍陳蔡間農驍鋭者人畜牛者呼爲牛户」，據金澤本改。

⑦〔作何官〕馬本、《唐音統籤》、汪本作「在何官」。

⑧〔福禄降自天〕紹興本等作「福降自昇天」，據金澤本改。

【注】

朱《箋》：作於大和九年（八三五），洛陽。

〔裴侍中晉公〕朱《箋》：「裴度。」見卷二九《裴侍中晉公以集賢林亭即事詩二十六韻見贈猥蒙徵和才拙詞繁輒廣爲五百言以伸酬獻》（2136）注。

〔女几山〕《元和郡縣志》卷六河南府福昌縣：「女几山，在縣西南三十四里。」《太平寰宇記》卷六河南道陝州陝縣：「女几山，《九州要記》云：富祿縣有女几，年八十，居陳留沽酒，得道飛升於此山，因名之。」《明一統志》卷二九河南府：「女几山，在宜陽縣西九十里，唐《李賀集》：白蘭香神女上升，遺几在焉。故名。」

〔騾軍成牛户，鬼火變人煙〕《舊唐書·吴元濟傳》：「（中蔡）地既少馬，而廣畜騾，乘之教戰，謂之騾子軍，尤稱勇悍。」《劉沔傳》：「蔡將有董重質者，守洄曲，其部下乘騾即戰，號騾子軍，最爲勁悍，官軍常警備之。」唐武宗《會昌二年四月二十三日上尊號赦文》：「其小鋪所由，主人、牙郎、火夫、牛户，父兄子弟並在任州縣依例使例，所冀勞逸稍均，疲人蘇息。」

〔舊宅留永樂，新居開集賢〕永樂，裴度長安永樂坊宅。《唐兩京城坊考》卷二朱雀門街東第二街永樂坊：「司徒中書令晉國公裴度宅。」引《唐實録》：「度自興元請朝覲，宰相李逢吉之徒百計隳沮。有張權輿者，既爲嗾犬，尤出死力。乃上疏云：度名應圖讖，宅據岡原，不召而來，其意可見。蓋嘗有人與度作讖詞云：非衣小兒坦其腹，天上有口被驅逐。言度曾征討淮西平吴元濟也。又帝城東西横亘六岡，符易象乾卦之數。度永樂里第，偶得第五岡，故權輿以爲詞。」集賢，裴度洛陽集賢坊宅。見卷二九《裴侍中晉公以集賢林亭即事詩二十六韻見贈猥蒙徵和才拙詞繁輒廣爲五百言以伸酬獻》（2136）注。

〔戰袍破猶在，髀肉生欲圓〕《三國志·蜀書·先主傳》裴注引《九州春秋》：「備住荆州數年，嘗於表坐起至廁，見髀裏肉生，慨然流涕還坐。表怪問備，備曰：『吾常身不離鞍，髀肉皆消，今不復騎，髀裏肉生。日月若馳，老將至矣。』」髀同髀。

〔勿追赤松遊，勿拍洪崖肩〕《列仙傳》卷上：「赤松子者，神農時雨師也。服水玉以教神農，能入火自燒。往往至崑崙山上，常止西王母石室中，隨風雨上下。炎帝少女追之，亦得仙俱去。」郭璞《遊仙詩》：「左挹浮丘袖，右拍洪崖肩。」《文選》李善注：「《神仙傳》曰：衛叔卿與數人博，其子度曰：『向與博者爲誰？』叔卿曰：『是洪崖先生。』」

〔商山有遺老，可以奉周旋〕商山遺老，自謂，用四皓典。

洛陽有愚叟

洛陽有愚叟，白黑無分別。浪跡雖似狂，謀身亦不拙。點撿盤中飯①，非精亦非糲。點撿身上衣，無餘亦無闕。天時方得所，不寒復不熱。體氣正調和，不飢仍不渴。閑將酒壺出，醉向人家歇。野食或烹鮮，寓眠多擁褐。抱琴榮啓樂②，荷鍤劉伶達③。放眼看青山，任頭生白髮。不知天地内，更得幾年活。從此到終身，盡爲閑日月。（2154）

【校】

①〔盤中〕金澤本作「口中」，所校摺本作「盤中」。

②〔榮啓樂〕殘宋本作「榮啓期」，金澤本所校摺本作「榮啓期」，《唐音統籤》作「榮期樂」。

③〔荷鍤〕金澤本所校摺本作「□（一字辨識不清）酒」。

【注】

朱《箋》： 作於大和八年（八三四），洛陽。

〔抱琴榮啓樂，荷鍤劉伶達〕榮啓期，見卷一《丘中有一士》之二（0054）注。劉伶，見卷五《效陶潛體詩十六首》之十三（0222）注。

飽食閑坐

紅粒陸渾稻，白鱗伊水魴。庖童呼我食，飯熱魚鮮香。筯筯適我口，匙匙充我腸。八珍與五鼎，無復心思量。捫腹起盥漱，下階振衣裳。遶庭行數匝①，却上簷下牀。箕踞擁裘坐，半身在日暘。可憐飽煖味，誰肯來同嘗？是歲大和八，兵銷時漸康。朝庭重經術，草澤搜賢良。堯舜求理切，夔龍啓沃忙。懷才抱智者，無不走遑遑。唯此不才叟，頑慵戀洛陽。飽食不出門，閑坐不下堂。子弟多寂寞，僮僕少精光。衣食雖充給，神意不揚揚。爲爾謀則短，爲吾謀甚長。（2155）

【校】

①〔遶庭〕馬本、《唐音統籤》作「遶亭」。

【注】

朱《箋》：作於大和八年（八三四），洛陽。

〔紅粒陸渾稻，白鱗伊水魴〕《元和郡縣志》卷六河南府：「陸渾縣，本陸渾戎所居。春秋時，秦晉遷陸渾之戎于伊川，至漢爲陸渾縣，屬弘農郡，後屬河南尹。後魏改爲伏流縣，隋大業元年省伏流縣，移陸渾縣於今理。」

〔八珍與五鼎，無復心思量〕八珍，見卷二《輕肥》（0081）注。五鼎，見卷二九《把酒》（2111）注。

〔堯舜求理切，夔龍啓沃忙〕夔龍，見卷五《題贈鄭秘書徵君石溝溪隱居》（0207）注。《書·説命上》：「啓乃心，沃朕心。」傳：「開汝心，以沃我心。」

閑居自題

門前有流水，牆上多高樹。竹逕遶荷池，縈迴百餘步。波閑戲魚鼈，風靜下鷗鷺。寂無城市喧，渺有江湖趣。吾廬在其上，偃卧朝復暮。洛下安一居①，山中亦慵去。時逢過客愛，問是誰家住。此是白家翁，閉門終老處。（2156）

【校】

①〔安一〕殘宋本、金澤本作「一安」，金澤本所校摺本乙倒。

【注】

朱《箋》：作於大和八年（八三四），洛陽。

覽鏡喜老

今朝覽明鏡，鬚鬢盡成絲①。行年六十四，安得不衰羸？親屬惜我老，相顧興歎咨。而我獨微笑，此意何人知？笑罷仍命酒，掩鏡捋白髭②。爾輩且安坐，從容聽我詞。生若不足戀，老亦何足悲。生若苟可戀，老即生多時。不老即須夭③，不夭即須衰。晚衰勝早夭，此理決不疑。古人亦有言，浮生七十稀。我今欠六歲，多幸或庶幾。儻得及此限，何羨榮啓期。當喜不當歎，更傾酒一卮。（2157）

【校】

①〔鬚鬢〕金澤本作「鬚髮」，所校摺本作「鬚鬢」。

②〔捋白髭〕金澤本作「持白髭」，所校摺本作「捋白髭」。

③〔須夭〕金澤本作「可夭」。

【注】

朱《箋》：作於大和九年（八三五），洛陽。

〔生若不足戀，老亦何足悲〕陸機《大暮賦》：「夫死生是失得之大者，故樂莫甚焉，哀莫甚焉。使死而有知乎，安知其不如生？如遂無知邪，又何生之足戀。」

〔古人亦有言，浮生七十稀〕見卷五《感時》(0175)注。

風雪中作

歲暮風動地，夜寒雪連天。老夫何處宿，暖帳温爐前。兩重褐綺衾，一領花茸氈①。粥熟呼不起，日高安穩眠。是時心與身，了無閑事牽②。以此度風雪，閑居來六年。忽思遠遊客，復想早朝士。踏凍侵夜行，凌寒未明起。心爲身君父，身爲心臣子。不得身自由，皆爲心所使。我心既知足，我身自安止。方寸語形骸，吾應不負爾③。(2158)

【校】

①〔花茸〕馬本、《唐音統籤》作「花叢」。

②〔閑事〕金澤本作「一事」，所校摺本作「閑事」。

③〔吾應〕馬本、《唐音統籤》、汪本作「我應」。

【注】

朱《箋》：作於大和八年（八三四），洛陽。

〔心爲身君父，身爲心臣子〕《莊子・齊物論》：「百骸九竅六藏，賅而存焉。吾誰與爲親？汝皆説之乎？其有私焉？如是皆爲臣妾乎？其臣妾不足以相治乎？其遞相爲君臣乎？其有真君存焉？」林希逸《口義》：「百骸九竅六藏之君臣既不可得而定名，則心者身之主也。其以心爲君乎？心又不能以自主，而主之者造物，則造物爲真君矣。故曰其有真君存焉。」

〔方寸語形骸，吾應不負爾〕方寸，指心。見卷一《贈元稹》(0015)注。

對琴酒

西窗明且暖，晚坐卷書帷①。琴匣拂開後，酒瓶添滿時。角樽白螺盞，玉軫黄金徽。未及彈與酌，相對已依依②。泠泠秋泉韻，貯在龍鳳池。油油春雲心，一杯可致之。自古有琴酒，得此味者稀。秪應康與籍，及我三心知。(2159)

【校】

①〔晚坐〕何校從蘭雪本作「曉坐」。

②〔已依依〕金澤本所校摺本作「亦依依」。

【注】

朱《箋》：作於大和九年(八三五)，洛陽。

〔油油春雲心，一杯可致之〕司馬相如《封禪文》：「自我天覆，雲之油油。」《文選》李善注：「《漢書音義》曰：油油，雲行貌。《孟子》曰：天油然作雲。」

〔秖應康與籍，及我三心知〕康与籍，嵇康、阮籍。

雪中晏起偶詠所懷兼呈張常侍韋庶子皇甫郎中雜言①

窮陰蒼蒼雪雰雰，雪深没脛泥埋輪。東家典錢歸礙夜，南家貰米出凌晨。我獨何者無此弊，複帳重衾暖若春。怕寒放懶不肯動，日高睡足方頻伸。瓶中有酒爐有炭，甕中有飯庖有薪。奴温婢飽身晏起，致兹快活良有因。上無皋陶伯益廊廟材，的不能匡君輔國活生民②。下無巢父許由箕潁操，又不能食薇飲水自苦辛。君不見南山悠悠多白雲，又不見西京浩浩唯紅塵③。紅塵鬧熱白雲冷，好於冷熱中間安置身。三年徼幸忝洛尹，兩任優穩爲商賓。非賢非愚非智慧，不貴不富不賤貧。冉冉老去過六十，騰騰閑來經七春。不知張韋與皇甫，私喚我作何如人。（2160）

【校】

①〔題〕「雜言」二字金澤本、汪本爲小字。

②〔的不能〕金澤本所校摺本無「的」字。

③〔西京〕殘宋本、何校引宋刻作「北闕」。

【注】

朱《箋》：作於大和八年（八三五），洛陽。

〔張常侍〕朱《箋》：「張仲方。」見卷二九《張常侍相訪》（2126）注。

〔韋庶子〕朱《箋》：「韋縝。本卷有《二月一日作贈韋七庶子》（2164），可知韋庶子即韋七。又有《韋七自太子賓客再除秘書監以長句賀而餞之》（卷三三2372），……《舊唐書·文宗紀》：『（大和九年八月）戊寅，以秘書監鄭覃爲刑部尚書。……（開成元年正月）丁未，以秘書監韋縝爲工部尚書。』參證白詩，則知韋庶子、韋七、韋賓客俱指韋縝，其爲秘書監蓋即鄭覃之後任。」

〔皇甫郎中〕朱《箋》：「皇甫曙。」見卷二九《池上清晨候皇甫郎中》（2132）注。

〔上無臯陶伯益廊廟材〕《書·舜典》：「帝曰：『臯陶，蠻夷猾夏，寇賊奸宄。汝作士，五刑有服，五服三就。』」又：「帝曰：『疇若予上下草木鳥獸？』僉曰：『益哉。』」傳：「言伯益能之。」《釋文》：「益，臯陶子也。」

〔下無巢父許由箕潁操〕見卷二《讀史五首》之二（0096）注。

〔三年徽幸忝洛尹，兩任優穩爲商賓〕商賓，指爲太子賓客分司。居易大和四年、大和七年兩任太子賓客分司。亦用商山四皓典。

和裴侍中南園靜興見示

池館清且幽，高懷亦如此。有時簾動風，盡日橋照水。靜將鶴爲伴，閑與雲相似。何必

學留侯，崎嶇覓松子。（2161）

【注】

朱《箋》：作於大和八年（八三四），洛陽。

〔裴侍中〕朱《箋》：「裴度。」見卷二九《裴侍中晉公以集賢林亭即事詩二十六韻見贈猥蒙徵和才拙詞繁輒廣爲五百言以伸酬獻》（2136）注。

〔南園〕在長安興化坊。《唐兩京城坊考》卷四朱雀門街西第一街興化坊：「晉國公裴度池亭。《白氏長慶集》有《宿裴相興化池亭兼借船舫遊泛》詩。按《獨異志》：裴晉公寢疾，暮春之月，忽欲遊南園，令家僮舁至藥欄。蓋即此池亭。自永樂里視之在南，故曰南園。」參見卷二六《宿裴相公興化池亭》（1823）。

〔何必學留侯，崎嶇覓松子〕《史記·留侯世家》：「今以三寸舌爲帝者師，封萬户，位列侯，此布衣之極，於良足矣。願棄人間事，欲從赤松子遊耳。」

春寒

今朝春氣寒，自問何所欲。蘇煖薤白酒①，乳和地黄粥。豈唯厭饞口，亦可調病腹。助酌有枯魚，佐餐兼旨蓄。省躬念前哲，醉飽多慚忸。君不聞靖節先生樽長空，廣文先生飯不足。（2162）

【校】

①〔蘇煖〕馬本、《唐音統籤》作「酥煖」。

【注】

朱《箋》：作於大和九年（八三五），洛陽。

〔蘇煖薤白酒，乳和地黄粥〕王禎《王氏農書》卷八薤：「《爾雅》曰：鴻薈本出魯山平澤，今處處有之。葉似韭而闊，本豐而白深。《本草》云：雖辛不葷五藏，學道人長餌之，以其能温中通神，安魂魄，續筋力爾。……或取其白莖酒尤佳。樂天詩云：『酥煖薤白酒。』」地黄，見卷一《采地黄者》（0042）注。

〔助酌有枯魚，佐餐兼旨蓄〕《詩·邶風·谷風》：「我有旨蓄，亦以御冬。」毛傳：「旨，美。」鄭箋：「蓄聚美菜者，以禦冬月之無時也。」

〔省躬念前哲，醉飽多慚忸〕《劉子·文武》：「修文者榮顯，習武者慚忸一世之間。」

〔君不聞靖節先生樽長空，廣文先生飯不足〕靖節先生，陶淵明。顔延之《陶徵士誄》：「故詢諸友好，宜謚曰靖節徵士。」《新唐書·文苑傳·鄭虔》：「鄭虔，鄭州滎陽人。……玄宗愛其才，欲置左右，以不事事，更爲置廣文館，以虔爲博士。虔聞命，不知廣文曹司何在，訴宰相。宰相曰：『上增國學，置廣文館，以居賢者，令後世言廣文博士自君始，不亦美乎？』虔乃就職。」杜甫《醉時歌贈廣文館博士鄭虔》：「甲第紛紛厭粱肉，廣文先生飯不足。」

菩提寺上方晚望香山寺寄舒員外

晚登西寶剎，晴望東精舍。反照轉樓臺，輝輝似圖畫。冰浮水明滅，雪壓松偃亞。石閣

僧上來，雲汀雁飛下。西京鬧於市，東洛閑如社。曾憶舊遊無，香山明月夜①？（2163）

【校】

①〔明月〕殘宋本、金澤本作「月明」。

【注】

朱《箋》：作於大和八年（八三四），洛陽。

〔菩提寺〕《洛陽伽藍記》卷三：「菩提寺，西域胡人所立也，在慕義里。」

〔香山寺〕見卷二二《香山寺石樓潭夜浴》（1499）注。

〔舒員外〕朱《箋》：「舒元輿。」見卷二二《苦熱中寄舒員外》（1508）注。

〔反照轉樓臺，輝輝似圖畫〕《初學記》卷一引《纂要》：「日西落，光反照於東，謂之反景。」杜甫《暮登西安寺鐘樓寄裴十迪》：「孤城反照紅將斂，近市浮煙翠且重。」

二月一日作贈韋七庶子

園杏紅萼坼，庭蘭紫芽出。不覺春已深，今朝二月一。去冬病瘡痏，將養遵醫術。今春入道場，清淨依僧律。嘗聞聖賢語，所慎齋與疾。遂使愛酒人，停杯一百日。明朝二月二，疾平齋復畢。應須挈一壺，尋花覓韋七。（2164）

【注】

朱《箋》：作於大和九年（八三五），洛陽。

〔韋七庶子〕朱《箋》：「韋績。」見本卷《雪中晏起偶詠所懷兼呈張常侍韋庶子皇甫郎中雜言》（2160）注。

〔嘗聞聖賢語，所慎齋與疾〕《論語·述而》：「子之所慎，齋、戰、疾。」

犬鳶

晚來天氣好，散步中門前。門前何所有，偶覩犬與鳶。鳶飽凌風飛，犬暖向日眠。腹舒穩帖地，翅凝去聲高摩天。上無羅弋憂，下無羈鎖牽。見彼物遂性，我亦心適然。心適復何爲，一詠逍遥篇。此仍著於適，尚未能忘言。（2165）

【注】

朱《箋》：作於大和九年（八三五），洛陽。

〔腹舒穩帖地，翅凝高摩天〕凝，見卷二七《想東遊五十韻》（1917）注。

〔此仍著於適，尚未能忘言〕《莊子·外物》：「言者所以在意，得意而忘言。吾安得夫忘言之人而與之言哉。」

夢劉二十八因詩問之

昨夜夢夢得，初覺思踟躕。忽忘來汝郡，猶疑在吳都。吳都三千里，汝郡二百餘。非夢亦不見，近與遠何殊？尚能齊近遠，焉用論榮枯。但問寢與食，近日兩何如。病後能吟否，春來曾醉無？樓臺與風景，汝又何如蘇？相思一相報，勿復慵爲書。（2166）

【注】

朱《箋》：作於大和九年（八三五），洛陽。

〔劉二十八〕朱《箋》：「劉禹錫。」見卷二六《聞新蟬贈劉二十八》（1839）等詩注。《舊唐書・文宗紀》：「（大和九年十月乙未），以汝州刺史劉禹錫爲同州刺史。」劉禹錫《汝洛集引》：「大和八年，予自姑蘇轉臨汝。樂天罷三川守，以賓客分司東都。未幾，有詔領馮翊，辭不拜職，授太子少傅分務，以遂其高。時予代居左馮。明年，予罷郡，以賓客入洛。」

〔忽忘來汝郡，猶疑在吳都〕《舊唐書・地理志一》河南道：「汝州望，隋襄城郡。……天寶元年，以許州之襄城來屬，仍改爲臨汝郡。乾元元年，復爲汝州也。」

閑吟

貧窮汲汲求衣食，富貴營營役心力。人生不富即貧窮，光陰易過閑難得。我今幸在窮富間，雖出朝庭不入山①。看雪尋花玩風月，洛陽城裏七年閑。（2167）

【校】

①〔雖出〕紹興本等作「雖在」，據金澤本改。

【注】

朱《箋》：作於大和九年（八三五），洛陽。

西行

衣裘不單薄，車馬不羸弱。藹藹三月天①，閑行亦不惡。壽安流水館，硤石青山郭。官道柳陰陰，行宮花漠漠。常聞俗間語，有錢在處樂。我雖非富人，亦不苦寂寞。家僮解絃管，騎從攜杯杓。時向春風前②，歇鞍開一酌。（2168）

【校】

①〔三月〕金澤本作「二月」，所校摺本作「三月」。

②〔時向〕金澤本作「且向」，所校摺本作「時向」。

【注】

朱《箋》：作於大和九年（八三五），洛陽至下邽途中。

〔壽安流水館，硤石青山郭〕本年春居易歸渭村，有《將歸渭村先寄舍弟》（卷三一2376）。《舊唐書·地理志一》河南府：「壽安，隋縣。……屬洛州。」《元和郡縣志》卷七陝州：「硤石縣，本漢縣地，屬弘農郡。……貞觀中，改名硤石縣。」

〔常聞俗間語，有錢在處樂〕在處，處處。《法苑珠林》卷二二：「敕給驛馬、内使及弟子官佐二十餘人，在處供給。」張籍《贈別王侍御赴任陝州司馬》：「京城在處閑人少，唯共君行並馬蹄。」

東歸

翩翩平肩舁，中有醉老夫。膝上展詩卷，竿頭懸酒壺。食宿無定程，僕馬多緩驅。臨水歇半日，望山傾一盂。籍草坐嵬峨並上聲，攀花行踟躕①。風將景共暖，體與心同舒。始悟有營者，居家如在途。方知無繫者，在道如安居。前夕宿三堂，三堂在虢。今旦遊申湖②。申湖在陝。殘春三百里，送我歸東都。（2169）

【校】

①〔行踟躕〕金澤本作「立踟躕」，所校摺本作「行踟躕」。

②〔申湖〕金澤本作「甲湖」，所校本作「申湖」。注同。

【注】

朱《箋》：作於大和九年（八三五），長安至洛陽途中。

〔籍草坐嵬峨，攀花行踟躕〕《廣韻》上聲十四賄五罪切：「嵬，山貌。又五回切。」《集韻》上聲三十三哿語可切：「峨，砐硪，山高貌。或從山。」

〔方知無繫者，在道如安居〕本書卷六《夏日》(0232)：「中心本無繫，亦與出門同。」參見該詩注。

〔前夕宿三堂，今且遊申湖〕呂温《虢州三堂記》：「開元初，天子思二南之風，並選宗英共持理柄。虢大而近，匪親不居，時惟五王出入相授，承平易理，逸政多暇，考卜惟勝，作爲三堂。三者明臣子在三之節，堂者勵宗室克構之義。豈惟造適，實亦垂訓居德樂善，何其盛哉。」韓愈《奉和虢州劉給事使君伯芻三堂新題二十一詠》序：「虢州刺史宅連水池竹林，往往爲亭臺島渚，目其處爲三堂。」《明一統志》卷二九河南府：「三堂，在靈寶縣舊虢州治内。唐岐、薛二王刺州時建，取人臣在三之義。」薛能《申湖》：「昔年依峽寺，每日見申湖。」王禹偁《寄題陝府南溪兼簡孫何兄弟》：「申湖在陝服，自昔名所重。」

途中作

早起上肩舁，一杯平旦醉。晚憩下肩舁，一覺殘春睡。身不經營物，心不思量事。但恐綺與園①，只如吾氣味。(2170)

【校】

①〔綺與園〕紹興本等作「綺與里」，《文苑英華》作「綺與紈」，據金澤本改。

【注】

朱《箋》：作於大和九年（八三五），長安至洛陽途中。

〔但恐綺與園，只如吾氣味〕綺與園，即商山四皓之東園公、綺里季。作「綺與里」者誤。

小臺

新樹低如帳，小臺平似掌。六尺白藤床，一莖青竹杖。風飄竹皮落，苔印鶴跡上。幽境與誰同，閑人自來往。（2171）

【注】

朱《箋》：作於大和九年（八三五），洛陽。

睡後茶興憶楊同州

昨晚飲太多，嵬峨並上聲連宵醉。今朝餐又飽，爛熳移時睡。睡足摩挲眼，眼前無一事。信脚遶池行，偶然得幽致。婆娑緑陰樹，斑駁青苔地。此處置繩牀，傍邊洗茶器。白瓷甌甚潔，紅爐炭方熾①。沫下麴塵香，花浮魚眼沸。盛來有佳色，嚥罷餘芳氣。不見楊

慕巢，誰人知此味？（2172）

【校】

①〔紅爐炭〕金澤本作「紅炭爐」，所校摺本「炭爐」乙倒。

【注】

朱《箋》：作於大和九年（八三五），洛陽。

〔楊同州〕朱《箋》：「楊汝士。」見卷二五《新昌閑居招楊郎中兄弟》（1730）、卷二九《新秋喜涼因寄兵部楊侍郎》（2145）注。《舊唐書·文宗紀》：「（大和八年七月）丙辰，以工部侍郎楊汝士爲同州刺史。……（九年九月）辛亥，以太子賓客分司東都白居易爲同州刺史代楊汝士，以汝士爲駕部侍郎。」

〔沫下麴塵香，花浮魚眼沸〕見卷十六《謝李六郎中寄新蜀茶》（0988）注。

題文集櫃

破柏作書櫃，櫃牢柏復堅。收貯誰家集，題云白樂天。我生業文字，自幼及老年。前後七十卷①，小大三千篇。誠知終散失②，未忍遽棄捐。自開自鎖閉，置在書帷前。身是鄧伯道，世無王仲宣。只應分付女，留與外孫傳。（2173）

【校】

①〔前後〕馬本、《唐音統籤》作「前有」。

②〔誠知〕《唐音統籤》作「我知」。

【注】

朱《箋》：約作於大和九年（八三五）至開成元年（八三六），洛陽。

〔身是鄧伯道，世無王仲宣〕伯道無兒，見卷十六《酬贈李煉師見招》（0991）注。王仲宣，王粲，見卷二三《餘思未盡加爲六韻重寄微之》（1522）注。

旱熱二首

彤雲散不雨，赫日吁可畏。端坐猶揮汗，出門豈容易。忽思公府内，青衫折腰吏。復想驛路中，紅塵走馬使。征夫更辛苦，逐客彌顦顇。日入尚趨程，宵分不遑寐。安知北窗叟，偃卧風颯至。簟拂碧龍鱗，扇摇白鶴翅。豈唯身所得①，兼亦心無事②。誰言苦熱天，元有清凉地。（2174）

【校】

①〔所得〕金澤本作「得所」，所校本乙倒。

②〔兼亦〕紹興本、馬本、《唐音統籤》、汪本作「兼示」，那波本作「兼以」，據殘宋本、金澤本改。

【注】

朱《箋》：作於大和九年（八三五），洛陽。

勃勃旱塵氣，炎炎赤日光。飛禽颭將墮①，行人渴欲狂。壯者不耐飢，飢火燒其腸。肥者不禁熱，喘急汗如漿②。此時方自悟，老瘦亦何妨。肉輕足健逸，髮少頭清凉。薄食不飢渴，端居省衣裳。數匙粱飯冷，一領綃衫香。持此聊過日，焉知畏景長。（2175）

【校】

①〔將墮〕馬本、《唐音統籤》、汪本作「將墜」。

②〔喘急〕金澤本作「喘息」，所校本作「喘急」。

偶作二首

戰馬春放歸，農牛冬歇息。何獨徇名人，終身役心力？來者殊未已，去者不知還。我今悟已晚，六十方退閑。猶勝不悟者，老死紅塵間。（2176）

【注】

朱《箋》：作於大和九年（八三五），洛陽。

名無高與卑，未得多健羨。事無小與大，已得多厭賤。如此常自苦，反此或自安①。此理知甚易，此道行甚難。勿信人虛語，君當事上看。（2177）

【校】

①〔或自安〕金澤本作「即自安」。

那波本、殘宋本此下有《雨歇池上》一首，即本卷《七月一日作》（2181）重出，無前四句，字句微異。

【注】

〔名無高與卑，未得多健羨〕司馬談《論六家要旨》：「至於大道之要，去健羨，絀聰明。」《史記》集解引如淳曰：「知雄守雌，是去健也。不見可欲，使心不亂，是去羨也。」唐人亦作一般羨慕義用。王建《早春病中》：「健羨人家多力子，祈求道士有神符。」元稹《遣病十首》：「憶作孩稚初，健羨成人列。」

池上作　西溪、南潭，皆池中勝處也。

西溪風生竹森森，南潭萍開水沉沉。叢翠萬竿湘岸色，空碧一泊松江心。浦派縈迴誤遠近，橋島向背迷窺臨①。澄瀾方丈若萬頃②，倒影咫尺如千尋。泛然獨遊邈然坐，坐念行止思古今③。菟裘不聞有泉沼，西河亦恐無雲林。豈如白翁退老地，樹高竹密池塘深。華亭雙鶴白矯矯，太湖四石青岑岑④。眼前盡日更無客，膝上此時唯有琴。洛陽冠蓋自相索⑤，誰肯來此同抽簪？（2178）

【校】

那波本此詩、殘宋本此詩及次首《何處堪避暑》（2179）在《因夢有悟》（2186）後。

①〔窺臨〕汪本作「登臨」。

②〔萬頃〕金澤本作「百頃」。

③〔行止〕紹興本等作「行心」，據金澤本改。金澤本所校摺本作「行心」。

④〔青岑岑〕《唐音統籤》作「青峰岑」。

⑤〔相索〕金澤本所校本作「相牽」。

【注】

朱《箋》：作於大和九年（八三五），洛陽。

〔池上〕白居易履道坊宅池。見卷二三《履道新居二十韻》（1582）注。

〔菟裘不聞有泉沼，西河亦恐無雲林〕《左傳》隱公十一年：「使營菟裘，吾將老焉。」杜預注：「菟裘，魯邑，在泰山梁父縣南。」昭公十六年：「聞諸吏，將爲子除館於西河，其若之何？」杜預注：「西使近河。」

〔華亭雙鶴白矯矯，太湖四石青岑岑〕見卷二一《寄庾侍郎》(1440)注。

〔洛陽冠蓋自相索，誰肯來此同抽簪〕抽簪，見卷二四《題東武丘寺六韻》(1682)注。

何處堪避暑

何處堪避暑，林間背日樓。何處好追涼，池上隨風舟。日高飢始食，食竟飽還遊。遊罷睡一覺，覺來茶一甌。眼明見青山，耳醒聞碧流。脱襪閑濯足，解巾快搔頭。如此來幾時，已過六七秋①。從心至百骸，無一不自由。拙退是其分，榮耀非所求。雖被世間笑，終無身外憂。此語君莫怪，靜思吾亦愁。如何三伏月，楊尹謫虔州？(2179)

【校】

①〔已過〕汪本作「已經」。

【注】

朱《箋》：作於大和九年(八三五)，洛陽。

〔如何三伏月，楊尹謫虔州〕楊尹，楊虞卿。見卷十三《宿楊家》(0637)、卷十八《棣華驛見楊八題夢兄弟詩》(1173)等詩注。《舊唐書・楊虞卿傳》：「(大和)九年四月，拜京兆尹。其年六月，京師訛言，鄭注爲上合金丹，須小兒心肝，密旨捕小兒無算。民間相告語，扃鎖小兒甚密，街肆恟恟。上聞之不悦，鄭注頗不自安。御史大夫李固言素嫉虞卿朋黨，乃奏曰：『臣昨窮問其由，此語出於京兆尹從人，因此扇於都下。』上怒，即令收虞卿下獄。虞卿弟漢公並男知進等八人自繫撾鼓訴冤。詔虞卿歸私第，翌日，貶虔州司馬，再貶虔州司户。卒於貶所。」

詔下

昨日詔下去罪人，今日詔下得賢臣。進退者誰非我事，世間寵辱常紛紛。我心與世兩相忘，時事雖聞如不聞。但喜今年飽飯喫，洛陽禾稼如秋雲。更傾一樽歌一曲，不獨忘世兼忘身。（2180）

【注】

朱《箋》：作於大和九年（八三五），洛陽。

七月一日作

七月一日天，秋生履道里。閑居見清景，高興從此始。林間暑雨歇①，池上凉風起。橋竹碧鮮鮮，岸莎青靡靡②。蒼然古磐石③，清淺平流水。何言中門前，便是深山裏。雙僮侍坐卧，一杖扶行止。飢聞麻粥香，渴覺雲湯美。胡麻粥，雲母湯。平生所好物，今日多在

此。此外更何思，市朝心已矣。（2181）

【校】

殘宋本此詩在《何處堪避暑》後。那波本、殘宋本《雨歇池上》與此詩重，無前四句。《唐音統籤》題下注：「錢太史藏宋本云：前二韻題作雨歇池上。」

①〔林間暑雨歇〕《雨歇池上》作「簷前微雨歇」。

②〔莎青〕《雨歇池上》作「移莎」。〔靡靡〕那波本、殘宋本、金澤本作「霏霏」。

③〔磐石〕《雨歇池上》作「苔石」。

【注】

朱《箋》：作於大和九年（八三五），洛陽。

〔飢聞麻粥香，渴覺雲湯美〕《本草綱目》卷二二胡麻集解：「弘景曰：胡麻，八穀之中，惟此爲良。純黑者名巨勝。巨者，大也。本生大宛，故名胡麻。又以莖方者爲巨勝，圓者爲胡麻。」雲母，見卷七《宿簡寂觀》（0280）注。

〔此外更何思，市朝心已矣〕市朝，見卷七《宿簡寂觀》（0280）注。

開襟

開襟何處好，竹下池邊地。餘熱體猶煩，早涼風有味。黃萎槐蘂結，紅破蓮芳墜①。無

奈每年秋，先來入衰思。（2182）

【校】

①〔蓮芳〕汪本作「蓮房」。

【注】

朱《箋》：作於大和九年（八三五），洛陽。

自賓客遷太子少傅分司

頭上漸無髪，耳間新有毫。形容逐日老，官秩隨年高。優饒又加俸，閑穩仍分曹。飲食免藜藿，居處非蓬蒿。何言家尚貧，銀榼提緑醪①。勿謂身未貴②，金章照紫袍。誠合知止足，豈宜更貪饕？默然心自問③，於國有何勞④？（2183）

【校】

①〔提緑醪〕金澤本所校摺本作「持緑醪」。

②〔未貴〕金澤本作「未富」，所校摺本作「未貴」。

③〔默然〕《全唐詩》作「默默」。

④〔有何勞〕那波本、殘宋本、金澤本作「何功勞」。

【注】

朱《箋》：作於大和九年（八三五），洛陽。《舊唐書·文宗紀》：「（大和九年十月）乙未，以新授同州刺史白居易爲太子少傅，以汝州刺史劉禹錫爲同州刺史。」

自在

杲杲冬日光，明暖真可愛。移榻向陽坐，擁裘仍解帶。小奴搥我足，小婢搥我背①。自問我爲誰，胡然獨安泰？安泰良有以，與君論梗概。心了事未了，飢寒迫於外。事了心未了②，念慮煎於内。我今實多幸，事與心和會。内外及中間，了然無一礙。所以日陽中，向君言自在。（2184）

【校】

①〔搥我背〕那波本、殘宋本、金澤本、汪本作「搔我背」。

②〔心未了〕金澤本作「心不了」。

【注】

朱《箋》：作於大和九年（八三五），洛陽。

詠史　九年十一月作。

秦磨利刀斬李斯，齊燒沸鼎烹酈其。可憐黄綺入商洛，閑卧白雲歌紫芝。彼爲葅醢机上盡①，此作鸞凰天外飛②。去者逍遥來者死，乃知禍福非天爲。（2185）

【校】

①〔葅醢〕金澤本作「俎醢」。

②〔鸞凰〕金澤本、馬本、《唐音統籤》作「鸞鳳」。

【注】

陳《譜》、汪《譜》、朱《箋》：作於大和九年（八三五），洛陽。

〔九年十一月作〕此詩爲大和九年十一月甘露之變而作。《舊唐書·李訓傳》：「訓既秉權衡，即謀誅内豎。……約以其年十一月誅中官，須假兵力，乃以大理卿郭行餘爲邠寧節度使，户部尚書王璠爲太原節度使，京兆少尹羅立言權知大尹事，太府卿韓約爲金吾街使，刑部郎中、知雜事李孝本權知中丞事，皆訓之親厚者。冀王璠、郭行餘未赴鎮間，廣令召募豪俠及金吾臺府之從者，俾集其事。是月二十一日，帝御紫宸，班定，韓約不報平安，奏曰：『金吾左仗院石榴樹夜來有甘露，臣已進狀訖。』乃蹈舞再拜，宰相百官相次稱賀。李訓奏曰：『甘露降祥，府在宫禁，陛下宜親幸左仗觀之。』班退，上乘軟舁出紫宸門，由含元殿東階昇殿，宰相侍臣立於副階，文武兩班列於殿前。上令兩省官先往視之，既還，曰：『臣等恐非真露，不敢輕言。言出，四方必稱賀也。』上曰：『韓約安在？』乃令左右軍中尉、樞密內臣往視之。既去，訓召王璠、郭行餘曰：『來受敕旨。』璠恐悚不能前，行餘獨拜殿下。時兩鎮官健皆執兵在丹鳳門外，訓已令召之，唯璠從兵入，邠寧兵竟不至。中尉、樞密至左仗，聞幕下有兵聲，驚恐走出，閽者欲扃鎖之，爲中人所叱，執關而不能下。內官迴奏，韓約氣懾汗流，不能舉首。中官謂之曰：『將軍何及此耶？』又奏曰：『事急矣，請陛下入內。』即舉軟輿迎帝。訓殿上呼曰：『金吾衛士上殿來，護乘輿者，人賞百千。』內官決殿后罘罳，舉輿疾趨，訓攀呼曰：『陛下不得入內。』金吾衛士數十人隨訓而入。羅立言率府中從人自東來。李孝本率臺中從人自西來，共四百餘人，上殿縱擊，內官死傷者數十人。訓時愈急，邐迤入宣政門，帝瞋目叱訓，內官郄志榮奮拳擊其胸，訓即僵仆於地。帝入東上閤門，門即闔，內官呼萬歲者數四。須臾，內官率禁兵五百人，露刃出閤門，遇人即殺。宰相王涯、賈餗、舒元輿方中書會食，聞難出走，諸司從吏死者六七百人。」

〔秦磨利刀斬李斯，齊燒沸鼎烹酈其〕李斯，見卷二《讀史五首》之四（0098）注。酈食其，見卷二《答四皓廟》（0104）注。

〔可憐黃綺入商洛，閑卧白雲歌紫芝〕見卷二《答四皓廟》（0104）注。

〔彼爲葅醢机上盡，此作鸞凰天外飛〕《史記·項羽本紀》：「如今人方爲刀俎，我爲魚肉。」又：「爲高俎，置太公其上，告漢王曰：『今不急下，吾烹太公。』」索隱：「俎亦机之類，故夏侯湛《新論》爲『机』，机猶俎也。比太公於牲肉，故置之俎上。」《太平御覽》卷八四六引《魏志》：「質案劍曰：『曹子丹，汝非屠机上肉。』」

因夢有悟

交友淪歿盡，悠悠勞夢思。平生所厚者，昨夜夢見之。夢中幾許事，枕上無多時。欸曲數杯酒，從容一局棋。棋、酒，皆夢中所見事①。初見韋尚書②，弘景。金紫何輝輝。中作李侍郎③，建。笑言甚怡怡④。終爲崔常侍，玄亮。意色苦依依。一夕三改變，夢心不驚疑。此事人盡怪，此理誰得知⑤？我粗知此理，聞於竺乾師。識行妄分別，智隱迷是非。若轉識爲智，菩提其庶幾。（2186）

【校】

①〔（注）夢中所見事〕殘宋本、金澤本作「夢中之見」。

②〔初見〕殘宋本、金澤本作「初是」。

③〔中作〕馬本、《唐音統籤》、汪本作「中遇」。

④〔笑言〕殘宋本作「笑語」。

⑤〔得知〕金澤本作「能知」，所校摺本作「得知」。

自此詩「意色苦依依」至本卷末，紹興本原卷缺，據別本抄補。

【注】

朱《箋》：作於大和九年（八三五），洛陽。

〔初見韋尚書，金紫何輝輝〕韋弘景，見卷二五《喜與韋左丞同入南省因叙舊以贈之》（1784）注。《舊唐書·韋弘景傳》：「大和五年五月卒，年六十六，贈尚書左僕射。」

〔中作李侍郎，笑言甚怡怡〕李建，見卷十九《慈恩寺有感》（1244）注。

〔終爲崔常侍，意色苦依依〕崔玄亮，見卷二九《哭崔常侍晦叔》（2115）注。

〔我粗知此理，聞於竺乾師〕竺乾，見卷十九《新昌新居書事四十韻因寄元郎中張博士》（1252）注。

〔若轉識爲智，菩提其庶幾〕唯識宗謂轉眼、耳、鼻、舌、身、意、末那、阿賴耶等有漏八識爲無漏八識，即可得大圓鏡智等四智。《成唯識論》卷十：「智雖非識，而依識轉，識爲主，故説轉識得。」宗寶本《壇經·懺悔品》：「教中云：轉前五識爲成所作智，轉第六識爲妙觀察智，轉第七識爲平等性智，轉第八識爲大圓鏡智。」

春遊

上馬臨出門，出門復逡巡。迴頭問妻子，應怪春遊頻。誠知春遊頻，其奈老大身①。朱顏去復去，白髮新更新②。請君屈十指，爲我數交親。大限言百歲③，幾人及七旬？我今六十五，走若下坡輪④。假使得七十，祇有五度春。逢春不遊樂，但恐是癡人。（2187）

【校】

①〔老大〕金澤本作「老夫」，所校摺本作「老大」。

②〔新更新〕金澤本作「新又新」，所校摺本作「新更新」。

③〔言百歲〕馬本、《唐音統籤》、汪本作「年百歲」。

④〔下坡〕《唐音統籤》作「下坂」。

【注】

陳《譜》、汪《譜》、朱《箋》：作於開成元年（八三六），洛陽。

〔大限言百歲，幾人及七旬〕《續高僧傳》卷十三《海順傳》：「況乃大限百年，小期一念。」《敦煌變文集·廬山遠公話》：「大限不過百歲，其中七十早希。」

題天竺南院贈閑振元旻四上人①

雜芳澗草合，繁綠巖樹新。山深景候晚，四月有餘春。竹寺過微雨，石逕無纖塵。白衣一居士，方袍四道人。地是佛國土，人非俗交親。城中山下別，相送亦殷勤。（2188）

【校】

①〔題〕「閑振元旻」那波本等作「閑元旻清」，據金澤本改。

【注】

朱《箋》：作於開成元年（八三六），洛陽。

〔天竺南院〕天竺寺，在洛陽龍門。蘇頲《唐河南龍門天竺寺碑》：「天竺寺者，天竺王子避位出家，三藏法師寶思惟之立也。……常謂洛京闕塞，山斷川流，枕城池於正陽，當日月於亭午。……法師乃亂流東濟，止彼香山。又於山北見龍泉二所，洞澈深淺。……法師樂之，爰創方丈，鄰於咫尺。……景雲歲辛亥月建巳日辛卯，制以法師所造寺賜名天竺。」

〔閑振元旻四上人〕閑即清閑，見卷二二《秋遊平泉贈韋處士閑禪師》（1504）、卷二七《清閑上人》（1998）注。餘三人不詳。

哭師臯

南康丹旐引魂迴①，洛陽籃舁送葬來②。北邙原邊尹村畔③，月苦煙愁夜過半。妻孥兄弟號一聲，十二人腸一時斷。往者何人送者誰，樂天哭別師臯時。平生分義向人盡，今日哀冤唯我知。我知何益徒垂淚，籃輿迴竿馬迴轡。何日重聞掃市歌，誰家收得琵琶妓？師臯醉後善歌《掃市歌》④。又有小妓攻琵琶，不知今落何處⑤。蕭蕭風樹白楊影，蒼蒼露草青蒿氣。更就墳邊哭一聲⑥，與君此別終天地。（2189）

【校】

①〔魂迴〕那波本等作「魂魄」，据金澤本改。

②〔送葬來〕那波本作「送葬去」，据金澤本、馬本、《唐音統籤》、汪本改。金澤本所校摺本作「送葬去」。

③〔尹村〕馬本、《唐音統籤》、汪本作「草樹」。

④〔（注）掃市歌〕金澤本、《唐音統籤》、《唐詩紀事》卷四六引作「掃市詞」。

⑤〔（注）落何處〕馬本、《唐音統籤》、汪本作「落在何處」。

⑥〔墳邊〕金澤本作「墳前」。

【注】

陳《譜》、朱《箋》：作於開成元年（八三六），洛陽。

〔師臯〕楊虞卿。見本卷《何處堪避暑》(2179)注。張采田《玉谿生年譜會箋》卷一：「案虞卿再貶虔州司户，《舊書》傳但云卒於貶所，不詳何年。《哭虔州楊侍郎》詩云：『甘心親垤蟻，旋踵戮城狐。』自注：『是冬舒、李伏戮。』則虞卿之卒當在甘露事變前後。詩有『莫憑牲玉請，便望救焦枯』句，《舊紀》：『開成二年七月乙亥，以久旱徙市，閉坊門。』其歸葬不妨稍遲。」朱《箋》：「張氏據義山詩自注，考定虞卿卒於大和九年歲暮，其説甚是，且足以糾直齋繫於開成元年之繆。然據《舊紀》謂虞卿歸葬在開成二年，似亦太泥。今據白氏此詩編次，則虞卿似應歸葬於開成元年。」

〔南康丹旐引魂迴，洛陽籃舁送葬來〕《舊唐書·地理志三》江南西道：「虔州中，隋南康郡。……天寶元年，改爲南康郡。乾元元年，復爲虔州。」

〔平生分義向人盡，今日哀冤唯我知〕分義，情義，分讀去聲。《舊唐書·褚遂良傳》：「且事人歲久，即分義情深。」《太平廣記》卷一六六《吳保安》（出《紀聞》）：「何分義情深，妻子意淺，捐棄家室，求贖友朋，而至是乎？」

〔何日重聞掃市歌，誰家收得琵琶妓〕崔令欽《教坊記》所載曲名有「掃市舞」。《唐詩紀事》卷四六楊虞卿條引居易此詩及注。沈括《夢溪筆談》卷二五：「（潘）閬乃自歸，送信州安置。仍不懲艾，復爲《掃市舞詞》曰：『出砒霜，價錢可，贏得撥灰兼弄火，暢殺我。』以此爲士人不齒，放棄終身。」胡震亨《唐音癸籤》卷十三掃市舞：「楊虞卿善歌此詞，白樂天哭之，……宋潘閬謫信州，戲爲掃市舞詞云……。其遺調也。」

隱几贈客

宦情本淡薄，年貌又老醜。紫綬與金章，於予亦何有。有時猶隱几①，荅音塔然無所偶。卧枕一卷書，起嘗一杯酒。書將引昏睡，酒用扶衰朽。客到忽已酣，脱巾坐搔首。疏頑倚老病，容恕慚交友②。忽思莊生言，亦擬鞭其後。（2190）

【校】

①〔猶隱几〕金澤本、《唐音統籤》作「獨隱机」。

②〔容恕〕金澤本作「容姿」，「姿」又塗改爲「恣」。

【注】

朱《箋》：作於開成元年（八三六），洛陽。

〔有時猶隱几，荅然無所偶〕《莊子·齊物論》：「南郭子綦隱机而坐，仰天而噓，荅焉似喪其耦。」《集韻》入聲二十七合託合切：「塔，物墮聲，或從沓」；「荅，解體貌。《莊子》：荅焉似喪其耦。」

〔忽思莊生言，亦擬鞭其後〕《莊子·達生》：「開之曰：『聞之夫子曰：善養生者，若牧羊然，視其後者而鞭之。』威公曰：『何謂也？』田開之曰：『魯有單豹者，巖居而水飲，不與民共利，行年七十而猶有嬰兒之色。不幸遇餓虎，餓虎殺而食之。有張毅者，高門縣薄，无不趨也，行年四十而有内熱之病以死。豹養其内而虎食其外，毅養其外而病攻其内，此二子者，皆不鞭其後者也。』」

夏日作

葛衣疏且單，紗帽輕復寬。一衣與一帽，可以過炎天。止於便吾體，何必被羅紈。宿雨林笋嫩，晨露園葵鮮。烹葵炮嫩笋，可以備朝餐。止於適吾口，何必飫腥羶。飯訖盥漱已，捫腹方果音顆然。婆娑庭前步，安穩窗下眠。外養物不費，内歸心不煩。不費用難盡，不煩神易安。庶幾無夭閼，得以終天年。（2191）

【注】

朱《箋》：作於開成元年（八三六），洛陽。

〔飯訖盥漱已，捫腹方果然〕《莊子·逍遥遊》：「三飡而反，腹猶果然。」郭象注：「果，飽貌。」按，注：「音顆。」顆讀上聲。《廣韻》上聲三十四果：「顆，苦果切。」

〔庶幾無夭閼，得以終天年〕《莊子·逍遥遊》：「背負青天而莫之夭閼者，而後乃今將圖南。」《釋文》：「夭，折也。閼，止也，塞也。」《莊子·人間世》：「故未終其天年而中道之夭於斧斤，此材之患也。」

晚涼偶詠

日下西牆西，風來北窗北。中有逐凉人，單牀獨棲息。飄蕭過雲雨，摇曳歸飛翼。新葉多好陰，初筠有佳色。幽深小池館，優穩閑官職。不愛勿復論，愛亦不易得。（2192）

【注】

朱《箋》：作於開成元年（八三六），洛陽。

〔飄蕭過雲雨，摇曳歸飛翼〕飄蕭，見卷二一《小童薛陽陶吹觱篥歌》（1407）注。

酬牛相公宮城早秋寓言見示兼呈夢得　時夢得有疾。

七月中氣後，金與火交爭。一聞白雪唱①，暑退清風生②。碧樹未摇落，寒蟬始悲鳴。夜

凉枕簟滑，秋燥衣巾輕。疏受老慵出，劉楨疾未平。何人伴公醉，新月上宫城。（2193）

【校】

①〔白雪〕金澤本作「白雲」，所校摺本作「白雪」。

②〔清風〕《唐音統籤》作「清氣」。

【注】

朱《箋》：作於開成二年（八三七），洛陽。

〔牛相公〕朱《箋》：「牛僧孺。」見卷二九《酬思黯相公見過弊居戲贈》（2109）注。

〔七月中氣後，金與火交爭〕中氣，每月的第二個節氣。七月中氣爲處暑。《晉書·律曆志》：「立秋七月節，處暑七月中。」

〔疏受老慵出，劉楨疾未平〕疏受，見卷一《高僕射》（0030）注。此自謂。劉楨，見卷十七《江州赴忠州至江陵已來舟中示舍弟五十韻》（1097）注。此指劉禹錫。

小臺晚坐憶夢得

汲泉灑小臺，臺上無纖埃。解帶面西坐，輕襟隨風開。晚凉閑興動，憶同傾一杯。月明候柴户，藜杖何時來？（2194）

【注】

朱《箋》：作於開成二年（八三七），洛陽。

種桃歌

食桃種其核，一年核生芽。二年長枝葉，三年桃有花。憶昨五六歲，灼灼盛芬華。迨兹八九載，有減而無加。去春已稀少，今春漸無多。明年後年後，芳意當如何？命酒樹下飲，停杯拾餘葩。因桃忽自感，悲吒成狂歌①。（2195）

【校】

①〔成狂歌〕金澤本作「一狂歌」，所校摺本作「成狂歌」。

【注】

朱《箋》：作於開成二年（八三七），洛陽。

狂言示諸侄①

世欺不識字，我忝攻文筆②。世欺不得官，我忝居班秩。人老多病苦，我今幸無疾。人老多憂累，我今婚嫁畢。心安不移轉③，身泰無牽率。所以十年來，形神閑且逸④。况當垂老歲，所要無多物。一裘煖過冬，一飯飽終日。勿言舍宅小⑤，不過寢一室。何用鞍馬多，不能騎兩匹。如我優幸身，人中十有七⑥。如我知足心，人中百無一。傍觀愚亦見，當己賢多失。不敢論他人⑧，狂言示諸侄⑨。（2196）

【校】

那波本、殘宋本、金澤本此詩後爲《秋涼閑卧》（2108）、《酬思黯相公見過弊居戲贈》（2109）二詩。

①〔題〕「諸侄」金澤本作「三侄」。

②〔文筆〕紹興本作「文章」，據他本改。

③〔心安〕金澤本作「家安」。

④〔閑且逸〕金澤本作「得閑逸」，所校摺本作「閑且逸」。

⑤〔舍宅小〕金澤本作「宅舍窄」。

⑥〔十有七〕金澤本作「什六七」，所校摺本作「十有七」。

⑧〔論他人〕《唐音統籤》作「語他人」。

⑨〔示諸侄〕金澤本作「示三侄」。注：「三侄，謂宅相、匡幃、龜兒也。」

【注】

朱《箋》：作於開成二年（八三七），洛陽。

〔諸侄〕金澤本作「三侄」，注：「謂宅相、匡幃、龜兒。」龜兒爲行簡子，見卷七《弄龜羅》（0309）、卷十七《聞龜兒詠詩》（1027）。《文苑英華》卷九四五白居易《自撰墓誌》（馬元調本《白氏長慶集》卷七一收入，題《醉吟先生墓誌銘》）：「三侄，長曰味道，廬州巢縣丞。次曰景回，淄州司兵參軍。次曰晦之，舉進士。」此文雖被疑爲僞文，然內容大都有據。或即此三人。

〔心安不移轉，身泰無牽率〕牽率，見卷六《遊悟真寺詩一百三十韻》（0261）注。

〔傍觀愚亦見，當己賢多失〕《鹽鐵論·救匱》：「議不在己者易稱，從旁議者易是，其當局則亂。」

偶以拙詩數首寄呈裴侍郎蒙以盛製四篇一時酬和重投長句美而謝之①

投君之文甚荒蕪，數篇價直一束芻。報我之章何璀璨，纍纍四貫驪龍珠。毛詩三百篇後得，文選六十卷中無。一麋麗龜絶報賽，五鹿連拄難支梧。高興獨因秋日盡，清吟多與好風俱。銀鉤金錯兩殊重②，宜上屏風張座隅。（2197）

【校】

①〔題〕「裴侍郎」那波本等作「裴少尹侍郎」，顧校、朱《箋》謂「少尹」當爲「大尹」之誤。金澤本無二字，據改。

②〔兩殊重〕金澤本作「兩珍重」。

【注】

朱《箋》：作於開成二年（八三七），洛陽。

〔裴侍郎〕朱《箋》：「河南尹裴潾。」新舊《唐書》有傳。《舊唐書·文宗紀》：「（開成二年三月壬辰），以兵部侍郎裴潾爲河南尹。」《李文饒別集》卷十載裴潾《題平泉山居詩後》：「開成二年，有（朱《箋》：當係「春」之誤）潾自兵部侍郎除河南尹，乃於河南廨中自書於石，立於平泉之山居。開成二年九月二十五日，河南尹裴潾題。」朱《箋》：「據此則裴潾開成二年官河南尹，非少尹。」

〔一麋麗龜絶報賽，五鹿連拄難支梧〕《左傳》宣公十二年：「麋興於前，射麋麗龜。晉鮑癸當其後，使攝叔奉麋獻焉，曰：『以歲之非時，獻禽之未至，敢膳諸從者。』」杜預注：「麗，著也。龜，背之隆高當心。」報賽即報塞。《周禮·春官·都宗人》鄭玄注：「祭謂報塞也。」《急就篇》：「謁禓塞禱鬼神寵。」顔師古注：「塞，報福也。禱，求助也。言既請禱又報賽也。」《漢書·朱雲傳》：「時少府五鹿充宗貴幸，爲梁丘《易》。自宣帝時善梁丘氏説，元帝好之，欲考其異同，令充宗與諸《易》家論。充宗乘貴辯口，諸儒莫能與抗，皆稱疾不敢會。有薦雲者，召入，攝齋登堂，抗首而請，音動左右。既論難，連拄五鹿君。故諸儒爲之語曰：五鹿嶽嶽，朱雲折其角。」

〔銀鈎金錯兩殊重，宜上屏風張座隅〕銀鈎，指書法。見卷二四《寫新詩寄微之偶題四韻》(1708)注。金錯，喻詩文。張衡《四愁詩》：「美人贈我金錯刀，何以報之英瓊瑤。」

白居易詩集校注卷第三十一①

律詩　凡一百首

六年冬暮贈崔常侍晦叔②　時爲河南尹。

鬢毛霜一色，光景水爭流。易過唯冬日，難銷是老愁。香開緑蟻酒，煖擁褐綾裘。已共崔君約，樽前倒即休。（2198）

【校】

①〔卷第三十一〕那波本爲卷六十四。紹興本此卷《負春》（2258）以上、《楊柳枝詞八首》之三（2286）以下爲抄補。

②〔題〕「六年」汪本作「大和六年」。

【注】

陳《譜》、汪《譜》、朱《箋》：作於大和六年（八三二），洛陽。

〔崔常侍晦叔〕崔玄亮。見卷二五《題崔常侍濟源莊》（1807）、卷二七《題崔常侍濟上別墅》（1991）注。朱《箋》：

「白氏《題崔常侍濟上別墅》詩自注云：『時常侍以長告罷歸，今故先報泉石。』是詩作於大和六年十月，則玄亮罷歸洛陽必在是年秋後。」

〔香開緑蟻酒，煖擁褐綾裘〕褐綾裘，即褐裘。見卷一《村居苦寒》（0046）注。

戲招諸客

黄醅緑醑迎冬熟，絳帳紅爐逐夜開。誰道洛中多逸客，不將書喚不曾來。（2199）

【注】

朱《箋》：作於大和六年（八三二），洛陽。

〔黄醅緑醑迎冬熟，絳帳紅爐逐夜開〕沈約《竹檳榔盤》：「幸成歡醑餘，寧辭嘉宴畢。」《玉篇》：「醑，相呂切，美酒也。」

十二月二十三日作兼呈晦叔

案頭曆日雖未盡，向後唯殘六七行。牀下酒瓶雖不滿，猶應醉得兩三場。病身不許依年老，拙宦虛教逐日忙。聞健偷閑且歡飲①，一杯之外莫思量。（2200）

【校】

①〔歡飲〕馬本、《唐音統籤》、汪本作「勸飲」。

【注】

陳《譜》、朱《箋》：作於大和六年（八三四），洛陽。

〔晦叔〕朱《箋》：「崔玄亮。」見本卷《六年冬暮贈崔常侍晦叔》(2198)注。

〔聞健偷閑且歡飲，一杯之外莫思量〕聞健，趁健，見卷二十《歲假内命酒贈周判官蕭協律》(1380)注。

七年元日對酒五首

慶弔經過懶，逢迎拜跪遲①。不因時節日，豈覺此身衰②。（2201）

【校】

①〔拜跪〕馬本、《唐音統籤》作「跪拜」。

②〔此身〕紹興本等作「此時」，據殘宋本、盧校改。

【注】

陳《譜》、汪《譜》、朱《箋》：作於大和七年（八三三），洛陽。

衆老憂添歲，余衰喜入春。年開第七秩，屈指幾多人？（2202）

【注】

〔年開第七秩，屈指幾多人〕見卷二九《思舊》（2130）注。

三杯藍尾酒，一碟膠牙餳。除却崔常侍，無人共我爭。（2203）

【注】

〔三杯藍尾酒，一碟膠牙餳〕見卷二四《歲日家宴戲示弟侄等兼呈張侍御二十八丈殷判官二十三兄》（1656）注。

今朝吴與洛，相憶一忻然①。夢得君知否，俱過本命年。余與蘇州劉郎中同壬子歲，今年六十二。（2204）

【校】

①〔忻然〕那波本、殘宋本、馬本、汪本作「欣然」。

【注】

〔夢得君知否，俱過本命年〕參見卷二一《耳順吟寄敦詩夢得》（1446）注。生年月日甲子所值，稱本命。《三國志·魏書·管輅傳》：「吾本命在寅。」《舊唐書·禮儀志三》：「玄宗乙酉歲生，以華嶽當本命，……封華嶽神為金天王。」《酉陽雜俎》前集卷十一：「寶曆中，有王山人，取人本命日，五更張燈，相人影，知休咎。」

同歲崔何在，同年杜又無。余與吏部崔相公甲子同歲，與循州杜相公及第同年。秋冬二人俱逝。應無藏避處，只有且歡娱。（2205）

【注】

〔同歲崔何在，同年杜又無〕朱《箋》：「崔相公指崔羣。卒於大和六年八月。」見卷二六《寄劉蘇州》（1900）注。朱《箋》：「杜相公指杜元穎，與居易貞元十六年同年進士及第。」《舊唐書·文宗紀》：「（大和六年十二月丁未），責授循州司户杜元穎卒，贈湖州刺史。」朱《箋》：「考大和六年十二月己未朔，《舊紀》所謂『丁未』有誤。據白氏此詩，元穎應卒於是年十一月間，蓋《唐實錄》書法於外臣之卒，率以報到日爲準，固因追書不便，尤與廢朝有關也。」

七年春題府廳

潦倒守三川，因循涉四年。推誠廢鈎距，示耻用蒲鞭。以此稱公事，將何銷俸錢？雖非

好官職，歲久亦妨賢。（2206）

【注】

陳《譜》、汪《譜》、朱《箋》：作於大和七年（八三三），洛陽。

〔推誠廢鈎距，示耻用蒲鞭〕《漢書・趙廣漢傳》：「尤善爲鈎距，以得事情。」顔師古注引晉灼曰：「鈎，致也。距，閉也。使對者無疑，若不問而自知，衆莫覺所由，以閉其術爲距也。」《後漢書・劉寬傳》：「吏人有過，但用蒲鞭罰之，示辱而已。」

早春醉吟寄太原令狐相公蘇州劉郎中

雪夜閑遊多秉燭，花時暫出亦提壺。别來少遇新詩敵，老去難逢舊飲徒。大振威名降北虜，勤行惠化活東吴。不知歌酒騰騰興，得似河南醉尹無？（2207）

【注】

陳《譜》、朱《箋》：作於大和七年（八三三），洛陽。

〔令狐相公〕朱《箋》：「令狐楚。」見卷二六《送令狐相公赴太原》（1885）注。

〔蘇州劉郎中〕朱《箋》：「劉禹錫。」見卷二六《寄劉蘇州》（1900）注。

洛下送牛相公出鎮淮南

北闕至東京，風光十六程。坐移丞相閣，春入廣陵城。紅旆擁雙節，白鬚無一莖①。萬人開路看，百吏立班迎。閫外君彌重，樽前我亦榮。何須身自得，將相是門生。元和初，牛相公應制策，登第三等，予爲翰林考覈官。（2208）

【校】

①〔白鬚〕《文苑英華》明刊本作「白鬢」。

【注】

汪《譜》、朱《箋》：作於大和六年（八三二），洛陽。

〔牛相公〕朱《箋》：「牛僧孺。」《舊唐書·文宗紀》：「（大和六年）十二月己未朔，乙丑，以中書侍郎同平章事牛僧孺檢校右僕射同平章事、揚州大都督府長史、充淮南節度使。」僧孺抵淮南當已是大和七年春。

〔北闕至東京，風光十六程〕本書卷二五《從陝至東京》（1793）：「從陝至東京，山低路漸平。風光四百里，車馬十三程。」參見該詩注。

〔坐移丞相閣，春入廣陵城〕《舊唐書·地理志三》淮南道：「揚州大都督府，……天寶元年，改爲廣陵郡，依舊大都督府。乾元元年，復爲揚州。自後置淮南節度使。」

〔紅旆擁雙節，白鬚無一莖〕紅旆，參見卷十七《行次夏口先寄李大夫》(1094)注。《新唐書・百官志下》節度使：「辭日賜雙旌雙節，行則建節，樹六纛。」

〔閫外君彌重，樽前我亦榮〕《史記・張釋之馮唐列傳》：「臣聞上古王者之遣將也，跪而推轂曰：閫以内者寡人制之，閫以外者將軍制之。」

〔何須身自得，將相是門生〕《舊唐書・憲宗紀》：「(元和三年四月)乙丑，貶翰林學士王涯虢州司馬，時涯甥皇甫湜與牛僧孺、李宗閔並登賢良方正科第三等，策語太切，權倖惡之，故涯等坐親累貶之。」白居易《論制科人狀》(《白氏文集》卷五八)：「制舉人牛僧孺等三人以直言時事，恩獎登科，被落第人怨謗加誣，惑亂中外，謂爲誑妄，斥而逐之，故並出爲關外官。楊於陵以考策敢收直言者，故出爲廣府節度。韋貫之同所坐，故出爲果州刺史。裴垍以覆策又不退直言者，故免内職，除户部侍郎。王涯同所坐，出爲虢州司馬。盧坦以數舉事爲人所惡，因其彈奏小誤，得以爲名，故黜爲左庶子。王播同之，亦停知雜。……臣昨在院與裴垍、王涯等覆策之時，日奉宣令臣等精意考覈。……以臣覆策事涉乖宜，遇臣等見在四人亦宜各加黜責，豈可六人同事，唯罪兩人？」陳《譜》：元和三年戊子，「有《論制科人狀》。時牛僧孺、皇甫湜、李宗閔對策切直，宰相李吉甫泣訴於上，考官韋貫之等皆坐貶，故公極論之。公時亦爲考覆官。唐朋黨之禍蓋始此，而公與李德裕不咸亦始此。」參見卷二《和答詩十首》(0100)序注。

箏

雲髻飄蕭綠，花顔旖旎紅。雙眸剪秋水，十指剝春葱。楚艷爲門閥，秦聲是女工①。甲嗚銀玓瓅，柱觸玉玲瓏。猨苦啼嫌月，鶯嬌語詎風②。移愁來手底，送恨入絃中。趙瑟清相似③，胡琴鬧不同④。慢彈迴斷雁，急奏轉飛蓬。霜珮鏘還委，冰泉咽復通⑤。珠聯千拍碎，刀截一聲終。倚麗精神定，矜能意態融。歇時情不斷，休去思無窮。燈下青春夜⑥，樽前白首翁。且聽應得在，老耳未多聾。（2209）

【校】

①〔女工〕《文苑英華》、盧校作「女功」。

②〔鶯嬌〕馬本、《唐音統籤》作「鸞嬌」，誤。〔詎風〕《文苑英華》作「泥風」。那波本作「詆風」，誤。

③〔清相似〕「清」《文苑英華》作「情」，校：「集作清。」

④〔鬧不同〕《文苑英華》作「調不同」。

⑤〔冰泉〕紹興本作「水泉」，據他本改。

⑥〔青春〕《文苑英華》作「清歌」，校：「集作青春。」

【注】

朱《箋》：作於大和七年（八三三），洛陽。

〔雲髻飄蕭綠，花顏旖旎紅〕飄蕭，見卷二一《小童薛陽陶吹觱篥歌》（1407）注。旖旎，見卷一《杏園中棗樹》（0056）注。

〔雙眸剪秋水，十指剝春葱〕本書卷二七《何處難忘酒七首》之五(1954)：「玉柱剥葱手，金章爛椹袍。」參見該詩注。

〔楚艷爲門閥，秦聲是女工〕《文心雕龍·宗經》：「是以楚豔漢侈，流弊不還。」《白孔六帖》卷六一歌：「齊謳，吳歈，楚豔，並歌名。」馮贄《雲仙雜記》卷二辨琴秦楚聲：「李龜年至岐王宅，聞琴聲，曰：『此秦聲。』良久，又曰：『此楚聲。』主人入問之，則前彈者隴西沈妍也，後彈者揚州薛滿。二妓大服之。」

〔甲鳴銀玓瓅，柱觸玉玲瓏〕甲謂指甲。玓瓅，同的皪。《史記·司馬相如列傳》：「明月珠子，玓瓅江靡。」《文選》司馬相如《上林賦》作「的皪」。李善注：「《説文》曰：玓瓅，明珠光也。玓瓅與的皪音義同。」

〔猨苦啼嫌月，鶯嬌語⿰言尼風〕⿰言尼，同泥，糾纏。見卷十八《冬至夜》(1139)注。

〔趙瑟清相似，胡琴鬧不同〕胡琴，見卷十二《醉歌》(0603)注。

〔霜珮鏘還委，冰泉咽復通〕本書卷十二《琵琶引》(0599)：「間關鶯語花底滑，幽咽泉流冰下難。冰泉冷澀絃凝絶，凝絶不通聲暫歇。」參見該詩注。

洛中春遊呈諸親友

莫嗟年將暮，須憐歲又新。府中三遇臘，洛下五逢春。春樹花珠顆，春塘水麴塵。春娃無氣力，春馬有精神。詠春遊一時之態。並轡鞭徐動，連盤酒慢巡。經過舊鄰里，追逐好交親。笑語銷閑日，酣歌送老身。一生歡樂事，亦不少於人。(2210)

【注】

朱《箋》：作於大和七年（八三三），洛陽。

〔府中三遇臘，洛下五逢春〕白居易大和三年春以太子賓客分司東都。四年十二月二十八日，除河南尹。至七年春，爲「三遇臘」、「五逢春」。趙翼《甌北詩話》卷四：「香山於古詩、律詩中，又多創體，自成一格。……《洛下春遊》五排内：『府中三遇臘，洛下五逢春。……』連用五春字。」

酬舒三員外見贈長句

自請假來多少日，五旬光景似須臾。已判到老爲狂客，不分當春作病夫。楊柳花飄新白雪，櫻桃子綴小紅珠。頭風不敢多多飲，能酌三分相勸無？（2211）

【注】

朱《箋》：作於大和七年（八三三），洛陽。

〔舒三員外〕朱《箋》：「舒元輿。」見卷二二《苦熱中寄舒員外》（1508）、卷二九《履信池櫻桃島上醉後走筆送別舒員外兼寄宗正李卿考功崔郎中》（2118）注。

〔已判到老爲狂客，不分當春作病夫〕不分，不憤，不忿，見卷十六《元和十二年淮寇未平詔停歲仗憤然有感率爾成章》（0954）注。

將歸一絶

欲去公門返野扉，預思泉竹已依依。更憐家醖迎春熟，一甕醍醐待我歸。（2212）

【注】

朱《箋》：作於大和七年（八三三），洛陽。

罷府歸舊居

自此後重授賓客歸履道宅作。

陋巷乘籃入，朱門掛印迴。腰間抛組綬①，纓上拂塵埃。屈曲閑池沼，無非手自開。青蒼好竹樹，亦是眼看栽。石片擡琴匣，松枝閣酒杯。此生終老處，昨日却歸來。（2213）

【校】

①〔組綬〕《唐音統籤》作「紫綬」。

【注】

陳《譜》、朱《箋》：作於大和七年（八三三），洛陽。

〔石片擡琴匣，松枝閣酒杯〕閣即擱，見卷十八《郡齋暇日憶廬山草堂兼寄二林僧社三十韻多叙貶官已來出處之意》

（1104）注。

睡覺偶吟

官初罷後歸來夜，天欲明前睡覺時。起坐思量更無事，身心安樂復誰知？（2214）

【注】

朱《箋》：作於大和七年（八三三），洛陽。

問支琴石

疑因星隕空中落，嘆被泥埋澗底沉。天上定應勝地上，支機未必及支琴。提攜拂拭知恩否，雖不能言合有心。（2215）

【注】

朱《箋》：作於大和七年（八三三），洛陽。

〔天上定應勝地上，支機未必及支琴〕《太平御覽》卷五一引《荊楚歲時記》：「張騫尋河源，得一石，示東方朔，朔曰：『此石是織女支機石，何至於此？』」又卷八引《博物志》：「舊説云天河與海通。近世有居海者，年年八月有浮槎去來，不失期。人有多賫糧，乘槎而去。茫茫忽忽，不覺晝夜。奄至一處，有城郭屋舍甚嚴，遥望多織婦。見一丈夫牽牛渚次，飲之。牽牛人乃驚問：『何由至此？』此人具道來意，即問爲何處。答曰：『君還至蜀，訪嚴君平則知之。』乃與一石而歸。後至蜀，問嚴君平，君平曰：『此織女支機石也。某年月日有客星犯牽牛宿。』正此人到天河時也。」

自喜

身慵難勉强，性拙易遲迴。布被辰時起，柴門午後開。忙驅能者去，閑逐鈍人來。自喜誰能會，無才勝有才。（2216）

【注】

朱《箋》：作於大和七年（八三三），洛陽。

裴常侍以題薔薇架十八韻見示因廣爲三十韻以和之

託質依高架，攢華對小堂。晚開春去後，獨秀院中央。霽景朱明早，芳時白晝長。穠因天與色，麗共日爭光。剪碧排千萼，研朱染萬房。煙條塗石緑，粉蘂撲雌黄①。根動彤雲湧，枝摇赤羽翔。九微燈炫轉，七寶帳熒煌。淑氣薰行徑，清陰接步廊。照梁迷藻梲，耀壁變雕牆。爛若叢燃火，殷於葉得霜。臙脂含笑臉②，蘇合裛衣香。浹洽濡晨露③，玲瓏漏夕陽。合羅排勘纈，醉暈淺深妝。乍見疑迴面，遥看誤斷腸。風朝舞飛燕，雨夜泣蕭娘。桃李慚無語，芝蘭讓不芳。山榴何細碎，石竹苦尋常。蕙慘偎欄避，蓮羞映浦藏。怯教蕉葉戰，妬得柳花狂。豈可輕嘲詠，應須痛比方。畫幈風自展，繡幰蓋誰張？翠錦挑成字，丹砂印著行。猩猩凝血點，瑟瑟蹙金匡。散亂萎紅片，尖纖嫩紫芒。觸僧飄毳褐，留妓冒羅裳。寡和陽春曲，多情騎省郎。緣誇美顔色，引出好文章。東顧辭仁里，語曰：「里仁爲美。」又裴君所居，名仁和里。西歸入帝鄉。假如君愛殺，留著莫移將。裴君題詩之次，而常侍詔到。唱和未竟，而軒騎西歸。故云。（2217）

【校】

①〔雌黄〕紹興本作「雄黄」，據他本改。

②〔笑臉〕汪本作「臉笑」。

③〔浹洽〕那波本作「洽恰」。

【注】

朱《箋》：作於大和七年（八三三），洛陽。

〔裴常侍〕朱《箋》：「裴潾。」《舊唐書・裴潾傳》：「大和四年，出爲汝州刺史，兼御史中丞，賜紫。坐違法杖殺人，貶左庶子分司東都。七年，遷左散騎常侍，充集賢殿學士。」與居易此詩時間相合。

〔霽景朱明早，芳時白晝長〕《爾雅·釋天》：「夏爲朱明。」郭璞注：「氣赤而光明。」

〔煙條塗石綠，粉蘂撲雌黄〕石綠，見卷十三《代書詩一百韻寄微之》（0603）注。司馬相如《子虚賦》：「其土則丹青赭堊，雌黄白坿。」

〔九微燈炫轉，七寶帳熒煌〕《博物志》卷八：「漢武帝好仙道，……七月七日夜漏七刻，王母乘紫雲車而至於殿西，南面東向，……時設九微燈。」駱賓王《帝京篇》：「春朝桂樽樽百味，秋夜蘭燈燈九微。」

〔照梁迷藻棁，耀壁變雕牆〕《禮記·明堂位》：「山節藻棁。」鄭玄注：「藻棁，畫侏儒柱爲藻文也。」《左傳》宣公二年：「晉靈公不君，厚斂以雕牆。」杜預注：「雕，畫也。」

〔臙脂含笑臉，蘇合裛衣香〕《後漢書·西域傳》：「合會諸香，煎其汁以爲蘇合。」《雜謡歌辭·河中之水歌》：「盧家蘭室桂爲梁，中有鬱金蘇合香。」

〔合羅排勘纈，醉暈淺深妝〕本書卷十八《喜山石榴花開》（1157）：「赤玉何人小琴軫，紅纈誰家合羅袴？」參見該詩注。

〔浹洽濡晨露，玲瓏漏夕陽〕司馬相如《封禪文》：「休烈浹洽，符瑞衆變。」《文選》劉良注：「浹，及。洽，遍。」

〔風朝舞飛燕，雨夜泣蕭娘〕《漢書·外戚傳》：「孝成趙皇后，本長安宫人。初生時，父母不舉，三日不死，乃收養之。及壯，屬陽阿主家，學歌舞，號曰飛燕。」蕭娘，見卷十四《和夢遊春詩一百韻》（0800）注。

〔山榴何細碎，石竹苦尋常〕山石榴，見卷十二《山石榴寄元九》（0590）注。石竹，見卷四《牡丹芳》（0150）注。

〔猩猩凝血點，瑟瑟蹙金匡〕《華陽國志》卷四《南中志》永昌郡：「又有貊獸食鐵，猩猩獸能言，其血可以染朱罽。」瑟瑟，寶珠。見卷十九《聽彈湘妃怨》（1298）注。金匡，同金筐。見卷十三《代書詩一百韻寄微之》（0603）注。

〔寡和陽春曲，多情騎省郎〕騎省，左右散騎省。見卷十九《西省北院新構小亭種竹開窗東通騎省與李常侍隔窗小飲各題四韻》（1227）注。

〔東顧辭仁里，西歸入帝鄉〕《論語・里仁》：「子曰：里仁爲美。擇不處仁，焉得知？」《唐兩京城坊考》卷六長夏門之東第一街仁和坊「兵部侍郎裴隣宅」引居易此詩注，云：「蓋亦裴氏（寬）之族也。諸城劉氏云：大和題名有裴潾。則裴隣當作裴潾也。」朱《箋》：「當以潾爲正。」

〔假如君愛殺，留著莫移將〕愛殺，愛極，愛甚。殺作補語，又寫作煞、㗇、曬，讀去聲。《敦煌變文集・醜女緣起》：「大王夫人喜歡曬，因玆特地送資財。」

感舊詩卷

夜深吟罷一長吁，老淚燈前濕白鬚。二十年前舊詩卷，十人酬和九人無。（2218）

【注】

朱《箋》：作於大和七年（八三三），洛陽。

酬李二十侍郎

筍老蘭長花漸稀，衰翁相對惜芳菲。殘鶯著雨慵休囀，落絮無風凝不飛。行掇木芽供野

食，坐牽蘿蔓掛朝衣。十年分手今同醉，醉未如泥莫道歸。（2219）

【注】

朱《箋》：作於大和七年（八三三），洛陽。

〔李二十侍郎〕朱《箋》：「李紳。」李紳有《七年初到洛陽寓居宣教里時已暮春而四老俱在洛中分司》，又有《發壽陽分司敕到又遇新正感懷書事》，注：「七年正月八日立春在壽陽，凡四年。」詩云：「休爲建隼臨淝守，轉作垂絲入洛人。」可知其於大和七年春罷壽州刺史，入洛。朱《箋》：「蓋唐人多喜稱内職，據《舊唐書·穆宗紀》，長慶三年十月，出紳爲江西觀察使，紳請留，改户部侍郎。故此詩仍以侍郎相稱也。」

和夢得

夢得來詩云：「謾讀圖書四十車，年年爲郡老天涯。一生不得文章力，百口空爲飽煖家。」

綸閣沉沉無寵命，蘇臺籍籍有能聲。豈惟不得清文力，但恐空傳冗吏名。郎署迴翔何水部，江湖留滯謝宣城。所嗟非獨君如此，自古才難共命爭。（2220）

【注】

朱《箋》：作於大和七年（八三三），洛陽。

〔夢得來詩〕劉禹錫《郡齋書懷寄河南白尹兼簡分司崔賓客》：「謾讀圖書二十車，年年爲郡老天涯。一生不得文章力，百口空爲飽暖家。綺季衣冠稱鬢面，吴公政事副詞華。還思謝病今歸去，同醉城東桃李花。」題注所引即此詩前四句，字句微異。

〔郎署迴翔何水部，江湖留滯謝宣城〕何水部，見卷十五《聽水部吴員外新詩因贈絶句》（0838）注。《南齊書·謝朓傳》：「出爲宣城太守，以選復爲中書郎。……長五言詩，沈約常云：『二百年來無此詩也。』」

贈草堂宗密上人

吾師道與佛相應，念念無爲法法能。口藏傳宣十二部①，心臺照耀百千燈②。盡離文字
非中道，長住虚空是小乘。少有人知菩薩行，世間只是重高僧。（2221）

【校】

①〔十二部〕「二」《文苑英華》校：「集作五。」

②〔心臺〕《文苑英華》明刊本作「心傳」。

【注】

朱《箋》：作於大和七年（八三三），洛陽。

〔宗密〕從荷澤宗道圓出家，爲神照弟子。又從華嚴宗澄觀求教，被後人尊爲華嚴宗五祖。《宋高僧傳》卷六《唐圭

峰草堂寺宗密傳》：「釋宗密，姓何氏，……元和二年，偶謁遂州圓禪師，圓未與語，密欣然而慕之，乃從其削染受教。……復見洛陽照禪師，照曰：『菩薩人也，誰能識之？』末見上都華嚴觀，觀曰：『毗盧華藏，能隨我遊者其唯汝乎？』……密累入内殿，問其法要。大和二年慶成節，徵賜紫方袍爲大德。尋請歸山。會昌元年正月六日，坐滅於興福塔院。」

〔吾師道與佛相應，念念無爲法法能〕敦煌本《壇經》：「我此法門，從上已來，頓漸皆立。無念爲宗，無相爲體，無住爲本。何名爲相？無相者於相而離相，無念者於念而不念，無住者爲人本性。念念不住，前念、今念、後念，念念相續，無有斷絶。若一念斷絶，法身即是離色身。念念時中，於一切法上無住。一念若住，念念即住，名繫縛。」宗密《圓覺經略疏注》卷二：「菩薩摩訶薩應知，自心念念常有佛成正覺。何以故？諸佛如來不離此心成正覺故。如自心一切衆生心亦復如是，悉有如來成正覺。」宗密《禪源諸詮集都序》卷三：「故諸佛與衆生交徹，淨土與穢土融通。法法皆彼此互收，塵塵悉包含世界。」

〔口藏傳宣十二部，心臺照耀百千燈〕十二部，見卷十九《新昌新居書事四十韻因寄元郎中張博士》(1252)注。唐中宗《三藏圣教序》：「懸法鏡於心臺，朗戒珠於性海。」《華嚴經》卷七八：「譬如一燈然百千燈，其本一燈無滅無盡。菩薩摩訶薩菩提心燈亦復如是。」

〔盡離文字非中道，長住虚空是小乘〕《維摩經·觀衆生品》：「天曰：言説文字皆解脱相。所以者何？解脱者不内不外，不在兩間，文字亦不内不外，不在兩間，是故舍利弗，無離文字説解脱也。」宗密《禪源諸詮集都序》卷一：「達摩受法天竺，躬至中華，見此方學人多未得法，唯以名數爲解，事相爲行。欲令知月不在指，法是我心，故但以心傳心，不立文字。顯宗破執，故有斯言，非離文字説解脱也。」又卷三：「故今廣辨空宗、性宗有其十異。……性宗則攝一切性相及自體，總爲三諦：以緣起色等諸法爲俗諦，緣無自性、諸法即空爲真諦，一真心體，非空非色，能空能色，爲中道第一義諦。」

〔少有人知菩薩行，世間只是重高僧〕《維摩經·問疾品》：「是故菩薩不當住於調伏不調伏心，離此二法，是菩薩行。非凡夫行，非賢聖行，是菩薩行。非垢行，非淨行，是菩薩行。雖過魔行，而現降伏衆魔，是菩薩行。……雖得佛道轉於法輪入於涅槃，而不捨於菩薩之道，是菩薩行。」

喜照密閑實四上人見過

紫袍朝士白髯翁①，與俗乖疏與道通。官秩三迴分洛下，交遊一半在僧中。臭帑世界終須出②，香火因緣久願同。齋後將何充供養，西軒泉石北窗風。（2222）

【校】

①〔紫袍〕那波本作「紫衫」。

②〔臭帑〕馬本、《唐音統籤》、汪本作「臭帑」，馬本注：「農都切。」汪本注：「古孥字。」均誤。

【注】

朱《箋》：作於大和七年（八三三），洛陽。

〔照上人〕朱《箋》：「僧神照。」見卷二七《神照上人》（1995）注。

〔密上人〕朱《箋》：「僧宗密。」見本卷《贈草堂宗密上人》（2221）注。

〔閑上人〕朱《箋》：「僧清閑。」見卷二七《清閑上人》(1998)注。

〔實上人〕朱《箋》：「僧宗實。」見卷二七《宗實上人》(1997)注。

〔臭帑世界終須出，香火因緣久願同〕《黄庭内景經》隱影章：「入山何難故躊躇，人間紛紛臭帑如。」注：「帑，弊惡之帛也。」元稹《冬夜懷李侍御王太祝段丞》：「令聞馨香道，一以悟臭帑。」

贈皇甫六張十五李二十三賓客

昨日三川新罷守①，今年四皓盡分司。幸陪散秩閑居日②，好是登山臨水時。家未苦貧常醞酒，身雖衰病尚吟詩。龍門泉石香山月，早晚同遊報一期。(2223)

【校】

①〔三川〕紹興本作「三州」，據他本改。

②〔閑居〕那波本作「同居」。

【注】

朱《箋》：作於大和七年(八三三)，洛陽。

〔皇甫六〕朱《箋》：「皇甫鏞。」見卷二一《寄皇甫賓客》(1439)注。

〔張十五〕朱《箋》：「張仲方。」見卷二九《秋日與張賓客舒著作同遊龍門醉中狂歌凡二百三十八字》(2117)注。

〔李二十〕朱《箋》：「李紳。」見本卷《酬李二十侍郎》（2219）注。

〔昨日三川新罷守〕三川，見卷十《憶洛下故園》（0498）注。朱《箋》：「居易大和七年四月罷河南尹，『昨日三川新罷守』指此。」四皓，見卷二《答四皓廟》（0104）注。朱《箋》：「指居易及皇甫鏞、張仲方、李紳四人同一年俱以太子賓客分司東都。」李紳《七年初到洛陽寓居宣教里時已春暮而四老俱在洛中分司》：「青莎滿地無三徑，白髮緣頭忝四人。」亦指此四人。

微之敦詩晦叔相次長逝巋然自傷因成二絶①

併失鵷鸞侶，空留麋鹿身。只應嵩洛下②，長作獨遊人。（2224）

【校】

①〔題〕「長」《文苑英華》作「薨」，校：「一作長。」

②〔只應〕馬本作「只因」，誤。

【注】

朱《箋》：作於大和七年（八三三），洛陽。

〔微之〕元稹。見卷二六《元相公挽歌詞三首》（1894）注。

〔敦詩〕崔羣。見卷二六《寄劉蘇州》（1900）注。

〔晦叔〕崔玄亮。見卷二九《哭崔常侍晦叔》（2115）注。

長夜君先去，殘年我幾何？秋風滿衫淚，泉下故人多。（2225）

池上閑詠

青莎臺上起書樓，緑藻潭中繫釣舟。日晚愛行深竹裏①，月明多在小橋頭②。暫嘗新酒還成醉，亦出中門便當遊。一部清商聊送老，白鬚蕭颯管絃秋。（2226）

【校】

①〔深竹〕《文苑英華》作「深徑」。

②〔多在〕那波本、殘宋本、馬本、《唐音統籤》、汪本作「多上」。「在」《文苑英華》校：「集作上。」

【注】

朱《箋》：作於大和七年（八三三），洛陽。

〔一部清商聊送老，白鬚蕭颯管絃秋〕一部清商，見卷二六《快活》（1884）注。

涼風歎

昨夜涼風又颯然，螢飄葉墜卧床前。逢秋莫歎須知分，已過潘安三十年。（2227）

【注】

朱《箋》： 作於大和七年（八三三），洛陽。

〔逢秋莫歎須知分，已過潘安三十年〕潘岳字安仁，見卷六《寄同病者》（0246）注。

和高僕射罷節度讓尚書授少保分司喜遂遊山水之作

暫辭八座罷雙旌，便作登山臨水行。能以忠貞酬重任，不將富貴礙高情。朱門出去簪纓從，絳帳歸來歌吹迎。鞍轡鬧裝光滿馬，何人信道是書生。（2228）

【注】

朱《箋》： 作於大和七年（八三三），洛陽。

〔高僕射〕朱《箋》： 「高瑀。」《舊唐書·文宗紀》：「（大和七年六月）甲戌，以刑部尚書高瑀爲太子少保分司。」參見卷二六《送徐州高僕射赴鎮》（1890）注。

〔暫辭八座罷雙旌，便作登山臨水行〕《通典》卷二二歷代尚書：「八座：後漢以六曹尚書並令、僕二人，謂之八座。魏以五曹尚書、二僕射、一令爲八座，宋、齊八座與魏同。隋以六尚書、左右僕射及令爲八座。大唐與隋同。」雙旌，見卷二五《有小白馬乘馭多時奉使東行至稠桑驛溘然而斃足可驚傷不能忘情題二十韻》（1748）注。

〔鞍轡鬧裝光滿馬，何人信道是書生〕鬧裝，見卷十五《渭村退居寄禮部崔侍郎翰林錢舍人詩一百韻》（0803）注。

送考功崔郎中赴闕

稱意新官又少年，秋凉身健好朝天。青雲上了無多路，却要徐驅穩著鞭。（2229）

【注】

朱《箋》：作於大和七年（八三三），洛陽。

〔考功崔郎中〕崔龜從。見卷二九《履信池櫻桃島上醉後走筆送别舒員外兼寄宗正李卿考功崔郎中》（2118）注。

重修香山寺畢題二十二韻以紀之

闕塞龍門口，祇園鷲嶺頭。曾隨減音陷劫壞①，今遇勝緣修。再瑩新金刹，重裝舊石樓。丙病僧皆引起，忙客亦淹留。四望窮沙界，孤標出贍洲。地圖鋪洛邑，天柱倚崧丘②。兩面蒼蒼岸，中心瑟瑟流。波翻八灘雪，堰護一潭油。臺殿朝彌麗，房廊夜更幽。千花高下塔，一葉往來舟。岫合雲初吐，林開霧半收。静聞樵子語，遠聽棹郎謳。官散殊無事，身閑甚自由。吟來攜筆硯，宿去抱衾裯。霽月當軒白③，凉風滿簟秋。烟香封藥竈，泉冷洗茶甌。南祖心應學，西方社可投。先宜知止足，次要悟浮休。覺路隨方樂，迷塗到

老愁。須除愛名障，莫作戀家囚。便合窮年住，何言竟日遊。可憐終老地，此是我菟裘。（2230）

【校】

①〔滅劫〕紹興本作「滅劫」，據他本改。

②〔崧丘〕馬本、《唐音統籤》作「松丘」。

③〔當軒〕馬本、《唐音統籤》、汪本作「當窗」。

【注】

汪《譜》、朱《箋》：作於大和六年（八三二），洛陽。

〔香山寺〕見卷二二《香山寺石樓潭夜浴》（1499）注。

〔闕塞龍門口，祇園鷲嶺頭〕《河南通志》卷七山川河南府：「闕塞山，……一名龍門山。」參見卷八《贈蘇少府》（0377）注。祇園，見卷六《遊悟真寺詩一百三十韻》（0261）注。鷲嶺，見卷十八《郡齋暇日憶廬山草堂兼寄二林僧社三十韻多叙貶官已來出處之意》（1104）。

〔曾隨滅劫壞，今遇勝緣修〕滅劫，佛教以爲成、住、壞、空四大劫各以二十中劫所成，住劫二十中劫之初劫，人壽每百年減一歲，由八萬歲減至十歲，稱爲滅劫。《俱舍論》卷十二：「此洲人壽經無量時至住劫初，壽方漸減，從無量減至極十年即名爲初一住中劫。此後十八皆有增減，謂從十年增至八萬，復從八萬減至十年。爾乃名爲第二中劫。次後十七例皆如是。於十八後，從十歲增極至八萬歲，名第二十劫。一切劫增，無過八萬。一切劫減，唯極十年。十八劫中，一增一減，時量方等。初減後增故，二十劫時量皆等。此總名爲成已住劫。」

〔再瑩新金刹，重裝舊石樓〕金刹，指佛寺。《法華經》卷三：「諸佛滅後，起七寶塔，長表金刹。」白居易《修香山寺記》（《白氏文集》卷六八）：「始自寺前亭一所，登寺橋一所，連橋廊七間，次至石樓一所，連樓一所，廊六間，次東佛龕大屋十一間，次南賓院堂一所，大小屋共七間。凡支壞補缺，壘隤覆漏，圬墁之功必精，赭堊之飾必良。」本書卷二二有《香山寺石樓潭夜浴》（1499）。

〔四望窮沙界，孤標出贍洲〕沙界，恒（河）沙界。《大寶積經》卷十八：「東方如恒沙界，一一界中如恒沙佛，彼諸佛等各各稱歎阿彌陀佛無量功德，南西北方四維上下諸佛稱讚亦復如是。」贍洲，南贍部洲，見卷二四《酬微之開拆新樓初畢相報末聯見戲之作》（1664）注。

〔地圖鋪洛邑，天柱倚崧丘〕崧丘，即嵩山。潘岳《懷舊賦》：「前瞻太室，傍眺嵩丘。」

〔波翻八灘雪，堰護一潭油〕八灘，洛水八節灘。本書卷三七《開龍門八節石灘詩二首》（2757）序：「東都龍門潭之南，有八節灘、九峭石，船筏過此，例反破傷。舟人檝師，推挽束縛，大寒之月，裸跣水中。」

〔南祖心應學，西方社可投〕南祖，南宗禅始祖慧能。參見卷六《春眠》（0230）注。西方社，見卷十六《臨水坐》（0976）注。

〔先宜知止足，次要悟浮休〕知止足，見卷六《贈杓直》（0267）注。浮休，見卷五《永崇里觀居》（0177）注。

〔覺路隨方樂，迷塗到老愁〕《圓覺經》：「世尊，譬如大城，外有四門。隨方來者，非止一路。一切菩薩莊嚴佛國，及成菩提，非一方便。惟願世尊，廣爲我等宣説一切方便漸次，並修行人，總有幾種。」《諸法集要經》卷十：「能斷三有縛，令登於覺路。」

〔須除愛名障，莫作戀家囚〕《華嚴經》卷六八：「一切衆生，有惜壽命，有愛名聞，有貪財寶，有重官位，有著男女，有戀妻妾，未稱所求，多生憂怖，我皆救濟，令其離苦。」

〔可憐終老地，此是我菟裘〕菟裘，見卷三十《池上作》（2178）注。

送楊八給事赴常州

無嗟別青瑣，且喜擁朱輪。五十得三品，百千無一人。須勤念黎庶，莫苦憶交親。此外無過醉，毗陵何限春。（2231）

【注】

朱《箋》：作於大和七年（八三三），洛陽。

〔楊八給事〕朱《箋》：「楊虞卿。」見卷十八《棣華驛見楊八題夢兄弟詩》（1173）注。《舊唐書·楊虞卿傳》：「（大和）六年，轉給事中。七年，宗閔罷相，李德裕知政事，出爲常州刺史。八年，宗閔復入相，尋召爲工部侍郎。」《舊唐書·文宗紀》：「（大和七年三月）庚戌，出給事中楊虞卿爲常州刺史。」《新唐書·李宗閔傳》：「德裕爲相，與宗閔共當國。……帝曰：『衆以楊虞卿、張元夫、蕭澣爲黨魁。』德裕因請皆出爲刺史。帝然之。即以虞卿爲常州，元夫爲汝州，蕭澣爲鄭州。宗閔曰：『虞卿位給事中，州不容在元夫下。德裕居外久，其知黨人不如臣之詳。虞卿日見賓客於第，世號行中書，故臣未嘗與美官。』德裕質之曰：『給事中非美官云何？』宗閔大沮，不得對。」

〔無嗟別青瑣，且喜擁朱輪〕青瑣，見卷十五《渭村退居寄禮部崔侍郎翰林錢舍人詩一百韻》（0803）注。朱輪，見卷二《不致仕》(0079)注。

〔此外無過醉，毗陵何限春〕《舊唐書・地理志三》江南東道：「常州上，隋毗陵郡。……天寶元年，改爲晉陵郡。乾元元年，復爲常州。」

聞歌者唱微之詩

新詩絶筆聲名歇，舊卷生塵篋笥深。時向歌中聞一句，未容傾耳已傷心。(2232)

【注】

朱《箋》：作於大和七年(八三三)，洛陽。

醉送李二十常侍赴鎮浙東

靖安客舍花枝下，共脱青衫典濁醪。今日洛橋還醉別，金杯翻汙麒麟袍。喧闐夙駕君脂轄，酩酊離筵我藉糟。好去商山紫芝伴，珊瑚鞭動馬頭高。(2233)

【注】

朱《箋》：作於大和七年(八三三)，洛陽。

〔李二十常侍〕朱《箋》：「李紳。」見本卷《酬李二十侍郎》(2219)注。《舊唐書·文宗紀》：「(大和七年閏七月)癸未，以太子賓客李紳檢校左散騎常侍、兼越州刺史、充浙東觀察使代陸亘。」

〔靖安客舍花枝下，共脱青衫典濁醪〕參見卷十三《看渾家牡丹花戲贈李二十》(0628)注。

〔今日洛橋還醉別，金杯翻汙麒麟袍〕洛橋，洛中橋。見卷十二《長相思》(0586)注。《唐會要》卷三二異文袍：「延載元年五月二十二日出繡袍以賜文武官三品已上，其袍文仍各有訓誡：……左右衛將軍飾以對麒麟。」

〔喧闐夙駕君脂轄，酩酊離筵我藉糟〕《詩·邶風·泉水》：「載脂載舝，還車言邁。」毛傳：「脂舝其車，以還我行也。」劉伶《酒德頌》：「先生于是方奉罌承槽，銜杯漱醪，奮髯箕踞，枕麴藉糟。」

〔好去商山紫芝伴，珊瑚鞭動馬頭高〕商山紫芝，見卷二《答四皓廟》(0104)注。何遜《學古三首》：「玉羈瑪瑙勒，金絡珊瑚鞭。」《寒山詩注》〇四七首：「騮馬珊瑚鞭，驅馳洛陽道。」

醉别程秀才

五度龍門點額迴，却緣多藝復多才。貧泥客路粘難出，愁鎖鄉心掣不開。何必更遊京國去，不如且入醉鄉來。吳絃楚調瀟湘弄，爲我慇懃送一杯。程生善琴，尤能《沉湘曲》。(2234)

【注】

朱《箋》：作於大和七年(八三三)，洛陽。

〔五度龍門點額迴，却緣多藝復多才〕龍門點額，見卷十七《點額魚》(1026)注。

〔吴絃楚調瀟湘弄，爲我慇懃送一杯〕沉湘，節鼓曲，又爲琴曲。《新唐書·儀衛志下》：「大横吹部有節鼓二十四曲：……二十四《沉湘》。」《崇文總目》卷一：「《琴譜》十三卷。唐陳康士撰。按康士作琴曲一百章，譜十三卷。宫調二十章，商調十章，角調五章，徵調七章，琴調五章，黄鍾十章，離憂七章，沉湘七章……。」

自詠

白衣居士紫芝仙，半醉行歌半坐禪。今日維摩兼飲酒，當時綺季不請平聲錢。等閑池上留賓客，隨事燈前有管絃。但問此身銷得否，分司氣味不論年。（2235）

【注】

朱《箋》：作於大和七年（八三三），洛陽。

〔白衣居士紫芝仙，半醉行歌半坐禪〕《維摩經·方便品》：「雖爲白衣，奉持沙門清淨律行。」《弟子品》：「爲白衣居士説法，不當如仁者所説。」《十誦律》卷六：「居士者，除王、王臣及婆羅門種，餘在家白衣，是名居士。」紫芝仙，見卷二《答四皓廟》（0104）注。

〔今日維摩兼飲酒，當時綺季不請錢〕維摩，維摩詰居士。綺季，綺里季。見卷二《答四皓廟》（0104）注。請錢，領取俸錢。本書卷三三《和令公問劉賓客歸來稱意無之作》（2430）：「稱意那勞問，請錢不早朝。」「請」注：「平聲。」《太平廣記》卷一四七《王晙》（出《定命錄》）：「果三數日改蒲州司馬。改後二十餘日，敕不到，問三兒，三兒後見前鬼，問故，鬼云：『緣王在任賸請官錢，所以折除。今折欲盡，至某時，當得上。』後驗如其言。」劉攽

《中山詩話》：「白樂天詩云：『請錢不早朝。』請作平聲。唐人語也。」《廣韻》下平聲十四清七情切：「請，受也。又在性切、七井切。」

把酒思閑事二首

把酒思閑事，春愁誰最深？乞錢羈客面，落第舉人心。月下低眉立，燈前抱膝吟。憑君勸一醉，勝與萬黃金。（2236）

【注】

朱《箋》：作於大和七年（八三三），洛陽。

把酒思閑事，春嬌何處多？試鞍新白馬，弄鏡小青娥。掌上初教舞，花前欲按歌。憑君勸一醉，勸了問如何。（2237）

【注】

〔掌上初教舞，花前欲按歌〕《太平御覽》卷五七四引《漢書》：「趙飛燕體輕，能掌上舞。」《梁書·羊侃傳》：「舞人張淨琬，腰圍一尺六寸，時人咸推能掌中舞。」

衰荷

白露凋花花不殘，涼風吹葉葉初乾。無人解愛蕭條境，更遶衰叢一匝看。（2238）

【注】

朱《箋》：作於大和七年（八三三），洛陽。

池上送考功崔郎中兼别房竇二妓

文昌列宿徵還日，洛浦行雲放散時。鵷鷺上天花逐水，無因再會白家池。（2239）

【注】

朱《箋》：作於大和七年（八三三），洛陽。

〔考功崔郎中〕崔龜從。見本卷《送考功崔郎中赴闕》（2229）注。

〔文昌列宿徵還日，洛浦行雲放散時〕文昌，尚書省。見卷十七《聞楊十二新拜省郎遥以詩賀》（1073）注。張衡《思玄賦》：「載太華之玉女兮，召洛浦之宓妃。」

自問

依仁臺廢悲風晚，履信池荒宿草春。晦叔亭臺在依仁。微之池館在履信。自問老身騎馬出，洛陽城裏覓何人？（2240）

【注】

朱《箋》：作於大和七年（八三三），洛陽。

〔依仁臺廢悲風晚，履信池荒宿草春〕洛陽依仁坊，見卷二二《聞崔十八宿予新昌弊宅時予亦宿崔家依仁新亭一宵偶同兩興暗合因而成詠聊以寫懷》（1492）注。履信坊，見卷十四《和夢遊春詩一百韻》（0800）注。

送陳許高僕射赴鎮

敦詩閱禮中軍帥，重士輕財大丈夫。常與師徒同苦樂①，不教親故隔榮枯。花鈿坐遶黄金印，絲管行隨白玉壺②。商皓老狂唯愛醉，時時能寄酒錢無？（2241）

【校】

①〔師徒〕馬本作「司徒」，誤。

②〔絲管〕馬本、《唐音統籤》、汪本作「絲竹」。

【注】

朱《箋》：作於大和七年（八三三），洛陽。

〔高僕射〕朱《箋》：「高瑀。」見本卷《和高僕射罷節度讓尚書授少保分司喜遂遊山水之作》（2228）注。《舊唐書・文宗紀》：「（大和七年八月戊申），以刑部尚書高瑀爲忠武軍節度使。」

〔敦詩閱禮中軍帥，重士輕財大丈夫〕閱禮，當作「説禮」。説通悦。《左傳》僖公二十七年：「作三軍，謀元帥。趙衰曰：『郤縠可。臣亟聞其言矣，説禮樂而敦詩書。』」

青氈帳二十韻

合聚千羊毳①，施張百子弮。司馬遷書云：「張空弮。」骨盤邊柳健，色染塞藍鮮。北製因戎刱，南移逐虜遷。汰音闥風吹不動，禦雨濕彌堅。有頂中央聳，無隅四嚮圓。旁通門豁爾，内密氣温然。遠別關山外，初安庭户前。影孤明月夜，價重苦寒年。軟煖圍氊毯，鎗摐束管絃。最宜霜後地，偏稱雪中天。側置低歌座，平鋪小舞筵。閑多揭簾入，醉便擁袍眠。鐵檠去聲移燈背，銀囊帶火懸。深藏曉蘭焰，暗貯宿香煙。獸炭休親近，狐裘可棄捐。硯温融凍墨，瓶煖變春泉。蕙帳徒招隱，茅菴浪坐禪。貧僧應歎羨，寒士定留連。賓客於中接，兒孫向後傳。王家誇舊物，未及此青氊。王子敬語偷兒云②：「青氈我家舊物。」（2242）

【校】

①〔千羊〕紹興本作「千年」，據他本改。

②〔(注)偷兒〕紹興本作「倫兒」，據他本改。

【注】

朱《箋》：作於大和七年(八三三)，洛陽。

〔合聚千羊毳，施張百子卷〕《南齊書·魏虜傳》：「以繩相交絡，紐木枝棖，覆以青繒，形制平圓，下容百人坐，謂之爲繖，一云百子帳也。於此下宴息。」《梁書·西北諸戎傳·河南王》：「有屋宇，雜以百子帳，即穹廬也。」程大昌《演繁露》卷十三：「唐人昏禮多用百子帳，特貴其名與昏宜，而其制度則非有子孫衆多之義。蓋其制本出戎虜，特穹廬之具體而微者耳。棬柳爲圈，以相連瑣，可張可闔，爲其圈之多也，故以百子總之，亦非真有百圈也。其施張既成，大抵如今尖頂圓亭子，而用青氈通冒四隅上下，便於移置耳。白樂天有《青氈帳》詩，其規模可考也。其詩始曰：『合聚千羊毳，施張百子卷。骨盤邊柳健，色染塞藍鮮。』其下注文自引《史記》『張空卷』爲證，即是以柳爲圈而青氈冒之也。又曰：『北製因戎㺑，南移逐虜遷。』是制出戎虜也。『有頂中央聳，無隅四嚮圓。』是頂聳旁圓也。既曰：『影孤明月夜』，又曰：『最宜霜後地』，則是以之弛張移置於月於霜，隨處悉可也。又曰：『側置低歌座，平鋪小舞筵。』則其中亦差寬矣。既曰：『銀囊帶火懸』，又曰：『獸炭休親近』，則是其間不設燎爐，但用銀囊貯火，虛懸其中也。又曰：『蕙帳徒招隱，茅庵浪坐禪。』其所稱比，但言蕙帳、茅庵而正比穹廬，知其制出穹廬也。樂天詩最爲平易，至其鋪叙物制，如有韻之記，則豈世之徒綴聲韻者所能希哉！唐德宗時，皇女下降，顏真卿爲禮儀使，如俗傳障車、却扇、花燭之禮，顏皆遵用不廢，獨言氈帳本北虜穹廬遺制，請皆不設。其言氈帳，即樂天所賦而宋之問所謂『催鋪百子帳』者是也。」趙翼《甌北詩話》卷四：「《香山集》有《青氈帳》詩二十韻，中有云……，按其製頂高體圓，來自戎俗，即今蒙古包也。但今製用白氈而朱其頂，香山所詠則純用青氈耳。」司馬遷《報任安書》：「更張空拳，冒白刃，北嚮爭死敵者。」

〔汰風吹不動，禦雨濕彌堅〕王楙《野客叢書》卷十六駁娑承明：「寒山詩：『八風吹不動。』而樂天詩：『汰風吹不動。』汰音闥。」《龍龕手鑑》：「汰，大、闥二音。汰，過多也。」

〔軟煖圍氈毯，鎗摐束管絃〕鎗摐，見卷二五《將發洛中枉令狐相公手札兼辱二篇寵行以長句答之》（1770）注。

〔鐵檠移燈背，銀囊帶火懸〕庾信《對燭賦》：「刺取燈花持桂燭，還却燈檠下燭盤。」高承《事物紀原》卷十燈：「《黄帝内傳》曰：王母授帝九華燈檠。於是燈有檠，則注膏油以爲燈，明其前有也。」

〔獸炭休親近，狐裘可棄捐〕《晉書·羊琇傳》：「琇性豪侈，費用無復齊限，而屑炭和作獸形，以温酒，洛下豪貴咸競效之。」蕭統《錦帶書十二月啓·黄鍾十一月》：「酌醇酒而拒切骨之寒，温獸炭而祛透心之冷。」

〔蕙帳徒招隱，茅菴浪坐禪〕孔稚珪《北山移文》：「蕙帳空兮夜鵠怨，山人去兮曉猿驚。」

〔王家誇舊物，未及此青氈〕《晉書·王獻之傳》：「夜卧齋中，而有偷人入其室，盜物都盡。獻之徐曰：『偷兒，青氈我家故物，可特置之。』」

答夢得秋日書懷見寄

幸免非常病，甘當本分衰。眼昏燈最覺，腰瘦帶先知。樹葉霜紅日，髭鬚雪白時。悲愁緣欲老，老過却無悲。（2243）

【注】

朱《箋》：作於大和七年（八三三），洛陽。

同諸客題于家公主舊宅

平陽舊宅少人遊，應是遊人到即愁。春穀鳥啼桃李院①，絡絲蟲怨鳳凰樓。臺傾滑石猶殘砌，簾斷真珠不滿鈎②。聞道至今蕭史在，髭鬚雪白向明州③。（2244）

【校】

①〔春穀〕《文苑英華》、汪本作「布穀」。

②〔真珠〕馬本、《唐音統籤》作「珍珠」。③

③〔髭鬚〕《文苑英華》作「鬢鬚」。〔明州〕《文苑英華》作「韶州」。

【注】

朱《箋》：作於大和七年（八三三），洛陽。

〔于家公主〕憲宗長女永昌公主。《新唐書·諸帝公主傳》：「梁國惠康公主，始封普寧，帝特愛之。下嫁于季友。元和中，徙永昌。薨，詔追封及謚。」

〔平陽舊宅少人遊，應是遊人到即愁〕平陽，見卷四《兩朱閣》（0146）注。

〔春穀鳥啼桃李院，絡絲蟲怨鳳凰樓〕本書卷二四《秋寄微之十二韻》（1630）：「飢啼春穀鳥，寒怨絡絲蟲。」見該詩注。

〔聞道至今蕭史在，髭鬚雪白向明州〕蕭史，見卷十四《和夢遊春詩一百韻》（0800）注。朱《箋》：「蕭史指于季友。大和七年前後爲明州刺史。」彭叔夏《文苑英華辨證》卷九：「白居易《題于家公主舊宅》詩：『……髭鬚皓白向韶州。』按，于家公主，憲宗之女永昌公主，下嫁于頔之子季友。……居易所題舊宅在洛中，……其後有《寄明州于駙馬使君》詩：『留滯三年在浙東。』又有『近海饒風』、『海味腥鹹』之語，皆指明州也。檢唐史《于頔傳》，不書季友終於何官，而《宰相世系表》：季友，絳、宋等州刺史。不及明州，蓋省文也。今《文苑》乃作『韶州』，誤指季友爲于琮，遂改作『韶州』，不可不辨。」汪立名云：「《英華》作『韶州』，是誤以于季友爲于琮也。琮尚宣宗廣德公主在大中十三年，居易歿已久，至貶韶州，則在咸通十三年，相去更遠矣。」岑仲勉《唐集質疑》「于明州」：「今《育王寺碑後記》末題『大和七年十二月一日明州刺史于季友記』（《金石萃編》一〇八），時代正合，更足爲彭説之確證。《萃編》疑季友是否同人，《平津續記》言《新表》不載，則未知南宋人早經論定也。」

答夢得八月十五日夜玩月見寄

南國碧雲客，東京白首翁。松江初有月①，伊水正無風。遠思兩鄉斷，清光千里同。不知娃館上，何似石樓中②？其夜，余在龍門石樓上望月。（2245）

【校】

①〔有月〕《文苑英華》作「上月」。

②〔何似〕「似」《文苑英華》抄本作「以」，校：「疑作似。」

【注】

朱《箋》：作於大和七年（八三三），洛陽。

〔不知娃館上，何似石樓中〕娃館，館娃宫。見卷十八《長洲苑》（1195）注。石樓，見本卷《重修香山寺畢題二十二韻以紀之》（2230）注。

初冬早起寄夢得

起戴烏紗帽，行披白布裘。爐温先煖酒，手冷未梳頭。早景烟霜白①，初寒鳥雀愁。詩成遣誰和，還是寄蘇州。（2246）

【校】

①〔早景〕馬本、《唐音統籤》、汪本作「早起」。

【注】

朱《箋》：作於大和七年（八三三），洛陽。

秋夜聽高調涼州

樓上金風聲漸緊，月中銀字韻初調。促張絃柱吹高管，一曲涼州入泬寥。（2247）

【注】

朱《箋》：作於大和七年（八三三），洛陽。

〔高調涼州〕王灼《碧雞漫志》卷三：「涼州曲，《唐史》及傳載稱天寶樂曲，皆以邊地爲名，若《涼州》、《伊州》、《甘州》之類。曲遍聲繁，名入破。……今《妃外傳》及《明皇雜録》所云，誇誕無實，獨帝御玉笛爲倚樓曲，因廣之，流傳人間，似可信，但非《涼州》耳。《唐史》又云：其聲本宮調。今《涼州》見於世者凡七宮曲，曰黄鍾宮、道調宮、無射宮、中吕宮、南吕宮、仙吕宮、高宮，不知西涼所獻何宮也。然七曲中，知其三是唐曲，黄鍾、道調、高宮是也。《脞説》云：『《西涼州》本在正宮，貞元初，康崑崙翻入琵琶玉宸宮調，初進在玉宸殿，故以命名，合衆樂即黄鍾也。』予謂黄鍾即俗呼正宮，崑崙豈能捨正宮外，別製黄鍾《涼州》乎？因玉宸殿奏琵琶，就易美名，此樂工誇大之常態。而《脞説》便謂翻入琵琶玉宸宮調。《新史》雖取其説，止云康崑崙寓其聲於琵琶，奏於玉宸殿，因號玉宸宮調，合諸樂則用黄鍾宮，得之矣。張祜詩云：『春風南内百花時，道調涼州急遍吹。揭手便拈金椀舞，上皇驚笑悖拏兒。』又《幽閑鼓吹》云：『元載字伯和，勢傾中外，福州觀察使寄樂妓數十人，使者半歲不得通，窺伺門下，有琵琶康崑崙出入，乃厚遺求通。伯和一試，盡付崑崙。段和上者，自製道調《涼州》，崑崙求譜，不許，以樂之半爲贈，乃傳。』據張祜詩，上皇時已有此曲，而《幽閑鼓吹》爲段師自製，未知孰是。白樂天《秋夜聽高調涼州》詩云：『樓上金風聲漸緊，月中銀字韻初調。促張絃柱吹高管，一曲涼州入泬寥。』大呂宮，俗呼高宮，其商爲高大石，其羽爲高般涉，所謂高調，乃高宮也。史及《脞説》又云：『《涼州》有大遍、小遍。』非也。凡大曲有散序、靸、排遍、攧、正攧、入破、虚催、實催、衮遍、歇指、殺衮，始成一曲。此謂大遍。而《涼州》排遍，予曾見一本有二十四段。後世就大曲製詞者，類從簡省，而管絃家又不肯從首至尾吹彈，甚者學不能盡。元微之詩云：『逡巡大遍涼州徹。』又云：『涼州大遍最豪嘈。』及《脞説》謂有大遍、小遍，其誤職此乎？」

〔樓上金風聲漸緊，月中銀字韻初調〕本書卷二六《南園試小樂》(1850)：「高調管色吹銀字，慢拽歌詞唱渭城。」參見該詩注。

香山寺二絶

空門寂靜老夫閑，伴鳥隨雲往復還。家醖滿瓶書滿架，半移生計入香山。（2248）

【注】

朱《箋》：作於大和七年（八三三），洛陽。

愛風巖上攀松蓋，戀月潭邊坐石稜。且共雲泉結緣境，他生當作此山僧。（2249）

送舒著作重授省郎赴闕

三歲相依在洛都，遊花宴月飽歡娱。惜别笙歌多怨咽，願留軒蓋少踟躕。劍磨光彩依前出，鵬舉風雲逐後驅。從此求閑應不得，更能重醉白家無？（2250）

【注】

朱《箋》：作於大和七年（八三三），洛陽。

〔舒著作〕朱《箋》：「舒元輿。」見卷二一《九日代羅樊二妓招舒著作》（1449）、卷二九《履信池櫻桃島上醉後走筆送别舒員外兼寄宗正李卿考功崔郎中》（2118）注。朱《箋》據後詩云：「則知元輿離洛陽往長安，必在是年秋末。」

〔三歲相依在洛都，遊花宴月飽歡娱〕朱《箋》：「元輿大和五年八月改授著作郎分司東都，至七年秋，故云『三歲相依在洛都』也。」《册府元龜》卷九四五：「舒元輿爲著作郎分司東都，日與李訓深相結納，大和末訓居中用事，亟加遷擢，自右司郎中兼侍御史知雜事爲權知御史中丞。」

同諸客嘲雪中馬上妓

珊瑚鞭嚲馬踟躕，引手低蛾索一盂。腰爲逆風成弱柳，面因衝冷作凝蘇。銀篦穩篸去呼

烏羅帽，花襜宜乘叱撥駒。雪裹君看何所似，王昭君妹寫真圖。（2251）

【注】

朱《箋》：作於大和七年（八三三），洛陽。

〔珊瑚鞭嚲馬踟躕，引手低蛾索一盃〕珊瑚鞭，見本卷《醉送李二十常侍赴鎮浙東》（2233）注。

〔銀篦穩篸烏羅帽，花襜宜乘叱撥駒〕篸同簪。《廣韻》去聲五十三勘：「篸，以針篸物。作紺切。」《說文》：「襜，衣蔽前。」此乃騎馬所服。李商隱《鏡檻》：「騎襜侵鞍卷，車帷約幰鈋。」叱撥駒，見卷十九《和張十八秘書謝裴相公寄馬》（1203）注。

〔雪裹君看何所似，王昭君妹寫真圖〕王昭君，見卷十四《王昭君二首》（0801）注。

喜劉蘇州恩賜金紫遥想賀宴以詩慶之

海内姑蘇太守賢，恩加章綬豈徒然。賀賓喜色欺杯酒，醉妓歡聲遏管絃①。魚佩葺鱗光照地，鶻銜瑞帶勢衝天。莫嫌鬢上些些白②，金紫由來稱長年。（2252）

【校】

①〔歡聲〕《唐音統籤》作「歌聲」。

②〔鬢上〕那波本作「鬂上」。

【注】

朱《箋》：作於大和七年（八三三），洛陽。

〔劉蘇州〕朱《箋》：「劉禹錫。」見卷二一《憶舊遊》（1450）注。

〔魚佩葺鱗光照地，鶻銜瑞帶勢衝天〕參見卷十七《初除官蒙裴常侍贈鶻銜瑞草緋袍魚袋因謝惠貺兼抒離情》（1084）、卷二四《聞行簡恩賜章服喜成長句寄之》（1638）注。《楚辭・九章・悲回風》：「魚葺鱗以自別兮，蛟龍隱其文章。」王逸注：「葺，累也。」

藍田劉明府攜酎相過與皇甫郎中卯時同飲醉後贈之①

臘月九日煖寒客，卯時十分空腹杯。玄晏舞狂烏帽落，藍田醉倒玉山頹。貌偷花色老暫去，歌蹋柳枝春暗來。不爲劉家賢聖物，愁翁笑口大難開②。（2253）

【校】

①〔題〕「酎」馬本、《唐音統籤》、汪本作「酌」。

②〔大難〕那波本作「太難」。

【注】

朱《箋》：作於大和七年（八三三），洛陽。

〔藍田劉明府〕名不詳。《舊唐書·地理志一》關内道京兆府：「藍田，隋縣。」

〔皇甫郎中〕朱《箋》：「皇甫曙。」見卷二九《池上清晨候皇甫郎中》（2132）注。

〔玄晏舞狂烏帽落，藍田醉倒玉山頹〕玄晏，見卷二一《寄皇甫賓客》（1439）注。玉山頹，見卷二九《酬思黯相公見過弊居戲贈》（2109）注。

〔貌偷花色老暫去，歌蹋柳枝春暗來〕柳枝，楊柳枝曲。《岳陽風土記》：「荆湖民俗，歲時會集或禱祠，多擊鼓，令男女踏歌，謂之歌場。」《朝野僉載》卷三：「睿宗先天二年正月十五、十六夜，於京師安福門外作燈輪，……妙簡長安、萬年少婦千餘人，衣服、花釵、媚子亦稱是，於燈輪下踏歌三日夜。」本書卷三二《楊柳枝二十韻》（2336）：「小妓攜桃葉，新歌蹋柳枝。」可見《楊柳枝》曲亦屬踏歌。

〔不爲劉家賢聖物，愁翁笑口大難開〕賢聖物，指酒。見卷十七《江南謫居十韻》（1002）注。大，太，甚。見卷二九《老熱》（2144）注。

劉蘇州以華亭一鶴遠寄以詩謝之

老鶴風姿異，衰翁詩思深。素毛如我鬢，丹頂似君心。松際雪相映，雞羣塵不侵。慇懃遠來意，一隻重千金。（2254）

【注】

朱《箋》：作於大和七年（八三三），洛陽。

〔華亭鶴〕參見卷八《洛下卜居》（0375）、卷二一《寄庾侍郎》（1440）注。

早春憶蘇州寄夢得

吳苑四時風景好，就中偏好是春天。霞光曙後殷於火，水色晴來嫩似煙。士女笙歌宜月下，使君金紫稱花前。誠知歡樂堪留戀，其奈離鄉已四年。（2255）

【注】

朱《箋》：作於大和八年（八三四），洛陽。

嘗新酒憶晦叔二首

樽裏看無色，杯中動有光。自君抛我去，此物共誰嘗？（2256）

【注】

朱《箋》：作於大和八年（八三四），洛陽。

〔晦叔〕朱《箋》：「崔玄亮。」見本卷《微之敦詩晦叔相次長逝巋然自傷因成二絶》（2224）注。

世上强欺弱，人間醉勝醒。自君抛我去，此語更誰聽？（2257）

負春

病來道士教調氣，老去山僧勸坐禪。辜負春風楊柳曲，去年斷酒到今年。（2258）

【注】

朱《箋》：作於大和八年（八三四），洛陽。

〔辜負春風楊柳曲，去年斷酒到今年〕見本卷《楊柳枝詞八首》（2283）注。

池上閑吟二首

高卧閑行自在身，池邊六見柳條新。幸逢堯舜無爲日，得作羲皇向上人。四皓再除猶且健，三川罷守未全貧①。莫愁客到無供給，家醖香濃野菜春。（2259）

【校】

①〔三川〕馬本、《唐音統籤》作「三州」，誤。

【注】

朱《箋》：作於大和八年（八三四），洛陽。

〔幸逢堯舜無爲日，得作羲皇向上人〕陶淵明《與子儼等書》：「常言五六月中，北窗下卧，遇涼風暫至，自謂是羲皇上人。」

〔四皓再除猶且健，三川罷守未全貧〕見本卷《贈皇甫六張十五李二十三賓客》（2223）注。

非莊非宅非蘭若，竹樹池亭十畝餘①。非道非僧非俗吏，褐裘烏帽閉門居。夢遊信意寧殊蝶，心樂身閑便是魚。雖未定知生與死，其間勝負兩何如？（2260）

【校】

①〔十畝〕《唐音統籤》作「六畝」。

【注】

〔非莊非宅非蘭若，竹樹池亭十畝餘〕蘭若，見卷六《蘭若寓居》（0237）注。

〔非道非僧非俗吏，褐裘烏帽閉門居〕褐裘，見卷一《村居苦寒》（0046）注。烏帽，烏紗帽。見卷二五《偶眠》

（1745）注。

〔夢遊信意寧殊蝶，心樂身閑便是魚〕夢蝶，見卷二八《疑夢二首》（2057）注。魚樂，見卷二九《四月池水滿》（2106）注。

早春招張賓客

久雨初晴天氣新，風煙草樹盡欣欣。雖當冷落衰殘日，還有陽和暖活身。池色溶溶藍染水，花光焰焰火燒春。商山老伴相收拾，不用隨他年少人。（2261）

【注】

朱《箋》：作於大和八年（八三四），洛陽。

〔張賓客〕朱《箋》：「張仲方。」見卷二九《秋日與張賓客舒著作同遊龍門醉中狂歌凡二百三十八字》（2117）注。

營閑事

自笑營閑事，從朝到日斜。澆畦引泉脈，掃徑避蘭芽。暖變牆衣色，晴催木筆花。桃根知酒渴，晚送一甌茶。（2262）

【注】

朱《箋》：作於大和八年（八三四），洛陽。

〔暖變牆衣色，晴催木筆花〕曾慥《類説》卷三五：「辛夷一名木筆。」鄭樵《通志》卷七六：「辛夷曰辛矧，曰侯桃，曰房木，北人曰木筆，南人曰迎春。」胡仔《苕溪漁隱叢話》後集卷十：「苕溪漁隱曰：《感春》詩：『辛夷花高開最先。』洪慶善注云：『辛夷高數丈，江南地暖，正月開。北地寒，二月開。初發如筆，北人呼爲木筆。其花最早。南人呼爲迎春。』余觀木筆、迎春，自是兩種。木筆色紫，迎春色白。木筆叢生，二月方開。迎春樹高，立春已開。然則辛夷乃此花耳。」

〔桃根知酒渴，晚送一甌茶〕桃根，見卷二八《日高卧》（2047）注。

感春

老思不禁春，風光照眼新。花房紅鳥觜，池浪碧魚鱗。倚棹誰爲伴，持杯自問身。心情多少在，六十二三人。（2263）

【注】

朱《箋》：作於大和八年（八三四），洛陽。

春池上戲贈李郎中

滿池春水何人愛，唯我迴看指似君。直似挼藍新竹色，與君南宅染羅裙。（2264）

【注】

朱《箋》：作於大和八年（八三四），洛陽。

〔李郎中〕名不詳。

〔直似挼藍新竹色，與君南宅染羅裙〕挼藍，草名，色青，可入藥。王燾《外臺秘要方》卷四十：「備急療蜈蚣螫人方：挼藍汁以漬之即差。」黄庭堅《跛奚移文》：「素衣當白，染衣增色。梔鬱爲黄，紅螺砑光。挼藍杵草，茅蒐槖皂。」

玩半開花贈皇甫郎中

八年寒食日池東小樓上作。

勿訝春來晚，無嫌花發遲。人憐全盛日，我愛半開時。紫蠟黏爲蔕，紅蘇點作蕤。成都新夾纈，梁漢碎燕脂。樹杪真珠顆，牆頭小女兒。淺深妝駁落，高下火參差。蝶戲爭香朵①，鶯啼選穩枝。好教郎作伴，合共酒相隨。醉玩無勝此，狂嘲更讓誰？猶殘少年興，未似老人詩②。西日憑輕照，東風莫殺去聲吹。明朝應爛熳，後夜更離披③。林下遥

相憶，樽前暗有期。銜杯嚼蘂思，唯我與君知。（2265）

【校】

①〔香朵〕馬本作「香孕」。

②〔未似〕馬本、《唐音統籤》作「未是」。

③〔更離披〕殘宋本作「即離披」。

【注】

陳《譜》、汪《譜》、朱《箋》：作於大和八年（八三四），洛陽。

〔皇甫郎中〕朱《箋》：「皇甫曙。」見卷二九《池上清晨候皇甫郎中》（2132）注。

〔成都新夾纈，梁漢碎燕脂〕夾纈，見卷十四《和夢遊春詩一百韻》（0800）注。

〔西日憑輕照，東風莫殺吹〕殺，又作煞，極，甚。此作狀語。盧延讓《八月十六夜月》：「桂老猶全在，蟾深未煞忙。」

池邊

柳老香絲宛，荷新鈿扇圓。殘春深樹裏，斜日小樓前。醉遣收杯杓，閑聽理管絃。池邊更無事，看補採蓮船。（2266）

【注】

朱《箋》：作於大和八年（八三四），洛陽。

家釀新熟每嘗輒醉妻侄等勸令少飲因成長句以諭之

君應怪我朝朝飲，不説向君君不知。身上幸無疼痛處，甕頭正是撇嘗時。劉妻勸諫夫休醉，王侄分疏叔不癡。六十三翁頭雪白，假如醒黠欲何爲①？（2267）

【校】

①〔醒黠〕那波本作「醒得」。

【注】

汪《譜》、朱《箋》：作於大和八年（八三四），洛陽。

〔身上幸無疼痛處，甕頭正是撇嘗時〕甕頭，見卷十七《薔薇正開春酒初熟因招劉十九張大崔二十四同飲》（1048）注。

〔劉妻勸諫夫休醉，王侄分疏叔不癡〕劉伶妻，見卷二八《橋亭卯飲》（2033）注。王湛癡，見卷二七《想東遊五十韻》（1917）注。

送常秀才下第東歸

東歸多旅恨，西上少知音①。寒食看花眼，春風落第心。百憂當二月，一醉直千金。到處公卿席，無辭酒盞深。（2268）

【校】

①〔西上〕紹興本作「西土」，據他本改。

【注】

陳《譜》、汪《譜》、朱《箋》：作於大和八年（八三四），洛陽。

且遊

手裏一杯滿，心中百事休。春應唯仰醉，老更不禁愁。弄水迴船尾，尋花信馬頭。眼看筋力減，遊得且須遊。（2269）

【注】

朱《箋》：作於大和八年（八三四），洛陽。

題王家莊臨水柳亭

弱柳緣堤種，虛亭壓水開。條疑逐風去，波欲上階來。翠羽偷魚入，紅腰學舞迴。春愁正無緒，爭不盡殘杯？（2270）

【注】

朱《箋》：作於大和八年（八三四），洛陽。

題令狐家木蘭花

膩如玉指塗朱粉，光似金刀剪紫霞。從此時時春夢裏，應添一樹女郎花。（2271）

【注】

朱《箋》：作於大和八年（八三四），洛陽。

〔令狐家〕朱《箋》：「李商隱有《木蘭》及《木蘭花》兩詩，均係寓意令狐之作，可與此參證。」馮浩《玉谿生詩箋注》

卷二《木蘭》箋：「令狐家木蘭最盛，故借以寓意，言從此位致通顯矣。……白香山有《題令狐家木蘭花》詩，故假以寄意。」令狐謂令狐綯。

〔木蘭花〕司馬相如《長門賦》：「刻木蘭以爲榱兮，飾文杏以爲梁。」《文選》李善注：「木蘭似桂木。」羅願《爾雅翼》卷十二：「木蘭，葉似長生，冬夏榮，常以冬華。其實如小柿，甘美。一名林蘭，一名杜蘭。皮似桂而香。生零陵山谷及泰山，狀如楠樹，高數仞。任昉《述異記》云：木蘭洲在尋陽江中，多木蘭。又七里洲中有魯班刻木蘭舟，今詩家云木蘭舟出於此。《離騷》云：『朝搴阰之木蘭。』王逸謂木蘭去皮不死，以喻讒人雖欲困己，己受天性，終不可變易。《子虚賦》云：『桂椒木蘭。』《洛陽宫殿簿》：顯陽殿前有之。」《本草綱目》卷三四木蘭：「釋名：杜蘭，林蘭，木蓮，黄心。時珍曰：其香如蘭，其花如蓮，故名。其木心黄，故曰黄心。」「集解：……時珍曰：木蘭枝葉俱踈，其花内白外紫，亦有四季開者，深山生者尤大，可以爲舟。按白樂天集云：木蓮生巴峽山谷間，民呼爲黄心樹。……此説乃真木蘭也。其花有紅黄白數色，其木肌細而心黄，梓人所重。」馮浩《玉谿生詩箋注》：「木蓮以遐僻標奇，當與木蘭相類而實異。」

〔從此時時春夢裏，應添一樹女郎花〕《木蘭詩》：「同行十二年，不知木蘭是女郎。」參見卷二十《戲題木蘭花》(1352)注。

拜表迴閑遊

玉珮金章紫花綬，紵衫藤帶白綸巾。晨興拜表稱朝士，晚出遊山作野人。達磨傳心令息念，玄元留語遣同塵。八關淨戒齋銷日，一曲狂歌醉送春。酒肆法堂方丈室，其間豈是

兩般身。（2272）

【注】

朱《箋》： 作於大和八年（八三四），洛陽。

〔達磨傳心令息念，玄元留語遺同塵〕菩提達摩，禪宗初祖。《續高僧傳》卷十六《菩提達摩傳》：「菩提達摩者，南天竺婆羅門種，神慧疎朗，聞皆曉悟，志存大乘，冥心虛寂，通微徹數，定學高之。悲此邊隅，以法相導，初達宋境南越，末又北度至魏，隨其所止，誨以禪教。于時合國盛弘講授，乍聞定法，多生譏謗。有道育、慧可，此二沙門，年雖在後，而鋭志高遠，初逢法將，知道有歸，尋親事之。經四五載，給供諮接。感其精誠，誨以真法。如是安心，謂壁觀也。如是發行，謂四法也。」敦煌本《壇經》：「第一祖達摩和尚頌曰：吾本來唐國，傳教救迷情。一花開五葉，結果自然成。」杜朏《傳法寶紀序》：「其有發迹天竺來道此土者，有菩提達摩歟？時爲震旦有勝惠者而傳。……唯東魏惠可，以身命求之大師，傳之而去。惠可傳僧璨，僧璨傳道信，道信傳弘忍，弘忍傳法如，法如及乎大通。自達摩之後，師資開道，皆善以方便取證於心，隨所發言，略無繫説。」玄元，老子。《老子》四章：「和其光，同其塵。」

〔八關淨戒齋銷日，一曲狂歌醉送春〕八關齋戒，見卷二七《鉢塔院如大師》（1994）注。

西街渠中種蓮疊石頗有幽致偶題小樓

朱檻低牆上，清流小閣前。雇人栽菡萏，買石造潺湲。影落江心月，聲移谷口泉。閑看

卷簾坐，醉聽掩窗眠。路笑淘官水，家愁費料錢。是非君莫問，一對一翛然。（2273）

【注】

朱《箋》：作於大和八年（八三四），洛陽。

〔影落江心月，聲移谷口泉〕谷口，見卷二五《題崔常侍濟源莊》（1807）注。

晚春閑居楊工部寄詩楊常州寄茶同到因以長句答之

宿酲寂寞眠初起，春意闌珊日又斜。勸我加餐因早笋，恨人休醉是殘花。悶吟工部新來句，渴飲毗陵遠到茶。兄弟東西官職冷，門前車馬向誰家？（2274）

【注】

朱《箋》：作於大和八年（八三四），洛陽。

〔楊工部〕朱《箋》：「楊汝士。」見卷三十《睡後茶興憶楊同州》（2172）注。《舊唐書・文宗紀》：「（大和七年四月庚辰），中書舍人楊汝士爲工部侍郎」；「（大和八年）秋七月庚戌朔，丙辰，以工部侍郎楊汝士爲同州刺史。」

〔楊常州〕朱《箋》：「楊虞卿。」見本卷《送楊八給事赴常州》（2231）注。

玉泉寺南三里澗下多深紅躑躅繁豔殊常感惜題詩以示遊者

玉泉南澗花奇怪，不似花叢似火堆。今日多情唯我到，每年無故爲誰開？寧辭辛苦行三里，更與留連飲兩杯。猶有一般辜負事，不將歌舞管絃來。（2275）

【注】

朱《箋》：作於大和八年（八三四），洛陽。

〔玉泉寺〕見卷二八《獨遊玉泉寺》（2026）注。

〔紅躑躅〕見卷十二《山石榴寄元九》（0590）注。

早服雲母散

曉服雲英漱井華，寥然身若在煙霞。藥銷日晏三匙飯，酒渴春深一椀茶。每夜坐禪觀水月，有時行醉玩風花。淨名事理人難解，身不出家心出家。（2276）

【注】

朱《箋》：作於大和八年（八三四），洛陽。

〔曉服雲英漱井華，寥然身若在煙霞〕井華，見卷十五《題李山人》（0884）注。

〔每夜坐禪觀水月，有時行醉玩風花〕《大方等大集經》卷十：「復有三淨：觀身如水月，觀聲不可説，觀心不可見。」《維摩經·觀衆生品》：「譬如幻師聽見幻人，菩薩觀衆生爲若此，如智者見水中月，如鏡中見其面像。」

〔淨名事理人難解，身不出家心出家〕淨名，維摩詰。見卷二十《東院》（1325）注。

三月晦日日晚聞鳥聲①

晚來林鳥語殷勤，似惜風光説向人。遣脱破袍勞報暖，催沽美酒敢辭貧。聲聲勸醉應須醉，一歲唯殘半日春。（2277）

【校】

①〔題〕馬本、《唐音統籤》、汪本「日」字不重。

【注】

朱《箋》：作於大和八年（八三四），洛陽。

早夏遊平泉迴①

夏早日初長，南風草木香。肩輿頗平穩，澗路甚清涼。紫蕨行看採，青梅旋摘嘗。療飢

兼解渴，一盞冷雲漿。（2278）

【校】

①〔題〕「平泉」諸本作「平原」，何校：「原疑作泉，以意改。」朱《箋》從之。從改。

【注】

朱《箋》：作於大和八年（八三四），洛陽。

〔平泉〕見卷二三《秋遊平泉贈韋處士閑禪師》（1504）注。

宿天竺寺迴

野寺經三宿，都城復一還。家仍念婚嫁，身尚繫官班①。蕭灑秋臨水，沉吟晚下山。長閑猶未得，逐日且偷閑。（2279）

【校】

①〔官班〕馬本、《唐音統籤》作「朝班」。

【注】

朱《箋》：作於大和八年（八三四），洛陽。

〔天竺寺〕見卷三十《題天竺南院贈閑振元旻四上人》（2188）注。

侍中晉公欲到東洛先蒙書問期宿龍門思往感今輒獻長句

昔蒙興化池頭送，大和三年春，居易授賓客分司東來，特蒙侍中於興化里池上宴送①。今許龍門潭上期。聚散但慚長見念，榮枯安敢道相思。功成名遂來雖久，雲卧山遊去未遲。聞説風情筋力在，只如初破蔡州時。（2280）

【校】

①〔（注）特蒙〕馬本、《唐音統籤》作「時蒙」。

【注】

陳《譜》、朱《箋》：作於大和八年（八三四），洛陽。

〔侍中晉公〕朱《箋》：「裴度。」見卷二九《裴侍中晉公以集賢林亭即事詩二十六韻見贈猥蒙徵和才拙詞繁輒廣爲五百言以伸酬獻》（2136）注。

〔昔蒙興化池頭送，今許龍門潭上期〕興化池，見卷二五《酬裴相公題興化小池見招長句》（1739）注。

〔聞説風情筋力在，只如初破蔡州時〕指元和十一年討平吳元濟之叛。參見卷七《春遊二林寺》（0289）注。

奉和晉公侍中蒙除留守行及洛師感悅發中斐然成詠①

鸞鳳翱翔在寥廓，貂蟬蕭灑出埃塵。致成堯舜升平代，收得夔龍强健身。抛擲功名還史册，分張歡樂與交親。商山老皓雖休去，終是留侯門下人。（2281）

【校】

①〔題〕《文苑英華》題末有「之作」二字。

【注】

朱《箋》：作於大和八年（八三四），洛陽。

〔致成堯舜升平代，收得夔龍强健身〕夔龍，見卷五《題贈鄭秘書徵君石溝溪隱居》（0207）注。

〔商山老皓雖休去，終是留侯門下人〕見卷二《答四皓廟》（0104）注。

送劉五司馬赴任硤州兼寄崔使君①

位下才高多怨天，劉兄道勝獨恬然。貧於楊子兩三倍，老過榮公六七年。筆硯莫抛留壓案，簞瓢從陋也銷錢。郡丞自合當優禮，何況夷陵太守賢。（2282）

【校】

①〔劉吾〕馬本、《唐音統籤》、汪本作「劉五」，何校：「五下黄校脱一字。」

【注】

朱《箋》：作於大和八年（八三四），洛陽。

〔劉吾司馬〕未詳。朱《箋》從馬本作「劉五」，謂疑與卷十二《醉後走筆酬劉五主簿長句之贈兼簡張大賈二十四先輩昆季》（0581）中之「劉五主簿」爲同一人。按，二詩作年相距過久，疑非是。

〔硤州〕《舊唐書·地理志二》山南東道：「硤州下，隋夷陵郡。……天寶元年，改爲夷陵郡。乾元元年，復爲硤州。」

〔崔使君〕名不詳。

〔貧於楊子兩三倍，老過榮公六七年〕楊子，揚雄。《漢書·揚雄傳》：「家産不過十金，乏無儋石之儲，晏如也。」榮公，榮啓期。見卷一《丘中有一士》之二（0054）注。

菩提寺上方晚眺①

樓閣高低樹淺深，山光水色暝沉沉②。嵩煙半卷青綃幕，伊浪平鋪綠綺衾。飛鳥滅時宜極目。遠風來處好開襟。誰知不離簪纓内，長得逍遥自在心③。（2283）

【校】

①〔題〕金澤本（見卷六五）無「上方」二字。

②〔暝沉沉〕金澤本作「晚沉沉」。

③〔逍遥自在〕金澤本作「虚閑蕭灑」。

【注】

朱《箋》：作於大和八年（八三四），洛陽。

〔菩提寺〕見卷三十《菩提寺上方晚望香山寺寄舒員外》（2163）注。

楊柳枝詞八首

六么水調家家唱，白雪梅花處處吹。古歌舊曲君休聽，聽取新翻楊柳枝。（2284）

【注】

朱《箋》：約作於大和二年（八二八）至開成三年（八三八），洛陽。

〔楊柳枝詞〕本書卷三二《楊柳枝二十韻》（2316）題注：「楊柳枝，洛下新聲也。洛之小妓有善歌之者，詞章音韻，聽可動人，故賦之。」又白居易《不能忘情吟》序（《白氏文集》卷七一）：「妓有樊素者，年二十餘，綽綽有歌舞態，能唱楊柳枝，人多以曲名名之，由是名聞洛下。」段安節《樂府雜錄》：「楊柳枝，白傅閒居洛邑時作，後入教坊。」王灼《碧雞漫志》卷五：「楊柳枝，《鑑戒錄》云：柳枝歌，亡隋之曲也。前輩詩云：『萬里長江一旦開，岸邊楊柳幾千栽。錦帆未落干戈起，惆悵龍舟更不回。』又云：『樂苑隋堤事已空，萬條猶舞舊春風。』皆指汴渠事。而張祜《折楊柳枝》兩絶句，其一云：『莫折宫前楊柳枝，玄宗曾向笛中吹。傷心日暮煙霞事，無限春愁生翠眉。』則知隋有此曲，傳至開元。《樂府雜録》云：白傅作楊柳枝。予考樂天晚年，與劉夢得唱和此曲詞，白云：『古歌舊曲君休聽，聽取新翻楊柳枝。』又作《楊柳枝二十韻》云：『樂童翻怨調，才子與妍詞。』注云：『洛下新聲也。』劉夢得亦云：『請君莫奏前朝曲，聽唱新翻楊柳枝。』蓋後來始變新聲，而所謂樂天作楊柳枝者，稱其别創詞也。今黄鍾商有楊柳枝曲，仍是七字四句詩，與劉白及五代諸子所製並同。但每句下各增三字一句，此乃唐時和聲，如《竹枝》、《漁父》，今皆有和聲也。舊詞多側字起頭，平字起頭者十之一二。今詞盡皆側字起頭，第三句亦復側字起，聲度差穩耳。』另參見任半塘《唐聲詩》下編考證。

〔六么水調家家唱，白雪梅花處處吹〕六么，樂曲名，即緑腰、樂世。見卷十二《琵琶引》（0599）注。水調，見卷二八《看採菱》（2041）注。白雪，屬清樂琴曲。《舊唐書·音樂志一》：「（顯慶）二年，太常奏《白雪》琴曲。……太常上言曰：『……是知《白雪》等曲，本宜合歌，以其調高，人和遂寡。自宋玉以後，迄今千祀，未有能歌《白雪》曲者。臣今準敕，依於琴中舊曲，定其宫商，然後教習，併合於歌。輒以御製《雪詩》爲《白雪》歌辭。又按古今樂府，奏正曲之後，皆别有送聲，君唱臣和，事彰前史。輒取侍臣等奉和《雪詩》以爲送聲。各十六節，今悉教訖，並皆諧韻。』上善之，乃付太常，編於樂府。六年二月，太常丞吕才造琴歌《白雪》等曲，上製歌辭十六首，編入樂府。」梅花，即梅花落，又名落梅，出横吹曲。《樂府詩集》卷二一引《樂府解題》：「漢横吹曲，二十八解，李延年造。魏晉以來，唯傳十曲。……後又有《關山月》、《洛陽道》、《長安道》、《梅花落》、《紫騮馬》、《驄馬》、《雨雪》、《劉生》八曲，合十八曲。」又卷二四横吹曲辭：「梅花落，本笛中曲也。按唐大角曲亦有《大單于》、《小單于》、《大梅花》、《小梅花》等曲，今其聲猶有存者。」李白《從軍行》：「笛奏梅花曲，刀開明月環。」

陶令門前四五樹，亞夫營裏百千條。何似東都正二月，黄金枝映洛陽橋。（2285）

【注】

〔陶令門前四五樹，亞夫營裏百千條〕陶淵明《五柳先生傳》：「先生不知何許人也，亦不詳其姓字，宅邊有五柳樹，因以爲號焉。」《史記·絳侯周勃世家》：「以河内守亞夫爲將軍，軍細柳，以備胡。」

依依嫋嫋復青青，勾引清風無限情①。白雪花繁空撲地，緑絲條弱不勝鶯。（2286）

【校】

①〔清風〕馬本、《唐音統籤》、汪本作「春風」。

紅板江橋青酒旗①，館娃宮暖日斜時。可憐雨歇東風定，萬樹千條各自垂。（2287）

【校】

①〔青酒旗〕紹興本、那波本作「清酒旗」，據馬本、《唐音統籤》、汪本改。

【注】

〔紅板江橋青酒旗，館娃宮暖日斜時〕館娃宮。見卷十八《長洲苑》(1195)注。

蘇州楊柳任君誇，更有錢塘勝館娃。若解多情尋小小，緑楊深處是蘇家。(2288)

【注】

〔若解多情尋小小，緑楊深處是蘇家〕蘇小小，見卷二十《杭州春望》(1357)注。

蘇家小女舊知名，楊柳風前別有情。剝條盤作銀環樣，卷葉吹爲玉笛聲。(2289)

【注】

〔蘇家小女舊知名，楊柳風前別有情〕錢易《南部新書》戊：「白樂天任杭州刺史，攜妓還洛，後却遣迴錢唐。故劉禹錫有詩答曰：『其那錢唐蘇小小，憶君淚染石榴裙。』」王汝弼《白居易詩選》引此，謂：「此處詩人似借以暗喻其妾柳枝(樊素)。……『楊柳風前別有情』句，蓋追寫樊之杭州舊居，作者《杭州春望》詩『柳色春藏蘇小家』，與此所寫當爲一事。」

葉含濃露如啼眼，枝嫋輕風似舞腰。小樹不禁攀折苦，乞君留取兩三條。（2290）

人言柳葉似愁眉，更有愁腸似柳絲。柳絲挽斷腸牽斷，彼此應無續得期。（2291）

【注】

〔人言柳葉似愁眉，更有愁腸似柳絲〕駱賓王《王昭君》：「妝鏡菱花暗，愁眉柳葉嚬。」

浪淘沙詞六首

一泊沙來一泊去，一重浪滅一重生。相攬相淘無歇日，會教山海一時平。（2292）

【注】

朱《箋》：約作於大和二年（八二八）至開成四年（八三九），洛陽。

〔浪淘沙〕見《教坊記》所載曲名。《樂府詩集》卷八二收入近代曲辭。又有劉禹錫、皇甫松之作。王灼《碧雞漫志》卷一：「唐時古意亦未全喪，《竹枝》、《浪淘沙》、《拋毬樂》、《楊柳枝》，乃詩中絶句，而定爲歌曲。故李太白《清平調詞》三章皆絶句。元、白諸詩，亦爲知音者協律作歌。」

白浪茫茫與海連，平沙浩浩四無邊。暮去朝來淘不住，遂令東海變桑田。（2293）

【注】

〔暮去朝來淘不住，遂令東海變桑田〕《神仙傳》卷七：「麻姑自説云：『接待以來，已見東海三爲桑田。向到蓬萊，水又淺於往者會時略半也。豈將復還爲陵陸乎？』方平笑曰：『聖人皆言，海中復揚塵也。』」

青草湖中萬里程，黄梅雨裏一人行。愁見灘頭夜泊處，風翻暗浪打船聲。（2294）

【注】

〔青草湖中萬里程，黄梅雨裏一人行〕青草湖，見卷八《自蜀江至洞庭湖口有感而作》（0351）注。黄梅雨，見卷十《孟夏思渭村舊居寄舍弟》（0506）注。

借問江湖與海水①，何似君情與妾心？相恨不如潮有信，相思始覺海非深。（2295）

【校】

①〔江湖〕馬本、《唐音統籤》、汪本作「江潮」。

【注】

〔相恨不如潮有信，相思始覺海非深〕李益《江南詞》：「嫁得瞿唐賈，朝朝誤妾期。早知潮有信，嫁與弄潮兒。」

海底飛塵終有日，山頭化石豈無時。誰道小郎拋小婦，船頭一去没迴期。（2296）

【注】

〔海底飛塵終有日，山頭化石豈無時〕山頭化石，見卷一《蜀路石婦》（0024）注。

隨波逐浪到天涯，遷客生還有幾家？却到帝鄉重富貴，請君莫忘浪淘沙。（2297）

白居易詩集校注卷第三十二①

律詩　凡八十二首②

讀老子

言者不知知者默③，此語吾聞於老君。若道老君是知者④，緣何自著五千文？（2298）

【校】

①〔卷第三十二〕那波本、金澤本爲卷六十五。紹興本此卷爲抄補。

②〔凡八十二首〕金澤本作「一百首」。按，金澤本《冬初酒熟二首》（2341）後有詩九首，《路逢青州王大夫赴鎮立馬贈别》（2352）後有詩十首，紹興本等缺失。又金澤本原無《詠老贈夢得》（2379）一首。金澤本另行署「太子賓客晉陽縣開國男賜紫金魚袋白居易」。

③〔不知〕馬本、《唐音統籤》、汪本作「不如」。

④〔是知〕金澤本作「知是」，所校摺本乙倒。

【注】

朱《箋》：作於大和八年（八三四），洛陽。

〔言者不知知者默，此語吾聞於老君〕《老子》五十六章：「知者不言，言者不知。」

讀莊子

莊生齊物同歸一，我道同中有不同。遂性逍遥雖一致，鸞凰終校勝蛇蟲。（2299）

【注】

朱《箋》：作於大和八年（八三四），洛陽。

〔遂性逍遥雖一致，鸞凰終校勝蛇蟲〕王汝弼《白居易選集》：「蛇蟲，爲下等動物，形象醜惡，惹人厭惡，故古代文士常以之比陰險小人。此句意謂善惡是非，仍須分明，此則不能同意於莊子思想。」又：「白氏晚年雖不無遯世思想，但政治上是非愛憎，仍極分明，故對莊周齊善惡、泯是非的思想，仍表異議。」按，此詩句意不甚明晰。《莊子·逍遥遊》：「北冥有魚，其名爲鯤。鯤之大，不知其幾千里也。化而爲鳥，其名爲鵬。鵬之背，不知其幾千里也。怒而飛，其翼若垂天之雲。……蜩與學鳩笑之，曰：『我決起而飛，搶榆枋而止，時則不至而控於地而已矣，奚以九萬里而南爲？』……之二蟲又何知。」此《莊子》鵬、蟲之别論。白居易《詠史》（本書卷三十2185）：「彼爲葅醢机上盡，此作鸞凰天外飛。」徑以「鸞凰」自比，然亦常持和光同塵之論，以曳尾龜自擬。

讀禪經

須知諸相皆非相，若住無餘却有餘①。言下忘言一時了，夢中説夢兩重虚。空花豈得兼求果，陽焰如何更覓魚②？攝動是禪禪是動，不禪不動即如如。（2300）

【校】

①〔若住〕金澤本所校摺本作「若任」。

②〔陽焰〕殘宋本、紹興本作「楊焰」，字通。據金澤本、那波本等改。馬本作「物焰」，誤。

【注】

朱《箋》：作於大和八年（八三四），洛陽。

〔禪經〕佛典所稱「禪經」，一指鳩摩羅什譯《坐禪三昧經》，一指佛陀跋陀羅譯《修行方便禪經》，又名《達摩多羅禪經》。唐人多指後者。神會《壇語》：「遠師問：『據何得知菩提達摩西國爲第八代？』和尚曰：『據《禪經》序中，具明西國代數。』」宗密《禪源諸詮集都序》卷二：「又廬山遠公與佛陀耶舍二梵僧所譯《達摩禪經》兩卷，具明坐禪門户漸次方便。」均指此經。

〔須知諸相皆非相，若住無餘却有餘〕《金剛經》：「佛告須菩提：凡所有相，皆是虚妄。若見諸相非相，即見如來。」《達摩多羅禪經》所傳五門禪「不淨觀」，即由觀身不淨而悟人生無常，達至「一切法相寂滅無餘」。無餘、有餘，又指無餘依涅槃、有餘依涅槃。《中阿含經》卷二：「世尊沙門瞿曇施設無餘涅槃者，則以有餘稱說無餘。」《增壹阿含經》卷七：「爾時，世尊告諸比丘，有此二法涅槃界。云何爲二？有餘涅槃界、無餘涅槃界。彼云何名爲有餘涅槃界？於是比丘滅五下分結，即彼般涅槃，不還來此世，是謂名爲有餘涅槃界。彼云何名爲無餘涅槃界？如是比丘盡有漏成無漏，意解脱，智慧解脱，自身作證而自遊戲，生死已盡，梵行已立，更不受有，如實知之，是謂爲無餘涅槃界。」

〔言下忘言一時了，夢中説夢兩重虛〕《莊子·外物》：「言者所以在意，得意而忘言。吾安得夫忘言之人而與之言哉。」《維摩經·弟子品》：「心行處滅，言語道斷。」《大智度論》卷五四：「菩薩初發心乃至得佛，於其中間一切法無説無聞，諸觀滅故。語言斷故不可説，不可説故不可聽，不可聽故不可知，不可知故於一切法無受無著，則入涅槃。」《莊子·齊物論》：「夢飲酒者，旦而哭泣；夢哭泣者，旦而田獵。方其夢也，不知其夢也。夢之中又占其夢焉，覺而後知其夢也。且有大覺而後知此其大夢也。」

〔空花豈得兼求果，陽焰如何更覓魚〕《圓覺經》：「譬彼病目，見空中華及第二月。」《達摩多羅禪經》卷上：「雖現而不觸，空相無功德。譬猶無果樹，華繁而無實。」陽焰，即陽燄、陽炎，見卷十一《開元寺東池早春》(0550)注。

〔攝動是禪禪是動，不禪不動即如如〕攝，指攝念、攝心。《達摩多羅禪經》卷上：「阿那攝般那，是攝持諸根。」動，指心動。《大乘起信論》：「一者無明業相，以依不覺故心動，説名爲業，覺則不動。二者能見相，以依動故能見，不動則無見。」此謂打通動與不動。《金剛三昧經》：「心王菩薩言：禪能攝動，定諸幻亂。云何不禪？佛言：菩薩禪即是動，不動不禪是無生禪。禪性無生，離生禪相。禪性無住，離住禪動。若知禪性無有動靜，即得無生。」如如，又稱如、真如，指法性真實。《大智度論》卷三二：「諸佛賢聖種種方便説法，破無明等諸煩惱，令衆生還得實性，如本不異，是名爲如。」

感興二首

吉凶禍福有來由，但要深知不要憂。只見火光燒潤屋，不聞風浪覆虛舟。名爲公器無多取，利是身災合少求。雖異匏瓜難不食，大都食足早宜休。（2301）

【注】

朱《箋》：作於大和八年（八三四）至大和九年（八三五），洛陽。

〔只見火光燒潤屋，不聞風浪覆虛舟〕《禮記·大學》：「富潤屋，德潤身。」虛舟，見卷五《贈吳丹》（0194）注。

〔名爲公器無多取，利是身災合少求〕《莊子·天運》：「名，公器也，不可多取。」

〔雖異匏瓜難不食，大都食足早宜休〕《論語·陽貨》：「子曰：……吾豈匏瓜也哉？焉能繫而不食？」

魚能深入寧憂釣，鳥解高飛豈觸羅？熱處先爭炙手去，悔時其奈噬臍何。樽前誘得猩猩血，幕上偷安燕燕窠。我有一言君記取，世間自取苦人多。（2302）

【注】

〔熱處先爭炙手去，悔時其奈噬臍何〕《左傳》莊公六年：「若不早圖，後君噬齊，其及圖之乎？」杜預注：「若齧腹齊，喻不可及。」《晉書・慕容垂載記》：「悔之噬臍，將何所及。」

〔樽前誘得猩猩血，幕上偷安燕燕窠〕《太平御覽》卷九〇八引《蜀志》：「封溪縣有獸曰猩猩，體似豬，面似人，音作小兒啼聲。既能語，又知人姓名。人知以酒取之，猩猩覺，初暫嘗之，得其味甘而飲之，終見羈纓也。」另參見卷三一《裴常侍以題薔薇架十八韻見示因廣爲三十韻以和之》（2217）注。《左傳》襄公二十九年：「夫子之在此也，猶燕之巢於幕上。」杜預注：「言至危。」

朱《箋》：「此詩亦致慨於甘露變前之長安政局而作。」

問鶴

烏鳶爭食雀爭窠，獨立池邊風雪多。盡日踏冰翹一足，不鳴不動意如何？（2303）

【注】

朱《箋》：作於大和八年（八三四），洛陽。

代鶴答

鷹爪攫雞雞肋折①，鶻拳蹴雁雁頭垂。何如斂翅水邊立，飛上雲松棲穩枝。（2304）

【校】

①〔雞雞〕金澤本作「鶴鶴」。

【注】

朱《箋》：作於大和八年（八三四），洛陽。

閑卧有所思二首

向夕褰簾卧枕琴，微凉入户起開襟。偶因明月清風夜，忽想遷臣逐客心。何處投荒初恐懼，誰人遶澤正悲吟？始知洛下分司坐，一日安閑直萬金。（2305）

【注】

汪《譜》、朱《箋》：作於大和九年（八三五），洛陽。

權門要路足身災①，散地閑居少禍胎。今日憐君嶺南去，當時笑我洛中來。蟲全性命緣無毒，木盡天年爲不材②。大底吉凶多自致，李斯一去二疏迴。（2306）

【校】

①〔足身〕馬本、《唐音統籤》、汪本作「是身」。

②〔不材〕金澤本、管見抄本、《唐音統籤》作「不才」。

【注】

〔權門要路足身災，散地閑居少禍胎〕《説苑·正諫》：「福生有基，禍生有胎。」

〔蟲全性命緣無毒，木盡天年爲不材〕《抱朴子·至理》：「昔吳遣賀將軍討山賊，賊中有善禁者，每當交戰，官軍刀劍皆不得拔，弓弩射矢皆還向，輒致不利。賀將軍長智有才思，乃曰：『吾聞金有刃者可禁，蟲有毒者可禁，其無刃之物，無毒之蟲，則不可禁。彼能禁吾兵者，必不能禁無刃物矣。』乃多作勁木白棒，選異力精卒五千人爲先登，盡捉掊彼山賊。」不材，見卷五《養拙》(0198)注。

〔大底吉凶多自致，李斯一去二疏迴〕李斯，見卷二《讀史五首》之四(0098)注。二疏，見卷一《高僕射》(0030)注。

何焯云：「朱子謂李德裕之貶，樂天爲詩快之，其此二詩耶？是時乃袁州，又與『嶺南』之語不合。」

汪立名云：「按此詩作於大和九年，時李訓、鄭注輩用事，絲恩髮怨必報，盡逐二李之黨。德裕既外貶，注又素惡京兆尹楊虞卿，構貶虔州，宗閔論救，亦坐貶。公於楊本姻親，史稱其惡緣黨人斥，亟求分司東都，故有『當時笑我洛中來』之句也。『權門要路』及『李斯』等，蓋指宗閔耳。可見公不特不附宗閔，亦並不私虞卿，久已潔身於二黨之外矣。晚年恬退，遇人患難，憫然歎息，多見於詩，如聞甘露之變之類，要非幸人之禍也。甘露事變在是年冬。」

朱《箋》：「此詩指大和九年八月李宗閔再貶潮州司户也。」

喜閑

蕭灑伊嵩下，優遊黄綺間①。未曾一日悶，已得六年閑。魚鳥爲徒侶，煙霞是往還。伴僧禪閉目，迎客笑開顔。興發宵遊寺，慵時晝掩關。夜來風月好，悔不宿香山。（2307）

【校】

①〔黄綺〕金澤本作「園綺」，那波本作「皇綺」。

【注】

朱《箋》：作於大和八年（八三四），洛陽。

〔蕭灑伊嵩下，優遊黄綺間〕黄綺，四皓之夏黄公、綺里季。參見卷二七《對鏡》（1949）注。

〔夜來風月好，悔不宿香山〕香山寺，見卷二二《香山寺石樓潭夜浴》（1499）注。

詩酒琴人例多薄命予酷好三事雅當此科而所得已多爲幸斯甚偶成狂詠聊寫愧懷①

愛琴愛酒愛詩客，多賤多窮多苦辛②。中散步兵終不貴，孟郊張籍過於貧。一之已歎關於命，三者何堪併在身。只合飄零隨草木，誰教凌厲出風塵③？榮名厚祿二千石，樂飲

閑遊三十春④。何得無厭時咄咄⑤，猶言薄命不如人？（2308）

【校】

①〔題〕「愧懷」金澤本、管見抄本、天海本作「短懷」。

②〔多窮〕金澤本、管見抄本、汪本作「多貧」。

③〔凌厲〕紹興本、那波本作「凌勵」，據金澤本、馬本等改。

④〔閑遊〕金澤本、管見抄本作「歡遊」。

⑤〔何得〕那波本、金澤本作「可得」。

【注】

朱《箋》：作於大和八年（八三四），洛陽。

〔中散步兵終不貴，孟郊張籍過於貧〕中散，嵇康。見卷二《讀史五首》之二（0096）注。步兵，阮籍。《三國志・魏書・王粲傳》裴注引《魏氏春秋》：「籍以世多故，祿仕而已，聞步兵校尉缺，厨多美酒，求爲校尉。」白居易《與元九書》（《白氏文集》卷四五）：「況詩人多蹇，……近日孟郊六十，終試協律。張籍五十，未離一太祝。」

〔何得無厭時咄咄，猶言薄命不如人〕《世説新語・黜免》：「殷中軍被廢，在信安，終日恒書空作字。揚州吏民尋義逐之，竊視，唯作咄咄怪事四字而已。」

寄明州于駙馬使君三絶句

有花有酒有笙歌，其奈難逢親故何？近海饒風春足雨，白鬚太守悶時多。（2309）

【注】

朱《箋》：作於大和八年（八三四），洛陽。

〔明州于駙馬〕朱《箋》：「明州刺史于季友。」見卷三一《同諸客題于家公主舊宅》（2244）注。《新唐書·地理志五》江南道明州鄮縣：「西南四十里有仲夏堰，溉田數千頃，大和六年刺史于季友築。」

平陽音樂隨都尉，留滯三年在浙東。吴越聲邪無法用，莫教偷入管絃中。（2310）

【注】

〔平陽音樂隨都尉，留滯三年在浙東〕平陽，見卷四《兩朱閣》（0146）注。

何郎小妓歌喉好，嚴老呼爲一串珠。嚴尚書與于駙馬詩云：「莫損歌喉一串珠①。」海味腥鹹損聲氣，聽看猶得斷腸無？（2311）

【校】

①〔（注）莫損〕汪本作「莫惜」。

【注】

〔何郎小妓歌喉好，嚴老呼爲一串珠〕何郎，何晏，尚魏金鄉公主。代指季友。《世説新語·容止》：「何平叔美姿儀，面至白，魏明帝疑其傅粉。」《唐國史補》卷上：「郭曖，升平公主駙馬也。盛集文士，即席賦詩，公主帷而觀之，李端中宴詩成，有荀令、何郎之句，衆稱妙絶。」嚴尚書，嚴休復。《舊唐書·文宗紀》：「（大和七年十二月）丁未，以河南尹嚴休復檢校禮部尚書。」見卷八《嚴十八郎中在郡日改制東南樓因名清輝未立標牓徵歸郎署予既到郡性愛樓居宴遊其間頗有幽致聊成十韻兼戲寄嚴》（0365）、卷十九《馮閣老處見與嚴郎中酬和詩因戲贈絶句》（1224）注。

閑卧

薄食當去齋戒①，散班同隱淪②。佛容爲弟子，天許作閑人。唯置牀臨水，都無物近身。清風散髮卧，兼不要紗巾。（2312）

【校】

①〔（注）去〕金澤本、管見抄本作「去聲」。

②〔隱淪〕金澤本、管見抄本作「隱倫」。

【注】

朱《箋》：　作於大和八年（八三四），洛陽。

〔薄食當齋戒，散班同隱淪〕桓譚《新論·辨惑》：「天下神人五：一曰神仙，二曰隱淪，三曰使鬼物，四曰先知，五曰鑄凝。」

春早秋初因時即事兼寄浙東李侍郎

春早秋初晝夜長，可憐天氣好年光。和風細動簾帷暖，清露微凝枕簟涼。窗下曉眠初減被，池邊晚坐乍移牀。閑從蕙草侵堦綠，静任槐花滿地黄。理曲管絃聞後院，熨衣燈火映深房。四時新境何人别①，遥憶多情李侍郎。（2313）

【校】

①〔新境〕馬本、《唐音統籤》、汪本作「新景」。

【注】

朱《箋》：作於大和八年（八三四），洛陽。

〔浙東李侍郎〕朱《箋》：「李紳。」見卷三二《酬李二十侍郎》（2219）、《醉送李二十常侍赴鎮浙東》（2233）注。

新秋喜涼

過得炎蒸月，尤宜老病身。衣裳朝不潤，枕簟夜相親。樓月纖纖早，波風嫋嫋新。光陰

與時節，先感是詩人。（2314）

【注】

朱《箋》：作於大和八年（八三四），洛陽。

初夏閑吟兼呈韋賓客

孟夏清和月①，東都閑散官。體中無病痛，眼下未飢寒。世事聞常悶，交遊見即歡。杯觴留客切，妓樂取人寛。雪鬢隨身老②，雲心著處安。此中殊有味，試説向君看。（2315）

【校】

①〔清和〕金澤本所校摺本作「清風」。

②〔隨身〕金澤本、管見抄本作「隨年」。

【注】

朱《箋》：作於大和九年（八三五），洛陽。

〔韋賓客〕朱《箋》：「韋縝。」見卷三十《雪中晏起偶詠所懷兼呈張常侍韋庶子皇甫郎中雜言》（2160）注。朱

《箋》：「考韋縝兩爲除太子賓客：其一在開成初官工部尚書之後。劉禹錫《傷韋賓客縝》詩自注云：『自工部尚書除賓客。』……其一在大和末爲秘書監之前。……其爲太子賓客在庶子之後，約當大和九年春。」

哭崔二十四常侍

崔好酒放歌，忘懷生死，知疾不起，自爲誌文。

貂冠初别九重門，馬鬣新封四尺墳。薤露歌詞非白雪，旌銘官爵是浮雲①。伯倫每置隨身鍤，元亮先爲自祭文。莫道高風無繼者，一千年内有崔君。（2316）

【校】

①〔旌銘〕金澤本、管見抄本作「銘旌」。

【注】

朱《箋》：作於大和八年（八三四），洛陽。

〔崔二十四常侍〕朱《箋》：「崔咸。」《舊唐書·崔咸傳》：「入爲右散騎常侍，秘書監，大和八年十月卒。」參見卷十六《惜落花贈崔二十四》（0912）注。白居易《祭崔常侍文》（《白氏文集》卷七十）：「維大和九年歲次乙卯二月丙午朔七日壬子，中大夫、守太子賓客分司東都、上柱國賜紫金魚袋白居易，謹以清酌庶羞，敬祭于故秘書監贈禮部尚書崔公。……嗚呼！居易弟兄與公伯仲，前後科第，同登者四五，辱爲僚友，三十餘年。」

〔貂冠初别九重門，馬鬣新封四尺墳〕《禮記·檀弓上》：「孔子之喪，有自燕來觀者，舍於子夏氏。子夏曰：『聖人之葬人，與人之葬聖人也。子何觀焉？昔者夫子言之曰：吾見封之若堂者矣，見若坊者矣，見若覆夏屋者矣，見若斧者矣，從若斧者焉，馬鬣封之謂也。」鄭玄注：「俗間名。」李白《上留田》：「古老向余言，言是上留田，蓬科馬鬣今已平。」

〔薤露歌詞非白雪，旐銘官爵是浮雲〕《相和歌辭·薤露》：「薤上露，何易晞。露晞明朝更復落，人死一去何時歸。」

〔伯倫每置隨身鍤，元亮先爲自祭文〕伯倫，劉伶。見卷五《效陶潛體詩十六首》之十三(0222)注。元亮，陶淵明。陶淵明《自祭文》：「陶子將辭逆旅之館，永歸於本宅。故人悽其相悲，同祖行於今夕。」

奉酬侍中夏中雨後遊城南莊見示八韻

島樹間林巒①，雲收雨氣殘。四山嵐色重，五月水聲寒。老鶴兩三隻，新篁千萬竿。化成天竺寺，移得子陵灘。心覺閑彌貴，身緣健更歡。帝將風后待，人作謝公看。角音鹿里年雖老②，高陽興未闌。佳辰不見召，爭免趁杯盤？來詩云：「何處趁杯盤。」(2317)

【校】

①〔島樹〕金澤本作「鳥樹」。汪本作「鳥樹」，誤。

②〔角里〕馬本、《唐音統籤》、汪本作「甪里」，朱《箋》從之。

【注】

朱《箋》：作於大和八年（八三四），洛陽。

〔侍中〕朱《箋》：「裴度。」見卷二九《裴侍中晉公以集賢林亭即事詩二十六韻見贈猥蒙徵和才拙詞繁輒廣爲五百言以伸酬獻》（2136）注。

〔城南莊〕即午橋莊。本書卷三三有《奉和裴令公新成午橋莊綠野堂即事》（2381）。《舊唐書·裴度傳》：「又於午橋創別墅，花木萬株，中起涼臺暑館，名曰綠野堂。」

〔化成天竺寺，移得子陵灘〕天竺寺，指杭州天竺寺。見卷十二《畫竹歌》（0591）注。子陵灘，嚴光垂釣處，見卷十九《酬嚴十八郎中見示》（1245）注。

〔帝將風后待，人作謝公看〕《史記·五帝本紀》：「（黄帝）舉風后、力牧、常先、大鴻以治民。」集解：「鄭玄曰：風后，黄帝三公也。」謝公，謝安。見卷二十《候仙亭同諸客醉坐》（1345）注。

〔角里年雖老，高陽興未闌〕角里先生，四皓之一。《史記·留侯世家》索隱：「角里先生，河内軹人，太伯之後，姓周名术，字元道，京師號曰霸上先生，一曰角里先生。又孔安國《秘記》作祿里。」羅泌《路史》卷三五辨四皓：「四皓之名，言者不一。……甪里先生，在孔安國《秘記》及《漢紀》仙傳作角毚，而魏子作祿里，是特音相假耳。」李濟翁《資暇錄》：「漢四皓其一號角里，角音祿，今多以覺音呼，乖也。是以魏子及孔氏《秘記》、荀氏《漢紀》《秘記》、《漢紀》不書録而作祿者，以其字僻，又慮誤音故也。以愚所見，角星當東方。何者？案《陳留志》稱，京師亦號爲灞上儒生。灞既在京之東，則角星爲東方不疑矣。字書言角，直宜作録爾。然録字亦音角。角音覺慮將來之誤，直書祿里，可得而明也。案《玉篇》等字書皆云：東方爲角，音録。祿或作角字，亦音祿。魏子、者，樂聲也，或亦通作⿰月睪角之角字。是以今人多亂其音呼之。稍留心爲學者，則妄穿鑿云：音祿之角字與音覺之角字，點畫有分别處。又不知角、觮各有二音，字體皆同，而其義有異也。又《禮記》『君大夫鬊爪實於綠中。』鄭司農注云：綠當爲角聲之誤也。既云聲誤，是鄭讀角中爲祿中，祿與綠是雙聲。若讀角爲覺，覺是腭際聲，綠是舌頭之聲，何以破聲誤之説也。注復云：角中謂棺内四隅也。據此，則又似音祿之角與音覺之角，義略同矣。陸氏《釋文》、孔公《正義》不能窮聲盡義，亦但云綠當爲角，何忽後學之甚。故愚自讀《漢》之角里、《禮》之綠中，皆作祿音，亦豈敢正諸君子耶？然好學者幸試詳之。」王楙《野客叢書》卷三十角里：「四皓中甪里先生，用音祿。今呼爲閣里，則發笑。僕考之，祿亦角也。魯直詩曰：『阿童三尺箠，御此老觳觫。石吾甚愛之，勿遣牛礪角。』雖讀爲祿，實則甪爾。魯直此語，豈無自哉。傅玄《盤中詞》曰：『與其書，不能讀，當從中央周四角。』是亦以角爲祿也。按《玉篇》、《廣韻》注二音，皆通用。《群經音辨》：古岳切，獸角也。《禮》：黄鍾爲角，音祿，又如字。《資暇錄》謂孔氏《秘記》慮將來之誤，直書爲祿里。謂書角里爲祿里。漢魏之人多然。如繁欽《祿里先生訓》，亦書爲祿。《資暇錄》所謂孔氏《秘記》者，孔氏即孔安國。其《秘記》不可得而聞，其事見《抱朴子》。」《世説新語·任誕》劉孝標注引《襄陽記》：「漢侍中習郁于峴山南，依范蠡養魚法作魚池。……山簡每臨此池，未嘗不大醉而還，曰：『此是我高陽池也。』」

送兗州崔大夫駙馬赴鎮

戚里誇爲賢駙馬，儒家認作好詩人。魯侯不得辜風景①，沂水年年有暮春。（2318）

【校】

①〔辜風景〕金澤本作「孤風景」。

【注】

朱《箋》：作於大和八年（八三四），洛陽。

〔崔大夫駙馬〕朱《箋》：「崔杞。」《舊唐書・文宗紀》：「（大和八年六月）庚子，兗海觀察使崔戎卒。……戊申，以將作監、駙馬都尉崔杞爲兗、海、沂、密觀察使。」馮浩《樊南文集詳注》誤以白氏此詩之「崔大夫」爲崔戎，而疑駙馬之稱集中不一敘及。劉師培《左盦集》卷八《樊南文集詳注書後》、張采田《玉谿生年譜會箋》卷一有辨。

〔魯侯不得辜風景，沂水年年有暮春〕《論語・先進》：「（曾點）曰：『暮春者，春服既成，冠者五六人，童子六七人，浴乎沂，風乎舞雩，詠而歸。』夫子喟然而歎曰：『吾與點也。』」《論衡・明雩》：「魯設雩祭於沂水之上。暮者，晚也，春謂四月也。」

少年問

少年怪我問如何，何事朝朝醉復歌？號作樂天應不錯①，憂愁時少樂時多②。（2319）

【校】

①〔應不錯〕金澤本作「天遺樂」，所校摺本作「應不錯」。

②〔憂愁〕金澤本作「愁憂」。

【注】

朱《箋》：作於大和八年（八三四），洛陽。

問少年

千首詩堆青玉案，十分酒寫白金盂①。迴頭却問諸年少，作个狂夫得了無②？（2320）

【校】

①〔酒寫〕金澤本作「酒瀉」。

②〔得了〕金澤本作「得畢」。

【注】

朱《箋》：作於大和八年（八三四），洛陽。

代琵琶弟子謝女師曹供奉寄新調弄譜

琵琶師在九重城，忽得書來喜且驚。一紙展看非舊譜①，四絃翻出是新聲。蕤賓掩抑嬌多怨，散水玲瓏峭更清。珠顆淚霑金捍撥，紅妝弟子不勝情。蕤賓、散水，皆新調名。（2321）

【校】

①〔展看〕那波本作「展開」。金澤本所校摺本作「展眉」。

【注】

朱《箋》：作於大和八年（八三四），洛陽。

〔曹供奉〕向達《唐代長安與西域文明》二《流寓長安之西域人》引此詩，謂：「此善琵琶之女師曹供奉，疑亦是曹綱一家，如其不誤，則其祖孫父子兄妹並以琵琶著於世。」參見卷二六《聽曹剛琵琶兼示重蓮》(1845)注。

〔弄譜〕曲譜。《太平御覽》卷五七九引《樂纂》：「趙耶利居士，唐初天水人也，以琴道見重，海内帝王賢貴，靡不欽風。舊錯謬十五餘弄，皆削凡歸雅，無一微玷，不合於古。述執法象及胡笳五弄譜兩卷。」《玉海》卷一一〇宋朝琴譜：「阮咸弄譜一卷。」

〔蕤賓掩抑嬌多怨，散水玲瓏峭更清〕段安節《樂府雜録》卷上琵琶：「朱崖李太尉有樂吏廉郊者，師於曹綱，盡綱之能。綱常曰：『教人多矣，未有此性靈子弟也。』郊嘗詣平泉別墅，值風清月朗，攜琵琶池上彈蕤賓調，忽聞芰荷間有物跳躍之聲，必謂是魚。及彈別調，即無所聞。復彈舊調，依舊有聲，遂加意朗彈。忽有一物，鏘然躍出池岸之上，視乃方響一片，蓋蕤賓鐵也。以指撥精妙，律呂相應也。」散水調，別無聞。

〔珠顆淚霑金捍撥，紅妝弟子不勝情〕捍撥，飾於琵琶面板，用以護撥。段安節《樂府雜録》卷上俳優：「蛇皮琵琶，蓋以蛇皮爲槽，厚一寸餘，鱗介具，亦以楸木爲面。其捍撥以象牙爲之。」葉廷珪《海錄碎事》卷十六：「金捍撥，在琵琶面上，當絃，或以金塗爲飾。所以捍護其撥也。」

代林園戲贈　裴侍中新修集賢宅成，池館甚盛，數往遊宴，醉歸自戲耳。

南院今秋遊宴少，西坊近日往來頻。假如宰相池亭好，作客何如作主人？（2322）

【注】

朱《箋》：作於大和八年（八三四），洛陽。

〔裴侍中集賢宅〕見卷二九《裴侍中晉公以集賢林亭即事詩二十六韻見贈猥蒙徵和才拙詞繁輒廣爲五百言以伸酬獻》（2136）注。

戲答林園

豈獨西坊來往頻，偷閑處處作遊人。衡門雖是棲遲地，不可終朝鎖老身。（2323）

【注】

朱《箋》：作於大和八年（八三四），洛陽。

重戲贈

集賢池館從他盛，履道林亭勿自輕。往往歸來嫌窄小，年年爲主莫無情①。（2324）

【校】

①〔年年〕金澤本作「十年」。

【注】

朱《箋》：作於大和八年（八三四），洛陽。

重戲答

小水低亭自可親，大池高館不關身。林園莫妬裴家好，憎故憐新豈是人。（2325）

【注】

朱《箋》：作於大和八年（八三四），洛陽。

早秋登天宫寺閣贈諸客

天宫閣上醉蕭辰，絲管閑聽酒慢巡①。爲向涼風清景道，今朝屬我兩三人。（2326）

【校】

①〔絲管〕金澤本作「絃管」。

【注】

朱《箋》：作於大和八年（八三四），洛陽。

〔天宫寺閣〕見卷二八《登天宫閣》（2044）注。

〔天宫閣上醉蕭辰，絲管閑聽酒慢巡〕蕭辰，秋時。儲光羲《同諸公秋霽曲江俯見南山》：「吾黨二三子，蕭辰怡性情。」

曉上天津橋閑望偶逢盧郎中張員外攜酒同傾①

上陽宫裏曉鍾後，天津橋頭殘月前。空闊境疑非下界，飄颻身似在寥天。星河隱映初生日，樓閣葱蘢半出煙。此處相逢傾一盞②，始知地上有神仙。（2327）

【校】

①〔題〕「橋」汪本誤「閣」。

②〔一盞〕金澤本作「一酌」。

【注】

朱《箋》：作於大和八年（八三四），洛陽。

〔天津橋〕見卷十二《和友人洛中春感》（0620）、卷二八《天津橋》（2066）注。

〔盧郎中〕朱《箋》：「盧簡求。……簡求入裴度東都、太原幕時地均合。……惟簡求在東都、太原幕時，官非郎中，與此詩題不合，疑當時或帶有檢校郎中之銜也。」《舊唐書·盧簡求傳》：「簡求，字子臧，長慶元年登進士第，釋褐江西王仲舒從事。又從元稹爲浙東、江夏二府掌書記。裴度鎮襄陽，保釐洛都，皆辟爲賓佐，奏殿中侍御史，入朝拜監察。裴度鎮太原，復奏爲記室。入爲殿中，賜緋。牛僧孺鎮襄、漢，辟爲觀察判官，入爲水部、户部二員外郎。」

〔張員外〕朱《箋》：「司封員外郎張可續。」其名見於本書卷三三《開成二年三月三日河南尹李待價以人和歲稔將禊於洛濱》（2458）詩題中。

八月十五日夜同諸客玩月

月好共傳唯此夜，境閑皆道是東都。嵩山表裏千重雪，洛水高低兩顆珠。清景難逢宜愛惜，白頭相勸强歡娛。誠知亦有來年會，保得晴明强健無？（2328）

【注】

朱《箋》：作於大和八年（八三四），洛陽。

對晚開夜合花贈皇甫郎中

移晚校一月，花遲過半年。紅開杪秋日，翠合欲昏天。白露滴不死①，涼風吹更鮮。後時誰肯顧，唯我與君憐。（2329）

【校】

①〔不死〕馬本、《唐音統籤》、汪本作「未死」。

【注】

朱《箋》：作於大和八年（八三四），洛陽。

〔皇甫郎中〕朱《箋》：「皇甫曙。」見卷二九《池上清晨候皇甫郎中》（2132）注。

醉遊平泉

狂歌箕踞酒樽前，眼不看人面向天。洛客最閑唯有我，一年四度到平泉。（2330）

【注】

朱《箋》：作於大和八年（八三四），洛陽。

〔平泉〕見卷二二《秋遊平泉贈韋處士閑禪師》（1504）注。

題贈平泉韋徵君拾遺

箕潁千年後，唯君得古風。位留丹陛上，身入白雲中。躁静心相背，高低跡不同。籠雞與粱燕，不信有冥鴻。（2331）

【注】

朱《箋》：作於大和八年（八三四），洛陽。

〔韋徵君拾遺〕朱《箋》：「韋楚。」見卷二一《贈韋處士六年夏大熱旱》（1453）注。

〔箕潁千年後，唯君得古風〕箕潁，見卷二十《因嚴亭》（1376）注。

〔籠雞與粱燕，不信有冥鴻〕冥鴻，見卷五《見蕭侍御憶舊山草堂詩因以繼和》（0181）注。

酬皇甫郎中對新菊花見憶①

愛菊高人吟逸韻，悲秋病客感衰懷。黄花助興方攜酒，紅葉添愁正滿階。居士葷腥今已

斷，仙郎杯杓爲誰排？愧君相憶東籬下，擬廢重陽一日齋。（2332）

【校】

①〔題〕「新」字馬本、《唐音統籤》脱。

【注】

朱《箋》：作於大和八年（八三四），洛陽。

〔皇甫郎中〕朱《箋》：「皇甫曙。」見卷二九《池上清晨候皇甫郎中》（2132）注。

〔居士葷腥今已斷，仙郎杯杓爲誰排〕仙郎，見卷十四《八月十五夜聞崔大員外翰林獨直對酒玩月因懷禁中清景偶題是詩》（0733）注。

夜宴醉後留獻裴侍中

九燭臺前十二姝，主人留醉任歡娛。翩翻舞袖雙飛蝶①，宛轉歌聲一索珠。坐久欲醒還酩酊，夜深初散又踟躕②。南山賓客東山妓，此會人間曾有無？（2333）

【校】

①〔翩翻〕金澤本作「飄飖」。〔飛蝶〕金澤本作「花蝶」。

②〔初散又〕金澤本作「臨散更」，《唐音統籤》校：「一作臨去更。」

【注】

朱《箋》：作於大和八年（八三四），洛陽。

〔裴侍中〕朱《箋》：「裴度。」見本卷《奉酬侍中夏中雨後遊城南莊見示八韻》（2317）注。《唐摭言》卷十五：「白樂天以正卿致仕，時裴晉公保釐夜宴諸致仕官，樂天獨有詩曰：九燭臺前十二姝……。」以此詩爲居易致仕後作，解説有誤。

〔翩翻舞袖雙飛蝶，宛轉歌聲一索珠〕一索，猶言一束。崔道融《楊柳枝詞》：「霧撚煙搓一索春，年年長似染來新。」

〔南山賓客東山妓，此會人間曾有無〕東山妓，見卷二十《候仙亭同諸客醉坐》（1345）注。

和韋庶子遠坊赴宴未夜先歸之作兼呈裴員外　員外亦愛先逃歸①。

促席留歡日未曛，遠坊歸思已紛紛。無妨按轡行乘月，何必逃杯走似雲？銀燭忍拋楊柳曲②，金鞍潛送石榴裙。到時常晚歸時早，笑樂三分校一分。（2334）

【校】

①〔題〕題下注句末金澤本有「故及爾」三字。

②〔忽拋〕馬本、《唐音統籤》作「忽拋」。

【注】

朱《箋》：作於大和八年（八三四），洛陽。

〔韋庶子〕朱《箋》：「韋縝。」見本卷《初夏閑吟兼呈韋賓客》（2315）注。

〔裴員外〕朱《箋》疑爲本書卷三三《開成二年三月三日河南尹李待價以人和歲稔將禊於洛濱》（2458）詩題中之「國子司業裴惲」。

〔銀燭忽拋楊柳曲，金鞍潛送石榴裙〕楊柳曲，見卷三一《楊柳枝詞八首》（2283）注。石榴裙，參見卷十五《盧侍御小妓乞詩座上留贈》（0901）注。

集賢池答侍中問

主人晚入皇城宿，問客徘徊何所須。池月幸閑無用處，今宵能借客遊無？（2335）

【注】

朱《箋》：作於大和八年（八三四），洛陽。

〔集賢池〕見卷二九《裴侍中晉公以集賢林亭即事詩二十六韻見贈猥蒙徵和才拙詞繁輒廣爲五百言以伸酬獻》（2136）注。

〔侍中〕朱《箋》：「裴度。」見本卷《奉酬侍中夏中雨後遊城南莊見示八韻》（2317）注。

楊柳枝二十韻

楊柳枝，洛下新聲也。洛之小妓有善歌之者①，詞章音韻，聽可動人，故賦之。

小妓攜桃葉，新歌蹋柳枝。妝成剪燭後，醉起拂衫時。繡履嬌行緩，花筵笑上遲。身輕委迴雪，羅薄透凝脂。笙引簧頻煖，箏催柱數移。樂童翻怨調，才子與妍詞。便想人如樹，先將髮比絲。風條摇兩帶②，烟葉帖雙眉。口動櫻桃破，鬟低翡翠垂。枝柔腰嫋娜，荑嫩手葳蕤。唳鶴晴呼侶③，哀猿夜叫兒④。玉敲音歷歷，珠貫字纍纍。袖爲收聲點，釵因赴節遺。重重遍頭别⑤，一一拍心知。塞北愁攀折，江南苦别離。黄遮金谷岸，緑映杏園池。春惜芳華好，秋憐顔色衰⑥。取來歌裏唱，勝向笛中吹。曲罷那能别⑦，情多不自持。纏頭無别物，一首斷腸詩。（2336）

【校】

①〔題〕題下注「小妓」金澤本作「少妓」，正文同。

②〔摇兩帶〕《才調集》作「垂兩帶」。

③〔唳鶴〕《才調集》作「鶴唳」。〔呼侶〕《才調集》作「呼伴」。

④〔哀猿〕《才調集》作「猿哀」。〔叫兒〕金澤本作「别兒」。

⑤〔遍頭〕金澤本作「遍頸」。

⑥〔顔色〕《才調集》作「翠色」。

⑦〔那能别〕那波本、金澤本作「那能立」。

【注】

朱《箋》：作於大和八年（八三四），洛陽。

〔楊柳枝〕見卷三一《楊柳枝詞八首》（2283）注。

〔小妓攜桃葉，新歌蹋柳枝〕桃葉，見卷二三《柘枝妓》（1551）注。

〔身輕委迴雪，羅薄透凝脂〕迴雪，見卷三《胡旋女》（0130）注。《詩·衛風·碩人》：「手如柔荑，膚如凝脂。」

〔便想人如樹，先將髮比絲〕《世説新語·言語》：「桓公北征，經金城，見前爲琅邪時所種柳皆已十圍，慨然曰：『木猶如此，人何以堪！』」

〔枝柔腰嫋娜，荑嫩手葳蕤〕《詩·衛風·碩人》：「手如柔荑，膚如凝脂。」

〔重重遍頭别，一一拍心知〕遍爲樂段單位。據「重重遍頭别」語，可知《楊柳枝》曲可聯遍演唱，「遍頭」當指遍之結束。劉言史《王中丞宅夜觀舞胡騰》：「四坐無言皆瞪目，横笛琵琶遍頭促。」張祜《觀杭州柘枝》：「看著遍頭香袖褶，粉屏香帕又重隈。」拍心，拍、拍子。元稹《答姨兄胡靈之見寄五十韻》：「一船席外語，三榼拍心精。」唐彦謙《江南聞新曲》：「席上新聲花下杯，一聲聲被拍心催。」張炎《詞源》卷下拍眼：「法曲、大曲、慢曲之次，引近輔之，皆定拍眼。蓋一曲有一曲之譜，一均有一均之拍，若停聲待拍，方合樂曲之節。所以衆部樂中用拍板，名曰齊樂，又曰樂句，即此論也。……法曲之拍，與大曲相類，每片不同，其聲字疾徐，拍以應之。如大曲《降黄龍》、《花十六》，當用十六拍。前衮、中衮，六字一拍。要停聲待拍，取氣輕巧。煞衮則三字一拍，蓋其曲將終也。至曲尾數句，使聲字悠揚，有不忍絶響之意，似餘音繞梁爲佳。惟法曲散序無拍，至歌頭始拍。若唱法曲、大曲、慢曲，當以手拍。纏令則用拍板。嘌吟訬唱諸宫調則用手調兒，亦舊工耳。慢曲有大頭曲、疊頭曲，有打前拍、打後拍，拍有前九後十一，内有四豔拍。引近則用六均拍，外有序子，與法曲散序、中序不同。法曲之序一片，正合均拍。俗傳序子四片，其拍頗碎，故纏令多用之，繩以慢曲八均之拍不可，又非慢二急三，與《三台》相類也。曲之大小，皆合均聲，豈得無拍。歌者或斂袖，或掩扇，殊亦可哂。唱曲苟不按拍，取氣決是不匀，必無節奏，是非習於音者不知也。」

〔黄遮金谷岸，緑映杏園池〕金谷，見卷十三《和友人洛中春感》（0620）注。杏園，見卷一《杏園中棗樹》（0056）注。

〔纏頭無别物，一首斷腸詩〕纏頭，見卷十二《琵琶引》（0599）注。

答皇甫十郎中秋深酒熟見憶

烟景冷蒼茫，秋深夜夜霜。爲思池上酌，先覺甕頭香。未暇傾巾漉①，還應染指嘗。醍醐慚氣味，虎魄讓晶光②。若許陪歌席，須容散道場③。月終齋戒畢，猶及菊花黄。

（2337）

【校】

①〔未暇〕金澤本作「豈暇」。

②〔虎魄〕那波本、馬本、《唐音統籤》、汪本作「琥珀」。

③〔須容〕汪本作「須教」。

【注】

朱《箋》：作於大和八年（八三四），洛陽。

〔皇甫十郎中〕朱《箋》：「皇甫曙。」見卷二九《池上清晨候皇甫郎中》（2132）注。

〔爲思池上酌，先覺甕頭香〕甕頭，見卷十七《薔薇正開春酒初熟因招劉十九張大崔二十四同飲》（1048）注。

〔未暇傾巾漉，還應染指嘗〕傾巾漉，用陶淵明事。見卷五《效陶潛體詩十六首》之十二（0221）注。《左傳》宣公四年：「染指於鼎，嘗之而出。」

〔醍醐慚氣味，虎魄讓晶光〕虎魄，同琥珀。本書卷二三《早飲湖州酒寄崔使君》（1541）：「手中稀琥珀，舌上冷醍醐。」參見該詩注。

老去

老去愧妻兒，冬來有勸詞。煖寒從飲酒，衝冷少吟詩。戰勝心還壯，齋勤體校羸。由來世間法，損益合相隨。（2338）

【注】

朱《箋》：作於大和八年（八三四），洛陽。

〔戰勝心還壯，齋勤體校羸〕《淮南子·精神訓》：「故子夏見曾子，一臞一肥。曾子問其故，曰：『出見富貴之樂而欲之，入見先王之道又説之，兩者心戰，故臞；先王之道勝，故肥。』」

〔由來世間法，損益合相隨〕世間法，佛教指三界有情、非情等一切法。見卷六《贈杓直》（0267）注。《易·損·象》：「損益盈虛，與時偕行。」

送宗實上人遊江南①

忽辭洛下緣何事，擬向江南住幾時？每過渡頭傷問法②，無妨菩薩是船師。（2339）

【校】

①〔題〕「江南」金澤本作「江西」，正文同。

②〔渡頭〕「渡」《全唐詩》校：「一作船。」〔傷問法〕《唐音統籤》、汪本作「應問法」。

【注】

朱《箋》：作於大和八年（八三四），洛陽。

〔宗實上人〕見卷二七《宗實上人》（1997）注。

〔每過渡頭傷問法，無妨菩薩是船師〕《華嚴經》卷二十：「譬如船師，不住此岸，不住彼岸，不住中流，而能運度此岸衆生，至於彼岸，以往返無休息故。菩薩摩訶薩亦復如是，不住生死，不住涅槃，亦復不住生死中流，而能運度此岸衆生，至於彼岸。」又卷六七載：善財童子在樓閣城，向船師婆施羅問：菩薩云何學菩薩行，云何修菩薩道。船師爲其開導。

和同州楊侍郎誇柘枝見寄

細吟馮翊使君詩，憶作餘杭太守時。君有一般輸我事，柘枝看校十年遲。（2340）

【注】

朱《箋》：作於大和八年（八三四），洛陽。

〔同州楊侍郎〕朱《箋》：「楊汝士。」見卷三十《睡後茶興憶楊同州》（2172）注。

〔柘枝〕柘枝舞。見卷十八《房家夜宴喜雪戲贈主人》（1165）注。

〔細吟馮翊使君詩，憶作餘杭太守時〕《舊唐書·地理志一》關内道：「同州上輔，隋馮翊郡。……天寶元年，改同州爲馮翊郡。乾元元年，復爲同州。」

冬初酒熟二首

霜繁脆庭柳，風利剪池荷。月色曉彌苦，烏聲寒更多①。秋懷久寥落，冬計又如何？一

甕新醅酒，萍浮春水波。（2341）

【校】

①〔烏聲〕馬本、《唐音統籤》、汪本作「鳥聲」。

【注】

朱《箋》： 作於大和八年（八三四），洛陽。

酒熟無來客，因成獨酌謡。人間老黄綺，地上散松喬。忽忽醒還醉，悠悠暮復朝。殘年多少在，盡付此中銷。（2342）

【校】

此詩後金澤本有《聽蘆管吹竹枝》等詩九首。

【注】

〔酒熟無來客，因成獨酌謡〕陳後主《獨酌謡》：「一酌豈陶暑，二酌斷風飈。三酌意不暢，四酌情無聊。五酌盂易覆，六酌歡欲調。七酌累心去，八酌高志超。九酌忘物我，十酌忽凌霄。」

〔人間老黄綺，地上散松喬〕黄綺，參見卷二七《對鏡》（1949）注。松喬，赤松子、王子喬。見卷五《題贈鄭秘書徵君石溝溪隱居》（0207）注。

送姚杭州赴任因思舊遊二首

與君細話杭州事，爲我留心莫等閑。閭里固宜勤撫恤①，樓臺亦要數躋攀。笙歌縹緲虚空裏，風月依稀夢想間。且喜詩人重管領，遥飛一盞賀江山。（2343）

【校】

①〔固宜〕馬本作「同宜」，誤。

【注】

朱《箋》：作於大和九年（八三五），洛陽。按，當爲大和八年（八三四），詳注。

〔姚杭州〕朱《箋》：「杭州刺史姚合。」晁公武《郡齋讀書志》卷十八：「右姚合，崇曾孫（按，據羅振玉《李公夫人吴興姚氏墓志跋》、岑仲勉《唐集質疑》考證，合爲姚元景曾孫，姚崇曾侄孫），以詩聞。元和十一年李逢吉知舉進士，歷武功主簿，富平、萬年尉。寶曆中監察、殿中御史，户部員外郎，出金、杭二州刺史，爲刑、户二部郎中，諫議大夫，給事中，陝虢觀察使。開成末終秘書監。世號姚武功云。」姚合《送裴大夫赴亳州》：「杭人遮道路，垂淚浙江前。譙國迎舟艦，行歌汴水邊。」裴大夫乃裴弘泰，姚乃裴之後任。劉禹錫《汝州舉裴大夫自代狀》：「正議大夫、使持節杭州軍事、守杭州刺史，上柱國、賜紫金魚袋裴弘泰。」題注：「大和八年。」又《汝州謝上表》：

「伏奉去年（朱《箋》謂「年」字衍文）七月十四日詔書，授臣使持節汝州諸軍事、守汝州刺史。」朱《箋》：「可知禹錫移任汝州在大和八年七月間，其舉杭州刺史裴弘泰自代亦在是年秋間，則弘泰爲杭州刺史必在大和八年或八年之前，……弘泰乃姚合之前任，於大和九年離杭州赴亳州任，而姚合赴任抵杭州亦必在此時。」按，朱《箋》必繫裴弘泰離杭州、姚合接任於大和九年，似無據。據劉禹錫《自代狀》及《謝上表》，弘泰離杭州當在大和八年。傅璇琮主編《唐才子傳校箋》卷六《姚合》（吳企明撰），亦繫姚合任杭州刺史於大和八年。與白詩此卷前後編次合。

渺渺錢唐路幾千，想君到後事依然。靜逢竺寺猿偷橘，閑看蘇家女採蓮。故妓數人憑問訊，新詩兩首倩留傳①。舍人雖健無多興，老校當時八九年。杭民至今呼余爲白舍人②。

（2344）

【校】

①〔留傳〕金澤本作「流傳」。

②〔（注）〕金澤本作「杭民至於今呼爲白舍人」。

【注】

〔靜逢竺寺猿偷橘，閑看蘇家女採蓮〕竺寺，杭州天竺寺。見卷十二《畫竹歌》（0591）注。蘇家女，謂蘇小小。見卷二十《杭州春望》(1357)注。

寄李相公

漸老只謀歡，雖貧不要官。唯求造化力，試爲駐春看。(2345)

【注】

朱《箋》：作於大和九年(八三五)，洛陽。

〔李相公〕朱《箋》：「李宗閔。」見卷二二《早冬遊王屋自靈都抵陽臺上方望天壇偶吟成章寄温谷周尊師中書李相公》(1512)注。《舊唐書·文宗紀》：「(大和八年十月)庚寅，以山南西道節度使、檢校禮部尚書、同平章事、上柱國、襄武縣開國侯、食邑一千户李宗閔可中書侍郎、同中書門下平章事。」

冬日平泉路晚歸①

山路難行日易斜，煙村霜樹欲棲鵶。夜歸不到應閑事，熱飲三杯即是家。(2346)

【校】

①〔題〕「泉」金澤本作「原」。

【注】

朱《箋》：作於大和八年（八三四），洛陽。

〔平泉〕見本卷《醉遊平泉》（2330）注。

利仁北街作①

草色斑斑春雨晴，利仁坊北面西行②。踟躕立馬緣何事，認得張家歌吹聲。（2347）

【校】

①〔題〕「北」馬本誤「比」。

②〔面西〕金澤本作「向西」。

【注】

朱《箋》：作於大和九年（八三五），洛陽。

〔利仁北街〕《唐兩京城坊考》卷六東京長夏門之東第五街：「從南第一曰里仁坊，次北利仁坊。」

〔踟躕立馬緣何事，認得張家歌吹聲〕張家，朱《箋》：「蓋指張擇家也。」《唐兩京城坊考》卷六利仁坊：「和州刺史張擇宅。」引此詩，謂：「按所謂張家者，疑即擇之後人。」白居易《唐故通議大夫和州刺史吳郡張公神道碑銘》（《白氏文集》卷四一）：「公諱無擇，字無擇。……天寶十三載正月二十一日，終於東都利仁里私第。……公之孫，户部侍郎平叔。……長慶二年某月某日，平叔奉祖德，碣而碑之。居易據家狀序而銘之。」

洛陽堰閑行

洛陽堰上新晴日，長夏門前欲暮春。遇酒即沽逢樹歇，七年此地作閑人。（2348）

【注】

朱《箋》：作於大和九年（八三五），洛陽。

〔洛陽堰〕當即分洛堰。邵伯温《邵氏聞見録》卷十：「洛城之南東午橋，距長夏門五里。蓋自唐已來，爲遊觀之地。裴晉公緑野莊，今爲文定張公別墅。白樂天白蓮莊，今爲少師任公別墅，池臺故基猶在。二莊雖隔城，高槐古柳，高下相連，接午橋。西南二十里，分洛堰，司洛水。」徐松輯《永樂大典》本《河南志》唐城闕古蹟：「分洛堰，在厚載門外十八里，令每葺堰，分洛水以入都城。」

〔洛陽堰上新晴日，長夏門前欲暮春〕《唐兩京城坊考》卷六東京外郭城：「南面三門，正南曰定鼎門，東曰長夏門，西曰厚載門。」

過永寧

村杏野桃繁似雪，行人不醉爲誰開？賴逢山縣盧明府，引我花前勸一杯。（2349）

【注】

朱《箋》：作於大和九年（八三五），自洛陽至下邽途中。

〔永寧〕《舊唐書·地理志一》河南道河南府：「永寧，隋熊耳縣所治。義寧二年，置永寧縣。……顯慶元年，穀州廢，改隸洛州。」

〔賴逢山縣盧明府，引我花前勸一杯〕盧明府，名未詳。

往年稠桑驛曾喪白馬題詩廳壁今來尚存又復感懷更題絶句①

路傍埋骨蒿草合，壁上題詩塵蘚生。馬死七年猶悵望，自知無乃太多情。（2350）

【校】

①〔題〕「驛」字各本無，據金澤本添。

【注】

朱《箋》：作於大和九年（八三五），自洛陽至下邽途中。

〔稠桑驛〕見卷二五《有小白馬乘馭多時奉使東行至稠桑驛溘然而斃足可驚傷不能忘情題二十韻》（1748）注。

羅敷水

野店東頭花落處，一條流水號羅敷。芳魂艷骨知何在，春草茫茫墓亦無。（2351）

【注】

朱《箋》：作於大和九年（八三五），自洛陽至下邽途中。

〔羅敷水〕見卷二六《過敷水》（1726）注。

路逢青州王大夫赴鎮立馬贈别

火旆擁金羈①，書生得者稀。何勞問官職，豈不見光輝。赫赫人爭看，翩翩馬欲飛。不欺前歲尹②，駐節語依依。前年春，予爲河南尹，王爲少尹。（2352）

【校】

①〔火旆〕紹興本等作「大旆」，據金澤本改。

②〔不欺〕馬本、《唐音統籤》、汪本作「不期」。

金澤本此首後有《和楊同州寒食乾坑會後聞楊工部欲到知予與工部有敷水之期榮喜雖多歡宴且阻辱示長句因而答之》等十首詩。

【注】

朱《箋》：作於大和九年（八三五），自洛陽至下邽途中。

〔青州王大夫〕朱《箋》：「王彦威。」劉禹錫《唐故監察御史贈尚書右僕射王公神道碑銘》：「季子彦威，字子美。……以直諫出爲河南少尹，入爲少府監，司農卿，改淄青節度使。……出爲衛尉卿分司東都。尋起爲陳許節度使。」《舊唐書・文宗紀》：「（大和九年）二月丙子朔，甲申，以司農卿王彥威兼御史大夫、充平盧軍節度使。」《舊唐書・王彥威傳》：「李宗閔重之，既秉政，授青州刺史，兼御史大夫、充平盧軍節度、淄青等觀察使。」朱《箋》：「則知彥威赴鎮必在是年二月末或三月初，中途與居易相遇也。」

〔火旆擁金羈，書生得者稀〕火旆，即紅旆。李群玉《涼公從叔春祭廣利王廟》：「海客斂威驚火旆，天吳收浪避樓船。」唐彥謙《送樊瑄司業歸朝》：「釁室青衿盡，渠門火旆揚。」

宿酲①

夜飲歸常晚②，朝眠起更遲。舉頭中酒後，引手索茶時。拂枕青長袖，欹簪白接䍦。宿酲無興味，先是肺神知。（2353）

【校】

①〔題〕紹興本等前有「和楊同州寒食乾坑會後聞楊工部欲到知予與工部有」二十二字，蓋因脱落誤與前題相連。金澤本原題「宿酲」，後據摺本塗改。今據原題改。

②〔夜飲〕汪本作「飲雨」。

【注】

朱《箋》：作於大和九年（八三五），洛陽。

〔拂枕青長袖，欹簪白接䍦〕白接䍦，見卷二九《裴侍中晉公以集賢林亭即事詩二十六韻見贈猥蒙徵和才拙詞繁輒廣爲五百言以伸酬獻》（2136）注。

和劉汝州酬侍中見寄長句因書集賢坊勝事戲而問之①

洛川汝海封畿接，履道集賢來往頻。一復時程雖不遠，百餘步地更相親。汝去洛程一宿，履道、集賢兩宅相去一百三十步。朱門陪宴多投轄，青眼留歡任吐茵。聞道郡齋還有酒，風前月下對何人？（2354）

【校】

①〔題〕金澤本無「坊」字。

【注】

朱《箋》：作於大和九年（八三五），洛陽。

〔劉汝州〕朱《箋》：「劉禹錫。」劉禹錫《汝洛集引》：「大和八年，予自姑蘇轉臨汝。」又《汝州謝上表》：「伏奉去年（朱《箋》謂「年」字衍）七月十四日詔書，授臣使持節汝州諸軍事、守汝州刺史。」《舊唐書・文宗紀》：「（大和九年十月乙未），以汝州刺史劉禹錫爲同州刺史。」朱《箋》：「據此可知禹錫大和八年七月離蘇去汝，……則白氏此詩必作於大和九年春間。」

〔侍中〕朱《箋》：「裴度。」見本卷《奉酬侍中夏中雨後遊城南莊見示八韻》（2317）注。

〔朱門陪宴多投轄，青眼留歡任吐茵〕投轄、吐茵，見卷十五《題周皓大夫新亭子二十二韻》（0822）注。

池上二絶

山僧對棋坐，局上竹陰清。映竹無人見，時聞下子聲。（2355）

【注】

朱《箋》：作於大和九年（八三五），洛陽。

小娃撑小艇，偷採白蓮迴。不解藏蹤跡，浮萍一道開。（2356）

白羽扇

素是自然色，圓因裁製功。颯如松起籟，飄似鶴翻空。盛夏不銷雪，終年無盡風。引秋生手裏，藏月入懷中。麈尾斑非疋，蒲葵陋不同。何人稱相對，清瘦白鬚翁。（2357）

【注】

朱《箋》：作於大和九年（八三五），洛陽。

〔麈尾斑非疋，蒲葵陋不同〕《世説新語·容止》：「王夷甫容貌整麗，妙於談玄，恒捉玉柄麈尾，與手都無分別。」

五月齋戒罷宴撤樂聞韋賓客皇甫郎中飲會亦稀又知欲攜酒饌出齋先以長句呈謝

妓房匣鏡滿紅埃，酒庫封瓶生綠苔。居士爾時緣護戒，車公何事亦停杯？散齋香火今朝散①，開素盤筵後日開。隨意往還君莫怪，坐禪僧去飲徒來。（2358）

【校】

①〔今朝〕金澤本作「明朝」。

【注】

朱《箋》：作於大和九年（八三五），洛陽。

〔韋賓客〕朱《箋》：「韋縝。」見本卷《初夏閑吟兼呈韋賓客》（2315）注。

〔皇甫郎中〕朱《箋》：「皇甫曙。」見卷二九《池上清晨候皇甫郎中》（2132）注。

〔居士爾時緣護戒，車公何事亦停杯〕《世説新語·識鑒》劉孝標注引《續晉陽秋》：「（車）胤既博學多聞，又善於激賞。當時每有盛坐，胤必同之。皆云『無車公不樂』。太傅謝公遊集之日，開筵以待之。」

閑園獨賞 因夢得所寄蜂鶴之詠，引成此篇以和之①。

午後郊園靜，晴來景物新。雨添山氣色，風借水精神。永日若爲度，獨遊何所親？仙禽狎君子，芳樹倚佳人。蟻鬬王爭穴②，蝸移舍逐身。蝶雙知伉儷，蜂分見君臣③。蠹蠕形雖小④，逍遥性即均。不知鵬與鷃，相去幾微塵？（2359）

【校】

①〔題〕題下注「引」馬本、《唐音統籤》、汪本作「因」。

②〔爭穴〕紹興本等作「爭肉」，據金澤本改。

③〔蜂分〕那波本、金澤本所校摺本作「蜂聚」。

④〔蠹蠕〕那波本、金澤本所校摺本作「蠢動」。

【注】

朱《箋》：作於大和九年（八三五），洛陽。

〔蟻鬬王爭穴，蝸移舍逐身〕李公佐《南柯太守傳》演蟻鬬爭穴爲小説，記東平淳于棼夢入大槐安國，爲駙馬，出守南柯郡，拒檀蘿國，倏忽若度一世。寤後發槐下穴，睹群蟻隱聚處。《太平廣記》卷四七五據《異聞集》收録，題《淳于棼》。李肇《唐國史補》卷下：「近代有造謗而著書，《雞眼》、《苗登》二文。有傳蟻穴而稱，李公佐《南柯太守》。」

〔蝶雙知伉儷，蜂分見君臣〕彭大翼《山堂肆考》卷二二六韓憑魂：「俗傳大蝶必成雙，乃梁山伯、祝英臺之魂。又曰韓憑夫婦之魂。皆不可曉。李義山詩：青陵臺畔日光斜，萬古貞魂倚暮霞。莫許韓憑爲蛺蝶，等閑飛上别枝花。」按，李商隱詩名《青陵臺》。傳本《搜神記》及《太平御覽》等所引、敦煌寫本《韓朋賦》，均不言韓憑化蝶。此爲唐時演變之傳説。陳元龍《格致鏡原》卷九六引《陰陽變化録》：「蜂每歲三四月則生黑色蜂，名曰將蜂，又名相蜂。蜂王乃相蜂所生也。相蜂不能採花，但能釀蜜，蓋無此蜂不能成蜜。至七八月間，相蜂盡死。相蜂如不死，則群蜂饑。俗謂相蜂過冬，蜂族必空。蜂王大如小指，不螫。蜂無王而盡死，有二王而即分。分蜂之時，多老王遜位而出，所分之蜂，均擘其半，未嘗多寡。從王而出者，未嘗復回王之所在。蜂不螫人，飛止必環衛蜂王，皆有隊伍行列。」

〔蠢蠕形雖小，逍遥性即均〕孫綽《喻道論》：「是時也，天清地潤，品物咸亨，蠢蠕之生，浸毓靈液。」

〔不知鵬與鷃，相去幾微塵〕鵬與鷃，見卷二《反鮑明遠白頭吟》(0120)注。《楞嚴經》卷二：「汝觀地性，粗爲大地，細爲微塵，至鄰虚塵，析彼極微，色邊際相，七分所成，更析鄰虚，即實空性。」

種柳三詠

白頭種松桂，早晚見成林？不及栽楊柳，明年便有陰。春風爲催促，副取老人心。

(2360)

【注】

朱《箋》：作於大和九年（八三五），洛陽。

〔白頭種松桂，早晚見成林〕早晚，何時。見卷十九《暮歸》（1239）注。

從君種楊柳，夾水意如何？准擬三年後，青絲拂緑波。仍教小樓上，對唱楊枝歌①。（2361）

【校】

①〔楊枝〕那波本、金澤本、馬本、《唐音統籤》作「柳枝」，汪本作「竹枝」。

【注】

〔准擬三年後，青絲拂緑波〕准擬，料想。見卷二八《不准擬二首》（2067）注。

更想五年後①，千千條麴塵。路旁深映月，樓上闇藏春。愁殺閑遊客，聞歌不見人。（2362）

【校】

①〔五年後〕金澤本作「五年外」。

【注】

〔更想五年後，千千條麴塵〕麴塵，見卷十二《山石榴寄元九》(0590)注。姚寬《西溪叢語》卷上：「唐人詠柳，使麴塵字者極多。……此用之柳，又象其花絮之穗耳。」

偶吟

好官病免曾三度，散地歸休已七年。老自退閑非世棄，貧蒙强健是天憐。韋荆南去留春服，王侍中來乞酒錢。便得一年生計足，與君美食復甘眠。(2363)

朱《箋》：作於大和九年(八三五)，洛陽。

【注】

〔韋荆南去留春服，王侍中來乞酒錢〕韋荆南，朱《箋》：「韋長。」《舊唐書·文宗紀》：「(大和七年八月)戊申，以京兆尹韋長兼御史大夫。」「(開成三年正月)丁丑，以前荆南節度使韋長爲河南尹。」吳廷燮《唐方鎮年表》繫韋長節度荆南在大和八年。又《舊唐書·賈餗傳》：「(大和)八年十一月，還京兆尹。」朱《箋》：「則賈餗當係韋長之後任。然據白氏此詩所云，則長之赴荆南似在九年春。」王侍中，朱《箋》：「王智興。」《舊唐書·文宗紀》：「(大和九年五月)癸酉，以河中節度使王智興爲宣武軍節度使，依前守太傅，兼侍中。」朱《箋》：「此詩必智興赴宣武任過洛陽時所作。」

池上即事

移牀避日依松竹，解帶當風掛薜蘿。鈿砌池心緑蘋合，粉開花面白蓮多。久陰新霽宜絲管，苦熱初凉入綺羅。家醖瓶空人客絶，今宵争奈月明何？（2364）

【注】

朱《箋》：作於大和九年（八三五），洛陽。

南塘暝興

水色昏猶白，霞光暗漸無。風荷摇破扇，波月動連珠。蟋蟀啼相應，鴛鴦宿不孤。小僮頻報夜，歸步尚踟躕①。（2365）

【校】

①〔歸步〕「步」《全唐詩》校：「一作路。」

【注】

朱《箋》：作於大和九年（八三五），洛陽。

小宅

小宅里閭接，疏籬雞犬通。渠分南港水①，窗借北家風②。庾信園殊小，陶潛屋不豐。何勞問寬窄，寬窄在心中。（2366）

【校】

①〔南港〕那波本、金澤本、馬本、《唐音統籤》、汪本作「南巷」。

②〔借〕金澤本注：「音即。」

【注】

朱《箋》：作於大和九年（八三五），洛陽。

〔庾信園殊小，陶潛屋不豐〕庾信《小園賦》：「若夫一枝之上，巢父得安巢之所。一壺之中，壺公有容身之地。況乎管寧藜床，雖穿而可坐。嵇康鍛竈，既煙而堪眠。豈必連闥洞房，南陽樊重之第；綠墀青瑣，西漢王根之宅。余有數畝敝廬，寂寞人外，聊以擬伏臘，聊以避風霜。」陶淵明《五柳先生傳》：「環堵蕭然，不蔽風日。短褐穿結，簞瓢屢空，晏如也。」

諭親友

適情處處皆安樂，大底園林勝市朝。煩鬧榮華猶易過①，優閑福禄更難銷。自憐老大宜疏散，却被交親歎寂寥。終日相逢不相見，兩心相去一何遥②。（2367）

【校】

①〔猶易〕汪本作「容易」。

②〔兩心〕金澤本作「人心」。

【注】

朱《箋》：作於大和九年（八三五），洛陽。

龍門送別皇甫澤州赴任韋山人南遊

隼旟歸洛知何日，鶴駕還嵩莫過春。惆悵香山雲水冷，明朝便是獨遊人。（2368）

【注】

朱《箋》：作於大和九年（八三五），洛陽。

〔皇甫澤州〕朱《箋》：「皇甫曙。據白氏此詩，曙赴澤州任在大和九年秋。」陸心源《唐文續拾》卷五皇甫曙《金剛經幢記》：「開成元年歲次丙辰五月七日建，澤州刺史皇甫曙記。」與白詩時間相合。

〔韋山人〕朱《箋》：「韋楚。」見本卷《題贈平泉韋徵君拾遺》（2331）注。

〔隼旟歸洛知何日，鶴駕還嵩莫過春〕隼旟，見卷二六《和微之春日投簡陽明洞天五十韻》（1851）注。

劉蘇州寄釀酒糯米李浙東寄楊柳枝舞衫偶因嘗酒試衫輒成長句寄謝之①

柳枝慢踏試雙袖②，桑落初香嘗一杯。金屑醅濃吳米釀③，銀泥衫穩越娃裁。舞時已覺愁眉展，醉後仍教笑口開。慚愧故人憐寂寞，三千里外寄歡來。（2369）

【校】

①〔題〕金澤本無「之」字。

②〔慢踏〕馬本、《唐音統籤》、汪本作「謾踏」。

③〔吳米〕金澤本作「吳水」。

【注】

朱《箋》：作於大和八年（八三四），洛陽。

〔劉蘇州〕朱《箋》：「蘇州刺史劉禹錫。」見卷三一《喜劉蘇州恩賜金紫遥想賀宴以詩慶之》（2252）注。劉禹錫《酬樂天衫酒見寄》詩：「酒法衆傳吴米好，舞衣偏尚越羅綺。」朱《箋》：「即指『釀酒糯米』及『楊柳枝舞衫』也。」

〔李浙東〕朱《箋》：「李紳。」見卷三一《醉送李二十常侍赴鎮浙東》（2233）注。

〔柳枝慢踏試雙袖，桑落初香嘗一杯〕柳枝慢踏，見卷三一《藍田劉明府攜酎相過與皇甫郎中卯時同飲醉後贈之》（2253）注。桑落酒，見卷十八《房家夜宴喜雪戲贈主人》（1165）注。

〔金屑醅濃吴米釀，銀泥衫穩越娃裁〕《晉書·后妃傳上·惠賈皇后》：「倫乃矯詔遣尚書劉弘等，持節齎金屑酒，賜后死。」此則言其珍美。銀泥衫，見卷二三《看常州柘枝贈賈使君》（1562）注。穩，合身。本書卷二七《何處難忘酒七首》（1950）：「省壁明張牓，朝衣穩稱身。」

詔授同州刺史病不赴任因詠所懷

同州慵不去，此意復誰知？誠愛俸錢厚，其如身力衰？可憐病判案，何似醉吟詩？勞逸懸相遠，行藏決不疑。徒煩人勸諫①，只合自尋思。白髮來無限，青山去有期。野心唯怕鬧，家口莫愁飢。賣却新昌宅，聊充送老資。（2370）

【校】

①〔勸諫〕那波本作「勸課」。

【注】

朱《箋》：作於大和九年（八三五），洛陽。

〔詔授同州刺史〕《舊唐書·文宗紀》：「（大和九年九月）辛亥，以太子賓客分司東都白居易爲同州刺史代楊汝士。……（十月）乙未，以新授同州刺史白居易爲太子少傅分司。以汝州刺史劉禹錫爲同州刺史。」朱《箋》：「汪《譜》繫於開成元年，非是。……可知居易除同州在大和九年，非開成元年。」

〔賣却新昌宅，聊充送老資〕新昌宅，長安新昌坊第。見卷二《和答詩十首》（0100）序注。

寄楊六侍郎　時楊初授户部，予不赴同州。

西户最榮君好去，左馮雖穩我慵來。秋風一筯鱸魚鱠，張翰摇頭喚不迴。（2371）

【注】

朱《箋》：作於大和九年（八三五），洛陽。

〔楊六侍郎〕朱《箋》：「楊汝士。」見本卷《和同州楊侍郎誇柘枝見寄》（2340）注。

〔西户最榮君好去，左馮雖穩我慵來〕參見上詩注。西户，指西京户部。左馮，左馮翊，同州。見本卷《和同州楊侍郎誇柘枝見寄》（2340）注。

〔秋風一筯鱸魚鱠，張翰摇頭喚不迴〕《晉書·張翰傳》：「翰因見秋風起，乃思吴中菰菜、蓴羹、鱸魚膾，曰：『人生貴得適志，何能羈宦數千里以要名爵乎！』遂命駕而歸。」

韋七自太子賓客再除秘書監以長句賀而餞之

往年嘗與予同爲秘監①。

離筵莫愴且同歡，共賀新恩拜舊官。屈就商山伴麋鹿，好歸芸閣狎鵷鸞。落星石上蒼苔古，畫鶴廳前白露寒。老監姓名應在壁②，相思試爲拂塵看。（2372）

【校】

①〔題〕題下注「往年」馬本、《唐音統籤》、汪本作「韋往年」。金澤本作「往年予亦嘗爲秘書」。

②〔應在〕馬本、《唐音統籤》、汪本作「題在」。

【注】

朱《箋》：作於大和九年（八三五），洛陽。

〔韋七〕朱《箋》：「韋縝。」見本卷《初夏閑吟兼呈韋賓客》（2315）注。

〔屈就商山伴麋鹿，好歸芸閣狎鵷鸞〕商山，商山四皓。見卷二《答四皓廟》（0104）注。芸閣，芸香閣，指秘書省。見卷九《西明寺牡丹花時憶元九》（0389）注。

〔落星石上蒼苔古，畫鶴廳前白露寒〕趙璘《因話錄》卷五：「秘書省内有落星石，薛少保畫鶴，賀監草書，郎令餘畫鳳，相傳號爲四絶。元和中，韓公武爲秘書郎，挾彈中鶴一眼，時謂之五絶。」

酒熟憶皇甫十

新酒此時熟，故人何日來？自從金谷别，不見玉山頽。疏索柳花盌，寂寥荷葉杯。今冬問氊帳，雪裏爲誰開？（2373）

【注】

朱《箋》：作於大和九年（八三五），洛陽。

〔皇甫十〕朱《箋》：「皇甫曙。大和九年秋赴任澤州。」見本卷《龍門送别皇甫澤州赴任韋山人南遊》（2368）注。

〔自從金谷别，不見玉山頽〕金谷，見卷十三《和友人洛中春感》（0620）注。玉山頽，見卷二一九《酬思黯相公見過弊居戲贈》（2109）注。

九年十一月二十一日感事而作

其日獨遊香山寺①。

禍福茫茫不可期，大都早退似先知。當君白首同歸日，是我青山獨往時。顧索素琴應不暇，憶牽黄犬定難追。麒麟作脯龍爲醢，何似泥中曳尾龜？（2374）

【校】

①〔題〕題下注「其日」金澤本作「某日」。

【注】

陳《譜》、汪《譜》、朱《箋》： 作於大和九年（八三五），洛陽。

〔九年十一月二十一日感事〕此詩亦爲感甘露之變而作，參見卷三十《詠史》（2185）注。

〔香山寺〕見卷二三《香山寺石樓潭夜浴》（1499）注。

〔當君白首同歸日，是我青山獨往時〕《世説新語・仇隙》： 「後收石崇、歐陽堅石，同日收岳。石先送市，亦不相知。潘至，石謂潘曰： 『安仁，卿亦復爾邪？』潘曰： 『可謂白首同所歸。』潘《金谷集詩》云： 『投分寄石友，白首同所歸。』乃成其讖。」劉長卿《貶南巴至鄱陽題李嘉祐江亭》： 「青山獨往路，芳草未歸時。」

〔顧索素琴應不暇，憶牽黄犬定難追〕索素琴，見卷六《詠慵》（0257）注。《史記・李斯列傳》： 「具斯五刑，論腰斬咸陽市。斯出獄，與其中子俱執，顧謂其中子曰： 『吾欲與若復牽黄犬，俱出上蔡東門逐狡兔，豈可得乎？』遂父子相哭，而夷三族。」

〔麒麟作脯龍爲醢，何似泥中曳尾龜〕《神仙傳》卷三王遠： 「王遠字方平，東海人也。……其後方平欲東之括蒼山，過吳，往胥門蔡經家。……麻姑至，蔡經亦舉家見之。……入拜方平，方平爲之起立。坐定，召進行廚，皆金玉杯盤無限也。肴膳多是諸花果，而香氣達於内外，擘脯而行之，如松柏炙，云是麟脯也。」《太平御覽》卷八六二引葛洪《神仙傳》作「麒麟脯」。龍爲醢，見卷十六《東南行一百韻寄通州元九侍御澧州李十一舍人果州崔二十二使君開州韋大員外庾三十二補闕杜十四拾遺李二十助教員外竇七校書》（0902）注。曳尾龜，見卷二七《自詠》(2000)注。

阮閲《詩話總龜》卷五：「沈存中謂樂天詩不必皆好，然識趣可尚。章子厚謂不然，樂天識趣最淺狹。謂詩中言甘露事處，幾如幸災，雖私讎可快，然朝廷當此不幸，臣子不當形歌詠也。如『當公白首同歸日，是我青山獨往時』之類。」

馬永卿《懶真子》卷四引此詩，謂：「右白樂天《遊玉泉寺》詩。李訓、鄭注初用事，公知其必敗，輒自刑部侍郎乞分司而歸。時宰相王涯好琴，舒元輿好獵，故及之。而曳尾龜所以自諭也。龍醢事，見《左氏》。麟脯事，見《列仙傳》。」

葉夢得《避暑錄話》卷上：「白樂天與楊虞卿爲姻家，而不累于虞卿。與元稹、牛僧孺相厚善，而不黨於元稹、僧孺。爲裴晉公所愛重，而不因晉公以進。李文饒素不樂，而不爲文饒所深害者，處世如是人，亦足矣。推其所由得，惟不汲汲於進，而志在於退。是以能安於去就，愛憎之際，每裕然有餘也。……然吾猶有微恨，似未能全忘聲色杯酒之類，賞物太深，若猶有待而後遣者。故小蠻、樊素，每見於歌詠。至甘露十家之禍，乃有『當君白首同歸日，是我青山獨往時』之句，得非爲王涯發乎？覽之使人太息。空花妄想，初何所有？而況冤親相尋，繳繞何已？樂天不唯能外世，故固自以爲深得於佛氏，猶不能曠然一洗，電掃冰釋於無所有之地。習氣難除至是。要之，若飄瓦之擊，虚舟之觸，莊周以爲至人之用心也宜乎。」

蘇軾《東坡志林》卷上：「樂天爲王涯所讒，謫江州司馬。甘露之禍，樂天在洛，適遊香山寺，有詩云：『當君白首同歸日，是我青山獨往時。』不知者以爲樂天幸之。樂天豈幸人之禍哉！蓋悲之也。」

陳《譜》：大和九年乙卯，「又有《二十日獨遊香山感事》詩云：『當君白首同歸日，是我青山獨往時。』時新有甘露之禍。初江州之貶，王涯有力焉，説者因是謂公幸之。惟東坡蘇公云：『樂天豈幸人之禍者哉！蓋悲之也。』以愚觀之，其悲涯輩之禍，而幸己之不與者乎？鸞凰蓋自況也。公又嘗有詩云：『今日憐君嶺南去，當時笑我洛中來。』未知爲何人作。亦此意也。」

汪立名云：「大和九年甘露事，李訓、鄭注、舒元輿、王涯、賈餗皆被害。味詩中同歸句，本就事而言，不專指王涯也。公自蘇州召還，秩位漸崇，見機引退，宦官之禍，固早計及者，何致追憾王涯？况公之遷謫，本由宦官惡之，附宦官者成之，豈反以中人誅士大夫爲快？幸禍之説蓋出於章子厚，諺所謂以小人心度君子腹耳。」

即事重題

重裘煖帽寬氈履，小閣低窗深地爐。身穩心安眠未起，西京朝士得知無？（2375）

【注】

汪《譜》、朱《箋》：作於大和九年（八三五），洛陽。

朱《箋》：「此詩亦感甘露之禍而作。」

將歸渭村先寄舍弟

一年年覺此身衰，一日日知前事非。詠月嘲花先要減①，登山臨水亦宜稀。子平嫁娶貧

中畢，元亮田園醉裏歸。爲報阿連寒食下，與吾釀酒掃柴扉②。(2376)

【校】

①〔嘲花〕馬本、《唐音統籤》、汪本作「嘲風」。

②〔與吾〕馬本、《唐音統籤》作「與君」。

【注】

朱《箋》：作於大和九年(八三五)，洛陽。

〔舍弟〕朱《箋》：「疑爲白氏居下邽之從弟，非白行簡。行簡卒於寶曆二年。」

〔子平嫁娶貧中畢，元亮田園醉裏歸〕《後漢書·逸民傳·尚長》：「尚長字子平，河内朝歌人也。隱居不仕，性尚中和。……建武中，男女娶嫁既畢，敕斷家事勿相關，當如我死也。於是遂肆意，與同好北海禽慶俱遊五嶽名山，竟不知所終。」元亮，陶淵明。

〔爲報阿連寒食下，與吾釀酒掃柴扉〕阿連，見卷十七《湖亭與行簡宿》(1061)注。

看嵩洛有歎①

今日看嵩洛，迴頭歎世間。榮華急如水，憂患大於山。見苦方知樂，經忙始愛閑。未聞籠裏鳥，飛出肯飛還。(2377)

【校】

①〔題〕「歎」金澤本、管見抄本作「感」。

【注】

朱《箋》：作於大和九年（八三五），洛陽。

詠懷

隨緣逐處便安閑，不住朝廷不入山①。心似虛舟浮水上，身同宿鳥寄林間。尚平婚嫁了無累，馮翊符章封却還。時阿羅初嫁，及同州官吏放歸②。處分貧家殘活計，匹如身後莫相關③。

（2378）

【校】

①〔不住朝廷不入山〕馬本、《唐音統籤》、汪本作「不入朝廷不住山」。

②〔（注）及同州〕金澤本、管見抄本無「及」字。

③〔匹如〕《唐音統籤》作「正如」。

【注】

朱《箋》：作於大和九年（八三五），洛陽。

〔尚平婚嫁了無累，馮翊符章封却還〕尚平，見本卷《將歸渭村先寄舍弟》（2376）注。阿羅，即羅兒。見卷七《弄龜羅》（0309）注。

〔處分貧家殘活計，匹如身後莫相關〕匹如，就如。見卷十七《九江春望》（1007）注。

詠老贈夢得

與君俱老也，自問老何如？眼澀夜先臥，頭慵朝未梳。有時扶杖出，盡日閉門居。懶照新磨鏡，休看小字書。情於故人重，跡共少年疏。唯是閑談興，相逢尚有餘。（2379）

【校】

金澤本原無此詩，後據摺本補抄。據東博本、蓬左文庫校本、天海校本，此詩原在卷六六《送李滁州》（本書卷三三2475）後。

【注】

朱《箋》：作於開成二年（八三七），洛陽。

白居易詩集校注卷第三十三①

律詩　凡一百首②

從同州刺史改授太子少傅分司

承華東署三分務，履道西池七過春。歌酒優遊聊卒歲，園林蕭灑可終身。留侯爵秩誠虚貴，疏受生涯未苦貧。月俸百千官二品，朝廷雇我作閑人。張良、疏受並爲太子少傅。（2380）

【校】

①〔卷第三十三〕那波本爲卷六十六。紹興本此卷爲抄補。

②〔凡一百首〕紹興本等本卷實爲九十九首。按，據東博本及蓬左文庫校本、天海校本，《詠老贈夢得》（本書卷三二｜2379）一首原在本卷《送李滁州》（2475）後。

【注】

陳《譜》、朱《箋》：作於大和九年（八三五），洛陽。

〔改授太子少傅分司〕見卷三二《詔授同州刺史病不赴任因詠所懷》(2370)注。

〔承華東署三分務，履道西池七過春〕承華，太子東宮。見卷二六《贈悼懷太子挽歌辭二首》之二(1815)注。白居易履道坊宅，見卷二三《履道新居二十韻》(1582)注。

〔留侯爵秩誠虛貴，疏受生涯未苦貧〕《史記·留侯世家》：「是時叔孫通爲太傅，留侯行少傅事。」疏受，見卷一《高僕射》(0030)注。

〔月俸百千官二品，朝廷雇我作閑人〕《唐會要》卷九一內外官料錢上：「(貞元)四年，中書門下奏：……六尚書、御史大夫、太子三少，各一百貫文。」

奉和裴令公新成午橋莊綠野堂即事

舊逕開桃李，新池鑿鳳凰。只添丞相閣，不改午橋莊。遠處塵埃少，閑中日月長。青山爲外屏，綠野是前堂。引水多隨勢，栽松不趁行。年華玩風景，春事看農桑。花妬謝家妓，蘭偷荀令香。遊絲飄酒席，瀑布濺琴床。巢許終身隱，蕭曹到老忙。千年落公便①，進退處中央。時裴加中書令。(2381)

【校】

①〔千年〕何校：「千年句疑有訛字。落，蘭雪作洛。」

【注】

朱《箋》：作於大和九年（八三五），洛陽。

〔裴令公〕朱《箋》：「裴度。」見卷二九《和裴令公一日日一年年雜言見贈》（2152）注。

〔午橋莊緑野堂〕見卷二九《和裴令公一日日一年年雜言見贈》（2152）注。

〔花妬謝家妓，蘭偷荀令香〕謝家，謝安。見卷二十《候仙亭同諸客醉坐》（1345）注。荀令，荀彧。《藝文類聚》卷七十引《襄陽記》：「荀令君至人家，坐處三日香。」李頎《贈別張兵曹》：「荀令焚香日，潘郎振藻秋。」

〔巢許終身隱，蕭曹到老忙〕巢許，見卷二《讀史五首》之二（0096）注。蕭曹，蕭何、曹參。《漢書·蕭何曹參傳》：「蕭何、曹參皆起秦刀筆史，……二人同心，遂安海内。淮陰、黥布等已滅，唯何、參擅功名，位冠群臣，聲施後世，爲一代之宗臣。」

自題小草亭

新結一茅茨，規模儉且卑。土階全壘塊，山木半留皮。陰合連藤架，叢香近菊籬。壁宜藜杖倚，門稱荻簾垂。窗裏風清夜，簷間月好時。留連嘗酒客，勾引坐禪師。伴宿雙棲鶴，扶行一侍兒。緑醅量盞飲，紅稻約升炊。齷齪豪家笑，酸寒富屋欺①。陶廬閑自愛，顏巷陋誰知。螻蟻謀深穴，鷦鷯占小枝。各隨其分足，焉用有餘爲。（2382）

【校】

①〔富屋〕馬本作「富室」。

【注】

朱《箋》：約作於大和九年（八三五）至開成元年（八三六），洛陽。

〔陶廬閑自愛，顔巷陋誰知〕陶淵明《讀山海經》：「衆鳥欣有託，吾亦愛吾廬。」顔巷，見卷一《諭友》（0052）注。

〔螻蟻謀深穴，鷦鷯占小枝〕杜甫《自京赴奉先縣詠懷五百字》：「顧惟螻蟻輩，但自求其穴。」《莊子·逍遥遊》：「鷦鷯巢於深林，不過一枝。」

自詠

細故隨緣盡，衰形具體微①。鬭閑僧尚鬧，較瘦鶴猶肥。老遣寬裁襪，寒教厚絮衣。馬從銜草驏②，雞任啄籠飛。只要天和在，無令物性違。自餘君莫問，何是復何非。

（2383）

【校】

①〔衰形〕那波本、馬本、《唐音統籤》作「形衰」。

②〔草驏〕馬本、《唐音統籤》、汪本作「草輾」。

【注】

朱《箋》：約作於大和九年（八三五）至開成元年（八三六），洛陽。

〔馬從銜草驟，雞任啄籠飛〕《玉篇》馬部：「驟，竹扇切。馬轉臥土中。」

新亭病後獨坐招李侍郎公垂

新亭未有客，竟日獨何爲？趁暖泥茶竈，防寒夾竹籬。頭風初定後，眼暗欲明時。淺把三分酒，閑題數句詩。應須置兩榻，一榻待公垂。（2384）

【注】

朱《箋》：作於大和九年（八三五）至開成元年（八三六），洛陽。

〔李侍郎公垂〕朱《箋》：「李紳。」《舊唐書·文宗紀》：「（大和九年）五月乙巳朔，丁未，以浙東觀察使李紳爲太子賓客分司東都。」

閑卧寄劉同州

軟褥短屏風，昏昏醉卧翁。鼻香茶熟後，腰暖日陽中。伴老琴長在，迎春酒不空。可憐閑氣味，唯欠與君同。（2385）

【注】

朱《箋》：作於開成元年（八三六），洛陽。

〔劉同州〕朱《箋》：「劉禹錫。」《舊唐書·文宗紀》：「（大和九年）十月乙未，以新授同州刺史白居易爲太子少傅分司。以汝州刺史劉禹錫爲同州刺史。」

殘酌晚餐

閑傾殘酒後，煖擁小爐時。舞看新翻曲，歌聽自作詞。魚香肥潑火，飯細滑流匙。除却慵饞外，其餘盡不知。（2386）

【注】

朱《箋》：作於開成元年（八三六），洛陽。

〔魚香肥潑火，飯細滑流匙〕寒食雨稱潑火雨，見本書卷二六《洛橋寒食日作十韻》（1883）注。此言潑火，義或不同。杜甫《佐還山後寄三首》：「味豈同金菊，香宜酌綠葵。老人他日愛，正想滑流匙。」

喜見劉同州夢得

紫綬白髭鬚，同年二老夫。論心共牢落，見面且歡娱。酒好攜來否，詩多記得無？應須

爲春草，五馬少踟躕。（2387）

【注】

朱《箋》：作於大和九年（八三五），洛陽。

〔劉同州夢得〕見本卷《閑卧寄劉同州》（2385）注。

〔應須爲春草，五馬少踟躕〕劉禹錫《寄小樊》：「終須買取名春草。」又《憶春草》：「河南大尹頻出難，只須池塘十步看。府門閉後滿街月，幾處遊人草頭歇。」又《酬喜相遇同州與樂天替代》自注：「前章所言春草，白君之舞妓也，故有此答。」朱《箋》：「則春草疑爲居易妓樊素之别名。」五馬，見卷八《馬上作》（0344）注。

裴令公席上贈别夢得

年老官高多别離，轉難相見轉相思①。雪銷酒盡梁王起，便是鄒枚分散時②。（2388）

【校】

①〔相思〕那波本、馬本作「難思」。

②〔鄒枚〕馬本作「鄒牧」，誤。

【注】

朱《箋》：作於開成元年（八三六），洛陽。

〔裴令公〕朱《箋》：「裴度。」見本卷《奉和裴令公新成午橋莊綠野堂即事》（2381）注。

〔雪銷酒盡梁王起，便是鄒枚分散時〕見卷二五《早春同劉郎中寄宣武令狐相公》（1756）、《雪中寄令狐相公兼呈夢得》（1758）注。

尋春題諸家園林

聞健朝朝出，乘春處處尋。天供閑日月，人借好園林。漸以狂爲態，都無悶到心。平生身得所，未省似而今。（2389）

【注】

朱《箋》：作於開成元年（八三六），洛陽。

〔聞健朝朝出，乘春處處尋〕聞健，趁健，見卷二十《歲假内命酒贈周判官蕭協律》（1380）注。

〔平生身得所，未省似而今〕未省，未曾。見卷十五《放言五首》之四（0890）注。

又題一絶

貌隨年老欲何如，興遇春牽尚有餘。遥見人家花便入，不論貴賤與親疏。（2390）

【注】

朱《箋》：作於開成元年（八三六），洛陽。

家園三絶

滄浪峽水子陵灘，路遠江深欲去難。何似家池通小院，卧房階下插魚竿。（2391）

【注】

朱《箋》：作於開成元年（八三六），洛陽。

〔滄浪峽水子陵灘，路遠江深欲去難〕滄浪峽水，即滄浪水。見卷五《答元八宗簡同遊曲江後明日見贈》（0174）注。子陵灘，見卷三二《奉酬侍中夏中雨後遊城南莊見示八韻》（2317）注。

籬下先生時得醉，甕間吏部暫偷眠①。何如家醖雙魚榼，雪夜花時長在前。（2392）

【校】

①〔偷眠〕馬本、《唐音統籤》、汪本作「偷閑」。

【注】

〔籬下先生時得醉，甕間吏部暫偷眠〕籬下先生，指陶淵明。陶淵明《飲酒》：「採菊東籬下，悠然見南山。」甕間吏部，畢卓。見卷二二《和新樓北園偶集從孫公度周巡官韓秀才盧秀才范處士小飲鄭侍御判官周劉二從事皆先歸》（1464）注。

鴛鴦怕捉竟難親，鸚鵡雖籠不著人。何似家禽雙白鶴，閑行一步亦隨身。（2393）

老來生計

老來生計君看取，白日遊行夜醉吟①。陶令有田唯種黍，鄧家無子不留金。人間榮耀因緣淺，林下幽閑氣味深。煩慮漸銷虛白長，一年心勝一年心。（2394）

【校】

①〔遊行〕「遊」《全唐詩》校：「一作閑。」

【注】

朱《箋》：作於開成元年（八三六），洛陽。

〔陶令有田唯種黍，鄧家無子不留金〕《晉書·陶潛傳》：「在縣，公田悉令種秫穀，曰：『令吾常醉於酒足矣。』妻子固請種秔，乃使一頃五十畝種秫，五十畝種秔。」鄧家，鄧攸。見卷十六《酬贈李煉師見招》(0991)注。

〔煩慮漸銷虛白長，一年心勝一年心〕虛白，見卷一《白牡丹》(0031)注。

早春題少室東巖

三十六峰晴，雪銷嵐翠生①。月留三夜宿，春引四山行。遠草初含色，寒禽未變聲。東巖最高石，唯有我題名②。(2395)

【校】

①〔嵐翠〕馬本、《唐音統籤》作「嵐氣」。

②〔有我〕馬本、《唐音統籤》汪本作「我有」。

【注】

朱《箋》：作於開成元年(八三六)，嵩山。

〔少室〕少室山。見卷八《洛中偶作》(0376)注。

〔三十六峰晴，雪銷嵐翠生〕三十六峰，見卷二八《送河南尹馮學士赴任》(1828)注。

早春即事

眼重朝眠足，頭輕宿酒醒①。陽光滿前户，雪水半中庭。物變隨天氣②，春生逐地形。北

簷梅晚白，東岸柳先青。葱壠抽羊角，松巢墮鶴翎。老來詩更拙，吟罷少人聽。（2396）

【校】

①〔宿酒〕《文苑英華》作「宿醉」。

②〔物變〕「物」《文苑英華》作「候」，校：「集作物。」

【注】

朱《箋》：作於開成元年（八三六），洛陽。

〔葱壠抽羊角，松巢墮鶴翎〕羊角，葱名。清修《續通志》卷一七五葱：「又有一種葱，江南人呼爲龍角葱，即今之龍爪葱也。又名羊角葱。莖上生根，移下蒔之。」

歎春風兼贈李二十侍郎二絶①

樹根雪盡催花發，池岸冰銷放草生②。唯有鬢霜依舊白，春風於我獨無情。（2397）

【校】

①〔題〕「歎」《全唐詩》校：「一作笑。」

②〔池岸〕「岸」《文苑英華》作「畔」，校：「集作岸。」

【注】

朱《箋》：作於開成元年(八三六)，洛陽。

〔李二十侍郎〕朱《箋》：「李紳。」見本卷《新亭病後獨坐招李侍郎公垂》(2384)注。

道場齋戒今初畢，酒伴歡娱久不同。不把一杯來勸我，無情亦得似春風。(2398)

春來頻與李二十賓客郭外同遊因贈長句①

風光引步酒開顔，送老銷春嵩洛間。朝踏落花相伴出，暮隨飛鳥一時還。我爲病叟誠宜退，君是才臣豈合閑？可惜濟時心力在，放教臨水復登山。(2399)

【校】

①〔題〕「李二十」紹興本等作「李二」，東博本作「李廿二」。顧校、朱《箋》均謂「李二」爲「李二十」之訛，從改。

【注】

朱《箋》：作於開成元年(八三六)，洛陽。

〔李二十賓客〕朱《箋》：「李二十賓客爲李紳。」見本卷《新亭病後獨坐招李侍郎公垂》(2384)注。岑仲勉《唐人行第録》「李二十仍叔」引此詩，謂李二十賓客爲李仍叔。朱《箋》：「考李仍叔罷湖南觀察使爲太子賓客分司東都在大和九年末，……此時雖有與居易同遊之可能，唯此詩云：『我爲病叟誠宜退，君是才臣豈合閑？』與同時其他酬仍叔之詩不甚相稱，故仍以指李紳爲是。」

二月二日

二月二日新雨晴，草牙菜甲一時生。輕衫細馬春年少，十字津頭一字行。（2400）

【注】

朱《箋》：作於開成元年（八三六），洛陽。

〔二月二日新雨晴，草牙菜甲一時生〕杜甫《賓至》：「自鋤稀菜甲，小摘爲情親。」姚合《遊春十二首》：「樹枝風掉軟，菜甲土浮輕。」《史記·曆書》：「甲者，言萬物剖符甲而出也。」《説文》：「甲，東方之孟，昜氣萌動。從木戴孚甲之象。」段玉裁注：「孚者，卵孚也。孚甲猶今言殼也。凡草木初生，或戴穜於顛，或先見其葉。故其字像之。下像木之有莖，上像孚甲下覆也。」然則所謂菜甲，即初生菜芽。

〔輕衫細馬春年少，十字津頭一字行〕洛陽有十字水。劉禹錫《酬令狐相公寄賀遷拜之什》：「三花秀色通書幌，十字清波繞宅牆。」李商隱有《十字水期韋潘侍御同年不至》。

奉和令公綠野堂種花①

綠野堂開占物華，路人指道令公家。令公桃李滿天下，何用堂前更種花？（2401）

【校】

①〔題〕「奉」紹興本等作「春」，據東博本、汪本改。

【注】

朱《箋》：作於開成元年（八三六），洛陽。

〔令公〕朱《箋》：「裴度。」見本卷《奉和裴令公新成午橋莊緑野堂即事》（2381）注。

〔緑野堂〕見本卷《奉和裴令公新成午橋莊緑野堂即事》（2381）注。

〔令公桃李滿天下，何用堂前更種花〕以門生爲桃李，見於唐人。程大昌《演繁露》卷十一引徐浩《廬陵王傳》：「狄梁公既立中宗，薦張柬之、袁恕己、桓彦範、崔玄日韋、敬暉，五公咸出門下，皆自州縣拔居顯名，外以爲五公爲一代之盛桃李也。」

清明日登老君閣望洛城贈韓道士①

風光烟火清明日，歌哭悲歡城市間。何事不隨東洛水，誰家又葬北邙山？中橋車馬長無已，下渡舟航亦不閑。冢墓纍纍人擾擾，遼東悵望鶴飛還。（2402）

【校】

①〔題〕「老君閣」東博本作「老君廟」。

【注】

朱《箋》：作於開成元年（八三六），洛陽。

〔老君閣〕即老君廟，在北邙山。《舊唐書·哀帝紀》：「（天祐二年六月）辛卯，太微宫使柳璨奏：……今欲只留北邙山上老君廟一所，其玄元觀請拆入都城，於清化坊内建置太微宫。」

〔何事不隨東洛水，誰家又葬北邙山〕北邙山，見卷一《孔戡》（0003）注。

〔中橋車馬長無已，下渡舟航亦不閑〕中橋，洛中橋。見卷十二《長相思》（0586）注。

〔冢墓纍纍人擾擾，遼東悵望鶴飛還〕見卷十九《吴七郎中山人待制班中偶贈絶句》（1202）注。

三月三日①

畫堂三月初三日，絮撲紗窗燕拂簷②。蓮子數杯嘗冷酒，柘枝一曲試春衫。堦臨池面勝看鏡，户映花叢當下簾。指點樓南玩新月，玉鈎素手兩纖纖。（2403）

【校】

①〔題〕東博本作「畫堂三日」。

②〔紗窗〕馬本、《唐音統籤》、汪本作「窗紗」。

【注】

朱《箋》：作於開成元年（八三六），洛陽。

〔蓮子數杯嘗冷酒，柘枝一曲試春衫〕蓮子杯、柘枝舞，見卷十八《房家夜宴喜雪戲贈主人》（1165）注。

雨中聽琴者彈別鶴操

雙鶴分離一何苦①，連陰雨夜不堪聞。莫教遷客孀妻聽，嗟歎悲啼泥殺君②。（2404）

【校】

①〔分離〕東博本作「離聲」。

②〔泥殺〕那波本作「詆殺」。

【注】

朱《箋》：作於開成元年（八三六），洛陽。

〔別鶴操〕見卷二一《和微之聽妻彈別鶴操因爲解釋其義依韻加四句》（1419）注。

〔莫教遷客孀妻聽，嗟歎悲啼泥殺君〕泥，同泥，糾纏。見卷十八《冬至夜》（1139）注。

酬鄭二司錄與李六郎中寒食日相遇同宴見贈

二人並是同年①。

偶因冷節會嘉賓②，況是平生心所親。迎接須矜疏傅老，祇供莫笑阮家貧。杯盤狼藉宜

侵夜③，風景闌珊欲過春。相對喜歡還悵望，同年只有此三人。（2405）

【校】

①〔題〕「遇」馬本、《唐音統籤》、汪本作「過」。題下注「同年」東博本作「及第同年」。

②〔冷節〕東博本作「令節」。

③〔侵夜〕馬本、《唐音統籤》作「親夜」。

【注】

朱《箋》：作於開成元年（八三六），洛陽。

〔鄭二司錄〕朱《箋》：「鄭俞。」見卷二八《同王十七庶子李六員外鄭二侍御同年四人遊龍門有感而作》（2031）注。

〔李六郎中〕朱《箋》：「居易之同年。即《同王十七庶子李六員外鄭二侍御同年四人遊龍門有感而作》（本書卷二八2031）中之『李六員外』，《早春雪後贈洛陽李長官長水鄭明府二同年》（卷二八2085）中之『李長官』，知其大和初猶不過員外及洛陽令，後乃轉爲郎中，與白氏赴江州途中寄詩之『李六郎中』顯非一人。」

〔迎接須矜疏傅老，祇供莫笑阮家貧〕疏傅，疏廣、疏受。見卷一《高僕射》（0030）注。《世說新語·任誕》：「阮仲容步兵居道南，諸阮居道北。北阮皆富，南阮貧。七月七日，北阮盛曬衣，皆紗羅錦綺。仲容以竿掛大布犢鼻褌於中庭。人或怪之，答曰：『未能免俗，聊復爾耳。』」祇供，供應，供給。圓仁《入唐求法巡禮行記》卷三：「夏有粥飯，祇供巡臺僧俗。」

喜與楊六侍郎同宿①

岸幘靜言明月夜②，匡牀閑卧落花朝。二三月裏饒春睡，七八年來不早朝。濁水清塵難會合，高鵬低鷃各逍遥。眼看又上青雲去，更卜同衾一兩宵。（2406）

【校】

①〔題〕「侍郎」紹興本等作「侍御」，誤。據東博本改。

②〔月夜〕東博本作「同夕」，「同」字誤。

【注】

朱《箋》：作於開成元年（八三六），洛陽。

〔楊六侍郎〕朱《箋》：「楊汝士。……此詩作於開成元年，時汝士爲户部侍郎，『侍御』當爲『侍郎』之誤。」見卷三二《寄楊六侍郎》(2371)注。

〔岸幘靜言明月夜，匡牀閑卧落花朝〕孔融《與韋林甫書》：「不得復與足下岸幘廣坐，舉杯相於，以爲邑邑。」《世説新語·簡傲》：「（謝）奕既上，猶推布衣交，在温坐，岸幘嘯詠，無異常日。」《資治通鑑》卷九二：「（劉）隗岸幘大言。」胡三省注：「岸幘，幘微脱額也。」匡床，見卷二二《和寄問劉白》(1463)注。

〔濁水清塵難會合，高鵬低鷃各逍遥〕曹植《七哀詩》：「君若清路塵，妾若濁水泥。浮沉各異勢，會合何時諧。」鵬鷗，見卷二《反鮑明遠白頭吟》(0120)注。

殘春詠懷贈楊慕巢侍郎

位逾三品日，太子少傅官二品①。年過六旬時。予今年六十五。不道官班下，其如筋力衰。猶憐好風景，轉重舊親知。少壯難重得，歡娯且强爲。興來池上酌，醉出袖中詩。靜話開襟久，閑吟放盞遲。落花無限雪，殘鬢幾多絲。莫説傷心事，春翁易酒悲②。(2407)

【校】

①〔(注)官二品〕紹興本等作「官三品」，據東博本改。

②〔春翁易酒悲〕那波本作「春風酒易悲」。

【注】

汪《譜》、朱《箋》：作於開成元年(八三六)，洛陽。

〔楊慕巢侍郎〕朱《箋》：「楊汝士。」見前詩注。

〔位逾三品日，年過六旬時〕《舊唐書·職官志一》：「從第二品，尚書左右僕射、太子少師、太子少傅、太子少保。」然同書《職官志三》東宫官屬：「太子少師、少傅、少保各一員，並正二品。」《新唐書·百官志四》東宫官：「少師、少傅、少保，各一人，從二品。」

閑居春盡①

閑泊池舟靜掩扉，老身慵出客來稀。愁因暮雨留教住②，春被殘鶯喚遣歸。揭甕偷嘗新熟酒，開箱試著舊生衣。冬裘夏葛相催促③，垂老光陰速似飛。（2408）

【校】

①〔題〕「盡」馬本、《唐音統籤》作「靜」。

②〔愁因〕汪本作「愁應」。

③〔催促〕東博本作「催迫」。

【注】

朱《箋》：作於開成元年（八三六），洛陽。

〔揭甕偷嘗新熟酒，開箱試著舊生衣〕生衣，見卷十五《寄生衣與微之因題封上》（0843）注。

春盡日天津橋醉吟偶呈李尹侍郎①

宿雨洗天津，無泥未有塵。初晴迎早夏，落照送殘春。興發詩隨口，狂來酒寄身。水邊行嵬峨，橋上立逡巡。疏傅心情老，吳公政化新。三川徒有主，風景屬閑人。（2409）

【校】

①〔題〕汪本無「偶」字。

【注】

陳《譜》、朱《箋》：作於開成元年（八三六），洛陽。

〔天津橋〕見卷十三《和友人洛中春感》（0620）注。

〔李尹侍郎〕朱《箋》：「李紳。」《舊唐書・文宗紀》：「（開成元年）夏四月庚午朔，以河南尹鄭澣爲左丞，以太子賓客分司東都李紳爲河南尹。……六月戊戌朔，癸亥，以河南尹李紳檢校禮部尚書、汴州刺史、充宣武軍節度使。」李紳《拜三川守序》：「開成元年三月二十五日，蒙恩除河南尹。四月六日，詔下洛陽。」朱《箋》：「此詩云：『初晴迎早夏，落照送殘春。』則必作於開成元年五月以前。李珏除河南尹在開成元年六月，必非此詩所指之李尹。」

〔水邊行嵬峨，橋上立逡巡〕本書卷三十《東歸》（2169）：「籍草坐嵬峨，攀花行踟躕。」參見該詩注。

〔疏傅心情老，吳公政化新〕疏傅，見卷一《高僕射》（0030）注。《漢書・賈誼傳》：「文帝初立，聞河南守吳公治平爲天下第一，故與李斯同邑，而嘗學事焉。徵以爲廷尉。」

池上逐涼二首

青苔地上銷殘暑①，綠樹陰前逐晚涼②。輕屐單衣薄紗帽③，淺池平岸庳藤床。簪纓怪我情何薄，泉石諳君味甚長。偏問交親爲老計，多言宜靜不宜忙。（2410）

【校】

①〔地上〕那波本作「池上」。

②〔陰前〕汪本作「陰間」。

③〔單衣〕馬本、《唐音統籤》作「單衫」。

【注】

朱《箋》：作於開成元年（八三六），洛陽。

窗間睡足休高枕，水畔閑來上小船①。棹遣禿頭奴子撥②，茶教纖手侍兒煎③。門前便是紅塵地，林外無非赤日天。誰信好風清簟上，更無一事但翛然。（2411）

【校】

①〔閑來〕馬本、《唐音統籤》作「閑行」。

②〔禿頭〕東博本作「全頭」。

③〔纖手〕東博本作「伏手」。

香山避暑二絶

六月灘聲如猛雨①，香山樓北暢師房。夜深起凭欄杆立，滿耳潺湲滿面涼。（2412）

【校】

①〔如猛雨〕東博本作「似秋雨」。

【注】

朱《箋》：作於開成元年（八三六），洛陽。

〔香山〕見卷二二《香山寺石樓潭夜浴》(1499)注。

〔六月灘聲如猛雨，香山樓北暢師房〕白居易《香山寺新修經藏堂記》（《白氏文集》卷七一）：「與閑、振、源、濟、釗、操、洲、暢八長老及比丘衆百二十人圍繞讚歎之。」暢長老蓋即暢師。

紗巾草履竹疏衣，晚下香山蹋翠微。一路凉風十八里，卧乘籃輿睡中歸。（2413）

老夫

七八年來遊洛都，三分遊伴二分無。風前月下花園裏，處處唯殘个老夫。世事勞心非富貴，人生實事是歡娛①。誰能逐我來閑坐，時共酣歌傾一壺？（2414）

【校】

①〔人生〕「生」《全唐詩》作「間」，校：「一作生。」

【注】

朱《箋》：作於開成元年（八三六），洛陽。

〔風前月下花園裏，處處唯殘个老夫〕个，即箇。見卷八《自詠》（0381）注。

香山下卜居①

老須爲老計，老計在抽簪。山下初投足，人間久息心。亂藤遮石壁，絶澗護雲林。若要深藏處，無如此處深。（2415）

【校】

①〔題〕馬本、《唐音統籤》無「下」字。

【注】

朱《箋》：作於開成元年（八三六），洛陽。

〔老須爲老計，老計在抽簪〕抽簪，見卷二四《題東武丘寺六韻》（1682）注。

無長物

莫訝家居窄，無嫌活計貧。只緣無長物，始得作閑人。青竹單床簟，烏紗獨幅巾。其餘

皆稱是，亦足奉吾身。（2416）

【注】

朱《箋》：作於開成元年（八三六），洛陽。

〔長物〕見卷六《寄張十八》（0268）注。

〔青竹單床簟，烏紗獨幅巾〕烏紗巾，烏紗帽。見卷八《感舊紗帽》（0342）注。

宿香山寺酬廣陵牛相公見寄

來詩云：「唯羨東都白居士，月明香積問禪師。」時牛相三表乞退，有詔不許。

手札八行詩一篇，無由相見但依然。君匡聖主方行道，我事空王正坐禪①。支許徒思遊白月，夔龍未放下青天。應須且爲蒼生住，猶去懸車十四年。牛相公今年五十七。（2417）

【校】

①〔我事〕馬本作「我是」，誤。

【注】

朱《箋》：作於大和九年（八三五），洛陽。

〔廣陵牛相公〕朱《箋》：「牛僧孺。」見卷三一《洛下送牛相公出鎮淮南》（2208）注。

〔君匡聖主方行道，我事空王正坐禪〕空王，佛。見卷十七《醉吟二首》（1057）注。

〔支許徒思遊白月，夔龍未放下青天〕支許，支遁、許詢。許詢字玄度。《世説新語・言語》：「劉尹云：清風朗月，輒思玄度。」夔龍，見卷五《題贈鄭秘書徵君石溝溪隱居》（0207）注。

〔應須且爲蒼生住，猶去懸車十四年〕爲蒼生，見卷二六《送令狐相公赴太原》（1885）注。懸車，見卷一《高僕射》（0030）注。

以詩代書寄户部楊侍郎勸買東鄰王家宅

勸君買取東鄰宅，與我衡門相並開。雲映嵩峰當户牖①，月和伊水入池臺。林園亦要聞閑置②，筋力應須及健迴。莫學因循白賓客，欲年六十始歸來。（2418）

【校】

①〔雲映〕東博本作「雲露」。

②〔聞閑〕《唐音統籤》、汪本作「趁閑」。

【注】

朱《箋》：作於開成元年（八三六），洛陽。

〔户部楊侍郎〕朱《箋》：「楊汝士。」《舊唐書·楊汝士傳》：「（大和）八年，出爲同州刺史。九年九月，入爲户部侍郎。開成元年七月，轉兵部侍郎。」見本卷《喜與楊六侍郎同宿》（2406）注。

〔東鄰王家〕朱《箋》：「洛陽履道坊白居易宅東鄰王大理宅。」本書卷二六《聞樂感鄰》（1912）自注：「東鄰王大理去冬云亡。」即卷二五《贈東鄰王十三》（1755）中之「王十三」。

贈談客①

上客清談何亹亹，幽人閑思自寥寥。請君休説長安事，膝上風清琴正調。（2419）

【校】

①〔題〕「客」東博本作「賓」，那波本作「君」。

【注】

朱《箋》：作於開成元年（八三六），洛陽。

〔談客〕朱《箋》：「疑爲談弘謨。居易之壻。」按，據詩意，似指清談之客。

初入香山院對月

大和六年秋作。

老住香山初到夜，秋逢白月正圓時。從今便是家山月，試問清光知不知①。（2420）

【校】

①〔不知〕東博本作「未知」。

【注】

朱《箋》：作於大和六年（八三二），洛陽。

〔香山院〕即香山寺。見卷二三《香山寺石樓潭夜浴》（1499）注。

題龍門堰西澗

東岸菊叢西岸柳，柳陰烟合菊花開。一條秋水琉璃色，闊狹纔容小舫迴①。除却悠悠白少傅，何人解入此中來？（2421）

【校】

①〔小舫〕「舫」《全唐詩》校：「一作艇。」

【注】

朱《箋》：作於開成元年（八三六），洛陽。

〔龍門堰〕邵伯温《邵氏聞見録》卷十：「洛城之南東午橋，距長夏門五里。……午橋西南二十里，分洛堰，司洛水。正南十八里，龍門堰，引伊水，以大石爲杠，互受二水。洛水一支自厚載門入城，分諸園復合一渠，繇天門街北天津引龍一橋之南，東至羅門。伊水一支正北入城，又一支東南入城，皆北行分諸園復合一渠，由長夏門以東以北至羅門，皆入於漕河。」

秋霖中奉裴令公見招早出赴會馬上先寄六韻①

雨暗三秋日，泥深一尺時。老人平旦出，自問欲何之。不是尋醫藥，非干送別離②。素書傳好語，絳帳赴佳期。續借桃花馬③，催迎楊柳姬。只愁張録事，罰我怪來遲。

（2422）

【校】

①〔題〕東博本「令公」下有「書」字、「赴會」下有「遲」字。

②〔非干〕東博本作「非關」。

③〔續借〕「借」下東博本注：「去聲。」

【注】

朱《箋》：作於開成元年（八三六），洛陽。

〔裴令公〕朱《箋》：「裴度。」見本卷《奉和裴令公新成午橋莊綠野堂即事》（2381）注。

〔素書傳好語，絳帳赴佳期〕絳帳，見卷二十《忘筌亭》（1377）注。

嘗酒聽歌招客

一甕香醪新插篘①，雙鬟小妓薄能謳。管絃漸好新教得②，羅綺雖貧免外求。世上貪忙不覺苦，人間除醉即須愁。不知此事君知否，君若知時從我遊。（2423）

【校】

①〔香醪〕「香」《全唐詩》校：「一作新。」

②〔新教〕東博本作「親教」。

【注】

朱《箋》：作於開成元年（八三六），洛陽。

〔一甕香醪新插篘，雙鬟小妓薄能謳〕篘，見卷十七《潯陽秋懷贈許明府》（1065）注。

八月三日夜作

露白月微明，天涼景物清。草頭珠顆冷①，樓角玉鈎生。氣爽衣裳健，風疏砧杵鳴。夜衾香有思，秋簟冷無情。夢短眠頻覺，宵長起暫行。燭凝臨曉影，蟲怨欲寒聲。槿老花先盡，蓮凋子始成。四時無了日，何用歎衰榮。（2424）

【校】

①〔珠顆冷〕東博本作「珠顆合」。

【注】

朱《箋》：作於開成元年（八三六），洛陽。

病中贈南鄰覓酒

頭痛牙疼三日卧，妻看煎藥婢來扶。今朝似校擡頭語①，先問南鄰有酒無②。（2425）

【校】

①〔似校〕馬本、《唐音統籤》作「自校」。

②〔南鄰〕東博本作「南家」。〔有酒〕東博本作「酒有」。

【注】

朱《箋》：作於開成元年（八三六），洛陽。

〔今朝似校擡頭語，先問南鄰有酒無〕校，病情減輕。張籍《閑遊》：「病眼校來猶斷酒，却嫌行處菊花多。」擡頭，亦唐人俗語。張文成《遊仙窟》詠弓：「縮幹全不到，擡頭則大過。」

曉眠後寄楊户部

軟綾腰褥薄綿被，凉冷秋天穩暖身。一覺曉眠殊有味，無因寄與早朝人。（2426）

【注】

朱《箋》：作於開成元年（八三六），洛陽。

〔楊户部〕朱《箋》：「楊汝士。」見本卷《以詩代書寄户部楊侍郎勸買東鄰王家宅》（2418）注。

秋雨夜眠

凉冷三秋夜，安閑一老翁。卧遲燈滅後，睡美雨聲中。灰宿温瓶火，香添暖被籠。曉晴寒未起，霜葉滿階紅。（2427）

【注】

朱《箋》：作於開成元年（八三六），洛陽。

喜夢得自馮翊歸洛兼呈令公

上客新從左輔迴，高陽興助洛陽才。已將四海聲名去，又占三春風景來①。甲子等頭憐共老，文章敵手莫相猜。鄒枚未用爭詩酒，且飲梁王賀喜杯。（2428）

【校】

①〔三春〕東博本作「三川」。

【注】

朱《箋》：作於開成元年（八三六），洛陽。

〔夢得〕朱《箋》：「劉禹錫。」劉禹錫《彭陽唱和集後引》：「開成元年，公鎮南梁，予以太子賓客分司東都。」朱《箋》：「令狐楚鎮興元在開成元年四月。又參《劉集》卷十六《謝恩賜粟麥表》及《謝分司東都表》，則知禹錫以賓客分司東都在開成元年秋。」

〔令公〕朱《箋》：「裴度。」見本卷《奉和裴令公新成午橋莊緑野堂即事》（2381）注。

〔上客新從左輔迴，高陽興助洛陽才〕左輔，左馮翊。《漢書・百官公卿表》：「右扶風……與左馮翊、京兆尹是爲三輔。……元鼎四年更置三輔都尉、都尉丞各一人。」高陽，見卷二九《裴侍中晉公以集賢林亭即事詩二十六韻見贈猥蒙徵和才拙詞繁輒廣爲五百言以伸酬獻》（2136）注。《史記・屈原賈生列傳》：「賈生名誼，洛陽人也。

年十八，以能誦屬詩書聞於郡中。」潘岳《西征賦》：「終童山東之英妙，賈生洛陽之才子。」

〔甲子等頭憐共老，文章敵手莫相猜〕白與劉同甲子，見卷二二《耳順吟寄敦詩夢得》(1446)注。等頭，齊等，一樣。見卷二八《勸行樂》(2008)注。

〔鄒枚未用爭詩酒，且飲梁王賀喜杯〕見本卷《裴令公席上贈别夢得》(2388)注。

齋戒滿夜戲招夢得

紗籠燈下道場前，白日持齋夜坐禪①。無復更思身外事，未能全盡世間緣。明朝又擬親杯酒，今夕先聞理管絃。方丈若能來問疾，不妨兼有散花天。(2429)

【校】

①〔坐禪〕東博本作「學禪」。

【注】

朱《箋》：作於開成元年(八三六)，洛陽。

〔方丈若能來問疾，不妨兼有散花天〕《維摩經·觀衆生品》：「時維摩詰室有一天女，見諸大人聞所説法，便現其身，即以天華散諸菩薩大弟子上，華至諸菩薩即皆墮落，至大弟子便著不墮。」何焯云：「落句雖戲，然終嫌是歇後體。」散花天，即散花天女之謂。

和令公問劉賓客歸來稱意無之作

水南秋一半，風景未蕭條。皂蓋迴沙苑，籃輿上洛橋。閑嘗黄菊酒，醉唱紫芝謡。稱意那勞問，請平聲錢不早朝。（2430）

【注】

朱《箋》：作於開成元年（八三六），洛陽。

〔令公〕朱《箋》：「裴度。」見本卷《奉和裴令公新成午橋莊綠野堂即事》（2381）注。

〔劉賓客〕朱《箋》：「劉禹錫。」見本卷《喜夢得自馮翊歸洛兼呈令公》（2428）注。

〔閑嘗黄菊酒，醉唱紫芝謡〕紫芝謡，見卷二《答四皓廟》（0104）注。

〔稱意那勞問，請錢不早朝〕請錢，見卷三一《自詠》（2235）注。

酬夢得窮秋夜坐即事見寄

焰細燈將盡，聲遥漏正長。老人秋向火，小女夜縫裳。菊悴籬經雨，萍銷水得霜。今冬暖寒酒，先擬共君嘗。（2431）

【注】

朱《箋》：作於開成元年（八三六），洛陽。

偶於維陽牛相公處覓得箏箏未到先寄詩來走筆戲答

來詩云：「但愁封寄去，魔物或驚禪①。」

楚匠饒巧思，秦箏多好音。如能惠一面②，何啻直雙金。玉柱調須品，朱絃染要深。會教魔女弄，不動是禪心。（2432）

【校】

①〔題〕「維陽」東博本作「淮南」，汪本作「維揚」。題下注「寄去」東博本作「寄到」。

②〔惠一面〕馬本、《唐音統籤》作「會一面」。

【注】

朱《箋》：作於開成元年（八三六），洛陽。

〔維陽牛相公〕朱《箋》：「牛僧孺。」見本卷《宿香山寺酬廣陵牛相公見寄》（2417）注。維陽，揚州。費袞《梁谿漫志》卷九：「古今稱揚州爲惟揚，蓋掇取《禹貢》『淮海惟揚州』之語。然此二句殊無義理，若謂可用，則他州亦可稱惟徐、惟青之類矣。」

〔會教魔女弄，不動是禪心〕《普曜經》卷六：「爾時波旬告其四女，一名欲妃，二名悦彼，三名快觀，四名見從：汝詣佛樹，惑亂菩薩，嗟歎愛欲之德，壞其清淨之行。女聞魔言，即詣佛樹，住菩薩前，綺言作姿，三十有二。」

答夢得秋庭獨坐見贈

林梢隱映夕陽殘，庭際蕭疏夜氣寒。霜草欲枯蟲思急，風枝未定鳥棲難。容衰見鏡同惆悵①，身健逢杯且喜歡。應是天教相煖熱，一時垂老與閑官。（2433）

【校】

①〔容衰〕東博本作「客寒」。

【注】

朱《箋》：作於開成元年（八三六），洛陽。

長齋月滿攜酒先與夢得對酌醉中同赴令公之宴戲贈夢得①

齋宫前日滿三旬，酒榼今朝一拂塵。乘興還同訪戴客，解醒仍對姓劉人。病心湯沃寒灰活，老面花生朽木春。若怕平原怪先醉①，知君未慣吐車茵。（2434）

【校】

①〔題〕東博本無「贈」字。

②〔怪先〕東博本作「先怪」。

【注】

朱《箋》：作於開成元年（八三六），洛陽。

〔令公〕朱《箋》：「裴度。」見本卷《奉和裴令公新成午橋莊綠野堂即事》（2381）注。

〔乘興還同訪戴客，解酲仍對姓劉人〕訪戴，見卷二十《贈江州李十使君員外十二韻》（1314）注。解酲句，用劉伶事。見卷二八《橋亭卯飲》（2033）注。

〔病心湯沃寒灰活，老面花生朽木春〕寒灰，猶言死灰。《莊子・齊物論》：「形固可使如搞木，而心固可使如死灰乎？」《史記・韓長孺列傳》：「獄吏田甲辱安國，安國曰：『死灰獨不復然乎？』」張説《石門別楊六欽望》：「暮年傷泛梗，累日慰寒灰。」

〔若怕平原怪先醉，知君未慣吐車茵〕平原，平原君。《史記・平原君列傳》：「喜賓客，賓客蓋至者數千人。平原君相趙惠文王及孝成王，三去相，三復位。」吐車茵，見卷十五《題周皓大夫新亭子二十二韻》（0822）注。

奉酬淮南牛相公思黯見寄二十四韻 每對雙關，分敘兩意。

白老忘機客，牛公濟世賢。鷗棲心戀水，鵬舉翅摩天。累就優閑秩①，連操造化權。貧司甚蕭灑，榮路自喧闐。望苑三千日，台階十五年。是人皆棄忘②，何物不陶甄？居易三任宮寮③，皆分司東都，于茲八載。思黯出入外内，凡十五年，皆同平章事。籃輿遊嵩嶺，油幢鎮海壖。竹篙撑釣艇，金甲擁樓船。雪夜尋僧舍，春朝列妓筵。長齋儼香火，密宴簇花鈿。自覺閑勝鬧，遥知醉笑禪。是非分未定④，會合杳無緣。我正思楊府，君應望洛川。西來風嫋嫋，南去雁連連。日落龍門外，潮生瓜步前。秋同一時盡，月共兩鄉圓。舊眷交歡在，新文氣調全。慚無白雪曲，難答碧雲篇。金谷詩誰賞，蕪城賦衆傳。珠應哂魚目，鉛未伏龍泉。遠訊驚魔物⑤，深情寄酒錢。霜紈一百疋，玉柱十三絃。思黯遠寄箏來，先寄詩云：「但愁封寄去⑥，魔物或驚禪。」仍與酒資同至。楚醴來樽裏⑦，秦聲送耳邊⑧。何時紅燭下⑨，相對一陶然。（2435）

【校】

①〔優陙〕《唐音統籤》作「優賢」。

②〔棄忘〕那波本作「企忘」。

③〔（注）宮寮〕紹興本等作「官寮」，據汪本、盧校改。

④〔分未定〕東博本作「紛未定」。

⑤〔遠訊〕東博本、馬本、《唐音統籤》作「遠許」。

⑥〔（注）寄去〕東博本作「寄到」。

⑦〔楚醴〕馬本、《唐音統籤》作「楚醽」。

⑧〔秦聲〕馬本、《唐音統籤》作「秦箏」。

⑨〔何時〕馬本、《唐音統籤》作「何如」。

【注】

汪《譜》、朱《箋》：作於開成元年（八三六），洛陽。

〔淮南牛相公思黯〕朱《箋》：「牛僧孺。」見本卷《宿香山寺酬廣陵牛相公見寄》（2417）注。

〔望苑三千日，台階十五年〕望苑，博望苑。見卷十六《東南行一百韻寄通州元九侍御澧州李十一舍人果州崔二十二使君開州韋大員外庾三十二補闕杜十四拾遺李二十助教員外竇七校書》（0902）注。台階，見卷三《司天臺》（0133）「三台」注。

〔是人皆棄忘，何物不陶甄〕揚雄《法言·先知》：「甄陶天下者，其在和乎？」

〔籃輿遊嵩嶺，油幢鎮海壖〕碧油幢，見卷十八《奉酬李相公見示絶句》（1156）注。海壖，海邊。《史記·河渠書》：「五千頃故盡河壖棄地。」集解：「韋昭曰：壖，音而緣反，謂緣河邊地也。」

〔我正思楊府，君應望洛川〕楊府，即揚州，唐爲揚州大都督府。

〔日落龍門外，潮生瓜步前〕王應麟《通鑑地理通釋》卷十三：「瓜步山，在真州揚子縣西四十七里。後魏太武臨江，即此。鮑明遠云：瓜步山亦江中之眇小山，徒以因迥爲高，據絶作雄，凌清瞰遠，擅奇欲含秀，是亦居勢使之然也。」

〔慚無白雪曲，難答碧雲篇〕碧雲篇，見卷十五《廣宣上人以應制詩見示因以贈之詔許上人居安國寺紅樓院以詩供奉》（0810）注。此蓋泛言。

〔金谷詩誰賞，蕪城賦衆傳〕金谷，見卷十三《和友人洛中春感》（0620）注。《太平御覽》卷五四引戴延之《西京記》：「梓澤去洛城六十里，澤在金谷之中，朝賢所集賦詩，是石崇所居。」蕪城，揚州。《文選》鮑照《蕪城賦》李善注：「集云登廣陵故城作。」

〔珠應哂魚目，鉛未伏龍泉〕《初學記》卷二五引《尚書考靈曜》：「秦失金鏡，魚目入珠。」鉛，鉛刀。龍泉，寶劍名。見卷十五《重寄》（0833）注。

〔遠訊驚魔物，深情寄酒錢〕見本卷《偶於維陽牛相公處覓得箏箏未到先寄詩來走筆戲答》（2432）注。

〔霜紈一百疋，玉柱十三絃〕箏十三絃，見卷十五《聽崔七妓人箏》（0897）注。

〔楚醴來樽裏，秦聲送耳邊〕蕭綱《七勵》：「若乃越梅變實，楚醴方添。」箏爲秦聲，見卷一《廢琴》（0009）注。

吴秘監每有美酒獨酌獨醉但蒙詩報不以飲招輒此戲酬兼呈夢得

蓬山仙客下烟霄，對酒唯吟獨酌謡。不怕道狂揮玉爵①，《記》云：「飲玉爵者弗揮。」亦曾乘興換金貂。吴監前任散騎常侍。君稱名士誇能飲，王孝伯云：「但常無事，讀《離騷》，痛飲，即可稱名士。」我是愚夫肯見招②？《獨酌謡》：「愚夫予不招③。」賴有伯倫爲醉伴，何愁不解傲松喬④。

（2436）

【校】

①〔揮玉爵〕紹興本作「撣玉爵」，據他本改。

②〔肯見招〕馬本、《唐音統籤》、汪本作「可見招」。

③〔（注）予不招〕紹興本等作「子不招」，《唐音統籤》作「可不招」，據東博本改。

④〔何愁〕東博本作「可愁」。

【注】

朱《箋》：作於開成元年（八三六），洛陽。

〔吳秘監〕朱《箋》：「吳方之。此時蓋以秘書監分司東都。」見卷二九《懶放二首呈劉夢得吳方之》（2146）注。

〔不怕道狂揮玉爵，亦曾乘興換金貂〕《禮記·曲禮上》：「飲玉爵者弗揮。」換金貂，見卷十九《西省北院新構小亭種竹開窗東通騎省與李常侍隔窗小飲各題四韻》（1227）注。

〔君稱名士誇能飲，我是愚夫肯見招〕《世説新語·任誕》：「王孝伯言：名士不必須奇才，但使常得無事，痛飲酒，熟讀《離騷》，便可稱名士。」沈炯《獨酌謡》：「獨酌謡，獨酌獨長謡。智者不我顧，愚夫余不邀。不愚復不智，誰當余見招。」

〔賴有伯倫爲醉伴，何愁不解傲松喬〕伯倫，劉伶。見卷五《效陶潛體詩十六首》之十三（0222）注。松喬，赤松子、王子喬。見卷五《題贈鄭秘書徵君石溝溪隱居》（0207）注。

酬夢得霜夜對月見懷

淒清冬夜景，摇落長年情。月帶新霜色，碪和遠鴈聲。暖憐爐火近，寒覺被衣輕。枕上

酬佳句，詩成夢不成。（2437）

【注】

朱《箋》：作於開成元年（八三六），洛陽。

初冬月夜得皇甫澤州手札並詩數篇因遣報書偶題長句

清泠玉韻兩三章①，落泊銀鉤七八行②。心逐報書懸雁足，夢尋來路遶羊腸③。水南地空去多明月④，山北天寒足早霜。履道所居在水南，澤州在太行之北地也⑤。最恨潑醅新熟酒，迎冬不得共君嘗。（2438）

【校】

①〔清泠〕馬本、《唐音統籤》作「清冷」。

②〔落泊〕馬本、《唐音統籤》作「落箔」。

③〔來路〕東博本作「別路」。

④〔地空〕「空」字下東博本注：「去聲。」

⑤〔（注）太行之北地也〕東博本作「太行北也」。

【注】

朱《箋》：作於開成元年（八三六），洛陽。

〔皇甫澤州〕朱《箋》：「皇甫曙。」見卷三二《龍門送別皇甫澤州赴任韋山人南遊》（2368）注。

〔清泠玉韻兩三章，落泊銀鉤七八行〕方以智《通雅》卷六：「落魄，一作落泊、洛度、落度、樂託、拓落、託落。《史·酈食其傳》：家貧落魄。《陳書》：杜稜少落泊，不爲當世所知。」

〔心逐報書懸雁足，夢尋來路遶羊腸〕《漢書·蘇武傳》：「教使者謂單于，言天子射上林中，得雁，足有繫帛書，言武等在某澤中。」羊腸，見卷一《初入太行路》（0043）注。

〔最恨潑醅新熟酒，迎冬不得共君嘗〕潑醅，又作醱醅、撥醅。庾信《春賦》：「石榴聊泛，蒲萄醱醅。」李白《襄陽歌》：「遥看漢水鴨頭緑，恰似蒲萄初醱醅。」杜甫《晚晴吳郎見過北舍》：「明日重陽酒，相迎自醱醅。」仇注引黄生注：「醱與潑同，旋入水也。」《類篇》：「醱，普活切。酘謂之醱。」參見卷二三《贈皇甫庶子》（1595）注。

雪中酒熟欲攜訪吳監先寄此詩

新雪對新酒，憶同傾一杯。自然須訪戴，不必待延枚。《雪賦》云：「延枚叟。」陳榻無辭解，袁門莫懶開。笙歌與談笑，隨事自將來。（2439）

【注】

朱《箋》：作於開成元年（八三六），洛陽。

〔吳監〕朱《箋》：「吳方之。」見本卷《吳秘監每有美酒獨酌獨醉但蒙詩報不以飲招輒此戲酬兼呈夢得》（2436）注。

〔自然須訪戴，不必待延枚〕訪戴，見卷二十《贈江州李十使君員外十二韻》（1314）注。延枚，見本卷《裴令公席上贈別夢得》（2388）注。

〔陳榻無辭解，袁門莫懶開〕《後漢書·徐稺傳》：「（陳）蕃在郡不接賓客，唯稺來特設一榻，去則縣之。」《後漢書·袁安傳》李賢注引《汝南先賢傳》：「時大雪積地丈餘，洛陽令身出案行，見人家皆除雪出，有乞食者。至袁安門，無有行路，謂安已死。令人除雪入户，見安僵卧。問何以不出，安曰：『大雪人皆餓，不宜干人。』」

酬令公雪中見贈訝不與夢得同相訪

雪似鵝毛飛散亂，人披鶴氅立徘徊。鄒生枚叟非無興，唯待梁王召即來①。（2440）

【校】

①〔梁王〕東博本作「梁園」。

【注】

朱《箋》：作於開成元年（八三六），洛陽。

〔令公〕朱《箋》：「裴度。」見本卷《奉和裴令公新成午橋莊綠野堂即事》（2381）注。

〔雪似鵝毛飛散亂，人披鶴氅立徘徊〕鶴氅，見卷二七《雪夜喜李郎中見訪兼酬所贈》（1980）注。

〔鄒生枚叟非無興，唯待梁王召即來〕見本卷《裴令公席上贈别夢得》（2388）注。

題酒甕呈夢得

若無清酒兩三甕，爭向白鬚千萬莖？　麴蘖銷愁真得力①，光陰催老苦無情。　凌烟閣上功無分，伏火爐中藥未成②。　更擬共君何處去，且來同作醉先生。（2441）

【校】

①〔真得〕東博本作「深得」。

②〔未成〕東博本作「不成」。

【注】

朱《箋》：　作於開成元年（八三六），洛陽。

〔凌烟閣上功無分，伏火爐中藥未成〕凌烟閣，見卷七《題舊寫真圖》（0322）注。　伏火，見卷十七《尋郭道士不遇》（1013）注。

迂叟

一辭魏闕就商賓，散地閑居八九春。初時被目爲迂叟，近日蒙呼作隱人。冷暖俗情諳世路，是非閑論任交親。應須繩墨機關外，安置疏愚鈍滯身。（2442）

【注】

朱《箋》：作於開成二年（八三七），洛陽。

〔迂叟〕龔頤正《芥隱筆記》：「醉翁、迂叟、東坡之名，皆出於白樂天詩云。」王應麟《困學紀聞》卷十八：「白樂天《迂叟》詩：『初時被目爲迂叟，近日蒙呼作隱人。』又云：『自哂此迂叟，少迂老更迂。』則迂叟之名，不獨司馬公也。」

〔一辭魏闕就商賓，散地閑居八九春〕本書卷三十《雪中晏起偶詠所懷兼呈張常侍韋庶子皇甫郎中雜言》（2160）：「三年徼幸忝洛尹，兩任優穩爲商賓。」均指任太子賓客，用商山四皓典。

洛下閑居寄山南令狐相公

已收身向園林下，猶寄名於祿仕間。不鍛嵇康彌懶靜，無金疏傅更貧閑。支分門内餘生計，謝絶朝中舊往還。唯是相君未忘得①，時思漢水夢巴山。（2443）

【校】

①〔相君〕東博本作「殻君」。〔未忘〕馬本、《唐音統籤》、汪本作「忘未」。

【注】

朱《箋》：作於開成二年（八三七），洛陽。

〔山南令狐相公〕朱《箋》：「令狐楚。」見卷二五《早春同劉郎中寄宣武令狐相公》（1756）注。《舊唐書·文宗紀》：「（開成元年四月甲午），以左僕射、諸道鹽鐵轉運使令狐楚檢校左僕射，爲山南西道節度使。……（二年十一月）丁丑，興元節度使令狐楚卒。」

〔不鍛嵇康彌懶靜，無金疏傅更貧閑〕嵇康鍛鐵，見卷六《詠慵》（0257）注。疏傅，見卷一《高僕射》（0030）注。

〔支分門内餘生計，謝絶朝中舊往還〕支分，分派，安排。《太平廣記》卷六七《妙女》（出《通幽記》）：「遂起支分兵馬，匹配幾人於某處。」王建《贈郭將軍》：「向晚臨階看號簿，眼前風景任支分。」

惜春贈李尹

春色有時盡，公門終日忙。兩衙但平聲不闕，一醉亦何妨。芳樹花團雪，衰翁鬢撲霜。知君倚年少，未苦惜風光。（2444）

【注】

朱《箋》：作於開成二年（八三七），洛陽。

〔李尹〕朱《箋》：「河南尹李珏。」《舊唐書·文宗紀》：「（開成元年四月己卯），以江州刺史李珏爲太子賓客分司。……（開成二年三月）戊子，以河南尹李珏爲户部侍郎。」《舊唐書·李珏傳》：「開成元年四月，以太子賓客分司東都，遷河南尹。」朱《箋》：「李紳自河南尹授宣武節度使在開成元年六月，則珏必爲紳之後任。」

〔兩銜但不闕，一醉亦何妨〕《廣韻》平聲二十五寒徒千切：「但，語辭。又姓。又徒旱、徒旦二切。」

對酒勸令公開春遊宴

時泰歲豐無事日，功成名遂自由身。前頭更有忘憂日①，向上應無快活人。自去年來多事故，從今日去少交親②。宜須數數謀歡會③，好作開成第二春。（2445）

【校】

①〔忘憂日〕東博本作「忘憂物」。

②〔日去〕東博本作「日後」。

③〔宜須〕東博本作「恐須」。

【注】

朱《箋》：作於開成二年（八三七），洛陽。

〔令公〕裴度。見本卷《奉和裴令公新成午橋莊綠野堂即事》（2381）注。

與夢得偶同到敦詩宅感而題壁①

山東纔副蒼生願，《漢書》云：「山東出相。」川上俄驚逝水波。履道淒涼新第宅②，敦詩宅在履道，修造初成。宣城零落舊笙歌。崔家妓樂，多歸宣州也。園荒唯有薪堪採，門冷兼無雀可羅。今日相隨偶同到③，傷心不是故經過。（2446）

【校】

①〔題〕「宅」東博本作「舊居」。

②〔第宅〕馬本、《唐音統籤》、汪本作「宅第」。

③〔相隨〕馬本、汪本作「相逢」。

【注】

朱《箋》：作於開成二年（八三七），洛陽。

〔敦詩〕崔羣。見卷二六《寄劉蘇州》（1900）注。

〔山東纔副蒼生願，川上俄驚逝水波〕《後漢書·虞詡傳》：「諺曰：關西出將，關東出相。」蒼生願，見卷二六《送令狐相公赴太原》（1885）注。

〔履道淒涼新第宅，宣城零落舊笙歌〕崔羣宅在履道坊，與居易爲鄰，見卷二六《聞樂感鄰》（1912）注。崔羣曾任宣州刺史，見卷二三《題新居寄宣州崔相公》（1590）注。

楊六尚書新授東川節度使代妻戲賀兄嫂二絶①

劉綱與婦共升仙，弄玉隨夫亦上天。何似沙哥領崔嫂，碧油幢引向東川。（2447）

【校】

①〔題〕東博本無「使」字。

【注】

朱《箋》：作於開成元年（八三六），洛陽。

〔楊六尚書〕朱《箋》：「楊汝士。」見本卷《以詩代書寄户部楊侍郎勸買東鄰王家宅》（2418）注。《舊唐書・文宗紀》：「（開成元年十二月）癸丑，以兵部侍郎楊汝士檢校禮部尚書、充劍南東川節度使。」

〔劉綱與婦共升仙，弄玉隨夫亦上天〕劉綱，見卷十六《酬贈李煉師見招》（0991）注。弄玉，見卷四《兩朱閣》（0146）注。

〔何似沙哥領崔嫂，碧油幢引向東川〕《唐摭言》卷十五：「開成中，户部楊侍郎汝士檢校尚書鎮東川，白樂天即尚書妹壻。時樂天以太子少傅分洛，戲代内子賀兄嫂曰：『劉綱與婦共升仙，弄玉隨夫亦上天。何似沙哥領崔嫂，碧油幢引向東川。』」注：「沙哥，汝士小字。」

冬夜對酒寄皇甫十

霜殺中庭草，冰生後院池。有風空動樹，無葉可辭枝。十月苦長夜，百年强半時。新開一瓶酒，那得不相思？（2477）

【注】

朱《箋》：作於開成二年（八三七），洛陽。

〔皇甫十〕朱《箋》：「皇甫曙。」見卷三二《答皇甫十郎中秋深酒熟見憶》（2337）注。

歲除夜對酒

衰翁歲除夜，對酒思悠然。草白經霜地，雲黃欲雪天。醉依烏皆反香枕坐，慵傍暖爐眠。洛下閑來久，明朝是十年。（2478）

【注】

汪《譜》、朱《箋》：作於開成二年（八三七），洛陽。

〔醉依香枕坐，慵傍暖爐眠〕依，見卷二四《馬墜强出贈同座》（1662）注。

金花銀椀饒兄用①，罨畫羅衣盡上聲嫂裁。覓得黔婁爲妹壻，可能空寄蜀茶來？（2448）

【校】

①〔饒兄〕汪本作「饒君」。

【注】

〔金花銀椀饒兄用，罨畫羅衣盡嫂裁〕罨畫，見卷十九《草詞畢遇芍藥初開因詠小謝紅藥當堦翻詩以爲一句未盡其狀偶成十六韻》（1267）注。盡，任，任從。見卷十五《病中答招飲者》（0854）注。

〔覓得黔婁爲妹壻，可能空寄蜀茶來〕黔婁，見卷一《贈内》（0032）注。空，僅，只。見卷十六《秋晚》（0950）注。

閑遊即事

郊野遊行熟，村園次第過。驀山尋浥澗，踏水渡伊河。寒食青青草，春風瑟瑟波。逢人共杯酒，隨馬有笙歌。勝事經非少，芳辰過亦多。還須自知分，不老擬如何？（2449）

【注】

朱《箋》：作於開成二年（八三七），洛陽。

六十六

七十欠四歲，此生那足論。每因悲物故，還且喜身存。安得頭長黑，爭教眼不昏？交遊成拱木，婢僕見曾孫。瘦覺腰金重，衰憐鬢雪繁。將何理老病①，應付與空門。（2450）

【校】

①〔理老病〕東博本作「治老病」。

【注】

陳《譜》、汪《譜》、朱《箋》：作於開成二年（八三七），洛陽。

池上早春即事招夢得①

老更驚年改②，閑先覺日長。晴薰榆莢黑，春染柳梢黄。雪破山呈色③，冰融水放光。低平穩船舫，輕暖好衣裳。白角三升榼，紅茵六尺牀。偶遊難得伴④，獨醉不成狂。我有中心樂，君無外事忙。經過莫慵懶，相去兩三坊。（2451）

【校】

①〔題〕「招」《文苑英華》作「嘲」。

②〔年改〕「改」《文苑英華》作「故」，校：「集作改。」

③〔雪破〕馬本、《唐音統籤》、汪本作「雲破」。

④〔偶遊〕「遊」《文苑英華》作「逢」，校：「集作遊。」

【注】

朱《箋》：作於開成二年（八三七），洛陽。

因夢得題公垂所寄蠟燭因寄公垂

照梁初日光相似，出水新蓮豔不如。却寄兩條君領取①，明年雙引入中書。宰相入朝舉雙燭，餘官各一。（2452）

【校】

①〔領取〕馬本作「令取」。

【注】

朱《箋》：作於開成二年（八三七），洛陽。

〔公垂〕朱《箋》：「李紳。」《舊唐書·文宗紀》：「(開成元年)六月戊戌朔，癸亥，以河南尹李紳檢校禮部尚書、汴州刺史，充宣武軍節度使。」

令公南莊花柳正盛欲偷一賞先寄二篇

最憶樓花千萬朵，偏憐堤柳兩三株。擬提社酒攜村妓，擅入朱門莫怪無？映樓桃花，拂堤垂柳，是莊上最勝絕處①，故舉以爲對。（2453）

【校】

①〔(注)莊上〕東博本作「莊之上」，或爲「莊上之」之訛。

【注】

朱《箋》：作於開成二年(八三七)，洛陽。

〔令公南莊〕裴度午橋莊。見本卷《奉和裴令公新成午橋莊綠野堂即事》(2381)注。

可惜亭臺閑度日，欲偷風景暫遊春。只愁花裏鶯饒舌，飛入宮城報主人。（2454）

春夜宴席上戲贈裴淄州

九十不衰真地仙，裴年九十不衰羸。六旬猶健亦天憐。予自謂也。今年相遇鶯花月，此夜同歡歌酒筵。四座齊聲和絲竹，兩家隨分鬬金鈿。留君到曉無他意，圖向君前作少年。（2455）

【注】

朱《箋》：作於開成二年（八三七），洛陽。

〔裴淄州〕朱《箋》：「裴洽。」本卷《開成二年三月三日河南尹李待價以人和歲稔將禊於洛濱》（2458）詩題中有「淄州刺史裴洽」。本書卷三四《戲贈夢得兼呈思黯》（2495）自注：「裴洽使君年九十餘。」《舊唐書·地理志一》河南道：「淄州，隋齊郡之淄川縣。」

贈夢得

年顏老少與君同，眼未全昏耳未聾。放醉卧爲春日伴，趁歡行入少年叢。尋花借馬煩川守，弄水偷船惱令公。聞道洛城人盡怪，呼爲劉白二狂翁。（2456）

【注】

朱《箋》：作於開成二年（八三七），洛陽。

晚春欲攜酒尋沈四著作先以六韻寄之

病容衰慘澹，芳景晚蹉跎。無計留春得，爭能奈老何？篇章慵報答，杯讌喜去聲經過。顧我酒狂久，負君詩債多。沈前後惠詩十餘首，春來多醉，竟未酬答，今故云爾。敢辭攜綠蟻，只願見青娥。最憶陽關唱，真珠一串歌。沈有謳者，善唱「西出陽關無故人」詞。（2457）

【注】

朱《箋》：作於開成二年（八三七），洛陽。

〔沈四著作〕朱《箋》：「沈述師。」沈傳師之弟。見《元和姓纂》。杜牧《張好好詩序》：「牧大和三年佐故吏部沈公江西幕，好好年十三，始以善歌來樂籍中。後一歲，公移鎮宣城，復置好好於宣城籍中。後二歲，爲沈著作述師以雙鬟納之。」即其人。然沈傳師行八，岑仲勉《唐人行第錄》謂此「四」乃「十四」之訛奪。

〔篇章慵報答，杯讌喜經過〕《廣韻》上聲六止：「喜，虛里切。又香忌切。」

〔最憶陽關唱，真珠一串歌〕陽關唱，見卷二一《醉題沈子明壁》（1442）注。

開成二年三月三日河南尹李待價以人和歲稔將禊於洛濱前一日啓留守裴令公公明日召太子少傅白居易太子賓客蕭籍李仍叔劉禹錫前中書舍人鄭居中國子司業裴惲河南少尹李道樞倉部郎中崔瑨司封員外郎張可續駕部員外郎盧言虞部員外郎苗愔和州刺史裴儔淄州刺史裴洽檢校禮部員外郎楊魯士四門博士談弘謨等一十五人合宴於舟中由斗亭歷魏堤抵津橋登臨泝沿自晨及暮簪組交映歌笑間發前水嬉而後妓樂左筆硯而右壺觴望之若仙觀者如堵盡風光之賞極遊泛之娱美景良辰賞心樂事盡得於今日矣若不記錄謂洛無人晉公首賦一章鏗然玉振顧謂四座繼而和之居易舉酒抽毫奉十二韻以獻① 座上作。

三月草萋萋，黄鶯歇又啼。柳橋晴有絮，沙路潤無泥。禊事修初畢②，遊人到欲齊。金鈿耀桃李，絲管駭鳧鷖。轉岸迴船尾，臨流簇馬蹄。鬧於楊子渡③，踏破魏王堤。妓接謝公宴，詩陪荀令題④。舟同李膺汎，醴爲穆生攜。水引春心蕩，花牽醉眼迷。塵街從

鼓動，烟樹任鴉棲。舞急紅腰凝⑤去聲，歌遲翠黛低。夜歸何用燭，新月鳳樓西。（2458）

【校】

①〔題〕《唐音統籤》作「河南尹李公邀同諸公洛濱禊飲座上作」，汪本作「三月三日祓禊洛濱」，並以此題爲序。《才調集》作「祓禊日遊於斗門亭」。「裴令公」東博本作「中書令晉公」。「李仍叔劉禹錫」東博本作「太子賓客李仍叔太子賓客劉禹錫」。「崔珸」紹興本等作「崔晉」，據東博本改。「張可續」紹興本等作「張可績」，據東博本、馬本、《唐音統籤》改。「歌笑」東博本作「歌嘯」。「記錄」東博本作「記詠」。

②〔初畢〕盧校作「初半」。

③〔鬧於〕汪本作「鬧翻」。

④〔荀令〕東博本作「江令」。

⑤〔紅腰凝〕汪本作「紅腰軟」。

【注】

陳《譜》、汪《譜》、朱《箋》：作於開成二年（八三七），洛陽。

〔河南尹李待價〕朱《箋》：「李珏。」珏字待價。見本卷《惜春贈李尹》（2444）注。

〔蕭籍〕朱《箋》：「即白氏《蕭庶子相過》詩（本書卷二七1927）中之蕭庶子，當自太子庶子遷賓客。」

〔李仍叔〕見卷二九《履信池櫻桃島上醉後走筆送別舒員外兼寄宗正李卿考功崔郎中》（2118）注。

〔前中書舍人鄭居中〕本卷《感事》（2462）：「燒丹鄭舍人。」注：「居中。」《舊唐書·獨孤朗傳》載朗寶曆中劾御

史鄭居中不由憲長而拜，居中分司東臺。《太平廣記》卷五五《鄭居中》（出《逸史》）：「鄭舍人居中，高雅之士。好道術，常遇張山人者，多同遊處，人但呼爲小張山人，亦不知其所能也。居襄漢間。除中書舍人，不就。開成二年春，往東洛嵩岳，攜家僮三四人，與僧登歷，無所不到，數月淹止。日晚至一處，林泉秀潔，愛甚忘返。會院僧不在，張燭爇火將宿，遣僕者求之，兼取筆，似欲爲詩者。操筆之次，燈滅火盡。一僮在側，聞鄭仆地之聲。喉中氣粗，有光如雞子，繞頸而出。遽吹薪照之，已不救矣。紙上有四字云：『香火願畢。』畢字僅不成。」朱《箋》：「居中係除中書舍人未就者，故此詩稱之謂前中書舍人。……此詩作於開成二年，與《廣記》所載居中卒年，時間亦合。」

〔國子司業裴惲〕《唐會要》卷七六制舉科、《册府元龜》卷六四四貢舉部敬宗寶曆元年賢良方正能直言極諫科舉人第四等有裴惲。徐松《登科記考》卷二十有考。曾慥《類説》卷二一引《大中遺事》：「裴惲進詩，有太康目。宣宗曰：『太康失邦，何以比我？』宰執奏：『晉年號改元太康。』上曰：『天子須博覽，不然幾錯罪惲。』」

〔河南少尹李道樞〕朱《箋》：「李素之子。」見韓愈《河南少尹李公墓誌銘》。《舊唐書·獨孤朗傳》載道樞寶曆二年自侍御史左授司議郎。

〔倉部郎中崔瑨〕朱《箋》疑爲《新唐書·宰相世系表》博陵安平崔氏房道融子「晉，秘書省正字」。按，其人當隋末，時代不合。《唐郎官石柱題名考》左司郎中、吏部郎中、户部郎中有「崔瑨」，倉部郎中作「崔晉」，勞格疑即崔瑨。岑仲勉《郎官石柱題名新考訂》引及白居易此詩題，亦以二者爲一人，謂刻本奪去玉旁爲常有之事。《舊唐書·崔珙傳》珙弟瑨：「瑨以書判拔萃，開成中累遷至刑部郎中。會昌中，歷三郡刺史，位終方鎮。」《新唐書·宰相世系表》頲子：「瑨，常州刺史。」蓋即此人。

〔司封員外郎張可續〕張可續見於《唐郎官石柱題名考》司封員外郎。朱《箋》疑即本書卷三二《曉上天津橋閑望偶

逢盧郎中張員外攜酒同傾》（2327）中之「張員外」。

〔駕部員外郎盧言〕盧言見於《唐郎官石柱題名考》考功郎中。《新唐書·李德裕傳》載，大中二年大理卿盧言等言李紳殺無罪，德裕徇成其冤事。

〔虞部員外郎苗愔〕《册府元龜》卷六四四貢舉部文宗大和二年賢良方正能直言極諫科第四次等有苗愔。《登科記考》卷十一有考。又見於《唐郎官石柱題名考》户部郎中。《新唐書·宰相世系表》苗氏著子：「愔，字宜之。」杜牧《唐故太子少師奇章郡開國公贈太尉牛公（僧孺）墓誌銘》：「長女嫁户部郎中上黨苗愔。」《山堂肆考》卷一百同爲牛壻：「唐牛僧孺長女適苗愔，次適張洙，三適張希復，四適鄧叔。四人爲友壻。」

〔和州刺史裴儔〕朱《箋》：「裴儔，肅之子。」《舊唐書·裴休傳》：「肅生三子，儔、休、俅，皆登進士第。」寶曆元年，舉軍謀宏遠材任邊將科。見《登科記考》卷二十。《寶刻叢編》卷五：「裴儔，滁州刺史，《重遊瑯琊溪詩》，開成五年六月題。」則當自和州轉任滁州。

〔淄州刺史裴洽〕見本卷《春夜宴席上戲贈裴淄州》（2455）注。

〔檢校禮部員外郎楊魯士〕《舊唐書·楊虞卿傳》：「汝士弟魯士。魯士字宗尹，本名殷士，長慶元年進士擢第。其年詔翰林覆試，殷士與鄭朗等覆落，因改名魯士，復登制科。位不達而卒。」

〔四門博士談弘謨〕居易婿。《文苑英華》卷九四五白居易《自撰墓誌》（馬元調本《白氏長慶集》卷七一收入，題《醉吟先生墓誌銘》）：「一女，適監察御史談弘謩。」按，此文雖被疑爲僞作，然内容大都有據。另參見卷三四《小歲日喜談氏外孫女孩滿月》（2482）等詩。

〔斗亭〕見卷二八《天津橋》（2066）注。

〔魏堤〕魏王堤，見卷二五《魏堤有懷》（1809）注。

〔津橋〕天津橋。見卷十二《和友人洛中春感》（0620）、卷二八《天津橋》（2066）注。

〔妓接謝公宴，詩陪荀令題〕謝公，謝安。見卷二十《候仙亭同諸客醉坐》（1345）注。荀令，見本卷《奉和裴令公新成午橋莊綠野堂即事》（2381）注。

〔舟同李膺汎，醴爲穆生攜〕舟同李膺，見卷二五《贈楚州郭使君》（1721）注。《漢書·楚元王傳》：「元王敬禮申公等，穆生不耆酒，元每置酒，常爲穆生設醴。」

〔舞急紅腰凝，歌遲翠黛低〕凝，見卷二七《想東遊五十韻》（1917）注。

〔夜歸何用燭，新月鳳樓西〕鳳樓，五鳳樓。見卷二六《五鳳樓晚望》（1899）注。

同夢得寄賀東西川二楊尚書①

龍節對持真可愛，雁行相接更堪誇。兩川風景同三月，千里江山屬一家。魯衛定知聯氣色，潘楊亦覺有光華。予與二公，皆忝姻戚。應憐洛下分司伴，冷宴閑遊老看花。（2459）

【校】

①〔題〕「寄」東博本、《文苑英華》作「暮春寄」。

【注】

汪《譜》、朱《箋》：作於開成二年（八三七），洛陽。

〔東西川二楊尚書〕朱《箋》：「楊汝士及楊嗣復。」《舊唐書·文宗紀》：「（開成元年十二月）癸丑，以兵部侍郎楊汝士檢校禮部尚書，充劍南東川節度使。」又：「（大和九年三月）庚申，以劍南東川節度使楊嗣復檢校户部尚書，兼成都尹、西川節度使。」見本卷《楊六尚書新授東川節度使代妻戲賀兄嫂二絶》（2447）注。

〔龍節對持真可愛，雁行相接更堪誇〕龍節，見卷二七《令狐相公拜尚書後有喜從鎮歸朝之作劉郎中先和因以繼之》（1827）注。

〔魯衛定知聯氣色，潘楊亦覺有光華〕《論語·子路》：「魯衛之政，兄弟也。」潘楊，見卷十四《和夢遊春詩一百韻》（0800）注。

喜小樓西新柳抽條

一行弱柳前年種，數尺柔條今日新。漸欲拂他騎馬客，未多遮得上樓人。須教碧玉羞眉黛，莫與紅桃作麴塵。爲報金堤千萬樹，饒伊未敢苦爭春①。（2460）

【校】

①〔饒伊〕東博本作「饒君」。

【注】

朱《箋》：作於開成二年（八三七），洛陽。

〔爲報金堤千萬樹，饒伊未敢苦爭春〕金堤，見卷二《有木詩八首》（0110）注。

晚春酒醒尋夢得①

料合同惆悵，花殘酒亦殘。醉心忘老易，醒眼別春難。獨出雖慵懶，相逢定喜歡。還攜小蠻去，誠覓老劉看②。小蠻，酒榼名也。（2461）

【校】

①〔題〕馬本、《唐音統籤》作「酒醒尋夢得」。

②〔誠覓〕馬本、《唐音統籤》、汪本作「試覓」。

【注】

汪《譜》、朱《箋》：作於開成二年（八三七），洛陽。

〔還攜小蠻去，誠覓老劉看〕葉廷珪《海錄碎事》卷七：「小蠻有二義。若『楊柳小蠻腰』，即白公侍姬。若《晚春酒醒尋夢得》云：『還尋小蠻去，試覓老劉看。』此酒榼名小蠻也。」

感事

服氣崔常侍，晦叔。燒丹鄭舍人。居中。常期生羽翼，那忽化灰塵。每遇淒涼事，還思潦倒身。

唯知趁杯酒，不解煉金銀。睡適三尸性，慵安五藏神。無憂亦無喜，六十六年春。（2462）

【注】

朱《箋》：作於開成二年（八三七），洛陽。

〔服氣崔常侍，燒丹鄭舍人〕崔玄亮晦叔，見卷二九《思舊》（2130）注。鄭居中，見本卷《開成二年三月三日河南尹李待價以人和歲稔將禊於洛濱》（2458）注。

〔睡適三尸性，慵安五藏神〕三尸，見卷十九《不睡》（1300）注。

和裴令公南莊一絶

裴詩云：「野人不識中書令，喚作陶家與謝家。」

陶廬僻陋那堪比，謝墅幽微不足攀。何似嵩峰三十六，長隨申甫作家山。（2463）

【注】

朱《箋》：作於開成二年（八三七），洛陽。

〔裴令公南庄〕見本卷《奉和裴令公新成午橋莊綠野堂即事》（2381）注。

〔陶廬僻陋那堪比，謝墅幽微不足攀〕陶廬，見本卷《自題小草亭》（2382）注。《晉書・謝安傳》：「安遂命駕出山墅，親朋畢集，方與玄圍棋賭別墅。安常棋劣於玄，是日玄懼，便爲敵手而又不勝。安顧謂其甥羊曇曰：『以墅

乞汝。』」

〔何似嵩峰三十六，長隨申甫作家山〕嵩峰三十六，見本卷《早春題少室東巖》（2395）注。《詩·大雅·嵩高》：「維申及甫，維周之翰。」鄭箋：「申，申伯也。甫，甫侯也。皆以賢知入爲周之楨幹之臣。」

宅西有流水牆下構小樓臨玩之時頗有幽趣因命歌酒聊以自娱獨醉獨吟偶題五絶①

伊水分來不自由，無人解愛爲誰流？家家抛向牆根底，唯我栽蓮起小樓②。（2464）

【校】

①〔題〕「五絶」東博本作「絶句五首」，汪本作「五絶句」。

②〔起小樓〕馬本作「越小樓」。

【注】

朱《箋》：作於開成二年（八三七），洛陽。

水色波文何所似，麴塵羅帶一條斜。莫言羅帶春無主，自置樓來屬白家。（2465）

日灩水光摇素壁，風飄樹影拂朱欄。皆言此處宜絃管，試奏霓裳一曲看。（2466）

【注】

〔皆言此處宜絃管，試奏霓裳一曲看〕霓裳羽衣曲，見卷二一《霓裳羽衣歌》（1406）注。

霓裳奏罷唱涼州①，紅袖斜翻翠黛愁。應是遥聞勝近聽，行人欲過盡迴頭。（2467）

【校】

①〔奏罷〕馬本、汪本作「試罷」。〔涼州〕紹興本等作「梁州」，據東博本改。

【注】

〔霓裳奏罷唱涼州，紅袖斜翻翠黛愁〕涼州曲，見卷三一《秋夜聽高調涼州》（2247）注。

獨醉還須得歌舞，自娱何必要親賓。當時一部清商樂，亦不長將樂外人。（2468）

【注】

〔當時一部清商樂，亦不長將樂外人〕一部清商，見卷二六《讀鄂公傳》（1829）、《快活》（1884）注。

偶作

籃舁出即忘歸舍，柴户昏猶未掩關。聞客病時慚體健，見人忙處覺身閑①。清涼秋寺行香去②，和煖春城拜表還。木雁一篇須記取，致身才與不才間。（2469）

【校】

①〔身閑〕《唐音統籤》作「心閑」。

②〔行香去〕馬本作「行香火」，誤。

【注】

朱《箋》：作於開成二年（八三七），洛陽。

〔木雁一篇須記取，致身才與不才間〕見卷五《養拙》（0198）注。

同夢得酬牛相公初到洛中小飲見贈

時牛相公辭罷揚州節度，就拜東都留守。

淮南揮手拋紅旆，洛下迴頭向白雲。政事堂中老丞相，制科場裏舊將軍。宮城煙月饒全占，闕塞風光請中分①。詩酒放狂猶得在，莫欺白叟與劉君。（2470）

【校】

①〔闕塞〕紹興本等作「關塞」，據東博本改。〔中分〕馬本、《唐音統籤》、汪本作「半分」。

【注】

陳《譜》、朱《箋》：作於開成二年（八三七），洛陽。

〔牛相公〕朱《箋》：「牛僧孺。」《舊唐書·文宗紀》：「（開成二年五月）辛未，詔以前節度使牛僧孺爲檢校司空、東都留守。」參見本卷《奉酬淮南牛相公思黯見寄二十四韻》（2435）注。

〔宮城煙月饒全占，闕塞風光請中分〕闕塞，見卷二九《晚歸香山寺因詠所懷》（2137）注。

幽居早秋閑詠

幽僻囂塵外①，清涼水木間。臥風秋拂簟，步月夜開關。且得身安泰②，從他世險艱③。

但休爭要路，不必入深山④。軒鶴留何用，泉魚放不還。誰人知此味，臨老十年閑⑤。

（2471）

【校】

①〔幽僻〕那波本作「岸僻」。

②〔且得〕東博本作「得我」。

③〔險艱〕東博本作「險難」。

④〔深山〕馬本、《唐音統籤》作「山川」。

⑤〔十年閑〕紹興本等作「十年間」，據東博本改。

【注】

朱《箋》：作於開成二年（八三七），洛陽。

和令狐僕射小飲聽阮咸

掩抑復凄清，非琴不是箏。還彈樂府曲，別占阮家名。古調何人識，初聞滿座驚。落盤珠歷歷，搖珮玉琤琤。似勸杯中物，如含林下情。時移音律改，豈是昔時聲？（2472）

【注】

朱《箋》：作於開成二年（八三七），洛陽。

〔令狐僕射〕朱《箋》：「令狐楚。」見本卷《洛下閑居寄山南令狐相公》（2443）注。

〔阮咸〕《舊唐書·音樂志二》：「阮咸，亦秦琵琶也，而項長過於今制。列十有三柱。武太后時，蜀人蒯明於古墓中得之。晉《竹林七賢圖》阮咸所彈與此類，因謂之阮咸。咸晉世實以善琵琶、知音律稱。」《通典》卷一四四同。《新唐書·元澹傳》：「元澹字行沖。……有人破古冢，得銅器，似琵琶，身正圓，人莫能辨。行沖曰：『此阮咸

所作器也。』命易以木，絃之，其聲亮雅，樂家謂之阮咸。」《太平廣記》卷二〇三《阮咸》（出《國史纂》）同。

燒藥不成命酒獨醉

白髮逢秋王去聲①，丹砂見火空。不能留姹女，爭免作衰翁？賴有杯中緑，能爲面上紅。少年心不遠，只在半酣中。（2473）

【校】

①〔逢秋王〕紹興本、殘宋本作「途秋王」，據他本改。那波本作「逢秋短」。

【注】

朱《箋》：作於開成二年（八三七），洛陽。

〔白髮逢秋王，丹砂見火空〕《莊子·養生主》：「神雖王，不善也。」《釋文》：「王，于況反。」林希逸《口義》：「王音旺。」此王字義同。《廣韻》去聲四十一漾于放切：「王，霸王。又盛也。又于方切。」

〔不能留姹女，爭免作衰翁〕姹女，見卷十六《尋王道士藥堂因有題贈》（0949）注。

送盧郎中赴河東裴令公幕

別時暮雨洛橋岸，到日涼風汾水波。荀令見君應問我，爲言秋草閉門多。（2474）

【注】

朱《箋》：作於開成二年（八三七），洛陽。

〔盧郎中〕朱《箋》：「盧簡求。」見卷三二《曉上天津橋閑望偶逢盧郎中張員外攜酒同傾》（2327）注。

〔裴令公〕朱《箋》：「裴度。」《舊唐書・文宗紀》：「（開成二年）五月癸亥朔，乙丑，以東都留守裴度爲太原尹、北都留守、河東節度使，依前守司徒、中書令。」

〔荀令見君應問我，爲言秋草閉門多〕荀令，見本卷《奉和裴令公新成午橋莊綠野堂即事》（2381）注。

送李滁州①

君於覺路深留意，我亦禪門薄致功。未悟病時須去病，已知空後莫依空。白衣卧疾嵩山下②，皂蓋行春楚水東。誰道三年千里别，兩心同在道場中。（2475）

【校】

①〔題〕東博本作「答李徐州」。

②〔卧疾〕馬本作「卧病」。

此詩下東博本有《詠老贈夢得》（本書卷三二 2379）一首。

【注】

朱《箋》：作於開成二年（八三七），洛陽。

〔李滁州〕名未詳。朱《箋》：「李紳大和二年由江州長史遷滁州刺史，……此時居易爲刑部侍郎在長安，絶無送行之可能。李德裕開成元年三月由袁州長史遷滁州刺史，……此時居易爲太子少傅在洛陽，亦無送别之可能。故此詩中之李滁州，顯非李紳或李德裕。」

長齋月滿寄思黯

一日不見如三月①，一月相思如七年。似隔山河千里地，仍當風雨九秋天。明朝齋滿相尋去，挈榼抱衾同醉眠。（2476）

【校】

①〔如三月〕此句下東博本注：「詩云。」

【注】

朱《箋》：作於開成二年（八三七），洛陽。

〔思黯〕朱《箋》：「牛僧孺。」見本卷《同夢得酬牛相公初到洛中小飲見贈》（2470）注。

〔一日不見如三月，一月相思如七年〕《詩·王風·采葛》：「彼采葛兮，一日不見，如三月兮。」